The Seduction
by Laura Lee Guhrke

めくるめく夢の夜《よ》を乙女に

ローラ・リー・ガーク
旦 紀子[訳]

ライムブックス

めくるめく夢の夜《よ》を乙女に

主要登場人物

マーガレット（マギー）・ヴァン・オールデン……アメリカ人億万長者の娘
トレヴァー・セントジェームズ……アシュトン伯爵
ヘンリー・ヴァン・オールデン……マーガレットの父親
コーネリア……マーガレットの従姉妹
エドワード……コーネリアの夫でトレヴァーの旧友。ケタリング卿
ジェフリー……トレヴァーの兄
エリザベス……ジェフリーの妻
キャロライン……トレヴァーの母親
エミリオ……骨董品の密輸業者
ルッチ……骨董品の密輸業者
イザベラ……ルッチの妻

プロローグ

一八八二年、カイロ

トレヴァー・セントジェームズが信頼を置くのは、人生が与えてくれるささやかな喜びだけだ。フランスのコニャック、トルコの葉巻、シルクのシーツ、そして情熱的な女性。今夜、トレヴァーはそのすべてを楽しんでいた。ベッドの頭板にもたれてコニャックをすすりながら、隣で眠る女性を見やり、柔らかくて円《まろ》やかな肢体にゆっくりと視線を這わせる。途中でつかの間腰の官能的なくびれを観賞し、その目をまたおろしていく。たしかにルッチは趣味がいいと、誘いかけるような臀部の丸みを愛でながら、トレヴァーは思った。

女性が眠りのなかでかすかに身じろぎ、ここに長く留まっているのは賢明でないことをトレヴァーに思いださせた。飲み物を脇に置く。シーツの下で抱き合うことが目的でここに来たわけではないし、イザベラが起きてしまったら、目的を達成できなくなる。

ベッドから立ちあがった。ランプのほの暗い光を頼りに、音を立てずに服を着る。部屋の捜索を開始し、女性に注意を払いながら、彼女の化粧台の引き出しを静かに開けていった。

宝石箱は三番目の引き出しに入っていた。鍵がかかっていたが、そのくらいは簡単に開けられる。なかはまさにダイヤモンドや真珠の宝庫で、ルッチがいかに若い妻に惚れこんでいるかを物語っていた。しかし、トレヴァーの目当てはダイヤモンドや真珠ではない。探しているのはもっと重要で、はるかに価値があるもの。そしてなにより、トレヴァー自身のものだ。自分のものは決して手放しはしない。

宝石がところ狭しと並べられた仕切りを三段どかすと、ようやく探していたものが現れた。笑みを浮かべ、ルッチに盗まれた古美術品である金とラピスラズリのネックレスを取りあげる。大英博物館も、これで間違いなく費やした金のもとがとれるはずだ。持参したガラス玉の複製をポケットから出して、箱のなかにそっと置く。それから、宝石が並ぶほかの仕切り板を注意深く元の順番通りにはめ、宝石箱全体を引き出しのなかへ、見つけた時とぴったり同じ位置に戻した。

閉める時に、引き出しがわずかにきしんだ。イザベラのほうを見やったが、起きなかったようだ。床から上着を拾い、トレヴァーは戦利品を胸ポケットにしまってから、その上着を椅子にかけ、ベッドに歩みよった。女性の上にかがみ、立ち去らねばいけないという認識と、それを惜しむ気持ちをこめて背中の愛らしいくぼみに口づける。そのまま背筋に沿って唇を這わせると、枕にくぐもって、小さく眠たげなつぶやきが聞こえてきた。

イザベラが肘をついて振り向き、目にかかった黒髪を払ってトレヴァーを見あげた。「こんなにすぐ?」寝ていたせいで声がかすれている。

トレヴァーはその顔からひと筋の髪を払いのけた。「行かなければならない。夜明けには船が出る」

「まだ何時間もあるわ」彼女がささやき、彼の手のひらにキスをした。

「ルッチが予定を変更することもある。ここにいるところを見つかりたくはない」

「それはないわ。仕事でアレキサンドリアに行ってるんですもの」

トレヴァーはすでにそのことを知っている。しかし、ルッチが美しい妻に愚かしいほど惚れこんでいて、会いたいあまりふいに帰宅する可能性があることも知っている。きっぱりと首を振った。「危険すぎる。嫉妬深い夫の手にかかって死にたくはない」

イザベラが唇をとがらせる。「わたしのために命を捧げてくれないの?」

トレヴァーはほほえみ、彼女の頬を撫でた。「ああ、それはない」

「卑怯者」彼女の唇にのぼると、その言葉も罵倒というよりは愛情表現に聞こえる。

彼が笑うと、イザベラは仰向けになって両手を伸ばした。「行かないで。万が一夫が戻ってきて、あなたがここにいるのを見つけても、あなたを打ち負かすことはできないわ。太りすぎだもの」

「そう言われても、安らかな気持ちにはなれないな」彼女の両手首をつかみ、両側に大きく広げて胸の真ん中にキスをする。「なんといっても、ぼくは彼の憎き競争相手だからね」

そう言うと、彼女の手を放して身を起こし、片手を彼女の頭上に伸ばして、頭板に無造作にかけられたクラヴァットを取った。皮肉っぽくほほえみかける。「とはいっても、ルッチとぼくが仕事で張り合っているという事実がきみの快感を高めている。そうだろう?」

イザベラがネコのように身を伸ばし、あくびをした。「そうかも」あっさり認める。「ずっとあなたがほしかったの、トレヴァー。今夜オペラで会って、ちょうどいい機会だとすぐに思ったわ」

それも、トレヴァーにはわかっていたことだ。今夜のお楽しみは自分の思いつきだとイザベラは思っているが、実際は、ルッチに首飾りを盗まれて以来、トレヴァーが入念に練ってきた計画によるものだった。この品がイザベラの手に行き着くことはわかっていた。ルッチは手に入った宝石を全部妻に貢いでいる。救いようのない愚か者だ。この首飾りも市場《しじょう》に出せば数千ポンドの値はつく。トレヴァーが椅子を立って、化粧台のほうに向かうのを眺め、イザベラはため息をついた。「もっと長く一緒の時間を過ごせたらいいのに。なぜイングランドに戻らなければならないのかわからないわ」

「選択肢はない。伯爵になれば、それなりの責任があるからね」

「どんな？」

トレヴァーは膝を少し曲げて鏡をのぞき、クラヴァットを直した。「母によれば、その責任とは、亡くなった兄のあとを引き継ぎ、それなりの――願わくば裕福な――家の令嬢と結婚し、跡継ぎをもうけることだそうだ」

「あなたが？」イザベラがおかしそうに笑い声を立てる。「そのために帰国するの？　一生その地につながれて、狐狩りにいそしみ、地方の地主を演じるわけ？　まあ、なんと古くさいこと。あなたのような男にそんな生活は向かないわ。そんなあなた、とても想像できない」

ふいに家が思いだされ、トレヴァーはボタンをかける手を止めた。アシュトンパークの緑地、バラに覆われたコテージ、ローストビーフとトライフル、クリの薪がごうごうと燃える暖炉と厚い羽毛のマットレス——一〇年前に残してきたすべて。思いがけない郷愁にかられ、ふいに自分の気持ちに気づく。

「実際のところ」またボタンがけを再開しながら言った。「帰るのを楽しみにしている」

「嘘ばっかり！」イザベラが起きあがって顔をしかめてみせた。「休暇で帰った時に、青白い顔の英国娘を愛してしまったのね」決めつける。「それが戻る理由？」

トレヴァーは上着を着ながら、鏡に映るイザベラと目を合わせた。「結婚するのに、なぜ愛が関係あるんだ？」

彼女は笑い、重なった枕に仰向けに倒れこんだ。「わたしたちがよく似ているってわかっていたのよ。必要のために結婚する」言葉を切り、むさぼるように彼を見つめた。「あなたがいないと寂しいわ、愛しい人《ミオ・カロ》。英国人妻と田舎の屋敷と暗い天気に飽きたら、ここに帰ってきていいのよ。また一緒に楽しめるわ」

首飾りのことを思えば、戻ってくる可能性は皆無に近いし、そうしたくもない。イザベラと自分と、どちらもほしいものを手に入れた。それで終わりだ。トレヴァーは扉に向かって歩きだした。

「気をつけてね、トレヴァー」イザベラが呼びかける。

「常にそうしているよ」戸口で足を止め、彼女を振り返る。「きみも気をつけろよ。このささやかな逢い引きのことがルッチにばれるかもしれない」

その可能性にイザベラはいささかも動じなかった。「彼がわかったとしても、怒るだけよ。許してくれるし、わたしがどんな説明をしても、それを信じるわ。いつもそうだもの。わたしを愛してるのよ」

「当面はね」

彼の疑わしげな返事と皮肉めいた笑みに、イザベラの虚栄心に満ちた自信が一瞬揺らいだ。戸惑ったように彼を見る。「愛を信じてはいけないということ？」

トレヴァーは笑った。「今夜を過ごしたあとで、ダーリン、ぼくにそれを聞くのか？」

「気持ちのことを言っているのよ、行為じゃなくて」

「どちらも同じことだろう」

彼女の苛立ちの表情は、女としての自尊心が傷つけられたことを物語っていた。

「なにを期待していたんだ？　ぼくがきみの旦那と同じくらいきみに夢中になるとでも？　ふくれないでくれ、いい子だから。きみが求めているのがぼくの愛でないこともわかっているし、ぼくはルッチと違って、巧みに操られて笑いものになるつもりはないよ」

一瞬ためらってから、最後に言った。「彼をこれ以上困らせるな、イザベラ。どんなに熱烈な夫の愛情もいつかは冷める」

イザベラがベッドの上に膝立ちになった。頭を振って肩にかかった黒髪を後ろに払い、彼が置き去りにしていく魅力のすべてをこれ見よがしに見せつける。「そうかしら？」

トレヴァーは優美な肢体をじっと眺め、それから、言うべく期待されている言葉を口にした。「いや、そうはならないな」

「わたしを忘れないでね、トレヴァー」イザベラがささやく。

「決して」彼は誓った。「忘れない。この姿を目に焼きつけて、死ぬまで毎晩思いだす」

彼女がふたたび重ねた枕に身をゆだね、緋色の唇の端を持ちあげて満足げな笑みを浮かべるのを確認し、扉を開けて外に出る。しかし、その扉を後ろ手に閉めた瞬間に、彼女の存在を忘れ去った。

1

一八八二年、イタリア

マーガレット・ヴァン・オールデンは、退屈で死ぬことが本当に可能かどうか考えていた。もし可能ならば、この瞬間にもばったり倒れて死ぬはずだ。

レディたちはお茶を飲んでいる。マーガレットに言わせれば、これは恐るべき習慣であり、できる限り速やかに終えるべきものだ。ところが、すでに一時間を過ぎたのに、だれもが最近ロンドンを沸かせている数々の醜聞と、あらゆる人々の悲惨な健康状態、そして天気について話し続けている。

アーバスノット公爵夫人が言う。「イングランドはあまりに暗すぎますよ。レディ・モートンがよこした手紙では、雨で気が変になりそうだとか」ティーカップを皿に置き、言葉を継ぐ。「イタリアで過ごしているわたしたちは幸運ですよ。この季節はとても気持ちがいいし、田舎はそれだけで美しいし」

マーガレットは窓を見やり、地中海の陽光にきらめく戸外に羨望の視線を投げながら、そんなに気持ちがよいならば、なぜこんなうっとうしい居間に座っているのか不思議に思った。なにか言い訳を見つけようと知恵を絞る。なんでもいいから、席を離れる言い訳を。突然、体調が悪くなるというのはどうだろう。頭痛かなにか。それとも、エビのサンドイッチとか。エビにあたるのはよくあることだ。

「イタリアの人々もいいですね」と、レディ・リットンが言う。「魅力的で、少しも擦れていなくて」

「たしかに」公爵夫人がうなずいた。「態度は少しばかり厚かましいですがね」

「お茶をもっといかが、みなさん」

コーネリアがティーポットを示し、同意の声があがるとただちにメイドがお茶を注いだ。マーガレットとしても、ここが自分の父の別荘で、集まっているレディたちが自分の客であることは自覚している。本来ならば、自分が主人役を務めるべきだが、かといって、従姉妹のコーネリアに代役を押しつけていることに罪悪感を覚えることはない。コーネリアのほうがはるかにうまくもてなせるとわかっている。皿からチョコレートビスケットをひとつ取ってかじりながら、マーガレットは扉から走りでたいという衝動と、それによって損なわれる社会的立場を天秤にかけた。それとも、気を失って倒れるとか。

逃げだす方法をいろいろ考えていると、公爵夫人が話題を変え、イタリアの芸術について話しだす声が耳に入ってきた。「美術館には行くべきですよ。イタリアの美術館はそれは見事ですからね」

窓を開き、枠を乗り越えて逃亡したら、どれほどの騒ぎになるだろうかと思う。

「たとえばダビデの彫刻。みなさんも、ひと目見れば、ミケランジェロの才能が本物であるとわかるはずですよ。あの優美な曲線、あの姿。本当に美しくて、本当に自然で――」

「本当に裸ですわね」マーガレットは我慢できずに口をはさんだ。

戻ってきたのは、レディたちがぎょっとして一斉に息を呑む声だ。

マーガレットはしとやかに扇をあおいだ。いかにも無邪気そうに目を見開いて一同を見まわすが、みんなの恐れおののいた顔を見てつい笑いそうになり、あわてて下唇を強く嚙みしめた。一アメリカ人としての揺るぎなき愛国心が、英国のレディは堅苦しすぎると訴えている。たしかに、アーバスノット公爵夫人の居丈高な鼻は非難を表明すべくぴくぴく震えているし、レディ・リットンは実際に気絶しかかっていて、そのふたりの娘たち、レディ・サリーとレディ・アグネスはバラのつぼみのような唇をぽかんと開けて、マーガレットを凝視している。コーネリアのほうはあえて見ないが、おそらく穴があれば入りたいと思っていることだろう。

自分のけしからぬ発言については一片の悔いも感じないが、コーネリアに対して申しわけなく思う気持ちは多少なりとも感じている。自分がヨーロッパの社交界にうまく受け入れられるかどうか、結局はすべてこの従姉妹の責任だが、一年経っても成功したとはとても言えない。

気まずい沈黙はジュゼッペの登場で破られた。客間に入ったところで執事が告げる。「ハイムズ卿がお見えです」

レディたちが色めきたち、あわてて身繕いを始めたおかげで、マーガレットの非礼は完全に忘れ去られた。ハイムズ卿は英国貴族らしいもったいぶった様子で入ってくると、まずは作法通り既婚婦人から挨拶し、それからレディ・サリーとレディ・アグネスのほうに移動して、最後にマーガレットのところにやってきた。

マーガレットの目をじっとのぞきこんだ灰色の瞳は称賛にあふれ、彼がやってきた真の目的がマーガレットであることをはっきり示している。しかし同時に、その目に浮かぶ表情はきわめて打算的で、購入を考えている絵画を値踏みしているかのようだ。いっそサザビーズのオークションにかけられ、最上の爵位を有したこの男性に売却されるほうがましかもしれない。

「ミス・ヴァン・オールデン」慣習に則った身のこなしで、優雅にかがんでマーガレットの手を取り、指に唇を押しあてる。そのキスは長くない。ハイムズ卿ロジャー・ヘイスティングズは礼儀が許す範囲を決して踏み越えない。彼があり得ないほど退屈な人間であることを、マーガレットはすでに気づいていた。

ハイムズ卿が手を放し一歩さがる。彼が椅子に座り、お茶のカップを受け取って公爵夫人の質問を受けつけ、健康状態に関していくつか答え終わるまで待ってから、マーガレットは大きくため息をついた。「ああ」小さくうめき、片手を額に当てる。

部屋にいる全員が心配そうな顔でこちらを見た。例外はコーネリアで、ちらりと向けた視線は明らかに疑っている。「おお」マーガレットはもう一度うめき、椅子のなかで多少身を傾け、ぐったりした様子を演出しながら、自分を解放してくれる質問が出るよう祈った。

それを提供してくれたのはレディ・リットンだった。「マーガレット、大丈夫？　具合が悪いの？」

当てた手で頭を少し持ちあげ、具合が悪そうなふりをする。「頭痛がひどくて」つぶやきながら立ちあがり、弱々しい声で言葉を継いだ。「申しわけありませんが、横になったほうがよさそうですわ。失礼します」

謝るようにみんなを見やり、客間をあとにする。全員の視界から抜けだしたとたんに足を速め、タイルを敷きつめた玄関広間を抜けて階段をあがり、あてがわれている続き部屋に無事戻ると、扉を閉めてようやく心から安堵のため息をついた。やれやれ、やっと出てこられた。

自分が早々に席をはずしたことで、ハイムズ卿はがっかりしているだろう。それとも、暗に伝えていることを察知し、ダーラムだったかどこだったか、ともかく彼の領地に戻って追いまわすのをやめてくれるかもしれない。

彼は自分と結婚したがっている。それはわかっているし、彼からすでに父に話があったことも承知しているが、自分としては、ハイムズ卿を夫候補として考慮するつもりはまったくない。ハイムズ卿にとって、結婚とは、彼を借金から救いだしてくれる金持ちの妻を手に入れること。

自分はまさにその条件を満たしている。父の資産は巨額すぎて、頑固で古くさいオランダ系ニューヨーク人である父をもってしても、その額について考えるだけで気分が悪くなって帰宅せざるを得なくなるほどだ。求婚者が列を成しても不思議ではない。

だれもかれも財産目当て。ロンドンに一年滞在しているあいだも何十人となく求婚者がいたけれど、全員がヴァン・オールデンの資産を求めて競っていた。マーガレットの心を得るために競っていた人はひとりもいなかった。そのうちの何人かは大嫌いで、何人かは気の毒に思ったが、ひとりとして愛せる男性はおらず、男性たちもマーガレット自身を愛しているわけではなかった。ハイムズ卿も同じであることは間違いない。

観音開きのガラス扉からバルコニーに出る。太陽の光が温められた蜂蜜のように肌を包み、そよ風が優しく顔を撫でる。目の前に広がるのは美しい田園。木が生い茂るなだらかな丘と牧草地がはるか彼方まで続いている。

鮮やかな緑の風景に切望のまなざしを向け、馬に乗る時間があればと願うが、もう遅すぎるからきょうは出かけられない。アメリカの自宅にいた時はそんなこと気にもしなかったが、大西洋のこちら側では、ひとりでの外出、とくに午後遅くなってからの外出は、作法上許されない行為となっている。

刺激的なことはすべて作法上許されないと見なされる世界に迷いこんでしまった。落ち着きなく足を踏みかえ、体重を移しながらそう思うのは初めてのことではない。自分の存在さえも厳格な規則に縛られた状態に、苛立ちが募るのもしばしばだ。

入り口の扉がノックされた。コーネリアに違いない。マーガレットは諦めのため息をつき、居間に戻ってソファに座った。「どうぞ」

予想通り、部屋に入ってきたのは従姉妹だったが、一緒に強力な武器を伴ってきたのを見て、さすがのマーガレットもうろたえた。その武器とはマーガレットの父親だ。

ヘンリー・ヴァン・オールデンはがっしりした体格の男で、すべてを見抜くような灰色の瞳と、決断力を示す角張った顎の持ち主だった。その決断力こそが彼をアメリカでもっとも裕福な男のひとりにしたと言っても過言ではない。今はその顔が、ウォールストリートの資本家たちとマーガレットの双方とも熟知している渋面になっている。ウォールストリートの男たちはその渋面を恐れている。マーガレットは恐れていない。

ふたりがマーガレットの向かいの椅子に座った。すばやく防御を固め、自分の将来に関する恒例の論争を迎えうつべく心の準備をする。反抗的なまなざしで父を見つめ、従姉妹を見やってからまた父に戻した。「なんでもおっしゃってくださいな。早く済ませましょう」

「ハイムズは、おまえに会うためだけに訪ねてきた」ヘンリーが言う。「ところが、彼が到着した一分後におまえは頭痛を訴え、席をはずした」

マーガレットが一瞬コーネリアに非難の目を向けたのを、父は見逃さなかった。「コーネリアが告げ口したわけではない。アーバスノット公爵夫人が話してくれた。夫人はおまえの将来のことを心から心配してくれている」

心配されているとは到底信じがたく、その不信感を簡潔に表現する。「はっ！」あの気難しい老婦人をそっくりまねたものだ。

ヘンリーはその不信感を無視した。「そんなことをしても、ハイムズ卿がおまえに求愛する許しをわしに求め、わしが許可したという事実は消えん。ハイムズはよい夫になるだろう」

「わたしはそうは思いません」

「あの男のなにが悪いんだ？」父が問いただす声に苛立ちと戸惑いが入りまじる。この一年、父とは同様の論争を何度も繰り返してきたが、父はいまだに娘のことも、娘が花婿候補を次々と拒絶する理由も理解していない。「充分いい男に思えるが。子爵で、きわめて望ましい候補者だとコーネリアも言っている」

「そうかしら？　彼がひどくお金に困っていると聞いたけど」

「それは英国貴族のほとんどがそうだ。だからなんだ？」

「つまり、ただの財産目当てに過ぎないわ。お父さまはそれがお嫌じゃないの？」

父の渋面が深まって怒り顔になったが、怒鳴り声が飛びだす前にコーネリアが口をはさんだ。「マギー、お父上の財政状態を知らせずに話を進めることはできないわ。結婚を考えている男性にとって、持参金はとても重要なことよ。だから、ハイムズ卿が多少お金に困っているからといって、あなたへの気持ちが本物でないとは限らないわ。名誉を重んじる方であることは間違いないし」

「それなら、なぜあなたが結婚しないの？」マーガレットはむっつりと言い返した。

従姉妹はほほえむと、席を立ってマーガレットの脇に座った。「わたしはもう結婚しているでしょ？　いいこと、ハイムズ卿は本気であなたのことを好きだと思うわ。お金と関係なくあなたと結婚したいはずよ」

マーガレットは羨望の思いで従姉妹を見つめた。コーネリアは自分よりも裕福で地位も高い男性と恋に落ちるという幸運に恵まれた。相手がコーネリアを愛していることに疑問の余地はない。一方自分は、ヘンリー・ヴァン・オールデンの娘である限り、その気持ちを確信することはあり得ない。「ハイムズ卿は妻をほしいのではないわ。銀行家を求めているのよ」

「なにを言うんだ、マーガレット！」ヘンリーの怒声がライフル銃の銃声のように鳴り響いた。ついに忍耐心が限界に達したらしい。「重要なのは、おまえが上流社会に属する紳士と結婚することだ。その名前と地位により、妻となるおまえも尊敬されることになる。ハイムズならばそれができる」

マーガレットは指を額に押しあて、頭痛のふりだったはずが、本当に頭が痛くなっていることに気づいた。父がそこまで尊敬を得ることに重きを置くのは、それが自分の金で買うことができない唯一のものだからだ。ニューヨークの名士たちは、仕事の時は向こうから近づいてくるが、その妻や娘たちは決して、成りあがり者のヴァン・オールデンに対して門戸を開かない。英国人はもう少し寛容であることを期待し、ヘンリーは娘をロンドンに連れてきて、従姉妹の手に託した。コーネリアは一年前に子爵と結婚して以来、最高の人脈を築いている。マーガレットに爵位を持つ夫を見つけるという任務にもっともふさわしい人材のはずだった。

しかし、これまでのところ、その試みはおしなべて失敗に終わっている。父のもとには非常に多くの申しこみが届くが、マーガレット自身が、レディ・なにがしになることによって敬意を得るつもりが毛頭なく、どの求愛者も言下に断っているせいだ。

「わたしが結婚を決断するとすれば、それは愛のためよ、ほかの理由ではあり得ないの」父をにらみつける。ぐっとこわばらせた頑固そうな顎は父親にそっくりだ。「わたしはハイムズ卿を愛していないわ」歯を食いしばる。「だから、彼とは結婚しません」

「おまえはもう二四歳だ。これ以上結婚を延ばすわけにはいかんぞ。いいか、わしはおまえを、この一年で必ず結婚させるつもりだ。ハイムズはいやだと言ったな。では、別の男を選べ——エッジウェア、モンテローズ、ワージントン——だれでもかまわん。三人とも申しこんできている。ひとりを選べ。それで話を進めよう」

父が娘の気持ちをまったくわかっていないという事実に怒りをあおられ、マーガレットの発言はさらに無謀な方向に向かった。「それなら、食べるのもままならない画家を愛することにしようかしら。彼は月明かりの下でわたしの絵を描いてくれるの。ここから連れ去ってくれて、ギリシャの島の小さなあばら家で一緒に暮らすわ。結婚なんて関係ない」

これは急所に命中した。「そんなことはだめだ！」父が咆《ほ》えた。マーガレットも言いすぎたことはわかっている。「こんなばかばかしいことはもう充分だ。おまえを、れっきとした紳士と正式に結婚させる。わしももう年だ。死ぬ前に孫の顔が見たい」

その言葉でマーガレットの怒りが消え去った。父は最近、よく年齢の話をする。「そんなこと言わないで、お父さま」

「わしはもう五二歳だ。親族で五五歳を超えて長生きした者はおらん。わしもおそらく同じだろう」

「まだまだお元気よ。当分死にそうにないじゃないの」

コーネリアはそっと咳払いをした。「この議論の続きはまた次の時にしましょう。もう六時になるわ。舞踏会の始まりは八時。わたしたちはもう準備にかからないと」

マーガレットは感謝をこめてコーネリアを見やった。

父が立ちあがる。「舞踏会の服を着るだけなのに、なぜ女性は二時間もかかるのか、まったくわからん」ぶつぶつと言う。「一時間でも充分すぎるくらいだ」

「男性の方はそうでしょうね」コーネリアが答えた。「でも、女性はもっと時間をかけて、一番よく見えるようにしなければ」

マーガレットも立ちあがり、テーブルをまわって父に近寄った。仲直りをしたいと思ったからだ。「心配しないで、お父さま」そう言って、父の腕に腕をからめる。「わたしもいつかはきっと結婚するわ。運命の男性に出会えた時にね。時間はたっぷりあるわ」

「時間は、おまえが思っているよりもはるかに速く過ぎていくぞ。わしはおまえに、早く夫と子どもたちを得て落ち着いてほしい」ヘンリーは一瞬言いよどんだ。「こう言っても信じないだろうが」重々しく言葉を継ぐ。「愛はすべてではないし、結婚を成功させるために欠かせないものでもない。わしはおまえの母親を愛してはいなかったし、彼女もわしを愛していたわけじゃない。しかし、それでも充分に確固たるよい夫婦関係を築けた。好意を抱き合っていた」

「ええ、お父さま、わかっているわ」好意を抱き合った男性との確固としたよい結婚生活で一生を送るなんて、なんと退屈だろうと思いながらも、大きくうなずく。愛情をこめて父の頬に小さくキスをすると、父の体を優しく戸口から押しだした。その姿が遠ざかるのを待って扉を閉める。「コーネリア、あなた天使だわ」従姉妹のほうを向いた。「ありがとう。なんとか済んでよかったわ。今回はそんなに怒らなかったものね。少なくとも勘当すると脅しはしなかった」

「あなたが画家と本気で駆け落ちするかもしれないと思ったのよ。マギー、本当にとんでもないことを言うんだから！　ギリシャの島ですって！」

「そう言えば効き目があると思ったのよ」マーガレットはうなずき、ソファに近寄った。「父があまりに横暴すぎる時は仕方ないわ。怒りつければ、わたしをどんなふうにでも、思い通りに動かせると思っているのね。でも、あなたもあんまりだわ。ハイムズ卿をわたしに押しつけるなんて」

「あなたがすでにエッジウェア卿とワージントン卿とモンテローズ卿を断ってしまっていなければ、そうしなくて済んだのよ」コーネリアの顔に優しい表情が浮かんだ。「そうは思えないでしょうけど、お父さまが強硬に縁談を進めるのは、あなたを愛しているからこそよ。

あなたに幸せになってもらいたいだけ」

「そのために、英国やヨーロッパ中の舞踏室や客間で、まるでお店の陳列窓に飾られた品物のようにじろじろ見られなければならないということ？　わたしは取り引きする商品でしかないのよ。相続財産の大金によって、爵位を買う？」マーガレットは首を振り、ソファに座った。「いいえ、そんなのごめんだわ」

「婦人参政権論のパンフレットを読みすぎているのね。求愛と結婚はそんな取り引きとはまったく違うものよ」

「そうかしら？　愛してくれていない男性と結婚したら、結婚は牢獄よ」

コーネリアが降参というように両手を持ちあげてみせた。「あなたのお父さまがあれほど必死になるのがよくわかるわ。ほんとよ、マギー！　結婚相手にふさわしい男性を一ダースは紹介したというのに、あなたは全員断ったんだから」

「自分が望むものはわかっているわ。そうでない相手で妥協するつもりはない。それのどこが悪いの？」

「あなたの期待通りの男性が現実にいるかどうかということよ。あなたは、あなたの愛情を得る機会さえ与えずに、全員を断っている。ハイムズ卿のこともほとんど知らないでしょう？　それなのに、彼がお金に困っていると知った瞬間に、財産目当てと決めつけたわ。相手のことをよく知ってからでなければ、厳しい判断をくだすべきじゃないわ」

その時炉だなの上の時計が六時半を打ち、コーネリアが飛びあがった。「用意をしなければ」小走りで戸口に向かう。「わたしの言ったこと、考えておいてね」念を押す。「一階で会いましょう」

従姉妹が急いで出ていくと、マーガレットは呼び鈴を引いて小間使いを呼んだ。モリーがパーティのためのドレスを持って瞬時に登場する。だが、着替えを手伝ってもらったあと、マーガレットはモリーをさがらせた。ひとりになりたかったからだ。

父には愚かと言われた。コーネリアは非現実的と指摘した。ふたりが正しいのかもしれないと、化粧台の上の鏡に映る自分の姿を眺めながら考える。男性の情熱を掻きたてる容姿とは言えないだろう。顔は丸いし、口も大きめ、目と髪はただの茶色で、華やかにする赤や金色がかすかに混じっているわけでもない。体型もどちらかといえばふくよかで、コルセットでいくら締めても、流行のきゅっと引き締めたウエストには到底及ばない。子どもの時のぽちゃぽちゃした感じがそのまま背が高くなっただけのように思えてしまう。

マーガレットは鼻にしわを寄せ、腰をおろした。でも、実際には容姿など関係ない。醜い妖精のトロールみたいな見かけで、キーキーとクイナのような声を出していても、求婚者たちはもったいぶった様子で列を作り、優しく扱ってくれるだろう。一攫千金の機会を逃すことを恐れるあまりに。この一年でハイムズ卿のような男性にたくさん出会ってきて、その偽善ぶりにはもううんざりしている。

親友たち――アン、エリザ、ジョゼフィン――を思い浮かべる。同じような環境で生まれ育ったアメリカ人。富裕だが家柄は誇れない父の娘であり、爵位を持つ夫を見つけるために英国に渡ってきた。そして、見つけたけれど、不幸になった。彼女たちの公爵や伯爵が、上品で貴族的なうわべの下で実は冷たく、感情がなくて不誠実で、そして借金にまみれていることがわかったからだ。自分は同じ過ちを犯すつもりはない。

髪をひねって後ろで簡単な髷《まげ》にまとめ、金の線条細工を施した揃いの櫛を使ってしっかり留めた。そのあとに、ダイヤモンドのネックレスを首にまわして留めようとしたところで両手を止めた。その美しさを愛でもせずに、喉もとできらめく連なりを指で撫でる。自分を本気で愛してくれる男性がいたら、ダイヤモンドやこのあらゆる贅沢すべてと喜んで交換するだろう。でも、父のお金を愛する以上にマーガレット自身を愛してくれる男性はもしかしたら一生現れないのかもしれない。

トレヴァーは執事のあとについて長い通路を歩いていた。壁にずらりとかけられている絵画がイタリア人やオランダ人の名だたる巨匠のものであることに気づき、ありがたく鑑賞し、熟練した目で作品を吟味する。エドワードがカイロまで電報をよこし、滞在中であるローマ郊外の別荘にネックレスを持ってくるよう指示してきた時は、これほど豪華な場所とは思ってもみなかった。ここまで豪奢な家を持つ余裕があるということは、トレヴァーが思っているよりもはるかに金があるのだろう。肩越しに振り向いて、通りすぎたばかりのレンブラントに賛美の視線を送りながら戸口を抜けると、そこは大理石の円柱が並び、孔雀石のタイルが敷きつめられた広いポーチだった。ここまでとわかっていれば、ネックレスの値段を釣りあげたのだが。

「ケタリング卿がすぐにお見えになります」執事はそう言うと頭をさげ、いまだに金のこと、とくに自分にそれがないことを考えているトレヴァーを残して立ち去った。

エドワードにネックレスを売れば、三〇〇〇ポンドが手に入るが、残念ながら、自分が必要としているのはそれよりはるかに多い額だ。一カ月ほど前にルクソールの発掘現場で受け取った手紙のことを考える。一〇年前に英国を離れて以来、母から初めて届いた手紙だった。次男の健康とか幸せとか、そうした母親らしい質問はいっさいなかった。ただ兄ジョフリーの死を知らせ、トレヴァーの財政状態を問い、悲嘆にくれた口調で兄が残した混乱状態を伝え、家に戻って家族に対する義務を果たすように要求してきただけだ。子どもの時から頭に叩きこまれた義務であり、それをトレヴァーが無視できないことを母は知っている。

なにごとも大げさに誇張する傾向が母にあることを承知していたから、家の顧問弁護士に電報を打った。コリアーからは簡潔でそっけない答えが返ってきた。亡くなった兄が残した借金は総計二〇万ポンド。気が遠くなるような額だった。

大理石の柱のあいだに見えるテヴェレ川を眺め、本日最後の陽光できらめく水面を見つめる。そんな巨額の借金をどうすれば払えるだろうか。アシュトンパークを思い浮かべる。その地所に住む保護されるべき村の職人や農民たちのことを考える。大変な重さの責任がずっしりと自分の肩にのしかかることになった。大勢の運命が自分に任されている。

タイルを踏む足音がもの思いを遮った。振り向くとエドワードが近づいてくるところだった。

「トレヴァー」遠くから声をかけてくる。「ようやく着いたな。よかった。心配していたところだ」近づくと顔をしかめた。「悪魔のような顔だな。なぜ髭を剃っていないんだ？」

トレヴァーは無精髭が生えた顎を片手でこすった。「従者に給金が充分でないと判断された」

「従者はそもそもいないだろう。ケンブリッジの頃からいたためしがない」厳しい目でしばらくトレヴァーを眺めてから言葉を継いだ。「またあのいまいましいマラリアだな？」

「軽いものだ。たしかに、カイロからの旅のあいだがかなりつらかったことは認めざるを得ないが、キニーネを服用したからね。いろいろあったわりにはいい状態だ。きみのほうはどうだ？」

「元気いっぱいだよ」エドワードが顔を寄せた。笑顔が消える。「あれは持ってきただろうな？」低い声だ。

「もちろんだ。持ってこないはずがないだろう？」

「さっきも言ったが、本当に心配したんだ。きみが危険を冒していることは知っているからな、友よ」

「たしかに問題がなかったわけではないが」トレヴァーはうなずいた。「なんとか処理した」

「それはよかった。気持ちがよい晩だ。散歩をしないか？」

トレヴァーは寄りかかっていた柱から身を起こすと、友人のあとを追った。レモンの木が並ぶ小道を無言で池のほとりまで歩き、そこからさらに突きだした埠頭をたどった。たしかに、ここならばふたりの会話をだれにも聞かれない。トレヴァーは笑みを押し隠した。エドワードは常に注意深い。

上着のポケットに手を入れ、紙で包んだ箱を取りだした。紙を開いて箱を開け、保護のために重ねてあった綿を避けて、ゴールドとラピスラズリの美しい色彩をのぞかせる。

エドワードが低く口笛を吹いた。「たしかにきみは、この品の価値を誇張していなかったようだ」そう言うと、箱を受け取り、目を近づけて子細に眺めた。

「第八王朝の時代だ」トレヴァーは言った。「聖職者の妻のものだ。残念ながら、墓自体の価値はほとんどなかった。すでに盗掘されていたが、これは見逃されたらしい」

エドワードが自分の上着のポケットに箱を滑りこませた。「このネックレスがきみの言った通りのものだったら三〇〇〇ポンドを払うということで同意していたはずだが」

トレヴァーが小さくうなずくと、エドワードは紙幣をひと束渡してよこした。「よくやってくれた。博物館が非常に喜ぶだろう。エジプトコレクションに使える」

「どうやって手に入れたかは言わないように」

「それは承知している。しかし、なぜこんなに遅れたんだ?」

「ルッチだ。ほかにいないだろう?」

エドワードが顔をしかめた。「迷惑な男だな」

「それはかなり控えめな言い方だ。ぼくがヘネットの墓からまだ出てもいないうちに、あの男はこのネックレスを盗んだんだ。部下と一緒にぼくをつけてきたに違いない」

「どうやって取り返したんだ？」

トレヴァーは友を見やり、いたずらっぽくほほえみかけた。「ルッチの妻が信じられないほど美しくて、しかも夫にうんざりしきっているということだけ明かしておこう」

エドワードが笑った。「なるほど。それで、エジプトに戻る予定なのか？」

「いや、家に帰るつもりだ」

「そうではないかと思っていたよ。きみほど腕がいい人材はほかにいないから、もう頼めないのは残念だがね。ともかく、これまでよりは頻繁に会えるようになる」言葉を切り、なにかを見抜こうとするかのようにじっと親友を見つめた。「兄上のことはもちろん聞いている。伯爵になった気分はどうだ？」

トレヴァーは目をそらし、水面を滑るように移動する白鳥の群れを見やった。「奇妙な気分だよ」

「トレヴァー、言っておくべきだと思うんだが、噂話を耳にした。つまり、財政的な困難についてだ。ぼくの耳に入ったということは、すなわち――」

「ほかの者たちの耳にも入っている」トレヴァーは、実際に感じている狼狽はいっさい見せずに、すんなり言い継いだ。「情報をありがとう」

「だれであろうと、伯爵が自殺をすればいろいろさぐられるのは仕方がないことだ」

「そうだろうな。すぐにケント州に向かって、自分の目で確かめるよ」

「いつ出発する?」

「明日の午後にぼくの船がオスティアを出航する」

「よかった。きょうはここに泊まるだろう、もちろん? 見ての通り、部屋は充分にある」

トレヴァーは遠くに見える豪華な別荘を見やり、周囲を囲む贅を尽くした庭を眺めた。

「すばらしいところだ」そう言い、エドワードについて家に向かって歩きだす。「これほどの別荘を借りる余裕があるということは、ケタリングの地所がよほどうまくいっているのかな? それとも、大英博物館館長という職がよほど俸給がいいのか?」

「いや、ぼくが借りているわけじゃない。客として滞在しているんだ。この家は、ぼくの妻の叔父ヘンリー・ヴァン・オールデンの持ち物でね。アメリカ人――大富豪だよ、お察しの通り。もともとチョコレートでひと財産を築いたが、今ではありとあらゆる投機を一手に引き受けている人物だ」

自分も金持ちの親戚がいればいいのだがとトレヴァーは思った。

ポーチにつながる石段までくると、エドワードが足を止めてトレヴァーを振り返った。

「それで、今夜は泊まれるだろう?」

「押しかけるのは気が進まないな」

「いや、ヘンリーはかえって喜ぶだろう。考古学が趣味でね。きみとエジプトについて話したいはずだ。客室を用意していいかな?」

「本当にこちらの主人の邪魔にならないならば、今夜ひと晩泊めてもらえれば大変ありがたい。アンジェロ広場のセニョーラ・カルヴェッティのところに荷物を置いてある」

「取りにやらせるよ」エドワードはトレヴァーのしわくちゃになった旅の衣服をちらりと見おろした。「ヘンリーと彼の娘が今夜舞踏会を開く。盛装が望ましいが、どうだろう」

トレヴァーは首を振った。「舞踏室には、もう長いあいだ足を踏み入れていないからな。少し疲れたし、明日はまた長い旅路が待っている。ぼくは失礼するよ、きみがかまわなければ」

「もちろんかまわないさ。マラリアは手ごわいからな。部屋の用意ができたら、ジュゼッペがきみに知らせる。これから数日はほかにも何人か滞在客がいるから、朝食は略式だ。一一時までは、食堂のサイドボードに温かい料理が用意されているから勝手に食べてくれ。では、ぼくはそろそろ支度をしないと遅れてしまう。失礼していいかな?」

エドワードは家に向かって歩きだしたが、すぐに足を止めて肩越しに振り返った。「また会えて、本当に嬉しいよ」

友人の姿が家のなかに見えなくなると、トレヴァーはポーチの錬鉄製のベンチに腰をおろした。そしてそこに長いあいだ座っていた。葉巻を吸いながら、薄暮が宵闇に変わっていくのを見守る。噂がロンドン中を飛び交っているというエドワードの発言について考え、どれほど多くの事実が出まわっているだろうかと思った。アシュトンパークの深刻な状態が社交界中に正しく知れ渡っているとすれば、資金を調達することは不可能だろう。自分はいったいどうすればいいんだ?

2

マーガレットは小さくハミングしながら、ワルツを踊っている人々を眺めていた。隠れているのは、静かなアルコーブとにぎやかなダンスフロアを仕切る背の高い鉢植えのヤシの陰だ。ここならば、ダンスを眺め、音楽を聴いて楽しみつつ、コーネリアが紹介しようとしている男性全員を避けることができるだろうと当てこんでいる。

四杯目のシャンパンをひと口すすり、ヤシの葉陰からまたのぞく。その瞬間、遠くの黒っぽい姿がこちらの存在に気づいたのがわかった。失望のうめき声を漏らし、後ずさりしてアルコーブの奥に引っこんだが、時すでに遅く、ロジャーはこちらに向かって歩きだしていた。

「あなたがここに隠れているのが見えましたよ」彼が近づいて言う。「今夜のあなたがどれほど美しいか、もうお伝えしたかな?」

「ええ、少なくとも二回は」

彼がなにか言おうと必死に考えているのがわかった。ようやく思いついたらしい。「何度も繰り返して申しわけない。しかし、真実だ。非常に美しい」

「ずいぶん褒めてくださいますのね、ハイムズ卿」グラスからもうひと口すする。シャンパンって本当に美味しい。マーガレットは、この見せかけの求愛を、ロジャーがどれほど続ける覚悟があるのかを、今夜こそ見極めようと決意した。「ひとつ質問をさせてくださる？　厳密に言って、わたしのどこがそんなに美しいのかしら？」

マーガレットを凝視する様子から見て、ぶしつけな質問に彼はよほど仰天したらしい。「そうだな……」言いよどみ、調べるかのようにマーガレットを見つめる。そして、なんとか勇気をかき集めたらしく、ようやく答えた。「目鼻立ちが美しい」

「本当に？　髪はいかが？　マホガニーのように艶があって豊かじゃないかしら？」

彼の口もとに心底嬉しそうな笑みが浮かんだ。マーガレットの言いたいことがわかってきたらしい。「それも適切な表現だとぜひ言いたい」

「では、瞳は美しい宝石のようにきらめいていないかしら？」

彼の笑みがさらに深まる。「いや、あなたの瞳は茶色だから」

マーガレットが笑いだすと、彼も笑った。その顔を見あげ、その笑顔が心からのものだと確信する。こちらが聞きたいことを言おうとしているわけではない。苛立ってもいない。堅苦しく取り澄ましていなければ、ずっといい人なのに。

もう少し彼を観察する。唇はとてもいい形をしている。男性とキスをするとどんな感じがするのかしらとマーガレットは思った。一番大胆な求愛者がおずおずと頬をついばんだ時のような軽いキスではなく、本物のキスをしたら？

無謀で激しい感情と抵抗しがたい好奇心が湧きおこった。この男性と結婚するつもりはないけれど、キスをしてみたら気が変わるかもしれない。マーガレットはグラスを飲み干し、そばのシダの植えこみに無造作に放った。「月明かりに照らされた庭はとても美しいの。ご覧になりたいかしら？」

彼がまた仰天した様子でマーガレットを眺めた。「今？」

その顔に期待が浮かんだのを見て、マーガレットは一瞬、いけないことをしたような感覚に襲われたが、その疑念はあえて脇に押しやった。「真夜中に、迷路の真ん中で会いましょう」小さくささやくと、アルコーブを抜けて舞踏室に戻った。あっけにとられてこちらを眺めているロジャーを残して。

背後の扉が開き、パーティのざわめきがあふれだした。開いた戸口から数人の男が葉巻を吸いにポーチに出てきたが、トレヴァーは話し相手がほしい気分ではなかった。必要なのは考えるための静かな時間。立ちあがると、月明かりを頼りに石段をおりてツゲの生け垣を高くめぐらした迷路に向かった。なかに入り、どちらに行けばいいかわからずに最初の道を進む。二〇万ポンドをどうすれば工面できるかも同様にわからない。

家族をこんな混乱に陥れるとは、ジョフリーはまったくどうしようもないやつだ。とはいえ、愚かなのは今に始まったことではない。兄は相続した地所を守ったり、維持したりすることにいっさい興味を持たなかった。主たる関心はクラヴァットの最新の結び方か、あるいは英国皇太子が今年もアスコットの特別スタンドに招待してくれるかどうかで、賢明な投資方法など露ほども知らず、たとえ騙されてもわからない。王権神授の王国の貴族である限り、金は天から降ってくるという尊大な思いこみをどうやっても捨てられなかった。そして、家の金庫が完全に空になると、頭に銃弾を撃ちこみ、先祖代々の墓に横たわることを選んだ。

エリザベスは喪中の一年間はいちおう喪服に身を包み、亡くなった夫を悼むふりをするのだろうかとトレヴァーはいぶかった。おそらくしないだろうと冷ややかに断定する。彼女は黒が嫌いだ。

なにげなく角を曲がると、ツゲの生け垣が壁となって行く手を阻んでいた。行き止まりだ。きびすを返し、別の道を行く。

エリザベス。うぬぼれやで愚かな男の、うぬぼれやで軽薄な妻。地所に対する関心は夫よりさらに低い。

トレヴァーに対する手紙のなかで、母はアシュトンパークの惨状を嘆いていた。西翼の屋根は雨漏りし、絨毯は擦りきれ、排水設備は三年以上前から正常に機能していない。代々伝わってきた宝石は売り払われ、家族の肖像画も金箔を貼った額縁にはまったまま質に入っている。エリザベス女王から初代アシュトン伯爵に賜った贈り物も、とうの昔に競売にかけられた。

そのどれも、トレヴァーにとってはなんの意味もない。宝石も肖像画も伝統もくそ食らえだ。アシュトンパークが大切である理由はただひとつ、それが自分に属しているから、自分の所有する地所であるからに過ぎない。雨漏りする屋根、擦りきれた絨毯、不良の排水設備、そのすべてが今は自分のものなのだ。

また角を曲がると、今度は広場に出た。真ん中に噴水があり、しぶきが月明かりに照らされて銀色にきらめいている。陰になった周囲にいくつも置かれたベンチはバラの樹にいくらか遮られている。恋人たちの逢い引き用に設計されていることは間違いない。一番近くにあったベンチに腰をおろし、バラの枝のあいだから噴水を眺めると、思いは過去から未来に移っていった。人生で初めて、真に自分のものだと言えるものが手に入った。くそっ、それを、ただ兄が愚か者だったからという理由で失うつもりは毛頭ない。

トレヴァーの思いは突然、スカートの衣擦れの音に遮られた。身を乗りだすと、娘がひとり、広場の中央を目ざして歩いてくるのが見えた。舞踏会の夜会服を着ているということは、パーティの客が散歩に出てきたに違いない。娘は近づいてきて、トレヴァーが座っているすぐそばで立ちどまった。

「あなたはどうしてキスをしてくれないの?」

娘のささやいた申し出にぎょっとする。自分に向かって話していると一瞬思ったが、自分はバラの茂みの奥深くに埋もれて見えるはずはない。そもそも、一度も会ったことがない女性だし、まったく知らない男にこんな魅力的な招待をするような女性にも見えない。

当惑を覚えながら、トレヴァーは娘がなにもない空間に向かって、ふたたびささやく姿を見守った。「ロジャー、キスしてほしいの」

頭を傾げ、ちょっと考えこむ。それから、がっかりしたように首を振った。「いいえ、こ

らし、想像上の相手を見あげた。「わたしにキスしたい？」

いない場所に座っている男のことはまったく気づいていない。また足を止め、今度は顔をそ

娘は落ち着かなげに行ったり来たりし始めた。思いにふけっていて、三メートルも離れて

れではあまりに性急すぎる。うまくいくはずないわ」

ため息をつく。「いいえ、これもだめだわ」

なにをしているかに気づいて、トレヴァーは思わずほほえんだ。娘は真夜中の逢い引き

——彼女にとって初めての体験であることは間違いない——を計画していて、その下稽古を

しているのだ。ほほえましい思いで観察する。心配する必要はないと言ってやってもいいか

もしれない。こんな女性を前にすれば、男は目がくらみ、頭もくらみ、励ましなど必要なく

なるものだ。

濃紺のビロード地の夜会服に隠された豊満な肉体美が、月光に照らされて浮きあがる。ド

レスの襟ぐりからのぞくクリーム色の肌は、胸の谷間に通じる小道への招待状。そそられて

視線をさげれば、ヴァイオリンのようにくびれたウエストが目に入る。きわめて美しくかた

どられた肉体、あらゆる曲線が完璧な均衡を保った肢体。首の向きがわずかに変わると、黒

目がちの大きな瞳とえくぼが見え隠れする頬、そして、間違いなくキスしてみたい唇が見え

た。おおいに魅了され、トレヴァーは、ロジャーという男の趣味のよさを心のなかで褒めた

たえた。

その時、慎み深い咳払いが聞こえて注意がそらされた。広場の入り口に目を向けると、男

がひとり、ぽつんと立ち、居心地悪そうに左右の足を踏みかえていた。ロジャーがやってきたに違いない。

「ハイムズ卿」娘が彼を手招きした。「迷路なのにちゃんと抜けていらしたのね？」

男が歩いてきて、娘の隣に立った。「数分歩いた」男が言う。「手間がかかる道だ」

ロマンティックな逢い引きの始まりらしい。トレヴァーはもう一度入り口を見やり、出る道はそこしかないことを確認した。見られずに逃げだすことは不可能だ。もちろん、立ちあがり、たとえ茂みが揺れた音で気づかれたとしても、平然とすばやく退散すればいいことだが、トレヴァーは、娘のロマンティックなひとときを台無しにしたくなかった。それに、彼女が目標を達成できるかどうかも見てみたい。あまりに親密な状況になれば、もちろん、その時はひそかに立ち去ろう。そうなれば、ふたりはこちらの存在など気づきもしないはずだ。

娘が一歩ロジャーに近寄った。「その手間の甲斐があるといいんだけど」優しい口調で言う。

トレヴァーは思わずにやりとした。称賛を求めるきっかけを与えて、ゲーム開始というわけだ。

しかしながら、ロジャーは彼女が与えた機会にまったく気づいていない。ただ空を見あげただけだ。「美しい晩だ。散歩には少し寒いが、二月としては暖かい」

「ええ、美しい夜ね」娘がうなずき、頭上の月をちらりと見あげてから、また男のほうを向いた。目もくらむような笑みを浮かべ、彼のほうに顔を寄せる。「イタリアって、とてもロマンティックだと思わない？」

「あ、ああ、そうだが」彼は口ごもった。体をこわばらせ、不安げに一本の指で内襟をなぞる。トレヴァーの笑みが深まった。なんとよそよそしい態度だろう。あの男は冷ややかなのか、女に関心がないのか、それとも単に愚かなのか？　トレヴァーは娘を気の毒に思った。あんなに魅力的なのに、キスを一回してもらうために、これほど苦労しなければならないとは。


ロジャーが咳払いをした。「こう言ってはなんだが、散歩に行こうというあなたの誘いには非常に驚かされた。もちろん嬉しかったが、びっくりしたことに変わりはない。ほかにもたくさん求愛者がいるはずだが」

「そのうちのだれにも、まだキスをしてもらったことがないわ」どうやら、さりげなく匂わす努力は放棄したらしい。その大胆さを、トレヴァーはいけないこととは思わなかった。純情ぶる女性に魅力を感じたことは一度もない。それに、この男相手では、繊細な言い方ではなにも伝わらないだろう。

「そうであることを願いたいものだ」ロジャーが尊大な口調で言う。「あなたは良家の令嬢だ。男として、そこまで先走ることは想定されていない」

トレヴァーはあきれかえった。礼儀など放りだしてしまえ。彼女にキスしろよ、この愚か者。彼女が待っているのがわからないのか？

「もちろん想定されてないわ」娘が戸惑いと失望に満ちた声で、ロジャーの言葉をおうむ返しに言う。トレヴァーは笑いを呑みこみ、思わず喉を詰まらせそうになった。

「婚約していれば話は別だが」男が続ける。「そうなれば、きわめて正しいことと言えるが、もちろん」ロジャーは大きく息を吸って勇気をかき集め、娘の両手を握ってふいに片膝をついた。「マーガレット――マーガレットと呼んでもいいかな？」答えを待たずに言葉を継ぐ。「ぼくはあなたに誠実な気持ちを抱いている。あなたを心から好いている。敬意を抱いている。きみは申し分のない妻になってくれるだろう。ぼくと結婚してくれませんか？」

気難しい英国男性が湿った草に膝をつき、小学生が教理問答書を暗唱する時のように真剣な顔で結婚を申しこんでいる。その光景に、トレヴァーは今度こそ本気で吹きだしそうになった。しかし、男がいかに愚かしく見えようとも、このような申し出を受ければほとんどの女性が大喜びして、大勝利を収めたかのように受け入れることも承知している。ところが、この女性は少しも嬉しそうではなかった。この状況をおもしろがっている様子も見せず、ただ驚き、戸惑った表情で男を見おろしている。口を開けてなにか言おうとしたが、なにを言えばいいかわからないかのように、そのまま閉じた。どうやら、この状況は彼女が期待していたものでなかったらしい。

そうだ、情熱的なキスを二、三回、いくつかロマンティックな言葉。結婚の申しこみは計画に入っていなかったに違いない。娘がなんと答えるだろうかとトレヴァーはいぶかった。

娘が両手を引っこめようとしても、ロジャーはしっかり握って告白を続行する。「出会ったほぼその瞬間からあなたに結婚を申しこもうと思っていたが、今夜まで打ち明けなかったのは、あなたの気持ちがわからなかったからだ。そのあたりに関してはとても慎重だからね、あなたは」

「ロジャー」娘が言った。「残念ながら、あなたは誤解して――」

「しかし、庭を歩こうという魅力的な招きを受けて、あなたがぼくのことを、思っていたよりもずっと思ってくれているとわかった」唾を飛ばすかの勢いでしゃべり続けているのは、相手が口をはさんだことに気づかなかったのか無視したのか。

娘が再度試みた。「いえ、わたしは本当は――」

「結婚を承諾してくれ」彼が催促する。「すばらしい夫婦になるよ、あなたとぼく。社交界のだれもがうらやましがるだろう」

「ええ、そうでしょうね」娘がつぶやく。「でも、わたしは本当に――」

「母はあなたをとても気に入っている。アメリカ人であるにもかかわらずね。結婚を申しこんでもよいと前から言われていた」

やれやれとトレヴァーは思った。ママに許可を得るとは。なんとすばらしい。

娘はいまや、なんとか逃れようと必死になっていた。「ねえ、ロジャー、立ってちょうだい！」そう言い、ついに両手を引っこめる。「うまくいくはずないとわかっているべきだったのに。このすべてを忘れましょう」

男があっけにとられた顔で娘を見あげた。「すべてを忘れる？　なんのことかわからない」

「わからないことはわかるわ。あなたはとても素敵な申しこみをしてくださったもの。嬉しかったわ、本当よ。でも、あなたと結婚することはできません」

「ぼくを断るというのか？」信じられないという顔でロジャーが言う。「しかし、ここにぼくを誘ったじゃないか！　そうしたから、信じたんだ、きみが――」

「誤解させたならば謝るわ。本当にごめんなさい。そういうつもりではなかったの。わたしたちは合わないわ。もしも結婚することになったら、それはどちらにとっても悲惨な過ちになるでしょう」

トレヴァーは心の底から賛成だった。この娘は明らかに普通の女性と違う。情熱を望んでいるが、それがどういう結果になるかについてはなにもわかっていない。彼女が望んでいるものをロジャーが与えられるかどうかについて、トレヴァーは懐疑的だった。新婚のベッドにおいても、そのほかにおいても。

いたたまれないような長い沈黙のあとに、ロジャーがついに声を発した。「なるほど」冷たく言い、立ちあがる。「もちろん、あなたが正しい。これは間違いだった」一語話すごとにさげすみが加算されていく。「育ちの悪いアメリカ人に、ぼくの気持ちを浪費すべきでないことくらいわかっているべきだった。では、さようなら」

ロジャーはぎこちなく一礼すると、そそくさときびすを返して歩き去った。

「まあ、最悪！」男の姿が見えなくなると、娘はつぶやいた。「初めて本物のキスをするはずだったのに、あんなふうに堅苦しく振る舞うから、すべてが台無しになっちゃったわ！」

トレヴァーはついに我慢できなくなり、どっと笑いだした。

マーガレットははっと息を呑んで振り返った。見たこともない男性が木陰から出てくるのを、ぼう然と見守る。恐ろしく背が高く、肩幅が広い。しわだらけの服、乱れた黒髪、無精髭に覆われた顔。しかし、その服も仕立ては上等で、話した時の低い声は豊かで教養があって、そしてとてもおもしろがっていた。

「笑ったことを悪く思わないでほしい」彼があまりに近くに立ったせいで、目を合わせるには、顎を突きだして真上を見る必要があった。

彫りが深い顔立ちとくぼんだ目が見えたと思った瞬間、すべてがぼやけ始めた。頭を振り、一歩さがる。そしてもう一歩さがり、シャンパンでもうろうとした感覚を振り払おうとした。

「それ以上さがると、噴水に落ちる」彼が指摘する。

タイルをめぐらした噴水の縁にかかとが当たり、退却中断を余儀なくされた。「あなたはだれなの？」なすすべもなく、強い口調で詰問する。

「大した見ものだった。こんなにおもしろいものはこれまで見たことがない」マーガレットの質問に答えずに、男が言う。「あいつは堅ぶつだ。きみが結婚を断ってくれて、ぼくは大変嬉しい」

男がすべてを見聞きしたことに気づくと、マーガレットの動揺は怒りに変わった。「そんな物陰でこそこそして、盗み聞きするなんて、なんて人なの！」

「ぼくのほうが先にここにいた」彼が答える。「プライバシーが必要ならば、来た時にだれもいないことを確かめるべきだったな」

そう言われても気は収まらないが、わざと盗み聞きしたわけでないことだけはわかった。

「あなたがすぐに、そこにいることを知らせるべきだったのよ」

「そして、女性の人生で最高の瞬間を台無しにする？　そんなことはできない」

「あれは個人的な会話だったのよ！」マーガレットは怒りにかられて言い返した。

彼の顔にからかうような笑みが浮かんだ。マーガレットにほほえみかけ、ゆっくりと歩いてくる。「そうかな？　ぼくは会話ではなくキスという印象を受けたが。きみの頭にあるのは」

知らない男性に恥ずかしい場面を目撃されたと知り、マーガレットは屈辱を覚えた。だが、それを相手に見せるつもりはない。ぼうっとなった気持ちを奮い立たせ、なんとか威厳を保とうとした。「なにをおっしゃっているのかわかりません」

「わからない？」男が指先でマーガレットの唇を優しくなぞる。その繊細な触れ方に、ふいに体がしびれ、心臓が高鳴った。この人はいったいだれなの？

「もしも本当にキスを経験したいなら」彼がつぶやき、ゆっくりとマーガレットの下唇を撫でる。「やり方を心得ている男を選ぶべきだ」

その言葉に対する憤りのおかげで、ようやく体を動かせるようになった。彼の手首をつかみ、乱暴に押しやる。「あなたのように、ということかしら？」

「それはお誘いかな？　もちろん、哀れなロジャーの代役を務めさせてもらえれば、こんな嬉しいことはない」少しかがみ、打ち明けるようにそっとささやく。「ひざまずき、結婚を申しこんですべてを台無しにするようなことはしないと約束する」

からかうような笑みがさらに広がったのを見て、マーガレットは笑われていると確信した。答えようと口を開いても、彼の独りよがりな自信を打ち砕くだけの辛辣な言葉を思いつかない。恥ずかしさで顔が火照り、飲みすぎたシャンパンでぼうっとしているうえ、困惑と憤りで言葉が出ないという状態で、マーガレットは唯一思いつけたことを実行した。走って逃げだしたのだ。

笑みを浮かべたまま、トレヴァーは娘がそそくさと走り去る姿を見送ったが、その時月明かりになにかきらめくものが目に入った。拾いあげて思わず口笛を吹く。女性の髪に飾る金細工の櫛で、ダイヤモンドがちりばめてある。非常に値打ちがあるものだ。一〇〇ポンドはくだらないだろう。宝石の櫛をいじりながら、トレヴァーは娘の魅惑的な肢体を思い浮かべた。唇の震えと誘惑しようとする無邪気で大胆な試みのことを考える。その相容れない組み合わせに心惹かれ、ふいに欲望が高まるのを感じた。彼女に月明かりのなかの散歩を誘われたのが自分でないのが返す返すも残念だ。彼女も多少は満足できる経験ができただろう。自分が楽しめたことは間違いない。

翌朝、トレヴァーは早起きした。昨日の夕方、エドワードと歩いている時に厩舎を見かけたし、自分はもう長らく馬で遠乗りをしていない。トレヴァーは体を洗って服を着ると、厩舎に向かった。

馬丁頭がなかに入れてくれた。並んだ馬房に沿って歩き、馬を吟味しながら、トレヴァーは称賛を覚えずにはいられなかった。ここの主人がだれであろうと、その男は馬というものを知っている。そして、ついに立ちどまったのは、目が覚めるように美しい雌の黒馬の前だった。彼に向かって元気よくひと声いななき、たてがみを勢いよく振った様子は、まるで乗ってごらんと挑戦しているかのようだ。

ちょうどその時、ひとりの男が廏舎に入ってきた。馬丁が急いで走り寄り、大げさに挨拶したところを見ると、明らかに重要人物らしい。

「おはよう、ロベルト」轟《とどろ》くような声が、トレヴァーの立つ場所まで揺るがした。「シェヴアルを連れてきてくれないか？」

馬丁が走り去ると、男はトレヴァーのところまで歩いてきた。頭を傾げて雌馬を示し、褒めるようにうなずく。「シンダーはいい馬だ」

「乗る訓練はすでに？」

男が笑い声をあげた。「上流社会の慣習に則ってというわけか。この馬はえり好みが激しくてね。乗り手を選ぶんだ。わしの娘がその選ばれた乗り手というわけだが、それは似た気性だからだろう。どちらも速く走るのが好きで、どちらも命令に従うのが下手だ」

「馬は乗せる者を選びはしない」トレヴァーは異を唱えた。「乗った者が馬に走ってよいと許可するんです」

「そうだろう。しかし、シンダーは、わしの娘と同じく、自分の意志というものが非常に強くてね」

それを証明するかのように、雌馬が突然後ろ脚で立ちあがり、前脚で空を蹴った。激しい音を立てて着地すると、今度はけんか腰で馬房の奥をひと蹴りする。

トレヴァーは雌馬の隣の空いた馬房に入り、そこから手を伸ばして雌馬のたてがみをつかんだ。長い毛を手にまわしてしっかりと握る。そして、もう片方の手でゆったりとなだめるように雌馬の首を撫でた。「大丈夫」優しく声をかける。「いい子だ」

馬は最初、トレヴァーの支配に抵抗し、頭を左右に振って逃れようとした。しかし、トレヴァーが持つ手をゆるめずに忍耐強く待っていると、ほどなく諦めて静かになった。

「なるほど」男が言う。「きみを気に入ったようだ」

「ただ、好機を待っているだけですよ。ぼくが乗る隙を狙っている。その時が勝負です」

男がおもしろそうにくすくす笑った。「たしかにそうらしい。わしはひとまわり乗りにいくが、一緒に来るかね？」

「喜んで」トレヴァーは雌馬を放し、馬房を出た。片手を差しだし、自己紹介をする。「アシュトン卿です」

「そうではないかと思った」年輩の男はそう言い、トレヴァーの手を万力のような力で握り、大きく振った。「エドワードがきみの話をしていた。わしはヘンリー・ヴァン・オールデンだ」

ふたりの馬に鞍がつけられると、ヘンリーはシェヴァルにまたがり、先に廏舎の中庭に出た。貸した雌馬に若い男が乗るのを興味深げに見守っている。トレヴァーはゆっくりした動きでそっと鞍に座った。この気まぐれな馬が怯えるような動きを極力避けながら手綱を取ると、深呼吸をしてから、馬丁にうなずき、さがらせた。ロベルトがどいた瞬間に、シンダーが興奮したように鼻を鳴らした。はねあがるべく頭を低くしようとするが、トレヴァーが手綱をしっかり握っているせいで動けない。

雌馬はしばらく嫌そうにもがいていたが、トレヴァーがいったんなだめることに成功すると、今度はまるで恩恵を与えるかのような優雅な身のこなしで乗り手に誘導を許可し、厩舎の中庭に出てきた。

「すばらしい」トレヴァーが雌馬をシェヴァルの横に停止させると、ヘンリーが褒めた。「きみは馬のことをよく知っている」

これが、この男としては最大限の褒め言葉であることにトレヴァーは気づいた。

「エドワードが言っていたが、きみは考古学の仕事をしているとか」

その表現も間違いではないと判断する。「ここしばらくは、ええ、そうです」

ヘンリーがはるか彼方のうねるように続く緑の丘を指さした。「あそこにすばらしい遺跡がある。見たいかね?」

「ええ、ぜひ」トレヴァーがシンダーの横腹に鞭をそっとかすめると、シンダーはそれだけでヘンリーの糟毛の馬を追って中庭から走りだした。

春らしい気持ちのよい朝だったし、とても美しい地所だった。五キロほど走り、尾根の際で馬を止める。トレヴァーは眼下の谷を見おろした。広くなった場所に何本かの柱と古代ローマの邸宅だったらしい石が見える。まだ一部しか発掘されていない。

「わしのささやかな事業だ」ヘンリーが説明する。「自分だけでやっている。もちろん、なかなか進まないがね。一年のうち三カ月しかここにいられない」

「考古学者を雇って、発掘させることもできますよ」

ヘンリーは声をあげて笑い、首を振った。「わしがいない時になにか見つかったらと思うと、いてもたってもいられないからね」

「かなり興味深い発掘現場ですね」トレヴァーは感想を述べた。「ローマ建築は専門ではありませんが、ここはかなりよい状態に残っている」

「そう、その通り。地震でいくらか崩れたが、それは仕方がないことだ。もちろん、金目のものはすべて持ち去られている。しかし、モザイクのかなりの部分は完全に無傷で残っている」ローマ建築について講釈を開始し、この現場で発見した屋内配管などの革新的技術について説明した。

ヘンリーがトレヴァーをじっと眺める。「なんと、ローマ遺跡の話で、あなたを退屈させてしまったようだ。たしか専門はエジプト学だったかな？」

「ええ。この一〇年、エジプトに住んでいました」

「そして、たしか最近、アシュトン伯爵となった？」

「ええ」

ヘンリーはうなずき、いかにも抜け目ない目つきでトレヴァーを見やった。「その爵位に伴って、財政的危機も相続したと理解しているが」

トレヴァーは谷を見おろしたまま、目を離さなかった。「エドワードは話しすぎだ。それに、そのことがあなたになんの関係があるのかわかりません、ミスター・ヴァン・オールデン」

「関係はない」ヘンリーが感じよく言う。「それに、エドワードはロンドンでこの何週間か語られている以上のことはなにも話していない。故アシュトン卿が破産状態の地所を残して亡くなり、今のあなたが資産もないし、借りることもできないことはとっくに知っていた」

トレヴァーは口をついて出そうになった悪態を呑みこんだ。やれやれ、イングランド中の人々に自分の財政状態が知られているのか？　その全員が、あからさまに本人の前でそれを話題にするというのか？

トレヴァーの心の内を読んだかのように、ヘンリーが片手を出してなだめるような動きをした。「きみを怒らせるつもりはなかった。しかし、実業家として、ひとつ好奇心を満たしてもらえないだろうか。もしも今、充分な金があったとしたら、あなたはそれをどうするかな？　おそらく、もっと土地を買うだろうね？」

答えを拒否することも考えたが、ヘンリー・ヴァン・オールデンは大変な資産家であり、資産家はたいてい役に立つつながりを持っているものだ。気が進まないまま、トレヴァーは自尊心を呑みこみ、首を横に振った。「これまでは、たしかに土地は安全で賢い投資だったでしょう。しかし、昨今は違う。賃貸料は固定、作物の価格は下落し、小作人に農業をやらせても利益が出ない。それは、これからしばらく変わらないとぼくは思います」

「それでは、きみならどうするんだ？」

「工業です」きっぱり答える。「工場や製造所は将来伸びる。そこに金をつぎこむべきです」

ヘンリーが驚いたようにトレヴァーを眺めた。「それは、きみのような地位の人に典型的な考え方とは言えない。この国の貴族の多くは、地代で生計を立てることに、徹底してこだわっている。そのほとんどにとって、もはや土地が利益を生む源泉でなくなっているにもかかわらず」

「貴族の大半は、分別を持たないですからね」トレヴァーは皮肉めいた声で言った。「少なくとも、ぼくの兄はそうだった」

ヘンリーが笑った。

「ともかく、わしは思ってもみなかった。工業に参入することが自分の沽券にかかわると考えていない貴族に出会うとは」

トレヴァーは馬の向きを変え、家に戻り始めた。「ぼくは現実的な人間なんですよ、ミスター・ヴァン・オールデン」

「なるほど」ヘンリーが考え深げに言う。「そうだろうな」

3

翌朝かなり遅い時間に、マーガレットは朝食の部屋に入っていった。立ちこめた腎臓とベーコンを焼いた匂いに迎えられる。腎臓が好きだったためしはないが、とくにけさは、その匂いが吐き気を催すほどつらかった。戸口で立ちどまり、反抗的な胃に手を当てる。

コーネリアはすでに食卓につき、その隣に彼女の夫、ケタリング卿が座っていた。ケタリング卿に向けられた笑顔が理解と同情を示しているように思えて、マーガレットはなんとか小さくほほえみ返した。エドワードのことは、いつもいい人だと思っている。子爵かもしれないが、彼は堅物ではない。

食卓の向かい側に、アーバスノット公爵夫人が座り、不快そうにしかめた顔をマーガレットに向けていた。「マーガレット、具合がよくなさそうだね？」

「いいえ、元気ですわ、レディ・アーバスノット」ささやくような声しか出ない。「大丈夫」そう言うとサイドボードのほうを向いたが、それでも公爵夫人とレディ・リットンのあいだで交わされた目配せに気づかないわけにいかなかった。レディ・リットンが首を振って、明らかに非難を表明している。それを見てマーガレットは、公爵夫人を、閣下という敬称か、あるいは少し略式に公爵夫人と呼ばないで、レディ・アーバスノットと呼びかけるという社会的に許されない過ちを犯したことに気づいた。この敬称や作法をこなすためには頭を回転させる必要があり、けさのマーガレットの頭はその状態になっていない。カップにコーヒーを注ぎ、大量の砂糖を加えた。二度としないと誓う。二度とシャンパンは飲まない。こんなことは一度で充分。

長い食卓の一番端にコーヒーを持っていき、エドワードの皿に載った腎臓は見ないように気をつけながら腰をおろした。「お父さまは？」

「お客さま数人を案内して美術品を見せていらっしゃるわ」コーネリアが答えた。「もうすぐ来られるでしょう」

ロジャーがすでにいないのは知っている。夜明けに子爵が出発したことを先ほどコーネリアから聞いて、心から安堵したところだった。かごからスコーンをひとつ取り、上の空で少しかじる。頭のなかは前夜のことでいっぱいだった。それはつまり、自分のプライバシーを侵害した見知らぬ男性のこと。

彼はどこから来たのだろう？　彼の姿が脳裏に浮かぶ。風に乱れた黒っぽい髪とからかうような目。だれなのかしら？

物音に思いを遮られ、マーガレットは目をあげた。父がレディ・アグネスに腕を貸して部屋に入ってくるところだった。そのふたりの後ろはレディ・サリーで、隣にいる背の高い男性をうっとりと見つめている。その見覚えのある姿にマーガレットの背筋を怖気が走った。

あの男性。

彼は信じられないくらいハンサムだった。昨夜は暗かったうえ、シャンパンを飲んでいた。しかも、とても怒っていたし、彼の髪がぼさぼさだったせいもあって、こんな一目瞭然なことに気づかなかった。

でも、今は気づいている。顔のあらゆる線、くぼんだ目からきっぱりした顎の線まで、すべてに男らしい力が刻まれている。腕にもたれた娘にほほえみかけていて、その笑顔は冷笑が浮かんでいなければ、ものすごく魅力的だ。

彼と視線が合った。顔がかっと熱くなるのを感じながら、マーガレットは父がみんなを紹介する声に耳を澄ました。

「ケタリング卿は知っているね、もちろん。こちらはもうご存じかもしれないが、アーバスノット公爵夫人。そして姪のレディ・ケタリング。そちらがわしの娘、マーガレット・ヴァン・オールデンだ。みなさん、アシュトン伯爵トレヴァー・セントジェームズを紹介しよう。昨晩エジプトから到着された。ここでエドワードと仕事の用件を済ませ、ケント州の地所に戻られるそうだ」

「トレヴァー」エドワードが立ちあがった。「けさは元気そうだ。よく眠れたか？」

「ああ、よく眠った。ありがとう」

ふたりの会話の親しげな様子を察知し、マーガレットは縁結び好きの血縁者全員が地獄に堕ちてしまえばいいと思った。この見知らぬ男性もまたエドワードの友人の英国貴族、コーネリアの推薦を受けてヘンリーに招待され、自分に求婚するという目的だけのためにここにいる。父がよき主人役を演じて伯爵をサイドボードの料理まで案内し、それから食卓の逆の端の席に座るのを見守る。マーガレットの手は気づくと皿のスコーンを崩していた。座った父を反抗的な目つきでにらみつけたが、父はこちらを見てもおらず、マーガレットはまた皿に視線を戻すしかなかった。

すぐ真横で動きを感じて、マーガレットはちらりと目をあげた。あの男性がすぐ左の席に座り、こちらを見つめている。スコーンを崩す両手の動きはなんとか止めたが、目をそらそうという試みはむなしく終わった。

鮮やかなブルーの瞳が、まるでこの部屋のなかで見る価値があるのはマーガレットだけというようにじっと見つめている。でも、まったく同じ見方でサリーを眺めていた時から二分も経っていないのだから、感動することもない。それでも、さぐるような大胆なまなざしに、マーガレットは思わずもじもじしそうになるのを必死にこらえた。椅子の背にもたれた動きで、漆黒の髪がさりげなく額にかかる。その下の半ば閉じた目の奥で彼はマーガレットをじっと観察していた。

わかっていると言わんばかりの笑みが、前夜のことを考えていると告げている。マーガレットは目をそらしたが、それでも彼に見られていることは痛いほど感じた。もしもこの男性があのことをだれかに言ったら、自分は破滅に追いこまれる。

手元のスコーンを彼の顔に投げつけたかった。

「それで、アシュトン、ついにあなたも家に戻ることになったわけですか」公爵夫人の辛辣な声で、男の関心が夫人に移り、マーガレットは安堵のため息をついた。

「残念ながら、そうしなければならないようです、公爵夫人」

「とっくにそうすべきでしたよ」夫人が手厳しく言う。「エジプトあたりで泥を掘って遊んでいるのは、あなたのような家柄の男の仕事ではありませんよ」アシュトン卿をじっくり見る。「すっかり変わったわねえ」

アシュトン卿が笑った。「一〇年経っているんですから、そう願いたいですね」

「最後に会ったのは、あなたがケンブリッジの最終学年だった五月ですからね」

「五月？ では一緒に踊りましたか、公爵夫人？ 踊っていないと思うな。踊っていれば、絶対に覚えているはずだから」

「はっ！ やっぱりあなたは変わっていないわ。まったくあの父親の息子だねえ」

夫人は怖い顔でアシュトン卿をにらんだが、それに対して彼はいたずらっぽくほほえみ返し、マーガレットが驚いたことに、気難しい老公爵夫人はまるで少女のように頬を赤らめた。

「あなたの魅力をわたしに浪費しなさんな、お若いの。ここには三人も美しい若いレディがいるんですからね。そちらに使いなさい」

トレヴァーが視線をマーガレットに戻した。「すばらしい忠告ですね」小さくつぶやく。

マーガレットは口を開いた。自分に対しても魅力を浪費しないようにと言うつもりだったが、コーネリアがその意図を察知したらしく、すばやく割りこんだ。

「お帰りになる前に、わたしたちと一緒に謝肉祭《カーニバル》を見学なさるでしょう、アシュトン卿？」

「それが残念ながらできないんですよ、レディ・ケタリング。家に戻らねばなりませんし、その船がきょうの午後に出航します。しかし、心惹かれるお誘いだ。それに、ここは本当に美しい家ですね」マーガレットのほうを向いた。「とくに庭が素敵だと、そう言いましたね、ミス・ヴァン・オールデン？」

ネコがネズミを狙うような目で彼に見つめられて、マーガレットの落ち着かない両手のなかでスコーンが完全に崩壊した。「え？　ああ、そうですね」

「とくに迷路が」彼がつけ加える。

なんてことを！　みんなに言うつもりなのかしら？　マーガレットはコーヒーに手を伸ばしたが、あまりに動転していたせいで手が当たり、カップをひっくり返した。白いテーブルクロスにコーヒーが広がり、マーガレットの服にもこぼれる。全員が驚いてマーガレットを凝視するなか、マーガレットはナプキンを手さぐりした。

「マーガレット、けさはいったいどうしたんだ？」父が尋ねる。マーガレットの頬が紅潮し、動きが不自然なことに気づいたらしい。

「ご、ごめんなさい」マーガレットは口ごもった。おもしろそうに眺めている青い瞳を痛いほど感じる。「けさは指が全部親指みたいなの。どうしちゃったのか、自分でもわからないわ」

「おそらく、新鮮な空気が必要なのでは？」アシュトン卿が言う。「迷路を散歩するとか？」

マーガレットはぴょんと立ちあがった。「まあ、とんでもない、そうは思いません」なんとかそう言うと、それ以上ひと言も発せずに逃げだした。

ヘンリーは娘の奇妙な振る舞いに驚き、あわてて立ち去る姿を見送った。マーガレットは普段、非常に冷静だ。彼女が一三歳だった時以来、顔を赤らめたり、口ごもったりするのは見たことがない。アシュトン卿を見やると、彼はおもしろがっているように、笑みを浮かべて空っぽになった戸口を眺めていた。ヘンリーの驚愕が希望に満ちた驚きに変わる。あり得るだろうか？　心のなかで自問する。ついにあの子の愛情を勝ち得る男が現れたか？

アーバスノット公爵夫人は、こと英国社交界の情報となれば王族貴族の系譜を網羅しているバーク貴族年鑑よりも詳しい。アシュトン卿は財産目当ての結婚をもくろむ新たな求婚者に過ぎないとマーガレットは思っているが、昨晩のこともあり、とにかく情報がほしかった。備えあれば憂いなし。

マーガレットは公爵夫人を探しまわり、ようやくひとりで南側のテラスに座っているところを見つけた。満開のアザレアの花が美しいことと昨晩の舞踏会の成功についてとりとめのない言葉を交わしたのち、マーガレットは会話の話題を少しずつ実際に話したい方向へ持っていこうとした。

しかし、公爵夫人は洞察力に長けた女性であり、マーガレットの小細工など無用だった。

「はっ！」年輩の夫人は言うと、おもしろがっていることを隠そうともせずに身を乗りだした。「アシュトンなら、あなたのお金に見合う男かもしれないと思ったのね、あなた？」

マーガレットはさりげなく聞くという努力を放棄した。どちらにしろ苦手なのだから同じこと。「父のお金には見合うかもしれないと思いましたわ、公爵夫人」率直に答えることに決める。「彼は爵位を持っているのですよね？」

「爵位を鼻で笑って、まるで疫病のように言うんじゃありませんよ、マーガレット。違うのだから」

マーガレットは下唇を噛んだ。「申しわけありません。そんなつもりではなかったんです」

「そうなのかい？」マーガレットの謝罪で、夫人の機嫌はすぐに回復した。マーガレットを見つめる夫人の目に愛情にも似たものが浮かぶ。「かわいそうに。あなたがたアメリカのお嬢さんたちには本当に驚かされるよ。厚かましいほど率直で、それでいて繊細で」頭を振る。「あなたがここに来たのは、アシュトンのことを聞くためだったね」

公爵夫人は籐の椅子にゆったりもたれた。「それほどたくさんのことは言えないわね。彼の家族とはとても親しかったし、子どもの時の彼はよく知っているけれど、もう一〇年以上会っていなかったからねえ。今の彼についてわたしが言えることはほとんどないわ」

「ご存じのことは？」

「結婚をしていないことはたしかですよ。それから次男。兄が先に爵位を引き継いだけれど、二カ月前に亡くなった」

「覚えていますわ。大事件でしたもの。自死なさったんですよね」その事実のせいで、父とコーネリアがアシュトン卿を夫候補にするのを思いとどまるかもしれないとマーガレットは思った。「ご家族にそういう傾向があるとか？」期待を持って尋ねる。

「とーんでもない！」その答えの長く伸びた強調が、マーガレットの期待を完膚なきまでに打ち砕いた。「亡くなった伯爵は、借金が払えなくて自らを撃ったんですよ。単純なこと。愚かな男で、少しばかり臆病者だったけど、充分正気でしたよ」いったん言葉を切り、また続ける。「子どもの頃のジョフリーとトレヴァーを覚えていますよ。その時でさえ、チョークとチーズほども違っていたね、あのふたりは」

「どういうことですか？」

「ジョフリーは根っからの伝統主義者。常に自分の見かけや印象を気にする、孔雀のようなうぬぼれ屋だった。トレヴァーは反逆者。常に規則に逆らい、苦境に飛びこんでいく。少年の時でさえも、トレヴァーは自分の思い通りに生きていた」

それは納得できる。「高潔な方のようにはとても思えないんですが」

「とんでもない」公爵夫人の口調は、意外なほど強かった。「父親によく似ている。それだけのこと」ふいに言葉を切り、咳払いをした。「あの家族とはとても親しかったわ。父親は若い頃、とても魅力的で、放蕩者といってもいいくらいだった。女性の扱い方を心得ていてね。でも、年齢を重ねるにつれ、ジョナサンは伝統と抑制の大切さを学んでいった。先ほども言ったように、トレヴァーとは何年も会っていなかったけど、あの子は父親によく似ている。根本的には高潔な男だと思いますよ。もちろん、非の打ち所がない評判とはとても言えないけれど」

マーガレットは要点に踏みこもうと決意した。「お金はあるのでしょうか？」

公爵夫人が顔をしかめた。「まったく、マーガレット、ぶしつけすぎますよ」

「でも、知りたいんです」

「あなたに嘘を言うつもりはありませんよ。たしかに、トレヴァーはこれまでずっと、いわゆる好ましくない求婚者のひとりだったわね」

しばらく英国に滞在していたから、その意味はわかる。トレヴァー・セントジェームズに関するマーガレットの疑念を裏づけるものだ。「そうですか」大きくうなずいた。「レディたちを夢中にさせるくせに、お金がない男性のひとりですね。やっぱり」

「一生夫を見つけることができませんよ、マーガレット。持っているお金があなたよりも少ない男性を全員断り続けていては」夫人がため息をつく。「わたしの若い頃とは違うからねえ」いかにも残念そうだ。「今では英国中探しても、自分の父親が持っている以上の財産を有する紳士はひとりもいない。とても望めませんよ、このご時世では」

この問題を論議したいわけではない。マーガレットは急いで別の質問をした。「アシュトン卿が地所をそれほど大事にしているのなら、どうしてこんなに長く英国を離れていたんですか？　お父さまがお亡くなりになったあと、そばにいて、お兄さまを手伝いたかったでしように」

「まったくあなたは、英国紳士がどういうものか少しも理解していないんだねえ」公爵夫人は、不可解な返答とともに身を乗りだし、愛情深げにマーガレットの腕を軽く叩いた。「あなたもそのうちわかるわ。あの人たちはそれはそれは自尊心が強くてね。ジョフリーは助けがほしくなかったし、トレヴァーは第二ヴァイオリンを弾くことに我慢できなかった。兄をきわめつきの愚か者と思っているのを隠しもしない状況ではなおのこと。それに、もちろん女性のこともあってね」

「そうですか。女優ですか？　それとも、オペラ歌手？」

「いいえ、いいえ。レディ・アシュトンですよ、わたしが話しているのは」

マーガレットは衝撃を受けた。「お兄さまの奥さまと関係を持ったのですか？」

「そういう話になっているけれど、本当かどうかは疑問だわね。わたしに言わせれば、レディ・アシュトンはうぬぼれが強くて気まぐれな女性だからね。でも、ジョフリーはその関係を本気だと信じて、地所からあがるトレヴァーの収入を打ち切ったんですよ。父親が、トレヴァーの取り分として遺したものなのに。しかも、家から追いだし、社交界に出ることも禁止した。世間はもちろん、あれこれ取りざたしましたよ。そして、トレヴァーはエジプトに行ってしまった」

マーガレットはほかの質問をしようと口を開いたが、その時コーネリアが近づいてくるのが目に入り、急いで立ちあがった。縁結び好きの従姉妹に、またなにか思いつかれてはかなわない。「とても興味深いお話でしたわ」公爵夫人にだけ聞こえるようにつぶやく。「でも、もう行かなくては」

そして、背を向ける前に、あやういところで思いだして公爵夫人にお辞儀をすると、脇見もせずに小走りでコーネリアの横を抜けてテラスを横切り、家に入っていった。

コーネリアは従姉妹が去っていく姿を見送ってから、公爵夫人のほうを向いた。「少し盗み聞きしてしまいましたわ。マーガレットはアシュトン卿のことを聞いていたんでしょう？」

「もちろんそうですよ。あの子はいつも、結婚候補者について詳しく聞きたがるのかい？」

「却下する理由を見つけたい時だけですけど」コーネリアは従姉妹が先ほど座っていた椅子に腰かけた。「どうなんでしょう？　彼はマーガレットにふさわしい方だとお思いになりますか？」

「わたしは、マーガレットに合う男性はどこを探してもいないのではないかと思い始めましたよ」公爵夫人が皮肉まじりに答えた。コーネリアも本心では、心から同意したかった。

ヘンリーは契約書類に仰々しく署名すると、それを脇に置いた。机の向かい側でエドワードがあきれたように頭を振る。「本当にいいんですか？　冷蔵庫は革新的すぎませんかね」

「きみはあまりに保守的だよ、エドワード」ヘンリーが優しい口調で言う。「時には新しい考えを取り入れる必要もある」

「それはわかっていますが、冷えたビールとは、考えただけでぞっとしますよ」

ヘンリーは笑いだしたが、エドワードに対して、冷蔵庫の導入がもたらす儲けの機会について講義を始める前にノックの音がした。扉が開き、アシュトン卿が姿を見せる。「お邪魔してすみません。もう出発する時間なので、お礼を申しあげたいと思いまして、ミスター・ヴァン・オールデン。大変なおもてなしをありがとうございました」

ヘンリーはアシュトン卿に、部屋に入るよう手招きした。「入ってくれ、アシュトン。土地の地代よりも産業から収入を得るというけさのきみの言葉には非常に興味をそそられたよ。家路につくのを少しだけ延期してもらえないだろうか。きみが関心を持つと思える仕事の提案があるんだ。もちろん、多少の危険はあるが、成功すれば莫大な利益となる」

「本当ですか？　それはたしかに興味を引かれますね、ミスター・ヴァン・オールデン」トレヴァーは驚きを隠さなかった。

「そう言ってくれると思ったよ」

「大幅に延期することはできないんですが、ぜひ、あなたのお考えを伺いたいものです」

「よかった。今晩、娘と姪はほかの女性客と一緒に晩餐会に出かけることになっているから、われわれはポーカーをしよう。そのあとにふたりで仕事の話をすればいい。七時に夕食、そのあと、娯楽室でポーカーとブランデーを楽しむというのはどうかね？」

トレヴァーはうなずくと部屋を出て、後ろ手に扉を閉めた。

エドワードは戸惑った顔でヘンリーを眺めた。「トレヴァーと仕事の話をしたいんですか？」

それには答えずに、ヘンリーはしばらく両手に持ったペンをいじっていた。「あの男について少し教えてくれないか。たとえば性格は？　どんな男なんだ？」

エドワードは答える前に少し考えた。「ぼくは彼のことを非常にかっています。抜け目がない。決断力に優れ、意志が強い。男からも好かれる。女性たちも」エドワードの声にはいくらか羨望が混ざっていた。「非常に魅力的だと思うようです」

「仕事に関する眼識はどうかな？」

「財政面はひどいものです、あなたもご存じの通り。トレヴァーは創意工夫の天才ですが、それでも地所については、勝ち目のない勝負に挑んでいる」

「だが、あの男と取り引きしても大丈夫だときみは思っているわけだ」

エドワードは答える前に少しためらった。「ええ、ただ、時々自信過剰に思える時もありますね。賭博師と言ってもいい。あえて危険を冒すんです」

「おやおや」ヘンリーが笑った。「わしの若い頃の話を聞いているようだ」

「そうですかね。あなたはなにを企んでいるんですか、ヘンリー？　トレヴァーと組んで仕事をするんですか？」

「その可能性もある。しかし、今考えているのは、義理の息子候補としてだ」

「なんですって？」エドワードは驚いてヘンリーを見つめた。「マーガレットとトレヴァーはけさ会ったばかりですよ。彼を婿候補として考えるのは、少し早すぎませんか？」

ヘンリーは肩をすくめた。「もう何カ月も、わしはコーネリアに任せて作法通りの控えめな婿探しを続けてきた。それによってマーガレットが自分に合う男を見つけてくれることを願ったが、結局うまくいかなかった。娘が未婚のまま齢を重ねるか、あるいは家柄もなにもない放埒な男と結婚するか、どちらも困る。もっと目的を絞った戦略が必要だろう」

「つまりどういう戦略が？」

「アシュトンにマーガレットと結婚しないかと率直に提案しようと思っている」

「冗談を言っているんですか？」

「いや、まったく。アシュトンは金を必要としている。われわれが了解している通り、彼の家柄によってマーガレットは立派な社会的地位を得ることができる。それこそ、わしが娘と娘の子どもたちに与えたいと願ってやまないものであることは、きみも承知の通りだ。さらに言えば、彼ならばマーガレットにとって最高の夫になるはずだ。とにかく、これまでのところ、わしが会ったなかでもっともふさわしい候補だ。自分で生計を立てようと思っているところもいい」

「彼のことはほとんど知らないではありませんか」

「そうであっても、きみの評価には同意できる。しかも、あの男のことは、マーガレットも軽くあしらうことができない。無関心でもいられない。けさの朝食の時のあの子を見たか？うん、いろいろ考慮すれば、これが最上の解決法だ」

「なんと、ヘンリー！」エドワードは顔をしかめた。「生身の人間の気持ちを取引所の株のように動かすことはできませんよ」

「それほど大げさに取ることはないさ。政略結婚はよくあることだし、アシュトンならば、この提案の完成度を評価すると思う。彼は実際的な男だ」

「それはそうですが」エドワードはしぶしぶうなずいた。「だが、そんな簡単に結婚するとは思えないですね。それに、トレヴァーだけじゃない。マーガレットが、そんな提案を気に入るはずがない。投資のように、結婚を取り決められるのは嫌でしょうからね」

ヘンリーがにやりとした。「きみの言う通りだろう。問題は、あの子があまりに頑固すぎて、自分が常に正しいと思っているところだ」

「そうかもしれません。お父上にそっくりだとぼくは思いますがね」

その発言にもまったく動じずに、ヘンリーは大笑いした。

ヘンリーがマーガレットの将来の結婚を整えようと画策しているあいだ、その策略の対象はお気に入りの木の下で、ピクニック用のバスケットを脇に、そして本を片手に、すっかりくつろいでいた。

きわめて扇情的な内容で発禁処分となり、もうどこを探しても手に入らない本だ。マーガレットも手元に届くまでに何カ月もかかった。隣に置いた箱からチョコレートをひとつ取り、かじりながらページをめくる。次のページの言葉を追い、目をまん丸に見開いた。男性が女性の服を本当に脱がせているなんて。

むさぼるようにチョコレートとページに没頭するうち、ついに甘党の欲求が満たされ、物語も終わった。本を閉じたが、それでも、たった今読んだ官能的な光景は脳裏に鮮やかに焼きついている。人々が現実にこんなことをするのか、そして本当に書いてあったみたいに感じるのか……。まったく見当もつかない。マーガレットは熱くなった頬に両手を当てた。

「なんてこと」小さくつぶやく。「まあ、どうしましょう」

本を脇に置きながらも、動揺が収まらない。あり得ないわ、木の幹に寄りかかりながらそう思う。こんなことを本当にする人がいるとは思えない。恥ずかしくて死んでしまうに違いない。あるいは、死ぬほど笑ってしまうか。

でも、こんな話をでっちあげるなんてできないはず。真実である可能性についてしばらく考え、ミツバチがぶんぶんとうなる音と、温かいそよ風が葉をさらさら鳴らす音に耳を澄ませる。本当に愛し合っている人とならば、とマーガレットは夢見がちに思う。心から自分を愛してくれる人ならば、もしかしたら。

ゆっくり目を閉じる。その男性と愛し合っていれば、正しいことだろう。すばらしいことかもしれない。うとうととまどろみながら、マーガレットは濃い青色の瞳の男性の姿を思い描いた。

なにかのせいで眠りから覚めた。きっと蠅ね。耳のすぐそばをうるさく飛ぶ蠅を手で払う。それからゆっくり目を開けると、夢に見ていた鮮やかな青い瞳がマーガレットを見つめていた。本の縁越しに。マーガレットの本。

アシュトン卿がほんの数十センチしか離れていないところに座っていた。ふいにはっきり目覚める。体がこわばり、瞬時に警戒態勢に入った。わずか二日のあいだに、二回もひとりのところを邪魔され、盗み見された。一番の親友にも言うつもりのない秘密を知られてしまった。それによって彼が優位に立つのが気に入らない。

「きみの文学の趣味は興味深いな、ミス・ヴァン・オールデン」アシュトン卿がマーガレットの箱からチョコレートをひとつ取って口に放りこんだ。食べ終えてつけ加える。「そして、きみの父上のところのトリュフチョコレートはすばらしい」

マーガレットは身を乗りだして本を奪い取ろうとしたが、アシュトン卿の動きのほうが早かった。マーガレットに届かないように、本を上に持ちあげたのだ。そして、マーガレットにほほえみかけたが、それは明らかに、膝にのぼって本を奪い取ればいいと挑んでいる笑みだった。マーガレットは自分が彼を殺したいのか、逃げだして近くの岩の下に潜りこみたいのかわからず、険しい顔でにらみつけた。「もう出発したと思っていたわ」

「きみの父上があと数日滞在するよう誘ってくれたのでね」

つまり、自分は正しかった。彼もまた求婚者というわけだ。爵位があって、おそらく破産しかかっていて、大切な地所を救うためにアメリカ生まれの富裕な女相続人を望んでいる。しかし、自分を見つめている、おもしろそうにきらめいている青い瞳をのぞきこんだ瞬間、マーガレットの心に疑念が湧いた。もしも、それが目的ならば、その役をうまく演じきれていない。金持ちの妻を見つけようとしている求婚者は上品に振る舞い、慎重なほど礼儀正しいが、この男性はまったく違う。でも、マーガレットは自分の直感を信じた。きっと、近づき方が独特で、前任者たちよりも大胆に振る舞っているだけのこと。財産目当ての求婚者を排除するためのもっとも効果的な方法は、冷静にさりげなく軽蔑を示すことだと経験からわかっている。

「ご滞在を楽しまれるよう祈っていますわ」礼儀正しい口調で冷ややかに言うと、有無を言わせない態度で片手を差しだした。「さあ、そろそろお茶の時間ですから、もう行かないと。わたしの所持品をお返しいただけますかしら」

「もちろんだ」しかし、アシュトン卿は本を渡す代わりに、上着のポケットに手を入れて、マーガレットの金の櫛を取りだした。「きみを探しにきたのは、これを返すためだ。昨晩落としただろう？」

庭でのきまり悪い事件について話され、頬がまた熱くなる。つまみあげられた蝶のようにすくみあがっている様子を見て、彼は楽しんでいるに違いない。マーガレットは彼の手から櫛を奪い取り、バスケットのなかに落とした。「わたしが言っているのは」嚙みしめた歯のあいだから言葉を押しだす。「本のこと」

「ああ、これか、この本だな」前にかがみ、本を渡す。「とてもおもしろい」言い添える。

「空想が過ぎるきらいはあるが」

この男性と文学論議をしたいとは思わない。とくにこの本については。でも、先ほど読んだ文章を考えると、彼の奇妙な発言に好奇心を搔きたてられずにはいられなかった。「空想？」まったく無関心に聞こえるように心がける。

アシュトン卿が肩をすくめた。「本で読めばとても官能的に思えるだろうが、実際には馬車のなかで愛し合うのはあまり心地よいものではない」

「そうなの？」その情報を聞いて、冷たく無関心を示すというマーガレットの解決方法は瞬時になりを潜めた。「なぜ、そんなこと——」彼の瞳がからかうようにきらめいたことに気づき、マーガレットは言葉を切った。本をバスケットに入れてから、彼をにらんだ。「わたしを困らせておもしろがっているのね？」

「なぜ困るんだ？　官能小説を読んでいるところをぼくに見られたから？　ぼくは決してなにも言わない。これはふたりの秘密だ。それに、ぼくがどう思おうと、きみは気にしないだろう？」

「ええ、しないわ」

「よかった。それならぼくたちはいい友だちになれる」

友だち？　つまり、それが彼の作戦？　マーガレットはついに相手の正体を見抜いたと思い、ほほえんだ。チョコレートの箱のふたを閉じ、その箱もバスケットに入れて立ちあがる。

「それは変わった申し出ですね、アシュトン卿。でも、あなたのお時間を無駄にするだけですわ」

彼も立ちあがったが、マーガレットを見る顔は戸惑いを浮かべていた。

「ぼくの時間を無駄に？」

とぼけるのが上手だこと。「その策略に引っかかる女相続人もいるでしょうけど、わたしはそのひとりではないの。だから、あなたが財産家との結婚を期待しているなら、ほかを当たったほうがいいわ。あなたとの結婚にはなんの関心もないから」

「その話をしてくれてありがとう」真面目な口調だったが、瞳は相変わらずからかうようにきらめいている。「結婚に縛られねばならなくなった時のために覚えておくよ。だが、ぼくが提案したのは友情だけだ」

「そんな失礼な態度を取ったあげくに、友だちになろうと言うの？」信じられない思いで彼をにらんだ。「なぜ？」

「きみが好きだから」

「本当に？　それは残念」彼を正面から見据える。「わたしはあなたを好きじゃないもの」

大まわりして彼を避け、マーガレットは歩きだした。アシュトン卿のおかしそうな笑い声が背後から追いかけてくる。マーガレットの胸に一抹の不安がよぎった。この男性をなかなか追い払えそうもないという不安が。


エドワードがトレヴァーにブランデーが入ったグラスを渡し、ふたりは娯楽室の座り心地のよい革張りの椅子に腰を落ち着けた。書斎で秘書のアリスター・マーストンに手紙を口述筆記させているヘンリーを待っているところだった。

「どうだ？」エドワードがブランデーを口に含み、考えこむような顔でトレヴァーを眺める。

「エジプトの血湧き肉躍る冒険のあとで、イングランドは少しばかり退屈じゃないか？」

「すぐに楽しむ方法を見つけるさ。大丈夫だ」

「きみならそうだろう。冒険好きは今に始まったことじゃないからな。学校時代にきみに引きこまれた騒ぎは全部思いだせる」

「その罪を着せられるのは断固拒否するぞ。いたずらに関しては、きみもぼくと同じくらい楽しんでいたじゃないか」

「それは否定できない」エドワードは笑った。「とくに印象に残っているいたずらはあれだよ。ほら、きみの兄貴の部屋に忍びこんで、教科書のページを全部貼りつけたやつだ。彼はものすごく怒ったな」

トレヴァーはその時のことを思いだしてほほえんだ。「ジョフリーはユーモアのセンスがないんだ」

「ああ、たしかに。ぼくたちがやったというお兄さんの訴えを、あのウォルストン爺さんが信じなくてよかった」

「兄はなにひとつ証明できなかった。証明できなければ、もちろん校長だって信じないさ」

「それで思いだした。あの時はきみが、ぼくたちのアリバイをうまく作っておいてくれたじゃないか。きみは昔から賢すぎたよ」満足げにため息をつく。「平和な日々だったな、本当に」

トレヴァーはグラスを掲げた。「終わったわけじゃないだろう？　ぼくがここにいるあいだに、なにかおもしろいいたずらを考えてもいい」

しかし、エドワードは首を振った。「いやいや、ぼくにとって、あの日々はもう過去のことだ」

「結婚してまだ一年も経っていないだろう？　そこまで変わるものか？」

「きみとぼくがやりそうないたずらをコーネリアがよく思うとは思えない。エジプトの工芸品の仕事だけでもまずいのに、朝の四時に酔っ払って帰れば、コーネリアは非常に嫌がるだろう」ブランデーを大きくひと口飲んで言葉を継いだ。「きみにも、妻の不興を招くのは賢くないと今から言っておこう」

「そうだろう。結婚による唯一の利益まで剝奪されてはかなわない」

その皮肉に満ちた言葉がエドワードを驚かせた。「そんなことではない」反論する。「ほかの女性と関係を持ちたければ、いくらでも見つかることはわかっているだろう？　しかし、そうしたくないんだ」

「つまり、二度とほかの女性は見ないということか」トレヴァーが深刻な顔で言ったが、口調にはかすかにあざけりが混じっていた。

だが、エドワードはそんな言葉に惑わされなかった。「もちろん見るさ」笑いだす。「しかし、それだけだ。望んでいる女性は妻だけだから」

「嘘だろ、エドワード！　まるで、本気で自分の妻を愛しているかのような言い方じゃないか」

「愛しているんだ」

トレヴァーは友を眺めた。真剣に言っていることは間違いない。トレヴァーの胸に、友に対するかすかな同情が湧きおこった。「それはあまりに惨めな関係じゃないか？　絶対に勝つことができない状況にとらわれているわけか」

「結婚は、勝つか負けるかというゲームじゃないぞ、トレヴァー。もちろん、腹が立つことも、悲しいこともあるだろうが、結婚が男を幸せにすることもある」

「どこをどう探せば、ぼくがその意見を評価する理由を見つけられる?」こわばった口調で言い返す。「共通の友人たちを考えても、幸せになれるからと結婚を推奨するやつなどひとりも思いつけない」

「ぼくは推奨できる。結婚によって喜びを得ている」

エドワードがまだ結婚して間もなく、新鮮さが失せていないだけだと指摘することもできたが、トレヴァーはただ肩をすくめた。「そうなのかね」

「なんだよ、トレヴァー。結婚が死よりもむごい運命であるかのように決めつけるなよ。そうじゃないんだから。きみも結婚すべきだ。そうすれば、思いのほかすばらしいものであることがわかる。信じろ。結婚はきみを違う男にするから」

「なぜ違う男にならねばいけないんだ? ぼくは今の自分に満足している。違う男になりたいと思う理由がない」ブランデーをひと口あおり、言葉を続けた。「たしかに義務があるから、いつかは結婚しなければならないが、それでぼくの性格や生活の仕方が変わるわけじゃない。それは断言できるし、結婚によってぼくの現実主義がなりを潜めることもないだろう」

エドワードがなにか言いかけた。反論するつもりだったはずだが、その時ちょうどヘンリーと彼の秘書が部屋に入ってきたので、その話題は終わりになった。トレヴァーとしてはそのほうがありがたかった。愛によって自分が変わるなどという意見は、知性と理性を兼ね備えた男同士で話し合うほどのこととは思えない。

「あなたがたおふたりが、今夜の成果を山分けということですね」アリスターがそう言いながら、うらやましそうにトレヴァーとヘンリーを順番に眺めた。もうかなり遅い時間だったから、つまり四人で、その晩のほぼ全部をポーカーに興じていたことになる。

「ハイムズがいなかったのが残念だ」ヘンリーがくすくす笑う。「いれば、トレヴァーとわしはもっと儲けられただろう。いい男で、ホイストは名人級だし、バカラもかなりうまい。しかし、ポーカーはまったくだめなんだ」

聞こえた名前がトレヴァーの関心を引いた。「ハイムズ？」

「ハイムズ卿だ」エドワードが説明する。「ダーラムの子爵だ。きみも知っていると思うが」

前の晩、地面にひざまずいて恥をさらしていた子爵を思い浮かべ、トレヴァーはにんまりした。取りようによっては、ハイムズを知っているとも言えるが、トレヴァーはうなずかなかった。

「ところで、彼はどうしたんです？」エドワードが尋ねた。「けさ、陛下におりてきて初めて、ハイムズが馬車を呼んで、だれにもなにも言わずに夜明けとともに出発したことをジュセッペから知らされました。書き置きもなかったとか」

「それはそれは」トレヴァーは葉巻に火をつけ、煙の輪を立て続けに三つ吹いて、天井に立ちのぼらせた。「かなり礼儀を逸しているようだが」

ヘンリーが肩をすくめた。「まあ、彼を非難するわけにもいかんだろう。姪の話では、昨夜、娘は彼から求婚されて断ったそうだ。この場合、立ち去るのがもっとも適切だ。さもなくば、大変気まずいことになっただろう」

トレヴァーは、昨晩の出来事における自分の役割についても、マーガレットはレディ・ケタリングに報告しただろうかと思った。おそらくしていないだろう。

エドワードがあくびをすると、椅子を押して立ちあがった。「そろそろ寝る時間だから失礼しよう」

「もう行くのか？」トレヴァーは尋ねた。「レディたちがすでに晩餐会から戻っていることは忘れていないだろうな？　今だとまだ、コーネリアが寝ずに待っているぞ。なにをしてきたかを問い詰め、そんなにたくさん負けてはいけないと説教するために」

エドワードは負けてもこだわらない。今もにやりと笑っただけだった。「まだ結婚生活が短いから、そこまではいかないさ。もしも起きて待っていたとしても、それはポーカーと関係ないことのためだ」

トレヴァーが笑っているあいだに、エドワードはブランデーのグラスを取って、最後のひと口を飲み干した。トレヴァーのほうを向いて言う。「きみがもう数日滞在できることになって嬉しいよ。積もる話もあるからね」

　トレヴァーはヘンリーをちらりと見てから言った。「どのくらい滞在できるかわからないが、ぜひゆっくり話す時間を作ろう」

「よかった。では、おやすみなさい、みなさん」エドワードはグラスをテーブルに置くと、部屋を出ていった。

　ヘンリーの秘書も立ちあがった。「ずいぶん遅い時間になりました。わたしも休みますので、失礼します」彼が後ろ手に扉を閉めて立ち去り、部屋はトレヴァーとヘンリーのふたりだけになった。

　ヘンリーは席を立って酒の棚まで歩いていくと、ブランデーの新しい瓶の栓を開け、テーブルまで持ってきた。トレヴァーのグラスと自分のグラスを満たし、また椅子に腰かけて葉巻に火をつける。そして、話をどう進めればいいかを考えた。はるか昔に、自分の直感を信頼すれば間違いないことを学習した。そして、今は、自分が見る限り、アシュトンがマーガレットにふさわしい男だとはっきり感じている。娘を勝ち取るには、魅力だけでなく、説得力のある話術、そしてずうずうしさと機転が必要だ。アシュトンはそのすべてを兼ね備えている。しかも、爵位を持っている。それも非常に重要だ。それに加えて、ヘンリーはアシュトンを気に入っていた。そうだ、アシュトンならうまくいくだろう。

　椅子に座ったまま身を乗りだす。「アシュトン卿、わしは単純な男だ。あえて危険を選び、機会を逃さず、そして男たちを正しく評価することによって財産を築いてきた。そのわしが今、一風変わった、しかし挑戦し甲斐のある任務を請け負ってくれる男性を探している。そして、会った瞬間に、きみがその要求にぴったりかなう男だと確信したんだ」

トレヴァーがグラスを揺らし、なかでまわっているブランデーをじっと見つめる。「そう聞けば、たしかに好奇心は湧きますが」

ヘンリーは入り口に目をやり、扉が閉まって、だれも立ち聞きしていないことを確認した。

「わしが考えていることは、きみの現況の解決策でもある。多額の金を差しあげよう。きみが地所の救済に使い、さらには一生贅沢に暮らせるだけの金額だ。興味を持ったかな?」

「持たないでいられるわけがないでしょう?」トレヴァーは顔をしかめた。「だれを殺さなければならないんです?」

ヘンリーは頭をそらして大笑いした。「話がうますぎて、本当のはずがないというわけかな?」

「ぼくは疑い深いんですよ。あなたが考えているのは、正確に言えばなんですか?」

「非常に単純なことだ」ヘンリーは長々と葉巻を吸い、ゆっくりと煙を吐きだした。「きみに、わしの娘と結婚してもらいたい」

4

「なんですって？」トレヴァーは聞き間違えたかと思い、思わず座り直した。

「きみにわしの娘と結婚してほしい」

「冗談を言っているんでしょう」

「とんでもない」ヘンリーはほほえんだ。「きわめて真面目な話だ」

たしかにそうらしい。ほほえみの下がきわめて真剣な表情であることは、トレヴァーの目にもはっきりわかった。しかし、自分が抱える問題をいっきに解決する方法を載せた銀の盆を目の前に差しだされても、そうそう信じられるものではない。人生がそんなに甘くないことはわかっている。それでもなお、トレヴァーは葉巻をもみ消し、身を乗りだした。全神経を集中させるべき提案であることは間違いない。たとえそれが、大がかりな冗談であったとしても。「あなたはぼくのことをほとんどご存じないでしょう」

「その通り」ヘンリーが葉巻を吹かす。「しかし、先ほども言った通り、わしは男を見る目がある。そのわしが、娘にぴったりの男だと思ったわけだから間違いない」

トレヴァーは驚いた。これまで、自分に関して、そんな意見を表明した父親はひとりもいない。「なぜですか？」

「まずは、きみが爵位を有すること。これは非常に重要なことだ」ヘンリーはグラスのなかのブランデーをまわし、ひと口飲んだ。「わしの出自はそうした輝かしさに無縁だ。両親はオランダからアメリカに渡った移民だった。義父がチョコレートを作っていたんだ。その小さな店をわしは一〇〇万ドル規模の大事業に育てあげた。その事業をほかの分野にも拡大させていき、巨額の富を築いたわけだ」表情がわずかにこわばる。「だが、たとえ世界中の金を持っていたとしても、家柄だけはどうにもならないことはわかっている。娘にはこの思いを味わわせたくない。娘とその子どもたちは最高の人生を送るべきだ。そのためには、名家の生まれでなければ、名家に嫁がねばならない」

「なるほど。それでぼくの登場というわけですね」

「その通り」

「しかし、なぜぼくなんですか？　マーガレットと結婚したがっている貴族の若者はいくらでもいるはずだ」あの愚かしいハイムズ卿を思い浮かべた。「行列になっているでしょう」

「ああ、それはそうなんだが、問題はそれではない」ヘンリーのため息から、長らく悩んできたことが伝わってきた。「マーガレットがそのだれとも結婚したくないということだ。頑固な性格であるうえに、結婚についてばかげた理想を抱いている。多くの求婚者が申しこんだが、あの子が全員断った」

「その気持ちを変えられる男がぼくだと思うわけですね？」

「そうだ」

「なぜ?」

「きみが到着した翌日の朝食の席にわしもいたからだよ、アシュトン卿。あの子が顔を赤らめるのを見るなど、娘が一三歳の時以来だった」

　マーガレットの赤面の理由が自分に対する恋心ではないと説明することもできたが、今のところは差し控える。これが自分にとって大きなチャンスになる可能性もないとは言えず、それをあえて台無しにするつもりはない。とはいえ、自分がかかわるかもしれない事態は正確に把握しておきたかった。「全員の求婚を断ってしまった理由は? 結婚に関するばかげた理想とは、どんなものなんですか?」

「結婚するなら、その理由は愛情だけと決意している。現実的な配慮など、あの子にとってはなんの意味もない」

「そういう女性もたしかにいますよ」トレヴァーは淡々と言った。「ぼくが出会ったなかにはほとんどいませんでしたが。家族にとっては厄介でしょうが、お嬢さんだけのことではない」

「まったくばかげた考えだ。次から次に求婚を断ってきた。もうすぐ婚期を逸してしまう。もう二四歳、適齢期はとっくに過ぎている。だが、あの子は待っていると言っている。本当にあの子を愛してくれる男性を。おまえのような立場の娘に愛だけを理由にした結婚などあり得ないと口をすっぱくして言っているが、耳を貸そうともしない。とんでもない男と恋に落ちたら、それこそ悲惨なことになる。もし愛したと思いこんだら、厩舎の見習いとでも駆け落ちしかねない。それはなんとしても防がなければ」

トレヴァーにも全貌が見え始めた。「ぼくを愛するように仕向けて、結婚を決断させてほしいというわけですね」

「それしか方法がないんだよ」トレヴァーが答えないと、驚いたようにつけ加えた。「きみが、この話に衝撃を受けるような男とは思っていなかったが」

衝撃を受けたわけではない。娘はだれかと結婚しなければならないわけで、ヘンリーの立場はよく理解できた。おそらく、父親ならだれもが持っている最大の恐怖だろう。「そんなに多くの求愛者が失敗したのに、ぼくなら成功すると思う理由はなんですか？」

「きみが成功すると確信しているわけじゃない。しかし、試してみる価値はある」グラスの中身を飲み干すと、ふたりのあいだに置いてあった瓶からまた注いだ。

「つまり」トレヴァーは言った。「あなたの最大の関心事は、娘が爵位を持った夫と家庭に落ち着き、尊敬と安全を手にするのを見るということですね」

「その通りだ。さもないと、どんな男と結婚しようと思いこむか、まったくわからない。あるいは、結婚しないかもしれない。女性にとってはつらい人生だ。実際に、一文無しのどこかの画家とギリシャの島に出奔してそこで罪深く生きると、その画家に月明かりに照らされた自分の姿を描いてもらうと脅してきよった。あの子ならば、そんなろくでなしでも、愛していると思いこんだら本気でやりかねない」ヘンリーは腹立たしそうに自分の髭を引っぱった。「それに、わしは孫がほしい。三〇年間がむしゃらに働いてきたのに、すべてを慈善団体に残すのではあまりにやるせない。とにかく、一番重要なのは、あの子にふさわしい相手を見つけることだ。先ほども言ったように、きみはあの子にぴったりだと思う」

トレヴァーが答えないと、ヘンリーはまた言葉を継いだ。「もちろん、きみができないと思うならば……」

トレヴァーはヘンリーを見やり、一瞬笑みをひらめかせた。その手には乗らない。椅子の背にもたれ、空を見つめた。マーガレットの姿を思い浮かべる。最初は輪郭からだ。ヴァイオリンのようなそそられる体型、豊満な曲線。大きな茶色の瞳、丸い顎、ふっくらした頬、小さいまっすぐな鼻。クリームのような白い肌と紅潮した時の肌。一般的な女性の顔、誠実な顔だ。いや、誠実すぎる顔か。「娘さんの将来を安全なものにするために、彼女を騙せと言うんですか？」

「あの子に嘘をついてくれと頼んでいるわけではない」心外だという様子でヘンリーが言う。「きみがあの子を説得できることを期待しているんだ。ばかげた思いこみによる結婚で被る悲劇よりは、迷いから覚めた心で安全に暮らすほうがはるかにましだろう」

「しかし、あなたのそのお考えに、娘さんは同意しないでしょうね」

ヘンリーはじれったそうに首を振った。「結婚はロマンティックであるべきだと、人生は次々に冒険が起こるものだとマーガレットは思っている。わしは娘を愛しているが、理解できているとはとても言えない。問題は、あの子が結婚の現実をまったくわかっていないことだ。だれと結婚しようが、あの子の幻想は必ず打ち砕かれるだろう」

それはまさに真実だ。トレヴァーはこれまで多くの結婚を見てきて、そのどれにもロマンティックな要素がほとんどないことを知っている。

「これは、きみにとっても最大の関心事のはずだ、アシュトン。きみも跡取りをもうけるために結婚せねばならない」いったん言葉を切ってから、最後の切り札を繰りだした。「それに、きみは今、喉から手が出るほど金を必要としている」

トレヴァーはヘンリーを鋭く見やった。「すべての問題点を洗いだしているようですね、ミスター・ヴァン・オールデン」

「前にも言ったが、わしの耳にはすべての噂が入っている。亡くなった兄上の金がかかる趣味と下手な投資に手を出す才能は秘密でもなんでもなかった」

「兄の数多い欠点をぼくに言ってくれる必要はない。よくわかっていますから」

「それで、どうするつもりだね？」

それには答えずに、トレヴァーはブランデーをひと口飲むと違う質問をした。「あなたが考えているのは、どれほどの持参金ですか？」

ヘンリーがほほえんだ。「きみにとって重要なのは財政的な支援だとわしは考えている」

「前もそうおっしゃってましたね」

「そうだった。さて、とっかかりを与えてくれないかね？」

トレヴァーはグラスの縁に指を滑らせながら、どれくらいを提案すればいいだろうかと思った。兄の借金を払うだけで二〇万ポンド必要だが、将来を安定させる分も足しておきたい。これは交渉なのだから、多めに言うべきだろう。

「五〇万ポンド」

ヘンリーはまばたきもしなかった。口もとをぐっと引き締め、前かがみになったのは、交渉開始の合図だ。「結婚が決まった時に二〇万ポンドを渡そう。亡くなった兄上の借金がその額だと思ったが？　それに加えて、地所を維持管理するために毎月三〇〇〇ポンド、マーガレットのために毎月五〇〇ポンドの手当。しかし、あの子の残りの相続分は孫のために信託にしておく」テーブル越しにトレヴァーと目を合わせる。「取り引き成立かな？」

トレヴァーはグラスを置き、しばらくのあいだ、その輝きをじっと見つめていた。マーガレット・ヴァン・オールデンのキスに対する無邪気な好奇心と、それが導くものについて考えた。彼女の顔を思い浮かべる。なにを考えているのか非常に読みとりやすい。とても魅力的で好ましく、また、情熱的であることは間違いない。もちろん、結婚するように彼女を説得できるという点についてはいささかの疑問も抱いていないが、彼女の純真な瞳と正直そうな顔を思うとなぜかためらいを感じずにはいられない。

一方で、これは完璧な解決策だった。地所を維持するのに充分な金額が手に入り、そのうち、跡継ぎもできる。しかも、結婚市場の大騒ぎを耐え抜く必要もない。地所と、それに伴うあらゆる責任について考え、ためらいは脇に押しやった。「ええ」ついに返事をする。「やりましょう。ただし、ふたつ条件がある」

ヘンリーが顔をしかめて不快感をあらわにした。「条件を主張できる立場ではないと思うが」

「しかし、あなたもお嬢さんにふさわしい夫を見つけるチャンスは日々少なくなっている。学生のように月の手当を増やすつもりはありません。もしあなたのお嬢さんと結婚したら、ぼくは彼女を守る立場になる。そのためには資金が必要です」

「なるほど。では、前払いで三〇万ポンド」

ヘンリーの度量をもう一度試しても大丈夫かどうか、トレヴァーは慎重に見極めた。「四〇万。さもなくば、ほかを探してください」

ヘンリーがしばらく考えてから、不承不承うなずいた。「いいだろう。しかし、娘の手当を渡すことについてはこのままにしたい。それから、投資に関しては必ずひと言相談してもらいたい」

まさに譲歩ともいえるものだった。目の前の人物はめったに譲歩しない男のはずだとトレヴァーは思った。「同意します」

「きみは条件がふたつあると言ったが。もうひとつはなんだね？」

次の条件は、ひとつ目よりもさらに、ヘンリーに譲歩させるのが難しいことはわかっている。「この件に関しては、完全にぼくの自由裁量でやらせてほしい。どんなことをするにしても、それはお嬢さんと結婚するための手段ですから、決して質問をしないでもらいたい」

「きみの評判をわしが知らないとは思わないでくれ、アシュトン。亡き兄上の妻との関係についても聞き及んでいる。真実ではないと言われたが、ほかにもいろいろあるとも聞いた。女性の扱い方を心得ている男が必要だが、きみが言っているのが、わざと不面目な状況を作ることだとすれば、それは許せな――」

「そんなことを言っているのではありません。お嬢さんの評判は決して傷つけない。彼女の無邪気さにつけこむようなこともしない。あなたが恐れているのはそういうことですね。名誉にかけて約束します。悪名高き男でも、名誉にかけた誓いは破らない。いかがですか？」

ヘンリーはしばらく考えていた。「よかろう」ようやく暗い表情でうなずく。「しかし、もしも約束を破ったら、アシュトン、もしもどんなやり方にしろ、わしの娘を傷つけたら、わしがこの手できみを殺してやる」

「そうでしょうね。しかし、ぼくは約束は破りません。それに、なにも知らない純粋な若い娘を破滅に追いやるなど絶対にしない」

ヘンリーは満足したようだった。「きみを信じよう。実際、きみを見ていると、自分が若かった頃を思いだすんだ。ロンドンに戻ったらすぐに、婚姻に関する契約書を作成しよう。きみがマーガレットの同意を取り次第、われわれ揃って署名をする。あまり時間がないことを、きみに警告しておくべきだろうな。復活祭《イースター》まであと七週間しかない。そのあと、マーガレットは社交シーズンのためにロンドンに移るだろう。それまでにあの子の同意を得ていない場合、ロンドンで待ち構えている求婚者たちは、わしとしても防ぎようがない」

トレヴァーは心配していなかった。七週間もあれば充分だし、ほかの求婚者との競争などに関心はない。「それまでの予定は？」

「カーニバルを見るために、聖灰水曜日にはローマに行く。そのあとは、ケタリング卿夫妻とフィレンツェに出かける。そして、復活祭の直前にロンドンに戻る」

「カーニバルのあいだは、こんな間近ではローマの宿泊が予約できないかもしれないですね」

「それはわしが手配する」ヘンリーが身を乗りだした。「それより、マーガレットについてきみが知っておいたほうがいいことを話しておこう。求愛するには必要だ。もうあの子の好みはかなりわかってきていると思うが、好きなものは――」

「いいえ」トレヴァーはヘンリーを遮った。「彼女の気まぐれのすべてを満たすつもりはありません。それに、あなたが話せることで、助けになることはひとつもない」

「しかし――」

「これに関して、ぼくのやり方でやるということで同意なさったはずです。いいですか、お嬢さんがなにを好きか嫌いかなど役に立たない。彼女が好むことをぼくがしている限り、彼女がぼくを愛することはあり得ない。残念ながら、女性とはそういうものだ」

「マーガレットはきみが知っている女性たちとはまったく違う」

たしかに無邪気ではあるが、それほど違うとは思えない。自分はありとあらゆる女性を知っている。「関係ありません。謎はゲームに不可欠だ。すべて任せて、質問はしないでください」

ヘンリーははがゆそうに口ひげを引っぱった。「わしには、それ以外に選択肢はないようだな」

「ぼくにもです」トレヴァーは立ちあがった。「そして、彼女にも」

戸口に向かって歩きだしたが、途中で足を止めて振り返った。「あなたがぼくを認めないふりをしてくだされば、うまくいくかもしれません。彼女に、男については父親の自分が一番わかっていると説得し、ぼくは評判が悪くて信用できないやつだと伝え、これ以上親しくしてはいけないと禁じてください。それによって、彼女にはぼくがより魅力的に思えるでしょう」

「そんなのはばかげている。それでなにが変わるのか、まったく理解できん」

トレヴァーはにやりとした。「ほかの求婚者たちも理解していなかったはずだ。その彼らがどうなったか考えてください」そう言うと、トレヴァーは娯楽室をあとにした。

自分の寝室に戻って扉を閉めると、トレヴァーは大声で笑いだした。勝利の喜びと信じられないという驚きの笑いだった。理想的な解決策が突然降って湧いた。こんな幸運が舞いこむことなどあるのだろうか？

クラヴァットをゆるめ、椅子のひとつに座りこむと、幸運は気まぐれな愛人のようなものだと自分をいましめた。続いているあいだは楽しいが、信頼できない。トレヴァーはつかの間の勝利を祝う気持ちを脇に押しやった。この求婚を成功させるためには、幸運以上のもの、すなわち戦略が必要だ。

二日前のマーガレットの言葉を思いだした。〝あなたが財産家との結婚を期待しているなら、ほかを当たったほうがいいわ〟彼女は無邪気かもしれないが、愚かではない。しかも、財産目当てに関して非常に用心深い。

計画を思いつかねばならない。それも、彼女の関心をそそり、欲望を燃えたたせ、そしていつかは信頼を勝ち取るように細部まで考えられた案だ。もっとも簡単な方法は、彼女をどこかに連れだしてふたりきりになることだが、父親が出発したあとも、コーネリアがいつもそばにいるだろう。付き添い役《シャペロン》というのは実に厄介な存在だ。

椅子の背にもたれ、マーガレットを思い浮かべる。上質なブランデーの色の瞳は、あまりに正直で彼女の感情を隠せない。濃くて長いまつげは、――ありがたいことに――社交界にデビューしたばかりの娘たちが必ずやるように、弱々しくひらひら瞬くことはない。また、口も流行りのバラのつぼみのような唇というには少し大きい。社交界の美の基準に照らせば、きわめて美人というわけではないとトレヴァーは思った。しかし、自分が触れた時に指の下で震えていたあのふっくらした唇は、見かけよりもはるかに重要な情熱が秘められていることを物語っていた。彼女の友人たちのあいだで一番細いウエストではないだろうが、豊満な曲線を強調するのにちょうどよい程度に細い。

柔らかくてそそられるが、その一方で弱々しかったり、純情ぶったりするところはいっさいない。彼女としっかり目を合わせるほどの大胆さと、思ったことをはっきり言える率直さを兼ね備えている。

夫をあざむくことができる女性ではない。操るような女でもない。もちろん、操ろうとするだろうが、正直すぎて成功しないだろう。彼女が妻となれば、自分とは非常に相性がいいはずだ。勝ち取るのは簡単ではないだろうが、価値があってたやすく獲得できるものなどあり得ない。少しばかり創意工夫をこらす。それで成功を勝ち取る。

あした、英国に電報を打って、顧問弁護士のコリアーに二カ月ほど帰国を延期すると伝え、債権者たちをなんとかしのぐように指示しよう。それによってさらに噂を立てられるだろうが致し方ない。女相続人を獲得するためなのだから。マーガレット・ヴァン・オールデンが自分の妻になる。彼女はまだ知らないが。

翌日の午後遅くまでに、トレヴァーは、たとえ昨晩の提案がすべて現実だとしても、未来の妻は貴重すぎて値をつけられない報奨に違いないという結論に至った。とても簡単に勝ち取ることなどできない。とりわけ、本人にまったく会えないとすれば。

マーガレットは朝食を自室でとり、その後はレディ・ラスゲートの別荘に馬車で向かった。レディ・ケタリングとアーバスノット公爵夫人が一緒だった。午後になってマーガレットは短い手紙をよこし、レディ・ラスゲートがぜひと誘ってくれたので、お茶の時間もそこで過ごすと知らせてきた。もちろん、トレヴァーがレディ・ラスゲートを訪問することもできたが、恋煩い中の学生を演じて、マーガレットを追いかけるつもりはない。ひとつには、自分は恋煩い中でないから。もうひとつは、そのように振る舞っても勝ち得るものはなにもないからだ。

避けられていることについては驚きもしない。予期していたことでもあり、彼女が不在の時間を活用して役立つことをしようと決めた。そのため、ヘンリーとエドワードがローマ時代の壺を掘りだす手伝いをしないかと誘ってきたのを丁重に断った。そして四時をまわった頃には、客間でレディ・ラスゲート宅に出かけなかったレディたちと一緒にビロード張りのソファに座り、お茶を飲んではクランペットを食べながら、マーガレットに関する必要な情報を着実に入手しつつあった。

「もちろん」とアグネス・エラービィが話を続ける。「マギーはとても現代的で、新しい見方をする方ですわ。立派じゃないこと？」

「ふん」レディ・リットンが鼻を鳴らし、非難がましく娘に顔をしかめてみせた。「アグネス、その新しい見方とやらについて、ばかげた考えを起こしてはなりませんよ。よくないことです。マーガレットはアメリカ人ですからね」片手をひらひらさせ、つけ加えた。「婦人参政権論者やら投票権やら、そんなことばかり。まったく感心できません」

トレヴァーはお茶をひと口飲んだ。「ミス・ヴァン・オールデンが婦人参政権論者？」

アグネスがくすくす笑った。「とんでもない話ですわ。パンフレットを渡したり、演説したりしませんもの。あなたがそのことをおっしゃっているならばですけど。そうではなく、とても率直で、冒険好きなのよ。だから、すぐに適切と見なされるぎりぎりを越えてしまうの」

トレヴァーはマーガレットとロジャーの庭での密会を思い浮かべた。その光景を思いだすたび、思わずほほえみたくなる。「そうですか？　たとえば、どんなふうに？」

アグネスが黒い髪の房を後ろに撫でつけながら身を乗りだした。どうやら、この噂話をしたくてうずうずしていたらしい。「去年の秋のレディ・ロングフォードの夜会では、カードゲームの部屋に入って、ネヴィル卿とカヴァトン卿とエッジウェア卿と一緒にホイストをしたんですって。しかも、少額とはいえ、お金まで賭けて。それはもう大評判になったわ」

「当たり前ですよ」レディ・リットンが頭を振る。その振動で帽子に飾られた布のヤマウズラが飛びたちそうだとトレヴァーは思った。「カードの部屋でその殿方たちと煙草まで吸っていたというじゃありませんか。でもまあ、アメリカ人ですからね。なにを望めるというんです？　厚かましい娘たちですよ、だれもかれも。海を渡ってきたと思ったら、すばやい行動と物欲しげな態度で、この国の娘たちから若者を盗んでいくんですからね。恐ろしいことですよ」

「お母さま、それは公正とは言えないわ」アグネスが異を唱える。「マーガレットは物欲しげじゃないし、わが国の紳士と結婚してもいないでしょ。実際にはまったく逆だわ。英国人とは結婚しないと断言しているもの」

「それはもちろん、そうでしょう」伯爵夫人が言う。「紳士は、葉巻を吸う女性とは結婚しませんからね」

「カードの部屋での出来事があったあとでも、ハイムズ卿はマーガレットに結婚を申しこんだわ。お母さまのおっしゃることは、やっぱり不公平じゃないかしら」

レディ・リットンは、レディらしいとは到底言えない音で鼻を鳴らし、不満を表明した。

「もう充分です、アグネス。乗馬にひとりで出かけてしまうとか、とんでもない意見を言うとか、マーガレットのことなら、ほかにもいくらでも挙げられますよ。貴族の敬称をしょっちゅう間違えるのも、この階級のしきたりを覚える気がないからでしょう。しかも、なにかといえば、お父さまに楯ついているわ。妻に恥をかかされて平気な夫はいませんよ。気が強くて言うことを聞かない妻に耐えられる夫もね。たしかに充分かわいいと思いますよ。といっても、偉そうに着ているウォルトの夜会服が着こなせる体型とは思いませんがね」レディ・リットンが平然と言い放つ。「太りすぎですよ」

伯爵夫人の悪意ある言葉に、トレヴァーは憤りを覚えた。マーガレットの官能的な体型を思い浮かべ、そのあたりについての男の視点をレディ・リットンに教授したいという衝動を必死に抑える。

「わたしはマーガレットが勇敢なのだと思うわ」アグネスが諦めきれずに食いさがった。

「でも、女性の場合、勇敢ということ自体が不適切じゃないかしら?」サリーが言い、トレヴァーのほうに向き直って青い瞳を見開いた。「アシュトン卿、あなたはどう思われますの?」

サリーは色が白く金髪でほっそりしている。美しさだけを詰めたチョコレート箱のような女性にはまったく関心がなかったが、習慣とは恐ろしいもので、意識せずとも少し身を乗りだし、逆の言葉を述べていた。「今この瞬間にぼくが見ているものは大変魅力的ですが、レディ・サリー」

褒め言葉に気をよくして、サリーがトレヴァーにほほえみかける。「ケタリング卿の招待でローマに行かれるんでしょう？　カーニバルの時のご予定は？　金曜の晩の祝典は、展望が最高のバルコニーを予約してあるのよ。ぜひご一緒にいかが？」

「魅力的なお招きですね。しかし、その晩はすでにケタリング卿に誘われているので」

「まあ」唇が少し動き、残念そうにかすかにとがる。「エジプトの冒険をもっと聞きたいと願ってますのに。きっとすばらしいでしょうね」

トレヴァーは埃と汗を思いだし、それからコブラとマラリアのことを考え、レディ・サリーがすばらしいと思うかどうか疑問に思った。「真下でカーニバルの興奮が渦巻いている時に、エジプトの話など退屈ですよ」

「わたしは、バルコニーに座っていることこそが退屈だと思うわ」アグネスが言う。「バルコニーとか馬車から見るのはやめて、あの大騒ぎのなかに歩いて出ていったら、もっとずっと楽しいのにというマーガレットの考えに賛成したいくらい」

レディ・アグネスの発言を耳にして、トレヴァーは座り直した。これこそ、自分が求めていた情報だ。トレヴァーは、黒髪の娘のほうを向いた。「ミス・ヴァン・オールデンはただ見物するよりも、実際に参加したいと言ったのですか？」

「ええ。大冒険になるでしょうって」

「冒険なんて、とんでもない！」レディ・リットンがおぞましそうに身をすくめた。「良家の子女が、農家の娘のように街路で行進するなんて！　そんなことを思いつくのは、マーガレットだけですよ！」

「ミス・ヴァン・オールデンは冒険好きな女性のようですね」トレヴァーは言った。

「ええ、そうなの」アグネスが笑い声を立てた。「いつも、そんな無謀な計画ばかり思いつくのよ。できれば実行に移したいでしょうけど、お父さまが断固としてだめとおっしゃるから」

「そうであってほしいですよ」レディ・リットンが茶碗を置きながら、娘を厳しい目で見据えた。「マーガレットはその無謀な計画でそのうちきっと面倒なことになります。アグネス、それを忘れちゃいけませんよ」

伯爵夫人がアメリカ人の娘たちの礼儀作法の欠如について、さらに論説を展開し始めた。自分をもてなしてくれているこの家の主人がアメリカ人である場合には、その論説が不作法になるということは気づかないらしい。その酷評は明らかに、トレヴァーを含めた結婚適齢期の未婚の英国紳士たちに向けたものだったが、トレヴァーはもはや聞いていなかった。

ひとつの考えが浮かびつつあった。マーガレット・ヴァン・オールデンを獲得する方法だ。普通ではない求愛になるだろうが、そもそも求愛する相手が普通の娘ではない。この方法はエドワードの助力を必要とするが、エドワードには学生時代にひとつふたつ貸しがある。危険を伴うが、自分は危険には慣れている。

トレヴァーはほほえみ、椅子の背にゆったりともたれた。マーガレット・ヴァン・オールデンが冒険を望んでいるなら、自分がそれを提供しよう。女性を失望させないのは得意だ。

ジョヴァンニ・ルッチは家庭のくつろぎをなにより大切にする。不在が多すぎるから、なおさら帰宅が嬉しいのかもしれない。それとも、若い美しい妻が待ち構えていて、ルッチの欲求のすべてを満たしてくれるからかもしれない。どちらにしろ、カイロ郊外の贅沢な別荘に戻り、シュロやナツメヤシの木が植わった中庭を横切っている時のルッチは世界一幸福な男だった。

しかし、今回は驚いたことに、いつも仕事から戻ってきた時のように、美しいイザベラが石段を駆けおりて迎えることはなかった。家に入ったルッチを執事のユーセフが出迎えた。

お辞儀をして言う。「旦那さま。お帰りになられてようございました。大変なことがあったんです。奥さまはお具合優れず、三日前から伏せっておられます。旦那さまにご連絡をと思いましたが、場所がわからず」

「イザベラの具合が悪い？」ルッチの背筋を冷たい恐怖がゆっくり伝いおりた。愛するイザベラが病気など耐えられない。「どこが悪いんだ？」

ユーセフがひざまずき、聞いたこともないような惨めな声で報告する。「旦那さま、わたしが義務を果たせなかったのです」泣きだしそうだ。「役立たずの犬と同じ、どうか命を奪ってくださいませ。奥さまのご病気はわたしのせいでございます！」

ルッチはただ首を振った。妻のことが心配のあまり、ただうろたえるだけで、執事の苦悩まで思いやれない。「妻は寝室か？」

ユーセフはうなずいた。ターバンを巻いた頭が大きくうなだれて悲しみの深さを物語っている。ひざまずいたままの召使いを避けて、ルッチは階段に向かった。一段飛ばしで駆けあがり、妻専用の続き部屋に急ぐ。

ベッドに横たわった妻の体には、シルクの上掛けシーツがかかっていた。使用人の少女がふたり、脇に立って涼しいようにうちわをあおいでいる。ルッチが入っていくと、ふたりはひざまずいた。

「妻よ、どうした、そんなに具合が悪いのか？」ベッドの周囲にめぐらされた紗のカーテンを押しやり、そばに座る。手を伸ばして妻の頰に触れると、その肌の青白さに胸が締めつけられるように痛んだ。

「あなた」妻がささやき、手を伸ばしてルッチの手を弱々しく握った。「わたしの愛する愛するあなた、やっと帰っていらしたのね。早くお帰りになるよう、どんなに祈ったことか」

妻にわっと泣きだされ、ルッチは仰天した。どうやら、体の具合が悪いだけではなく、ほかになにかあるらしい。

「どうした？」うろたえて、思わず叫び声になる。「なにがあったんだ？」

イザベラが涙を拭い、手をひらひらさせて使用人の少女ふたりを示した。「あの子たちをさがらせて、あなた。お願い。ふたりだけで話さなければならないわ」

ルッチが大声で指示を出すと、ふたりの少女は逃げるように部屋から出て、扉を閉じた。

「ああ、大切なあなた、どうやってお話ししたらいいかわからないわ」妻が声を絞る。「あの男がここに来たの。真夜中に家に押し入ったのよ」

「男？　どの男だ？」

「わたしが名前を覚えるのが苦手なことは知っているでしょう？」かすれ声が涙声になり、その悲痛な声にルッチは心を引き裂かれた。なすすべもなく、妻がなんとか平常心を取り戻そうとする様子を見守る。ようやく妻が目をあげ、苦悩に満ちた瞳でルッチを見つめた。

「去年の秋にあなたが紹介してくれた、あの背が高い英国人」

「セントジェームズか」ルッチの表情がこわばり、口が一文字に結ばれる。

イザベラがうなずいた。「ええ、ええ、その名前よ。今、思いだしたわ。窓を抜けて、入ってきたのよ」

震える手でバルコニーに通じるガラスがはまった二枚扉を指さした。「あそこの鍵はかかっていたはずなのに。それに、音もなにもしなかったのよ。目が覚めたら、あの男がそばに立っていたの。か、か、彼が、声をあげたら、殺すって言って。そして、それから、ああ、神さま、なにをされたか、とても言えないわ！」

言う必要はなかった。ルッチにはわかった。

「必死に追い払おうとしたのよ。でも、あの男の力が強すぎて。わたしを殴って。そして、それから」――言葉を切り、言い続けることが耐えられないかのように、ごくりと大きく唾を呑みこむ――「そのあと……わたしを奪ったあと」震える声でようやく言葉を継ぐ。「わたしの宝石箱を開けて、あなたがくださった、あの美しいラピスラズリのネックレスを取ったのよ。わたし、怖くて、助けを呼ぼうと思っても声が出なかった。あの男……ああ、あなた、わたしは汚されたわ！　破滅させられたわ！　なんて恥ずかしいことなの！」またどっと滝のような涙を流し、むせび泣いた。自分の美しい妻を見おろし、恐ろしい体験への嫌悪と恐怖で身を震わせる様子を見るうちに、ルッチは、これまで感じたこともないほど激しい怒りがこみあげるのを感じた。妻がまた話そうとするのを止めたのも、これ以上聞くのが耐えられなかったからだ。

「もういい」咆えるように声をあげ、拳を壁に、漆喰が落ちるほど強く叩きつける。「それ以上なにも言うな、妻よ。セントジェームズはこの報いを受けて死ぬことになる。約束する。ゆっくりした苦痛に満ちた死を遂げると」

そう言うなり、ルッチは扉のほうを向いて歩きだしたから、妻の美しい茶色の瞳が意地悪く光り、勝ち誇るようにきらめいたのも、ふっくらした赤い唇がわずかに曲がって、満足げな笑みを浮かべたのも、いっさい目にしなかった。

逃げだす方法がない。持ちうるすべての想像力を駆使しても、アシュトン卿トレヴァー・セントジェームズと一緒の夕食を避けられる適当な言い訳を思いつけない。病気では不充分――ほかの求婚者たちに対してもう何度も使ったから、父に信じてもらえない――先約という理由も受け入れてもらえない。なにもないことは父がよく知っている。

だから、夕食のために階下におりていくしか選択肢はなかった。赤い絹のドレスの襞を撫でつけながら、彼の瞳のことを考える。あの濃紺色の深みには、おもしろがっている気配がいつも見え隠れしているが、マーガレットの心に警報を発しているのは、その気配ではなかった。そのからかっているような瞳と大胆な態度の裏に、マーガレットには決して懐柔できない強い意志が隠れているという予感のほうだ。彼が、マーガレットの心の奥底にある秘密を知っているような、そして、目的達成に必要ならばためらいなくそれを利用するような気がする。彼の目標が、自分と結婚してお金を入手することだとマーガレットは確信しているが、それでも、その可能性を考えるたびに、一抹の疑いが頭をもたげる。彼が求婚者のように振る舞わないからだ。

マーガレットは首を振り、彼の動機を見抜こうとして無駄な時間を費やさないと誓った。あした、自分たちはカーニバルを見にローマに向かうし、彼は英国に戻るから一緒にローマには行けないとコーネリアに答えていた。つまり、今夜ひと晩だけ耐え抜けば、永遠に去っていくということ。

自室の炉だなに置かれた時計が鳴って八時一五分過ぎを告げた。これ以上遅れることはできないと覚悟を決め、食堂に向かう。しかし、戸口を入ったすぐのところで足を止めた。自分が座るはずの席の左隣に、こんなにも必死に避けたがっている当の本人が座っている。まわれ右をして立ち去りたかったが、そうすれば、みんなの前で彼を無視することになる。そそられる考えだが、それを実行することはさすがにできない。それでなくても、あまりに長く彼を避け続けている。

戦場に向かう兵士のような気持ちで、マーガレットは長い食卓の一番端まで歩いていき、彼のほうは一度も見ることなく自分の席についた。「遅くなってごめんなさい」周囲につぶやき、遅刻の理由を言うのは省略する。

従者たちがひと皿目のコンソメスープを配りだし、食卓の会話はカーニバルに集中した。公爵夫人が、大変にぎやかな祝祭だと断言すると、ヘンリーは明日にロンドンに戻らねばならず、せっかくの催しを逃してしまうことへの未練を述べた。レディ・リットンが自分たちのバルコニーが最高の場所で、ヴィットリオ広場を一望できると吹聴し、レディ・サリーはレディ・ケタリングになんの仮装に決めたかを尋ねた。

サリーの質問にまずエドワードがうめき声を漏らし、それを聞いてコーネリアが笑った。

「わたしはプルチネッラの仮装よ。そして、エドワードは――」言葉を切り、動揺を隠せない夫にからかうような笑みを投げた。「エドワードはパンチネロ」

みんなが笑いだし、エドワードが両手を広げて、仕方がないというそぶりをしてみせた。

「ぼくが思いついたんじゃないぞ」みんなに向かって言い訳する。「ぼくとしては、こんな道化師なんかの衣装で舞踏会に出たくないんだが」

「エドワードが忙しくて衣装などという些細なことにかまっていられなかったので、わたしが任されて選んだというわけ」コーネリアが説明し、また場が笑いに包まれた。

アシュトン卿がマーガレットのほうを向く。「あなたはどんな衣装を選ばれたのかな、ミス・ヴァン・オールデン？」

マーガレットは仕方なく、答えるあいだだけ彼のほうに顔を向けた。「コロンビーナ」一番短く言い、ワインをひと口すする。

「なるほど？」それから、こちらに少し身を傾け、マーガレットだけに聞こえるように声を低めた。「ぼくの記憶が正しければ、コロンビーナはハーレクインの恋人だ。あなたのハーレクインはだれがなるのかな、マーガレット？」

彼のぶしつけな言葉だけでなくその親密な口調にマーガレットは驚かされた。これは非難されて当然の発言だと判断し、強くなじろうと彼のほうを向く。しかし、その目をのぞきこんだ瞬間、手厳しい言葉が消え去った。ふたりのまわりで湧きおこる笑い声や話し声が影を潜め、突然、ふたりきりのように感じられる。

彼のまなざしが熱を帯びて、考えていることまで伝わってきそうだ。ふいに、恋人に向けるような視線で見つめられていることに気づき、マーガレットははっとした。正体不明のけだるいぬくもりが体に広がり、磁石のような瞳にいやおうなく引きつけられて、気づくと彼のほうに身を寄せていた。乾いた唇をなめると、彼の視線がさがって唇を見つめるのがわかった。キスをしたがっているのは間違いない。そうしてくれればいいのにという思いが突然浮かび、思わずため息を漏らす。その女らしい音に対し、彼が男っぽい満足の笑みで応える。その瞬間、マーガレットは自分がわなにはまったことを自覚した。

身を引いて深く座り、アシュトン卿にいともたやすく破られた防御壁を必死に立て直そうとする。「わたしというコロンビーナのために、あなたがハーレクインに扮してくだされればよかったですのに」禁じられた密会など日常茶飯事という口調にしようと奮闘する。「でも、英国にお戻りになってカーニバルに行けないのでは、それも不可能ですね」

「ところが」アシュトン卿がなにげない顔で言う。「結局カーニバルに参加することにしたんですよ。聞いてなかったかな？　ケタリング卿が彼のバルコニーから一緒に見物するよう招いてくれたのでね。ほかにもいくつか招待を受けている」

「なんですって？」マーガレットはテーブルの向こうに座っているエドワードを見やった。独房公爵夫人と話しこんでいる。ふいに、牢屋に収容される囚人のような気持ちになった。独房の扉がカチッと閉まった瞬間は、きっと今のような感じるに違いない。財産目当ての男の計画に、ここにいる全員が協力しているのだろうかと、マーガレットはいぶかった。

アシュトン卿をもう一度見やると、その瞳はこちらを見つめていた。その顔に浮かんだ表情は、鼻持ちならない自己満足としか思えない。ああ、神さま。マーガレットは思った。動揺のせいか、胃が石のように重かった。

5

翌朝は忙しかった。雇い主のローマ滞在に備えて、使用人たちは支度におおわらわだった。エドワードがレディ・リットンとその娘たちを、ヴィットリオ広場に借りた邸宅に送り届けた。トレヴァーはそちらは同行せずに、アーバスノット公爵夫人とその取り巻きを馬車に乗せてローマに連れていった。

もう一台の馬車で、マーガレットとコーネリアがヘンリーを駅まで送っていった。ポーターに荷物を任せると、マーガレットたちはヘンリーと一緒にカレー行きの列車が出るプラットホームまで歩いた。

乗車する直前になると、ヘンリーは姪のほうを向いた。「コーネリア、このあともマーガレットをよろしく頼む。旅行が終わるまで、しっかり見張ってくれると当てにしているよ」

コーネリアは、付き添い役としての責任を常に真剣に受けとめている。「そうしますわ。ヘンリー叔父さま。安全な旅になりますよう」ヘンリーの頬にキスをすると、ヘンリーがふたりきりで娘に別れを告げられるように、少し離れたところに移動した。

「マーガレット、おまえはコーネリアの言うことをよく聞きなさい」父が厳しい口調で言う。

「口答えはしないように」

マーガレットは心のなかで指を十字に組み、従順な娘のように聞こえることを祈りながら答えた。「ええ、お父さま」

「よし。わしはロンドンに戻らねばならないが、おまえをこのまま残し、わしがいない状態で旅行を続けさせるのがとても心配なんだ。とくに今はな」

「とくに今？」マーガレットは戸惑った。「どういう意味？」

ヘンリーが口ひげを引っぱり、困ったような顔をした。「エドワードとアシュトンが旧友であり、仕事仲間であることはわかっている。時には旧交を温めたいと思うのも当然だ。しかし、わしがロンドンに行って不在の時に、おまえを預かっているエドワードとコーネリアがアシュトンとつき合うのは好ましくないと言わざるを得ない。よくないと思う」

マーガレットは自分の耳が信じられなかった。「そうなの？」

「ああ、真面目な話だ。もっと早くわかっていれば、なんとか防げたのだが」

それでもよく理解できずに、マーガレットは父の心配そうな顔を見つめた。「よくわからないわ、お父さま。なんの話をしてるの？」

「エドワードがイートン校とケンブリッジ大学でずっと友人だったことは知っているが、アシュトンは悪党だ」

「ほんとに？」悪党という魅惑的な響きに思わず興味をそそられる。「どんなふうに？」

ヘンリーはコーネリアに聞こえていないことを確かめてから口を開いた。「エドワードによれば、アシュトンは収集家や博物館にエジプトの古美術品を提供しているが、その手段は正当なものばかりとは言えないらしい」

なんとわくわくする話だろう。「盗んでいるということ？」

ヘンリーは顔をしかめた。「それもひとつだろう。しかし、エジプト政府の正式な許可を得ずにただ発掘するという手もあるらしい」

「それに、エドワードも関与しているということ？」マーガレットにはとても信じられなかった。エドワードは生真面目すぎるくらい真面目なのに。

「いや、エドワードも疑問を抱いているだけで、なんの証拠もない。だが、どちらにしろ、おまえの手を取る求婚者として、アシュトンがふさわしいとはとても思えない」

マーガレットは脇を向き、ちょうど近くにあった売店を眺め、ずらりと並べられた新聞に関心があるふりをした。「アシュトン卿が求婚のことについてなにか？」

「おまえのことについて聞かれたよ。求婚について考えていることは間違いないだろう。だからこそ、あの男がふさわしい夫にはならないと、おまえにはっきり言っておく」

マーガレットは父の言葉に一抹の反抗心を抱かずにはいられなかった。この求婚問題について、自分はなにも言ってはいけないわけ？　どの求婚者がふさわしくて、だれはふさわしくないかは自分で決められる。引き続き、読めもしないイタリア語の新聞を吟味するふりをしながら、マーガレットは尋ねた。「彼がふさわしくないというのはなぜ？　爵位を持っているのに？」

「爵位を持っているからといって、ふさわしいわけではない。その結婚によって、上流階級の一員になるだけでなく、そこで尊敬を得る立場を獲得してほしい。失うのではなく」

ますます興味をそそられる。マーガレットは新聞から目を離し、父のほうを向いた。「彼はそんなに悪い評判の持ち主なのね？」

「かなり悪いと言えるだろう。少なくとも、女性関係ではそうだ。英国を離れる前に、義姉と関係があったという話もある。カイロに住んでいるあいだに、ギリシャ大使の妻ともなにかあったらしい。その夫に、公の場で糾弾されたとか」

「大使の奥さま？」マーガレットは息を呑んだ。ますます好奇心をそそられる。「なんという醜聞でしょう！　なにがあったのかしら？」

「おまえが詳細を知る必要はない」ヘンリーがぴしゃりと言った。「言いたいことは、アシュトンはおまえにふさわしくないということだ。あの男に近づくな。わしのこの判断はエドワードとコーネリアにもはっきり伝えておいた。コーネリアには、ひとときでもおまえのそばから離れないよう指示してある」

「そんな、お父さま！」思わず叫んだのは、ほかの人々に厳しく管理されることにうんざりだったからだ。コーネリアに常に見張られていたら、カーニバルの楽しみは素通りしていってしまう。従姉妹のことは愛しているが、こと適切な振る舞いに関して、あまりにうるさく言いすぎる。「わたしは子どもじゃないわ」

父がマーガレットの顎を手でがっしりつかみ、厳しいまなざしでじっと見据えた。「わしはよかれと思って言っているんだ。いいか、マギー、一度くらい従順な娘になって、わしの言うことを聞きなさい」

そしてマーガレットの頰にキスをするなり、くるりと背を向けて列車に乗りこんだ。当然ながら、マーガレットの反抗的な表情は見ていない。しかし、近寄ってきて隣に立ったコーネリアは明らかに目撃したらしかった。「なにかまずいことがあったの？」

「ええ」マーガレットは答えた。「父はたまに、世界で一番腹立たしい人間になる時があるの」


エドワードの街屋敷に着いたトレヴァーは図書室に通された。待つあいだ、最高級のポートワインをグラスに注ぎ、勝手にくつろいでいたが、それも、エドワードが現れるまでだった。はっと身をこわばらせ、グラスを持つ手を胸のあたりで止める。そして、目をむいて友を凝視した。

その表情を見て、エドワードが顔をしかめた。「絶対に笑うな」威嚇するように言う。

トレヴァーはあまりのおかしさにむせそうだったが、それでも、ひと言ふた言、感想を述べないわけにはいかない。「紫のズボンというのは、実際、必要なのかね？」

「本気で怒るぞ、トレヴァー」エドワードがルネサンス風の緑と紫の縞模様の上着の下に手を突っこみ、張り子の猫背の位置を調節する。「愚か者になった気分だ」

「当然だ。パンチネロはイタリア喜劇の道化師だろう？」

「それ以上言うな」エドワードは後ろに手をまわし、張り子の厄介なこぶを無理やり抜きとった。「これが嫌なんだ」そうつぶやき、部屋の隅にそのこぶを放り投げた。「これをつけるのは断固拒否する」

「それが賢明だ」トレヴァーはグラスをあげて賛意を示した。「どちらにしろ、そんなものをつけていたら、バルコニーでゆっくり座っていられない」

エドワードは上着をまっすぐにすると、ようやくトレヴァーの衣装に気がついた。「黒ずくめか？」そう言いながら、ビロードの上着とレギンス、そして膝までのブーツを眺める。「ハーレクインに扮するかと思っていた」

「そうしたさ」

「ハーレクインは黒は着ないぞ」

トレヴァーはそばの椅子の背にかけてあるビロードの肩マントを指さした。古着だが、多彩色で華やかだ。「それが手に入ったなかで一番近かったんだ」

「残っているカーニバル期間のために、別の衣装を手に入れるぞ」エドワードが断言し、グラスにポートワインを注いだ。今の彼にはまさしく必要なものに違いない。それを持って椅子にどっかり座ると、やれやれというように頭を振った。「どれほど面倒でも、どれほど金がかかってもかまわない。この衣装を着て、何人かの友人たちとバルコニーに座っているのはともかくとして、英国大使館の舞踏会にこれで出席するのは絶対に断る」

トレヴァーはそろそろ話題を自分が話したい方向にもっていく頃合いだと判断した。入り口の扉を閉めてから、エドワードの向かいの椅子に座る。「友よ、一三歳の時にあのちょっとした爆発のことで校長に呼びだされたのを覚えているか？」

「ガイ・フォークス祭の時、化学実験室で自作の花火を試してみたやつか？　もちろん覚えているさ」

トレヴァーはグラスのポートワインをまわしながら、言葉を継いだ。「きみが退学にならないように、そのすべての罪をぼくがかぶったことも覚えているかな？」

「ああ、当然だ。ぼくは三度目の違反だったから、きみがああしてくれなければ、家に帰された、二度と学校に戻れなかった。それにしても、きみはなぜあんなにたくさんいたずらしておきながら、成績表に黒星ひとつつけられただけで卒業できたのか、今もってわからないな。驚くべき幸運の持ち主だよ。まったく腹立たしいことだが」

「まあ、そうかもしれない。その幸運があと少し続いてくれないかと願っているところでね。実は、きみの助けが必要なんだ」

エドワードが一瞬言いよどみ、それから言った。「もしも金のことならば、喜んで貸すから――」

「いや、金じゃない。まあ、正確に言えばだが」

友の表情に戸惑いが浮かぶ。「では、なんなんだ？」

トレヴァーは深く息を吸った。「あるレディを勝ち得るために手伝ってほしい。結婚しようと思っているんだ」

カーニバルが始まった。自分の部屋で衣装に着替えていても、聞こえてくる音でそれがわかった。家の外でかすかに鳴っていた太鼓の音が刻々と大きくなっていき、ついに、活気と混乱に満ちたどよめきに変わったからだ。しかし、マーガレットの部屋は裏庭に面していて、外でなにが起こっているかは見当もつかない。

「お願い、急いでちょうだい、モリー」マーガレットは小間使いをせかした。背中のボタンを留めてもらうあいだも、そわそわと足を踏みかえる。「ひとつも見逃したくないわ」

「こう言ってはなんですが、お嬢さま、動くのをやめてくだされば、あっという間に終わりますよ」

マーガレットはぐっと身をこわばらせ、小間使いが留め終わるまでじっと立っていた。

「さあ」モリーが言って、一歩さがった。「できました」

マーガレットは体をくるりと一回転させた。「どうかしら?」

「お嬢さま、それはそれはおきれいですよ。その衣装、ぴったりですね」

「それはあなたが、わたしの腰をものすごくきつく締めてくれたからだわ、モリー。夕食の前に気を失ってしまいそう。それとも、吐いちゃうかも。そうしたら、レディ・リットンにまたあきれられてしまうわね」

小間使いが笑いだし、マーガレットは気がせきながらも、ちらりと鏡に目をやった。ビロードのドレスは色とりどりの縞模様で、切れ目入りの袖を肩で大きくふくらませ、その下でぴったり絞ってある。縞模様とその形はたしかに痩せて見える効果があるようだ。しかも、モリーが髪をあげて頭のてっぺんでまとめてくれたおかげで背の高さが増し、ほっそりしているという錯覚をもたらしている。ただし、四角い襟ぐりは広すぎるかもしれない。過剰なほど豊かな胸を気にして、襟を引きあげようとしたが、うまくいかない。苛立ちのため息をつき、マーガレットは諦めて鏡に背を向けた。白い手袋を取って急いではめ、小走りで戸口に向かう。

「待ってください、お嬢さま！」モリーが引き留める。「仮面を！」

マーガレットは急いで戻って青い絹の仮面を小間使いから奪うように受け取ると、また走りだした。階段一階分を駆けおりて、図書室に向かう。客が全員集まったら、そこから祝祭を見物することになっているが、ひと目見るのに全員が揃うまで待つつもりはなかった。図書室に入り、一番奥の両開きのガラス扉に向けて走り抜ける。仮面は通りすがりのテーブルに無造作に置いた。しかし、ようやくガラス扉を開いた瞬間、マーガレットは自分がひとりきりでないことに気づき、はっと足を止めた。アシュトン卿が、まったくハーレクインらしくない黒一色に身を包み、バルコニーの一方の端で手すりにもたれて立っていた。

マーガレットは息を呑み、きつく締められた肋骨に手を当てた。そのまま動かずに彼を観察する。ビロードの上着が彼の広い肩幅を強調し、ぴったりしたレギンスが引き締まったお尻と太腿の筋肉を惜しげもなく見せている。この男性がいかに手ごわく、あなどれない人物かを再認識させる光景だった。アシュトン卿に遭遇してまでカーニバルを垣間見る価値があるだろうかとマーガレットはためらった。しかし、その場を去る決心をする間もなく、彼が肩越しに振り向き、マーガレットの存在に気がついた。「やあ」彼がうなずいて真下を示してみせた。騒々しい喧騒が立ちのぼってくる。「全世界がここに集まったかのような騒がしさだ」マーガレットを手招きする。「ここに来てのぞいてみないか？」

好奇心が疑念に打ち勝ち、マーガレットはバルコニーに足を踏みだした。アシュトン卿の横まで歩いていき、手すりにもたれて下を眺める。午後には静寂を保ち、平穏なふりをしていたローマの街路が、日が沈みつつある今、魔法で永遠の都と化したかのようだった。ポポロ広場を囲む邸宅や街屋敷のバルコニーすべてが鮮やかな色の垂れ幕とタペストリーで飾られ、ともされた明かりで光り輝いている。広場を周回する街路では、花束とリボンで飾られた何台もの馬車が、富裕な乗客たちを舞踏会や夜会に送り届けるべく、雑踏のなかをカタツムリのような速度で走っている。眼下の広場はお姫さまと小姓、騎士と農民、あるいは乳搾り娘と道化師たちで埋め尽くされ、そのだれもが豪快にはしゃぎまわっている。そこかしこで楽士たちがフルートやアコーディオンを奏で、曲芸師や手品師たちが芸を披露している。

「ほら、見て！」マーガレットは思わず叫び声をあげ、頭上に浮かんで街を見おろしている三つの熱気球を指さした。「熱気球に乗ってみたいとずっと思っていたの！」

「どうして？」アシュトン卿が振り向いて尋ねる。

「神さまの目で世界を眺めるような感じではないかと思って。そうじゃないかしら？」

「それは考えたこともなかった」マーガレットをじっと見つめたまま彼が言う。

マーガレットは手すりから身を乗りだし、また広場を見おろした。「なんとたくさんの人でしょう！　カーニバルのあいだ、毎日こんなに混みあうはずないと思うわ」

「日中はそうだ。祝祭が夜明けまで続くから、昼間はむしろ静かだろう」

「そうね。どこかでは眠らなければならないものね」

「その通り。しかし、これから四旬節が始まる火曜日の八時までは、毎晩このお祭り騒ぎが続くことになる」

マーガレットはアシュトン卿のほうを向いた。「まるで、前にもカーニバルを見たことがあるような言い方ね」

「何度かある。ローマでもヴェニスでも。お父上が別荘を持っているんだから、きみももう何度も見ているだろうと思ったが」

マーガレットは首を振った。「いいえ。父があの別荘を買ったのはつい昨年ですもの。仕事で訪れて、敷地内に古代ローマの貴重な遺跡を持つ物件があると知ったの。もちろんすぐに買ったわ！」皮肉めいた笑みを浮かべて、一瞬隣の男性を見やる。「父はとても熱心な考古学愛好家なのよ」

「ああ、それは知っている。別荘に着いたその日の朝に、発掘現場を見せてくれた」

「そうなの？」マーガレットは笑った。「壺やモザイクに、きっと飽き飽きしたでしょうね」

「いや、実を言えばその逆だ。古代ローマの技術に関する仮説をいくつか解説してくれたが、どれもきわめて興味深かった」アシュトン卿がマーガレットのほうを向き、ふいにじっと見つめた。その熱っぽいまなざしに、急に彼との近さを実感する。「きみはどんなことに興味があるのかな、ミス・ヴァン・オールデン？」

その声はとても低くて、ほとんど聞こえないほどで、まるで、その言葉の裏に、単なる好奇心に留まらない深い意味があるような感じだった。「あら、わたしの関心など、きっとあなたにはおもしろくないと思いますわ」なにげない口調で答え、図書室に戻る。

アシュトン卿があとについてきて、バルコニーとのあいだのガラス扉を閉めた。外の騒々しい音がふいに遠くなる。「おもしろくないとはどうしてかな？　あなたは冒険好きと聞いたが。それは本当かい？」

マーガレットの足がよろめいた。口うるさい面々がまた自分のことをおもしろおかしく話したに違いない。アシュトン卿が得たのはどんな情報だろうとマーガレットはいぶかった。ゆっくりと振り返り、彼に向き合う。「あなたのような地位と階級をお持ちの男性は、噂話に興じるべきじゃないわ」

「噂話は常に有益なものだ。ぼくのような地位と階級の男にとって」酒が並んだ棚まで歩いていき、ポートワインをグラスに注いだ。「もちろん、言っておくが、噂話に興じていたわけじゃない。ただ聞いていたんだ。だが、恐れなくていい、マーガレット」肩越しに振り返り、まるでマーガレットの心のなかを読んだかのようにつけ加えた。「ロマンティックな真夜中の逢い引きが好きなことや、文学の好みは秘密として墓場まで持っていくつもりだ」

「それを今持ちだす必要があって？」マーガレットは思わず叫んだ。「そんな話はしたくあ

ばくがきみについて聞いたことを裏づけるものだ」

「きみはそうだろうが、ぼくは示唆に富んだ興味深い話題だと思っている。実際、これはぼくがきみについて聞いたことを裏づけるものだ」

「なにをお聞きになったんですか？」マーガレットは詰問した。

「きみが非常に現代的な女性で、葉巻や賭けごとを好み、冒険に挑むたちであると」

彼がなにについて話しているかはすぐにわかった。「それでは、その葉巻で気持ちが悪くなり、賭け金は全部失って、しかも、紳士用の娯楽室に入りこむという冒険のせいで、エッジウェア卿に何週間も色目を使われる結果になったことと、すべてがとてもがっかりする経験だったことをお伝えすれば、あなたをさらに喜ばせることができるかしら？」

アシュトン卿がグラスを置き、こちらに向かって歩きだした。「きみが望んでいるのは冒険かな、マーガレット？」優しい声で言う。「もしもそうなら、ぼくが提供しよう。きみが絶対にがっかりしないことは保証する」

近づいてくる彼に気圧されて、マーガレットは数歩さがったが、そのうち腿の後ろがソファテーブルにぶつかり、止まらざるを得なくなった。身をこわばらせ、警戒の目で彼を見つめる。わなに追いこまれたように感じると同時に、もっと知りたいという抗えない願望も否定できない。「あなたの言っているのは、どんな冒険のこと？」

「手始めとして、カーニバルをじかに経験してはどうかと思っている。バルコニーからただ見物するのではなく」

それがまさにマーガレットが望んでいることだと、なぜわかったのだろう。まさか、心を読まれているのかもしれないと思うと動揺が募る。「案内をしてくださると言うの？」

「そうだ。案内、護衛、そして冒険仲間。きみなら、なんと呼ぶかな？」

半信半疑のまま、彼はただの財産目当ての求婚者に過ぎないと、マーガレットは自分に言い聞かせた。「そんな提案をなさるなんて、いったいどうして？」

「しいて言うなら、ぼくはこの一〇年、とても普通とは言えない生活を送ってきた。時間のほとんどを冒険に満ちた、しばしば危険と隣り合わせの仕事に費やしてきたわけだ。そして、今回その生活をあとにして、いわゆる文化的な社会に戻ってきてみると、ひどく退屈ですでに飽き飽きしている。どうやらきみも同様の思いらしいから、ふたりでなら、一緒に楽しめるのではないかと思ってね」

「そう」たしかに説得力がある。それでも、マーガレットはまだ警戒を解かなかった。「冒険や興奮を望んでいるのなら、男の方と一緒のほうがいいのでは？」

「そんなことはない。男たちとはすでに多くの時間を過ごしている。一緒に酒を飲み、カードで遊び、羽目をはずしたこともいろいろやるが、それでもう充分だ」

「そうなの。でも、実際になにをするということ？」

「きみがやりたいことならなんでも」彼が約束する。「なんでも言ってくれ」

その瞬間に、わくわくする興奮がマーガレットの疑念を圧倒した。自分ひとりでは決して行かれない場所に彼が連れていってくれる。見たこともないものを見せてくれる。たとえ財産目当てでつきまとっているのだとしても、彼が目の前にぶらさげたえさはあまりに魅力的で到底抗しがたかった。「あなたが提案していることは、とても不適切なことだわ」知らないうちに声が弾んでいる。

「かまわないだろう？　慎重にやれば、だれにも知られない」

マーガレットはふいにからからになった唇をなめた。「父が、あなたに近づかないようにと言っていたわ」

「そうなのか？」

アシュトン卿の口がゆがみ、謎めいた笑みが浮かんだ。また一歩マーガレットに近づき、ふたりの距離を詰める。そして、両手をあげ、手のひらでマーガレットの顔を包みこんだ。彼の親指が頬を行ったり来たりする感触に、興奮がどんどん強まる。彼の腕が胸の脇をかすめるのを感じ、その親密な触れ合いに心臓が高鳴った。彼の申し出を拒絶すべきだと、そして彼を押しのけ、毅然と出口に向かうべきだとわかっていたが、必死に探しても、それができるような強い意志が見つからない。ただぼう然と、濃紺色の瞳を見つめ、その強いまなざしとあまりに近い彼の体のぬくもりに魅了されるしかなかった。

「ぼくに近づかないようにと父上がおっしゃったことについては、驚きもしないが」彼の頭がさがり、唇がマーガレットの唇からほんの数センチのところに近づく。「きみが常に言われた通りに行動しないことは、ぼくもきみも了解済みだ」

「ええ、そうね」マーガレットはささやいた。「言われた通りにはしないわ」

「ぼくもそうだ」彼がつぶやく。「ぼくたちはどちらも、禁断の実が一番甘いことを知っているということかな」彼の唇が近づいてきて、マーガレットの唇をとらえた。それは夢に見た恋人のキスのようではまったくなかった。憧れていた甘さや優しさはみじんもなく、空想していたような騎士道精神もロマンティックな雰囲気もなかった。この男性は実在する人。そして、そのキスはむしろ力強くて荒っぽく、マーガレットの血をたぎらせ、うずかせるようなものだった。

唇を押し開かれるのを感じ、マーガレットは背後のテーブルでなんとか体を支えた。彼の舌が口のなかに入ってきて、深くまで味わい尽くす。そうしながら、両手を脇から腰まで撫でおろし、マーガレットをテーブルから引き戻して彼にもたれさせた。ぎょっとして思わず唇を離し、彼の上着の折り襟を握りしめる。彼の肩に顔を埋めながら弱々しく抗議したが、アシュトン卿はやめようとしなかった。マーガレットの喉に唇を這わせ、肌を味わいながら、探求を続行する。

耳たぶをそっとかじられ、マーガレットは身を震わせた。彼の両腕が背中にまわって抱き寄せられると、乳房が彼の胸に押しつけられ、その硬い肉体にがっちりととらわれた。彼の衣装の布地をさらに強く握りしめる。「ああ、そんな」あえぎ声が、彼の柔らかいビロード地でくぐもった。「どうか、やめて。やめなければだめ」

「だめかな?」耳もとでつぶやかれる。温かい息がかかると、マーガレットの体にまた震えが走った。「なぜ?」

「廊下に出る扉が全部開いているもの。だれかに見られてしまうわ」

「だが、そういう危険のせいで、さらにわくわくしないか？」彼が問いかける。「これが、ぼくと一緒にやる最初の冒険だと思えばいい。キスするという冒険だ。ぼくたちが会った最初の晩にきみが望んでいたものじゃなかったか？」言葉のあいだにも、彼の唇が耳の感じやすいところをかすめる。「違ったかな？」

「そうだったわ」小さくささやく。彼に引きおこされた竜巻のような感覚に全身が揺さぶられる。「でも、お客さまがもう着く頃ですもの。やめなければ」そう言いながらも、両腕を滑らせて彼の首にまわし、彼にしがみついた。

「冒険の提案への答えをまだもらっていない」彼は少し身を離すと、指でマーガレットの顎の下に添えて顔を持ちあげ、じっと目をのぞきこんだ。「きみが決断する前に言っておこう。ぼくはきみと一緒にいる時間のすべてを利用するつもりだ」

「どういう意味？」

彼の親指が行ったり来たりしてマーガレットの下唇を撫でる。「きみを誘惑するつもりがあるという意味だ」

その言葉で警戒心がよみがえり、はっと身をこわばらせた。恍惚とした状態からいっきに引きずりだされる。急いで身を引こうとしたが、彼の腕がウエストにまわされた。腕でしっかり押さえられる。「それはあまりにぶしつけだと思うわ、アシュトン」

「とんでもない、その反対だ。ぼくの心づもりを正直に言っただけだ。隠す必要はないからね」

片手がマーガレットのうなじを撫でる。もう一度身を離そうと試みたが、まとめた髪に彼の指がからんで、マーガレットの動きを止めている。彼が頭を傾げ、マーガレットの喉もとにキスをした。「前にも言っているはずです」マーガレットはあえぎながら、なんとか声を出した。「あなたと結婚するつもりはないわ」

彼が耳たぶをかじり始めた。「ぼくは結婚のことはなにも言っていないが」

「ええ、でも、あなたがそんなことを言う理由はそれしか思いつけないわ」

「そうかな？」小さく笑い、マーガレットの耳にそっと鼻をすり寄せた。「ぼくは思いつけるが」

彼の両手と唇が引きおこしためくるめく感覚に包まれると、分別も自制心もこぼれ落ちていくのがはっきりわかり、それを取り戻そうとマーガレットは必死になった。ふたりのあいだに両腕を割りこませる。大した防御にはならないが、膝ががくがくしている状態では、そのくらいしかできない。「やめて」荒く息をする。「ああ、お願い、やめてちょうだい」

彼はすぐに身を引いた。ウエストにまわした片腕だけ残して、マーガレットを支えている。

「きみの願いはぼくにとって命令と同じ」

マーガレットは目を開け、アシュトン卿のビロードの襟を握りしめている両手をぼう然と眺めた。自分の激しい息遣いと早鐘のように打っている心臓の鼓動が耳のなかに鳴り響き、なにか言おうにも、ひと言も思いつかない。

「どうする、マギー？」彼が沈黙を破った。「ぼくとカーニバル見物に出かけるかい？」

マーガレットは彼を見あげた。アシュトン卿は放蕩者で、紳士といっても名ばかりの男、そしておそらくは財産目当ての求婚者。彼が提案していることは危険そのもの。淑女としての評判を破滅させるほど深刻な危険をはらんでいる。とはいえ、マーガレットはすでにわかっていた。どんなに綿密にあらゆる可能性を考慮したとしても、自分の答えは決まっている。こんな機会は二度と来ないだろう。どうしようもないほど心惹かれ、マーガレットは決心が変わる前に急いでうなずいた。「ええ、そうするわ」

「よかった。明日の晩、アーバスノット公爵夫人の舞踏会で最後の打ち合わせをしよう。ワルツを一曲、ぼくのために取っておいてくれ」トレヴァーは一歩さがって、支えていた手を離すと、マーガレットを見つめてほほえんだ。

「なにを笑っているの？」

「きみの少々乱れた格好がかわいいと思ってね」片手をあげてマーガレットの髪を撫でつける。「徹底的に、そして適切にキスをされたばかりの女性に見える」

「本当？」マーガレットが紅潮した頬に両手を当てた。扉が完全に開いていて、いつ、だれが入ってきてふたりを見つけるかわからないことを思いだしたらしく、あわてて何歩か後ずさって、戸口に向かって歩きだす。

「うん、そう見える」マーガレットの背に向かってトレヴァーはさらに言った。「その責任を負う男が自分であることがどれほど嬉しいか、言葉で言い表せないほどだ」

「この世にたくさん男性がいるなかで」マーガレットが言い返す。「なぜ、それがあなただったの？」しかし、戸口で立ちどまり、肩越しに彼のほうを振り返った時の彼女の顔には当惑と欲望が入りまじった表情が浮かび、トレヴァーは、それを見ただけで彼女を引き戻し、もう一度キスをしたいと思わずにはいられなかった。「あなたを好きでさえないのに」

「今はまだね」トレヴァーは彼女が出ていくのを見守りながら、口のなかでつぶやいた。「しかし、そのうち好きになるよ、かわいいマギー。絶対に」

マーガレットはどうやってぼろを出さずにその晩と翌日を切り抜けられるのか、自分でもわからなかった。だれかに見られたり、ほほえまれたりするだけで、そこになにか意味があるように感じてしまう。知り合い全員がマーガレットの計画を知り、街の喧騒のなかに出かけていくつもりだとわかっているような、あるいは、キスをしたことさえもみんなが見抜いているかのような、そんな気持ちにかられる。

そのキスのことを、彼の唇が唇に押しあてられたあの特別なひとときのことを思うと、彼に引き出された感覚すべてがどっとよみがえってくる。キスは信じられないほど強烈な経験だった。彼が約束してくれたほかの冒険も、同じくらいわくわくするものだったらいいけれど。

〝きみを誘惑するつもりがある〟

父や公爵夫人から聞いた話から判断して、あの男性はその方面での評判を確立しているらしい。これまでもきっと、たくさんの女性を誘惑してきたのだろう。だから、彼のことは警戒すべきだとわかっている。でも、自分が求めているのは刺激的なこと。昨晩のことを考えれば、カーニバルのあいだ、トレヴァー・セントジェームズがたくさんの刺激を与えてくれることは間違いない。しかも、その折々の決定権はマーガレットの手にある。彼が提供してくれることのうち、自分が望むものだけ受け取り、返したいと思うものだけ返せばいいこと。

不安を覚え、マーガレットは踊りながら、もう一度贅《ぜい》を尽くした光り輝く舞踏室を見まわした。お相手のでっぷりしたイタリア大使のぎこちないワルツに合わせ、フロアをまわっていく。それでも、トレヴァーの背が高く肩幅の広い姿はどこにも見えなかった。彼はどこにいるの？

一〇時をまわった頃、彼がようやくやってきた。すでにマーガレットがワルツをもう一度、そのほかにカドリールを一回、リールを二回踊ったあとに、ちょうどエドワードに導かれてまたフロアに出ていくところだった。

「すまないな、ケタリング」ものうげな深い声が割りこんできた。「このワルツの相手はぼくのはずだ」

マーガレットがほっとしたことに、エドワードはなんの異も唱えずに脇に寄った。

「ようやく来たのね」腕をとられ、ダンスフロアに導かれながらトレヴァーに言う。「もう来ないのかと思ったわ」

「ぼくがいなくて寂しかったということかな？」トレヴァーが礼儀として許されるぎりぎり

までマーガレットを引き寄せ、踊り始める。

ばかげた質問だから、その答えはひとにらみで済ませた。「あなたが気を変えたと思ったのよ」

「それはない。きみは？」

「もちろん、そんなことはないわ。なぜ遅くなったの？」

「リリー・ロセッティという美しいオペラ歌手のせいだ。長い黒髪のあでやかな女性」

思わず感じた苛立ちを鼻を鳴らす音で表明せずにはいられなかったが、そのあと、すでに馴染みになっている挑むような、そしておもしろがっているような表情を見て、すぐにかつがれたことに気づいた。「なんていやな人なの」小さくつぶやく。「なぜ、そんな風にしなければならないの？」

彼の表情が変わり、今度は小学生のような無邪気そのものといった顔になった。

「なにをするって？」

「そうやってからかうこと」

「ああ、それか」彼が笑った。「たぶん、きみがあまりに簡単に引っかかるからだろうな」

「これからは絶対に騙されないわ」むっとして断言する。「もうあなたのことはよくわかったから」

マーガレットの背にまわした手に力がこもる。「本当にそうであることを願うよ、マギー。友人は互いによく理解し合うことが必要だ」

自分たちは友人ではないとマーガレットが指摘する間もなく、トレヴァーがさらに顔を近づけてささやいた。「舞踏会はおそらく夜明けまで続く。なにか理由を考えだして、早めに帰宅するんだ。遅くとも真夜中までに。家に戻ったら、夜会服を着替え、そのあと一時間待ってみんなが寝静まったのを確認してから、出てきてくれ。裏庭で待っている」

マーガレットはうなずいた。期待に胸がきゅんとうずく。「なにを着たらいいかしら。男物の服？」

彼が頭をそらしてまた笑った。まわりで踊ってる何組かがこちらを振り向いたほど大きい声だった。

「しーっ」マーガレットはあわててたしなめ、そっと周囲を見やった。「そんなおかしいこと、わたし言ったかしら？」

「男物の服？　やれやれ、マギー」トレヴァーがまだ笑いながら、あきれたように首を振った。濃い黒いまつげがさがり、視線が落ちてマーガレットの広い襟ぐりに留まる。「だれも騙されないだろうな」

「まあ」彼がなんのことを言っているのか理解し、マーガレットは頰がかっと熱くなるのを感じた。「では、なにを着たらいいかしら？」もう一度尋ねた時、ちょうどワルツが終わった。

「なにか実用的で着やすいものがいい。農婦の衣装かなにかを調達できないかな？　シャツブラウスとスカート、それにショールを羽織れば充分だ。それとかかとの低い靴」

「なにか見つけられると思うわ」

「よかった」彼にエスコートされてエドワードとコーネリアのもとに戻る。ふたりはパンチが用意された台のそばに立ち、数人の友人と話していた。トレヴァーがマーガレットの腕を放し、手を取った。「それと、頼むから」ささやき声でつけ加える。「コルセットを着なければならないなら、紐をきつく結ばないように。壁をのぼったり、暗い路地を走り抜けたりしなければならない時に気絶してもらっては困る」

そして、指の甲にすばやく唇を当てると、そのまま歩き去った。一回のワルツのあいだにミス・ヴァン・オールデンの顔を二度も紅潮させるとは、いったいアシュトン伯爵はなにを言ったのだろうかといぶかる周囲の人々を残して。

6

トレヴァーは立ったまま、庭の壁のそばで待っていた。夜だからもちろん暗いが、静かというにはほど遠い。街屋敷の裏庭は高い石塀で囲まれているが、塀くらいでは、カーニバルのこの騒々しさを遮ることは不可能だ。これから数日のあいだに、マーガレットは心惹かれる光景をたくさん目にするだろう。トレヴァーは、その時のマーガレットの反応を見るのが楽しみだった。

昨夜のことを考える。あんなにすぐマーガレットにキスをするつもりではなかったが、彼女の瞳には好奇心と、目覚めつつある欲望が浮かんでいた。その誘惑はあまりに抗しがたかった。

彼女の肌にまとわりついたレモン・バーベナ石鹸の香りも、腕に抱いた体の感触も、まだはっきり思いだすことができる。唇を押しあてた時の唇の甘さはいまだに舌に残っているし、唇を味わった瞬間に、思いがけず、揺さぶられるほどの激しさで襲ってきた純粋な欲望も今なお感じることができる。しかも、思いだしただけで、自分のなかの欲望がまた燃えあがるのがわかる。

トレヴァーは大きく息を吸い、ゆっくりと吐きだした。彼のキスに対する彼女の情熱的な反応は、期待をはるかにうわまわるものだったし、あの時、自分がさらに先に進むことを選択すれば、それも可能だっただろう。しかし、彼女にとって、キスをするのは経験の一環であることはわかっている。二、三回キスを盗むくらいでは、結婚の承諾を得るには不充分だ。マーガレットを誘惑して結婚まで持ちこむためには、戦略と忍耐と自制心が必要とされるだろう。ことを急ぎすぎて、せっかくの女相続人を失う余裕は自分にはない。マーガレットのほうがキスを待つようにしなければならない。彼女がキスしてほしいと期待するように、キスを切望するようにもっていく必要がある。これはゲームの一部だ。

目の隅で白いものが動いた。そちらに目をやり、裏口からそっと出てくるマーガレットを見守る。こちらに歩いてくる姿は、まだ月明かりで輪郭がぼんやりと見えるだけだ。さらに近づいてきて、ようやくトレヴァーは自分の指示が真剣に受けとめられたことを知った。無地の白いブラウスと地味な赤色のスカートを着て、イタリアの農家の娘のような黄色いわらのボンネットをかぶっている。髪は後ろで一本の長い三つ編みにまとめ、肩にはざっくりした茶色の肩掛けを羽織っている。そして、ベルトには小さな巾着袋がつけられていた。

「この格好で大丈夫かしら?」ボンネットの位置を整えながらマーガレットが尋ねる。「小間使いのひとりから全部借りたの。農家の娘だと思うわ」

「きみがなぜその服を必要としているか、気づかれていなければいいが」トレヴァーは答えながら、裏門を開けてマーガレットを路地に連れだした。

「それは大丈夫。衣装の参考にするためと言ったから」そして、トレヴァーが麻と毛織りの粗い布製のズボンとシャツを着ているのをちらりと見やり、満足げにうなずいた。「わたしたち、ナポリの農民に見えるわね」

「馬車を雇えば別だが、カーニバルで混みあう街を歩きたいなら、着やすい服が一番だ」トレヴァーは門を閉めると、マーガレットの腕を取り、ポポロ広場に通じる横道の一本に入った。「舞踏会から抜けだすのは大変だったかい？」

「いいえ」マーガレットが歩調を合わせて歩きながら答えた。「実は、あなたが帰ってからわりとすぐに、エドワードが頭痛がすると言いだして、帰る理由を考えだす手間を省いてくれたの。たまたまでしょうけど、幸運だったわ」

「そうか。それは幸運だった」

トレヴァーは心のなかでにやりとした。エドワードのやつ、結構やるじゃないか。今週の終わりまでには、イートンでの貸し借りがすっかり清算されそうだ。

「これから、なにをするの？」

「きみがやりたいことならなんでも、と言ったはずだ。今夜は広場を歩きながら、きみが興味をそそられたところで立ちどまったらどうかな」

それからの二時間、マーガレットはたくさんのことに関心を示し、結局トレヴァーは、二、三分に一度は立ちどまっていた。まずは操り人形師や楽師だった。縄を使った踊りと炎を食べる奇術師にも魅了された。また、オルガン弾きの横で赤いビロードの上着とズボンを着た小さな猿がおどけた仕草をするのを見て、とてもおもしろがった。街路のガス灯の光の下で、トレヴァーは猿の鼻にウエハースを載せるマーガレットを見守った。猿が頭をそらして、鼻の上のかけらをひょいと宙に飛ばし、落ちてきたところを口で受けとめると、マーガレットは子どものようにお腹を抱えて笑い、素直に喜びを表した。

いい感じの笑い方だ。楽しげでのびのびしている。上流階級の女性たちが発するくすくす笑いとはまったく違う。その笑い声を聞いただけで、腕に抱きしめてもう一度口づけし、楽しみを情熱に変化させたくなるが、今は時期も場所もふさわしくない。

まもなくだ、と自分に約束する。今夜ではないが、近いうちに。

オルガン弾きがマーガレットにカーネーションを一本渡し、両頰にチュッチュッと音を立ててキスをした。イタリア人特有の誇張表現でマーガレットの美しさと魅力を褒めたたえる。しかし、その称賛のまなざしの行き先はマーガレットのブラウスの襟ぐりであり、その下の官能的なふくらみをむさぼるように見つめている。トレヴァーは顔をしかめ、がらにもなく所有欲にかられて彼女に近寄り、腕をつかんだ。結婚した暁には、と心のなかでひそかに決める。服は全部新調させよう——品がよくて、喉もとまでボタンがかかるドレスに。

「そうやって、子どもが紐つきおもちゃを引っぱるように、わたしのことも引っぱらなければならないの?」引きずられながら、マーガレットが言う。「どこか急いでいくところがあるの?」

マーガレットを引きたてるようにして広場の真ん中を横切っていることに気づき、トレヴァーは歩調をゆるめ、深く息を吸った。衝動的な憤りにかられたことが自分でも意外だった。「曲芸師の演技がそろそろ披露されるはずだ。きみが逃したらがっかりするかと思ってね」

「まだ時間は充分にあるはずよ」マーガレットが歩きながら、近づきつつある舞台をさして指摘する。「ほら、まだ準備が始まったばかりですもの」

トレヴァーは曲芸がよく見える場所までマーガレットを連れていったが、演技が開始する前に、ふたりのすぐ後ろで激しい怒号が始まった。どちらもすぐに振り返ったおかげで決定的瞬間を目にすることになった。背の高い痩せた男扮するメフィストフェレスが、恐ろしげな仮面を脇に放り、黒い長コートを脱ぎ捨てて、アパッチ族の男に一発拳を打ちこみ、群衆のなかにはね飛ばしたのだ。

マーガレットが驚いて悲鳴をあげた。「殴り合いだわ!」興奮の面持ちで叫ぶ。「なんてすごいんでしょう!」

この遠出の目的が冒険であることはトレヴァーもわかっていたから、喧嘩を見物するマーガレットをそのままにしておいた。しかし、群衆に変化が見え、イタリア人特有の熱い気性が燃えだしたのを察知するやいなや、マーガレットをうながしてその場を離れようとした。

「おいで。ここから抜けだそう」

「あら、でも、もっと見たいのに!」マーガレットがまた叫び、危なくない場所に退避させようとするトレヴァーの努力に抵抗した。

「絶対にだめだ」きっぱりと言い、断固とした態度でマーガレットを後ろに引っぱったのは、今連れださないと、収拾がつかなくなるとわかっていたからだ。しかしながら、マーガレットはその心配を共有していなかった。

「でも、これまで見たこともないことですもの、見逃したくないわ」

その言葉を言い終えるか終えないうちに、マーガレットのすぐ前にいた男が相手の顔面に拳を叩きつけた。その瞬間、あまりに突然あたりが騒乱のるつぼと化して、罵声と拳が飛び交い始めた。

くそっ。マーガレットの予期せぬ抵抗と、そのせいで安全な場所にすばやく移動するきっかけを逸したことにトレヴァーは苛立ちを感じた。いまや暴徒化した群衆にマーガレットが傷つけられる光景が脳裏をよぎり、それとともに四〇万ポンドともおさらばという事実、さらには、真夜中にマーガレットを連れだしたことを彼女の父親に知られて命ともおさらばという予測が浮かんだ。

「議論している時間はない！」トレヴァーは怒鳴りつけると、マーガレットをいやおうなく自分のほうに向かせ、そのまま持ちあげてジャガイモの袋のように肩にかついだ。「頼むから、頭をさげていてくれ！」そう言いわたし、雑踏をかきわけて進みだす。間違いなく彼の頭を狙ったパンチを、巧みに横に飛びのいて少なくとも二回は回避し、ついに乱闘から無事にマーガレットを連れだした。

ひとけのない横道に入ると、トレヴァーはマーガレットをおろした――きわめて乱暴に。

「なにを考えているんだ？」また怒鳴りつける。「さっきのような喧嘩が始まったら、賢明な行動はただひとつ、できるだけ早くそこから離れることだ！」

「あの人たちが、あんなふうに変わるなんて思っていなかったんですもの」マーガレットの声はかすかに震えていた。「あっという間のことだったから」

「今後もまだ冒険をするつもりならば、ぼくの指示に従ってもらいたい。くそっ、マーガレット、怪我していたかもしれないんだぞ」

「ええ、あなたの言う通りだわ」マーガレットがおとなしくうなずいた。しかし、そのあと彼を見あげた顔には満面の笑みがたたえられ、見つめる瞳がきらめいているのが、頭上の街路灯の光ではっきりわかった。「でも、言わせて、トレヴァー。今の事件が人生でもっとも興奮する経験だったことは間違いないわ」

「たしかに、今夜の目標が達成できたことは間違いないな」トレヴァーも認めた。「興奮と冒険という目標は」

「ええ、本当にそう。でも、まだまだたくさん見たいものがあるし、どんな冒険が待っているかと思わずにいられないわ」

トレヴァーとしては、今はそのことは考えたくもなかった。

「今夜はもう遅い。家に戻る時間だ」トレヴァーはマーガレットの腕を取り、エドワードの街屋敷の方向に歩きだした。「教えてくれないか？」雑踏のなかを抜けて歩きながら尋ねる。

「良家の子女であるきみが、街角の喧嘩をそんなにおもしろいと思うほど冒険好きになったのはどうしてなんだ？」

「たくさん本を読むからかしら」マーガレットが笑った。

「それはぼくも気づいていたが」

発禁処分の小説を読んでいるところを見つかった話を持ちだされ、マーガレットはトレヴァーを肘でこづいた。「子どもの頃はたいていひとりで過ごしていたわ。三歳の時に母が亡くなり、父は仕事でほとんど留守だったから。とても内気だったし」

「内気？」トレヴァーは疑いの目を向けた。「それはまったく信じられないな。きみのことを考えた時、思い浮かぶ言葉が内気でないことはたしかだ」

「それでも、本当なの。小さい時はわたし――」なにを言おうとしていたにせよ、そのあとの言葉をマーガレットは言わなかった。

興味を引かれ、トレヴァーはうながした。「それで？　小さい時きみは……」

マーガレットが深く息を吸った。「小さい時、太っていて、ほかの女の子たちにからかわれたの。とてもつらかったわ」

午後のお茶の時に、レディ・リットンが述べていた意地の悪い批評を思いだせば、あのような言葉が幼い少女をどれほど傷つけるか想像に難くない。トレヴァーはまた熱い怒りにとらわれたが、あえてひと言言うだけに留めた。「それがどれほどつらいか、よくわかる気がする」

「そう？　とにかく、そのせいでほとんどひとりで過ごしていたのよ。読書をしてね。『三銃士』や『モヒカン族の最後』とか、大好きだったわ。ダルタニアンやホークアイはなんてわくわくする人生を過ごしているんだろうと思っていたの。自分と比べてね」

「女の子はジェーン・オースティンやシャーロット・ブロンテを好むのかと思っていたが」

「それももちろん読んだわ。というより、手に入る本は全部読んだの。古典から一〇セント小説、新聞の連載までなんでも。逃避手段だったから」

「逃避手段？」トレヴァーはマーガレットを見やった。「深刻そうだな。どういう意味だ？」

「男性には理解できないと思うけど、女の子の生活はとても制限されているのよ。多少なりとも頭を使うのは、せいぜいどのドレスにどのボンネットを合わせるかとか、ハンカチの刺繍にどの色の糸を使うかを決める時だけ。運動といえば、頭に本を載せて行ったり来たりするか、花を切って生けることくらい。一六歳になるまでに、そうしたありきたりの活動に自分が満足できないことを悟って、家庭教師を落胆させたわけ」

「家庭教師？　何人くらいついたんだ？」

マーガレットは悲しげな顔をしてみせた。「七人」

「七人！」

「ええと、六人だわ、厳密に言えば。一三歳の時に来たミセス・ホートンは、一週間しか続かなかったから、数えるべきではないわね。一七歳の時に、父がついに家庭教師は無駄だと諦めたの、ありがたいことに」

「ありがたいというのは、つまり、家庭教師がいなければ、自分のやりたいようにやれるということか」

「もちろんそうよ」マーガレットは笑った。「でも、家庭教師が嫌だったわけじゃないの。なにか有益なことを教えてくれるなら歓迎したはずよ。頭に本を載せてなんの役に立つの？どれもこれも、とてもばかげているように思えたわ。でも、どの家庭教師も、生物学や幾何学は若いレディが習うものではないと言うんですもの」

「英国の少女の多くは過保護な環境で育てられているが、アメリカの娘たちはもっと自由な教育を受けて、自由に自分を表現することが許されていると聞いていたが」

「ある程度はそうかもしれないわ。でも、それでも、まだ厳しく制限されているように感じるわ。たとえば、『三銃士』を読んだあと、フェンシングを習いたくなったの。ちょうど一五歳になった時よ。その時の家庭教師は英国人だったわ。とても堅苦しい、礼儀作法一点張りの人だったから、フェンシングと聞いただけで仰天して、断固拒否したの」

トレヴァーが笑いだし、マーガレットもそれに加わった。「その話に先があるように感じるのはなんでかな？」

「次に父が帰宅した時に、女の子がフェンシングを習ってもなんら悪いことはないと父を説得したのよ。気高くて上品なスポーツで、伝統に則っているとね。そして、費用はわたしの手当から支払ってあるからと」おもしろがっているようなまなざしをトレヴァーに向けた。

「父はお金を浪費するのが嫌いなの」

「それで思い通りに、フェンシングを習ったわけだ。上手なのかい？」

「まあまあだと思うわ。でも、女性としか試合をしていないし、そのほとんどがわたしよりも経験が少なかったから、正確なところはわからない」

「では、いつか、フェンシングで勝負しなければいけないな。きみがどのくらい上手か知るために」

マーガレットが歩みを止め、トレヴァーのほうを向いた。顔が喜びで輝いている。それは心からの喜びであり、レディたちにありがちなわざとらしい遠慮はいっさいなかった。

「本当に？　本気で言っているの？」

その反応はトレヴァーを驚かすものだった。この申し出をしたのは、それがマーガレットと一緒に過ごすもうひとつの機会であり、ゴールに近づくさらなる一歩だからに過ぎない。ところが、マーガレットはまるで王冠に飾る宝石を差しだされたかのようにトレヴァーを見つめている。トレヴァーは落ち着かない気持ちになり、目をそらした。自分に良心があれば、これを罪の意識と呼んだかもしれない。

「本気じゃなければ、もちろん言わない」

わざと気軽な口調で言い、不安を脇に押しやった。こんな些細なことにこれほどの喜びを感じてくれるとは、なんとありがたいことじゃないか。

トレヴァーはまた歩き始めた。「今の話で、レディ・アグネスがきみについて話してくれたことがわかってきたぞ」

「アグネスがわたしのことをあなたに話したの？」隣を歩きながら、マーガレットが聞いた。

「なんと言ってたの？」

「念のため言っておくと称賛する言い方だったが、きみが非常に現代的で新しい見方をすると言っていた。それがどういう意味なのか、わかり始めた」

「コーネリアの英国の友人たちのあいだでわたしは大評判なのよ。わかっているわ」

「アメリカから来たお嬢さまたちはほとんどがそうだ。英国の娘が夢にもやろうと思わないことをやるからね」

「アメリカの娘のほとんどに当てはまることの二倍がわたしなんだと思うわ。いつも反抗していたから。なにかをできないと言われると、さらにやりたくなって、必ずやる道を見つけるの」

自分に対してもそうでは困る。だが、トレヴァーは街屋敷の裏庭に着くまでなにも言わなかった。門のなかに入ってから、トレヴァーはここで、この真夜中の外出の責任者がだれかを明確にしておくべきだと判断した。「マーガレット、次回以降の冒険に関して同意する前に、今後、ぼくが命令した時には必ずそれに従うと約束してほしい」

マーガレットがなにか言おうとしたが、トレヴァーは遮った。「反論しても時間の無駄だ。なにも聞かずにぼくの言う通りにすること。ぼくがはったりで言っているとか、ぼくの裏をかけるという考えは持つな。甘い言葉で騙したり操ったりできるきみの父上とは違う」

トレヴァーの言葉の選び方にむっとしたことはたしかだが、それについての反論はなかった。どうやら、トレヴァーが本気で言っているとわかったらしい。唇を噛んだまま黙っている様子から、彼女のなかで戦闘が繰りひろげられているのが伝わってきた。トレヴァーは忍耐強く待ち続けた。最後に勝つのは自分だ。簡単に降伏したり、すぐに他人を信頼したりする女性ではないが、トレヴァーと一緒に出かけたいという欲求が勝ることは間違いない。ついにマーガレットが降伏した。「わかったわ。約束する」

「よし。では、明日の晩は、またきょうの場所に戻って、曲芸を見よう。今夜見逃したからね。本当にすばらしいんだ」

「そうでしょうね。でも、トレヴァー、中国人の曲芸でも、今夜経験したことよりわくわくするかどうかわからないわ」

「もちろんするさ。まだまだこれから興奮に満ちた驚きがたくさん待っている」

「なにが起こっても、あなたがなんとか解決してくれると確信したわ」マーガレットに称賛の面持ちで見あげられると、トレヴァーは今夜の苦労に見合う以上の報奨をもらったような気がした。「あの喧嘩騒ぎから救いだしてくれた時のあなたは、まさにヒーローだったもの」さらに言い続ける。「実際、計画していた真夜中の冒険の相棒として、あなた以上の人はいないわ。会えて本当によかった」

自分のことをヒーローと思っている？　予期しなかった特別手当をトレヴァーはすぐに利用した。「それに関しては全面的に同意する」ささやきながら、マーガレットの両手を取る。「ぼくも、会えてよかったと思うよ。とくにこういう瞬間、きみとふたりきりでいる時に」

マーガレット自身は、トレヴァーとふたりきりでいたいかどうか定かでなかった。前に言われた不穏な言葉がいまだ頭のなかに鳴り響いている。

〝きみを誘惑するつもりがある〟

危険な男との危険なゲーム。いざ始める段になって、自分が本当にそのゲームをしたいかどうかわからなくなっている。自分の手で状況を把握できると思っていたが、トレヴァーはこちらが望む通りに操れる男性ではない。マーガレットは両手を引き戻そうとしたが、トレヴァーは片方しか放さなかった。もう一方の手を持ちあげて、唇を当てる。「逃げるな、マギー」手の指の関節に向かってささやかれる。

「逃げようしているわけじゃないわ」

「そうかな？」トレヴァーはマーガレットの手を返し、今度は手のひらに唇を押しあてると、手首の内側の繊細な肌を撫でながら顔を見あげた。「よかった。もう少しだけ、ここで一緒にいられたらと思っているからね」またささやく。自分の手のなかでマーガレットの手が震えているのを感じ、そのまま腕のなかに入ってくることを期待しながら、そっと引き寄せた。

しかし、マーガレットはこちらの期待通りには反応しなかった。彼の手から手を引き抜くと、疑わしげに眉をひそめ、両腕を胸の下で組んだのだ。その仕草が、豊満な曲線を強調することになっているとは気づいてもいない。この女性の魅力は学生のようなロマンティックな理想とあばずれのような皮肉っぽさの組み合わせだ。そして女神の肉体も、とトレヴァーは心のなかでつけ加えながら、陰になった深い谷間を眺めた。

「あなたがどんなつもりかよくわからないわ」眉をひそめたままマーガレットが言う。

トレヴァーは庭を囲む壁に寄りかかった。「その点については、図書室の晩に完璧に明らかにしたと思うが」

月明かりのなかでも、マーガレットが顔を赤らめたのがわかった。「わたしを誘惑するつもりだと言っていたわ」

「それがあいまいでよくわからないと言うのか？」

「どう考えればいいかわからないの」あまりに困った様子は、トレヴァーが気の毒に感じるほどだった。「そういう衝撃的な申し出には慣れていないから」

「ああ、たしかに、きみはもっと行儀がいい申しこみに慣れているだろうな」小さくほほえみかける。「ひざまずいて、口ごもりながら、きみをどれほど好いているかを述べ、それから結婚を申しこむ」

「わたしが慣れているのは」マーガレットがこわばった口調で答えた。「わたしを見つめる男性たちの目にドルのマークが映っていることよ」

トレヴァーは寄りかかるのをやめてまっすぐ立つと、手を伸ばしてマーガレットの顎に指を添え、顔を持ちあげて月明かりのなかでじっと見つめた。「きみは自分を過小評価している」手を滑らせて頬を撫でる。「きみにそれ以上のことを見いだせないとすれば、そいつが愚か者なんだ」

軽く触れている指にマーガレットの震えが伝わってくる。「では、あなたはわたしを見る時、なにを見ているの？」

その質問を真剣に考えているという印象を与えるように、トレヴァーは一瞬答えを遅らせてからようやく口を開いた。「愛人にすれば最高で、妻にしたら難しい女性が見える」

マーガレットは息を呑んだ。「それがあなたの目的なの、アシュトン？」そっけなく尋ねる。「わたしを愛人にしたいの？」

片手でマーガレットのうなじを包みこみ、自分のほうに引き寄せる。「ぼくがきみを望んでいるのはわかっているはずだ」そして小さくささやいた。「きみを手に入れるためならば、なんだってするつもりだ」

マーガレットが両手で彼の胸を押した。「あなたは言葉を加減することをしないのね？」

「する必要があるかな？　きみは男に望まれていると知って気を失うような繊細な花じゃないだろう？」

「それで、わたしを望んでいるというのは、お金とはまったく関係ないのね？」

両腕でマーガレットを抱き寄せ、喉の奥で低く笑う。「ぼくが衝撃的な申し出をしたと言っておきながらずいぶんだな、マギー。男たちに金を払って奉仕させる女性がいることは知っているが、ぼくは一度も払ってもらったことなどないぞ。褒められたのか、侮辱されたのかわからないな」

マーガレットが仰天したようにトレヴァーを見つめた。「そんなつもりで言ったんじゃないわ！」激しくあえぐ。「あなたって、とんでもない人だわ！」

「ああ、たしかに。しかし、おそらくそのほうがいいだろう。新たに現れたぼくがまた退屈な英国紳士だったら、きみはなにも考えずにぼくを脇に放りだしたはずだ。こんなことをするチャンスは決して訪れなかった」そう言うなり、荒々しくマーガレットの唇を奪う。激しいキスだったから、多少の抵抗を予想していたが、ふたたび、彼女はそれを裏切った。今回はすぐに降伏し、押しあてた彼の唇の下で口を開きながら、両腕を彼の首にまわしたのだ。

その甘い反応が、火口にマッチを投げこんだように彼の内側に火をつけた。片手で肋骨を撫であげ、乳房の下で止める。舌を下唇に沿って這わせ、歯のあいだに差しこんで彼女を味わう。

腕のなかでマーガレットがのけぞった。そのまさに本能的な動きが、トレヴァーを誘いこみ、抑制する思いすべてを頭から吹き飛ばした。庭を囲む壁を覆う常緑のブーゲンビリアのツタにマーガレットを押しつける。舌を滑りこませ、激しくむさぼったが、これはやりすぎだった。

マーガレットがはっとあえいで顔をそらし、唇を離した。急ぎすぎたことはわかっている。やめるべきだ。

ゆっくりと身を引き、必死に自分を制御する。マーガレットを見おろし、所有欲にかられてじっと顔を見つめた。唇が震えているのがわかる。小さいあえぎ声も聞こえる。このマーガレットの反応がトレヴァーには、これまで経験したどんな女性の情熱よりも嬉しく感じられた。

「ぼくの意図はもうわかったかな?」そっと尋ね、一本の指で柔らかな丸い頬を撫でる。彼女がまた震え、傷つきやすい表情を浮かべて彼を見あげた。

「では」確信が持てない不安げな声で小さくささやいた。「あなたはわたしだけに関心を持っているの？　お金ではなく？」

トレヴァーは頭をさげて、マーガレットの喉に唇を押しあてた。「マギー、今のこの瞬間、ぼくはひとつのことにしか関心がない」心から正直な気持ちだった。「そして、それがきみの金でないことは保証する」

腕のなかの体が、小さなため息とともに力を抜き、もう一回キスを求めるかのように彼にもたれかかった。だが、いかにこの女性を欲していようが、そして、もうしばらくここに留まり、彼女がいつの日か惜しげもなく与えてくれるはずのものをもっと試したいとどんなに願っていようが、それができないことをトレヴァーは知っていた。最終的にこの女性を勝ち取るためには、常に、彼女が少し満たされず、もっとほしいと思うところでやめなければならない。忍耐だと自分に言い聞かせ、トレヴァーはしぶしぶ身を引いた。

「もう夜明けに近いから、ぼくは失礼したほうがいい。これ以上長くここにいると、明るくなってだれかに見られるかもしれない」

「あなたの言う通りだわ、もちろん」マーガレットがこわばった声で答え、トレヴァーの腕のなかから一歩さがった。

「あした、また会おう」マーガレットの手を握り、すばやくキスをしてから放した。自分が感じている熱い欲望と同じだけのうずきをマーガレットに残していければと願う。自分は報われない欲望という拷問に苦しむことになる。願わくば、彼女もそうであってほしい。

7

翌日の晩、トレヴァーは遅かった。庭の壁のそばに立ってそわそわしながら、マーガレットは短気を起こさないように努力していた。きっと、レディ・リットンの舞踏会から抜けだしてくるのが難しいのだろう。

レディ・サリーが、その晩ほぼずっと我が物顔で彼の腕にしがみついていた。マーガレットはそれを見ながら、ほかの女性の必死な働きかけや夫を獲得するためのなりふり構わぬへつらいを、トレヴァーがいとも平然と受けとめている様子に苛立ちを感じずにはいられなかった。

彼はレディ・サリーを避ける努力をまったくしていなかった。しないどころか、彼女と三回も一緒に踊った。それに気づいたのはマーガレットひとりではない。数人の人々が話題にして、婚約も間近だろうと予想していた。ほかの何人かはそれに同調せず、リットン卿がこのような縁談を了承するわけがないと皮肉っぽく論評した。金に困っているリットン卿としてはアシュトン家と組んでも得るものは皆無というわけだ。

トレヴァー・セントジェームズがどんな人間なのか、マーガレットは改めて思いめぐらした。やっぱりお金のための結婚をもくろんでいるただの財産目当てに過ぎなかったのだという結論にまず至る。でも、彼は結婚の話はせずに、マーガレットを誘惑するつもりだと宣言した。そこでまた、彼がその晩レディ・サリーに向けていた揺るぎない関心がよみがえり、今度は腹立たしい気持ちになった。目的が誘惑だという割に、なんの熱意も見せていない。今夜の舞踏会でも、一瞥したきり、あとはマーガレットのほうを見向きもしなかった。

カーニバルの喧騒を飛び越して、午前零時半を告げる教会の鐘の音が聞こえてくると、マーガレットはそわそわと足を踏みかえ、トレヴァーがレディ・サリーをうまくあしらい、早く戻ってくるよう願った。さもないと、楽しいことを全部見逃してしまう。

その時、門がきしむ音が聞こえ、トレヴァーが庭にそっと入ってくるのが見えた。ほっと安堵のため息をつく。「今夜はもう来ないのかと思ったわ」

「リットン家のレディから逃れるのに恐ろしく時間がかかった」

「それは気づいていたわ」

「そうなのか?」彼が疑わしげに言う。「マーガレット、ぼくがどの女性とつき合うかについて、きみがそこまで注意を払ってくれたとはなんと嬉しいことだ」

「レディ・サリーと戯れなくても、今夜はこれから充分忙しいでしょうに」その言葉が口から出た瞬間に彼の瞳にからかう表情が浮かんだのを見て、マーガレットは失敗したと思った。まるで嫉妬しているように言ってしまったが、もちろん、そんなつもりはない。カーニバルは一週間しかやっていないのだから、貴重な時間を無駄にしたくないだけ。

しかし、マーガレットの辛辣な口調にトレヴァーは気づいた様子もなかった。「たしかにレディ・サリーは美しくて魅力的な女性だ。しかし、彼女の念頭にあるのは、ただの戯れよりはるかに永続的な関係だ」

マーガレットがサリーに抱いていた懸念を裏づける言葉だが、ここは意地でも言わずにはいられなかった。「あなたが大げさに受け取っているだけでしょう。女性全員が夫を獲得したいと望んでいるわけではないですもの。レディ・サリーはあなたと罪のない戯れをしたいと思っているだけに過ぎないのでは？」

「それはどうかな。未婚の女性の場合、戯れが無害ということはあり得ない。常に対価を想定していて、普通はそこに結婚指輪も含まれている」マーガレットが自分は未婚女性だが、そんな期待はしていないと指摘する暇もなく、さらにつけ加えた。「だから、レディ・サリーは失望することになるだろうと言わざるを得ない」

「それはなぜ？」

「ぼくがまだ、自由を犠牲にしてまで結婚したいかどうか確信が持てないからだ。独身生活の快適さは簡単には捨てられない」

マーガレットはあきれて首を振った。「気の毒なサリー。父があなたについて言っていたことは正しかったのね。女性に関しては、たしかに無慈悲な悪魔のような人だわ」

「きみはそれを気にしていないようだが」

「それは爵位と結婚することに関心がないからよ」

トレヴァーが門を開けていた動きを止めて片手を胸に当て、マーガレットにほほえみかけた。「きみは平気でぼくを傷つける、マーガレット。ぼくとしては、単なる名前と爵位以上のものをあげたいと思っている。きみは出会ってすぐにぼくと結婚する気がないと明言したが、世の中にはその可能性を喜んでくれる女性もたくさんいるんだ」

「やっぱり」マーガレットはうなずいた。「無慈悲なだけでなく、傲慢でうぬぼれた人なのね」門をすり抜け、そのあと彼が閉めるのを待った。「喜んでいる女性たちがだれも成功に至らないのはなぜかしら？」腕を取られ、路地から連れだされながら、マーガレットは尋ねた。

「ぼくが結婚に向いているとは言えないからかな」

「伯爵は結婚しなければならないと思っていたけど」

「それは当然期待されている。しかし、ぼくは伯爵になって間もないからね。結婚とは、束縛され、面倒ばかりで金もかかる義務だ。それをなぜ急ぐ必要がある？」

「たとえば、跡継ぎをもうけるため？」

「それはある」彼がうなずいた。「だがそれさえも、自由を諦める価値があるだろうか？」

「男性にとって、自由とはそれほど大切なものなのね？」

「もちろんだ。きみにとっては大事じゃないのか？　女性全員が夫の獲得を望んでいるわけではないときみは言っていたが、妻の獲得を望まない男もいるという考えが浮かんだことは？」

「正直に言うと、ないわ」認めないわけにはいかない。「なぜかわからないけど、そういうふうに考えたことは一度もなかった」

「おそらく、これまで、男性とその点について話したことがないからだろう」

「そうかもしれないわ」マーガレットはほほえみ返した。「たしかに、それに関して男性がどう思っているか、正直な視点を聞くのはおもしろいかも。あなたとこんなふうに話せて嬉しいわ」

「ぼくも嬉しいよ、マーガレット」トレヴァーが真面目な面持ちで同意する。「本当に」

ふたりは広場を通り抜けながら、花火を見物し、アイスクリームを食べ、立ち並ぶ店の飾り窓を眺めた。カーニバルのあいだは、観光客のために、ほとんどの店がこの時間でも営業している。宝石店の前では、陳列窓のなかに並んだなにかが彼の関心をとらえたらしく、数歩通りすぎたところでふいに足を止めた。

「ここで待っていてくれ。すぐ戻るから」

そう言うと、彼は宝石店まで戻り、驚いて歩道に立ちつくすマーガレットを残して店内に入っていった。ほどなく小さい箱を持って戻ってくると、大げさにお辞儀をしてそれをマーガレットに差しだした。

「なあに？」尋ねながら、箱を受け取る。

「贈り物だよ。ふたりの真夜中の冒険の記念に。きみが持っている宝石に比べれば高価でも華やかでもないが、きみを連想させるものだ」

「ありがとう」箱を開けると、青いビロードのクッションの上に小さいヴァイオリンの形をした銀製のチャームが載っていた。

「きみが慣習を避けることはわかっているが、チャームブレスレットくらいは持っているかなと思ってね」

「ええ、持っているわ」マーガレットがまごついた表情でトレヴァーを見あげた。「なぜ、ヴァイオリンでわたしを連想するの？　わたしは弾かないわ」

トレヴァーはほほえんだ。「その理由はまた話すよ――いつかね」

マーガレットはそんな答えではまったく満足しなかったが、トレヴァーの狙いはまさにそれだった――好奇心を掻きたてるのもゲームのうち。マーガレットは、なぜヴァイオリンで自分を連想するのかを何度も尋ねたが、いくら質問を繰り返しても、ほほえみだけで答えが返ってこないとわかり、ついには諦めてバッグのなかに箱をしまった。

そのあとは広場の中央まで歩いていき、そこで中国人の曲芸を見物した。「すばらしかったわ」見世物が終わってまた歩きだすと、すぐにマーガレットが言った。「どうすれば、あんなふうに頭で立って、足でいくつもの玉を投げられるのかしら」脇に寄って仮装のマスクをつけたふたり組の男たちを避ける。「あんな芸当、生まれて初めて見たわ」

トレヴァーが答えようとした時、マーガレットが居酒屋を見つけて立ちどまった。

「見て。ここに入ってもいいかしら？」

「絶対にだめだ。こういう場所に入るのは特別な女性たちだけで、きみはそういう女性ではない」

「あら、お願い、トレヴァー！　父みたいな言い方しないでちょうだい」

そう言うなり、入り口に向かって歩きだしたマーガレットの腕を、トレヴァーはしっかりつかんだ。「だめだ。ここには入らない」

マーガレットはつかんだ手を振り払おうとしたが、彼の強い力に勝てるはずがなかった。

「これは、わたしのための冒険なのよ、覚えてるでしょう？　わたしが行きたいと思うところはどこでも連れていってくれると言ったわ。そして、わたしはそこに入りたいの」

「きみは絶対に好きじゃない。ぼくの言うことを信じてくれ」

「なにを好きか嫌いか一番よくわかっているのは自分だと思うわ。こんな機会は二度とないのに」

「今も機会はない。そこには絶対に入らない。きみを格好の獲物と思いこんだどこかの酔っ払いと、ナイフでやり合う喧嘩をするつもりは毛頭ない」

「この真夜中のお出かけはあなたの提案なのよ」マーガレットが指摘する。「わたしの案内役と護衛を買って出てくれたのに、わたしが見たいものを見せてくれないの？」

そう言うと、ふたたび、まわしたトレヴァーの腕から逃れようとしたが、トレヴァーはさらに強く引き寄せ、もう一方の腕を腰にまわしてがっしり押さえた。「だめといったらだめだ。公衆の面前で騒ぎを起こしたいというのでない限り、これ以上の反論はやめたほうがいい」

混みあった街路の真ん中で、まるで抱きしめているかのように押さえられていたから、通りすぎる時におもしろがって振り返る人もいた。トレヴァー・セントジェームズが、魅力的な見かけと裏腹にこちらの思い通りには決してならないことを再確認し、マーガレットはまた落ち着かない気持ちになった。

非難をこめて首を振る。「あなたがそんな高潔で厳格な人とは思いもしなかったわ、トレヴァー」

「ぼくがきみを魅力的だと思う理由のひとつがそれだ」トレヴァーが如才なく答える。「きみ独自の視点。知り合いのなかで、ぼくのことを高潔とか厳格と形容した女性はひとりもいない」

マーガレットはすでに、さらに理不尽かつ暴君だとつけ加えるべく口を開いていたが、彼の言葉に気づいた瞬間、なにを言うつもりだったかすっかり忘れてしまった。

「わたしが魅力的だと本当に思っているの？」

「ああ、思っている」そう断言されて心がほっと温かくなり、胸がかすかにうずいたが、それをはっきり感じる前に彼が言葉を継いだ。「それから、父親が自由にさせすぎた女性だとも思っている」

嬉しい気持ちが瞬時に消え去った。「甘やかされていると言っているの？」

「端的に言えば、そういうことだな」

「まあ、そんなことを言われる筋合いはないわ！　そもそも、わたしはあなたがどう思おうと気にしないし、第二にあなたは約束したでしょう、わたしに——」

マーガレットの言葉は、顎鬚を生やし、黄色い外套を着た汚い男に遮られた。こちらに向かって手を出して、イタリア語でなにかぶつぶつ言っている。

その男の目がうるんでいるのを見て、マーガレットはすぐに気の毒に思った。「ちょっと待って」そう言い、ベルトにつけたバッグに手を伸ばす。

「マーガレット、それはするべきでは——」トレヴァーが言い始めた警告が中断したのは、男がマーガレットのバッグを奪い取って道を走りだしたからだ。

「まあ、大変！」叫び声をあげ、男の後ろ姿を目で追う。「あなたがくれた飾りも奪われてしまったわ」

「ここで待っていろ」トレヴァーがマーガレットに命令するなり、泥棒を追って走りだした。

マーガレットは戸惑った。あとを追い始めたが、すぐに、こういう状況では彼の命令に従わねばならないことを思いだして足を止めた。

留まっていれば、わくわくする冒険を見逃すかもしれない。唇を噛み、泥棒とトレヴァーが角を曲がって姿を消すのを見送った。

でも、もしもトレヴァーが困った状況に陥って、助けを必要としたら？　そう思いつき、マーガレットはトレヴァーたちを追って走りだした。

ローマ特有の狭い曲がりくねった脇道を抜けて追いかける。しかし、ほどなくして両方とも見失った。トレヴァーのことが心配だが、道もよくわからない。どうすべきか決めかねてマーガレットは躊躇した。しかし、次の行動を決める前に足跡が聞こえ、横の路地からトレヴァーが現れた。マーガレットを見ると小さく悪態をつき、近づいてマーガレットの手をつかんだ。その手を引っぱり、また走りだす。「早く!」彼が叫ぶ。「ここから出よう」

背後に足音が聞こえ、マーガレットは追われていることに気づいた。ふたりの男が追いかけてくる。トレヴァーはマーガレットを連れて別のもっと暗い路地に入ったが、その道の突き当たりには煉瓦の壁が立ちふさがり、逃げ道を遮断していた。追っ手の足音が近づいてくる。トレヴァーはマーガレットをゴミの大きな山の裏に引っぱりこみ、どちらの姿も隠れるようかがみこんだ。悪臭に吐きそうになり、マーガレットは片手を口と鼻に押しあてた。

「なにがあったの?」手を口にあてながらそっとささやく。「どうやって――」

「しーっ」彼が遮った。「静かに」

身をこわばらせ、黙ったままじっと待つ。隠れている場所の出口の外でふたりの男が立ちどまった。激しい口調のイタリア語で話し始めたのは、明らかに言い合っているらしい。

「英国人」泥棒の片方が大声で叫んだ。「おまえがここにいるのはわかっている。出てこい」

「くそっ」トレヴァーが口のなかでつぶやき、大きくため息をついた。「マーガレット、頼むから、じっとしていてくれ」

「トレヴァー、やめて」彼が立ちあがろうとしているのに気づき、マーガレットは懇願した。

「こうなっては、出ていくしかない。あいつらは酔っていて、喧嘩の相手を求めているんだ」トレヴァーは隠れ場所から出て、ふたりの男のほうに歩きだした。

トレヴァーが慎重に何歩か進んでいき、マーガレットの視界から消える。じっとしていろと言われたが、ほどなく喧嘩らしき音が聞こえると、マーガレットは心配で思わず立ちあがった。のぞいたとたんに心臓が喉までせりあがった。黄色い外套の男が、狙い定めて突きだした拳を、トレヴァーがひょいと避けた瞬間を目の当たりにしたせいだ。直後に今度はトレヴァーが強いパンチを二発繰りだした。一発目が泥棒の脇腹を、二発目は顎をとらえる。泥棒が仰向けに倒れ、煉瓦の壁に後頭部を激突させた。どさっという音が路地に鳴り響く。男はずるずると地面に崩れ落ち、そのまま動かなくなった。

しかし、トレヴァーには勝利を喜ぶだけの時間がなかった。振り向いた瞬間、ふたり目の男が殴りかかってきたからだ。頭をひっこめる時間がなく、泥棒の拳がトレヴァーの頬をとらえる。一撃にぼうっとして、トレヴァーは一、二歩後ずさりをした。

マーガレットは悲鳴をあげた。彼を助けたい一心で、武器になるものはないかあちこち見まわす。すぐにゴミの山から突きだした木の棒を見つけると、野球のバットのように両手で握り、隠れ場所から出ていった。そして、トレヴァーをもう一発殴ろうと泥棒が腕を引くのを見て、なにも考えずにその棒を泥棒の頭に叩きつけた。

棒は真ん中で折れたが、いちおう威力は発揮したらしい。泥棒はつんのめり、トレヴァーが避けて脇に飛びのくと、そのまま敷石に倒れてこちらも動かなくなった。

両手で棒の残りを持ったまま、マーガレットはこみあげる笑いで体が震わせながら、動かない泥棒の向こう側に立つトレヴァーを見あげた。「どうしましょう」自分のやったことに愕然としている。「わたし、この人を殴っちゃった」

ふいに高揚感が湧きおこった。強烈で幸せにあふれた感覚にめまいを覚える。過保護に守られた人生で生まれて初めて、マーガレットは大事なこと、本当にやる価値のあることを成し遂げたように感じた。「トレヴァー、わたし、やったわ」

もしも褒められることを期待していたなら、がっかりしただろう。「ここから出よう」トレヴァーは言いながら泥棒をまたぎ、マーガレットがまだ握りしめていた棒を取った。脇に放るとマーガレットの手をつかみ、足早に路地を歩きだした。そしてついに広場に入り、騒々しい群衆の一部となって止まるまで、その歩調をゆるめようとしなかった。

あえぎながら、マーガレットも彼の隣で足を止めた。「ああ、よかった」息を弾ませる。彼を見あげ、頬の傷に気づいた。「怪我をしたの？」手を伸ばして彼の顔に触れようとしたが、押しのけられる。「でも、怪我しているわ！」

「ヒーローを気取ろうとした報いだよ。まったく、こうなると想定しなかった自分が悪い」

トレヴァーが痛む頬に手を触れた。「居酒屋の横で待っているように言ったはずだが」

「あなたが助けを必要としているかもしれないと思ったの」

「あの路地で、後ろにきみがいることをあいつが気づいていたら、おそらくきみを盾にして逃げただろう」

「わたしもそう思うわ」マーガレットは同意した。「でも、あの人はその機会を利用しなかったわけだし」トレヴァーがまだにらみつけているので、さらにつけ加えた。「そんなつもりじゃなかったのよ。でも、本当にわくわくしたわ！」

彼は苛立ちを抑えるように長いため息をつくと、ポケットに手を入れ、小さいバッグを引っぱりだした。もう一方の手でマーガレットの手首をつかみ、革製の小さいバッグを叩きつけるように手のひらに置く。「これからは、金目のものは家に置いてくるように」

「そうします」マーガレットは誓った。「約束するわ」

「守るつもりがない約束はしないほうがいい、マギー」彼はつぶやくと、顔をそらし、エドワードの街屋敷に向かって歩きだした。マーガレットも急いで隣に並ぶ。短い帰路のあいだ、彼はなにも言わず、マーガレットはその沈黙に不安を覚えずにはいられなかった。

エドワードの家の庭に着くと、トレヴァーは前の晩のようにぐずぐずしなかった。「もう遅い」言い方もそっけなかった。「なかに入ったほうがいい」

彼が背を向けるのを見て、マーガレットはあわてた。謝罪もしないまま行かせるわけにいかない。

「わたしのことを怒っているなら、謝るわ」急いで言う。「ただ、助けたかっただけなの」

彼が門に手をかけたまま振り返った。「わかっている」

「これまで、だれかを助けたことなど、一度もないのよ。愚かしいと思うでしょうけど、今夜は生まれて初めて、本当にやるべきことをやったような気持ちになったわ」

マーガレットを眺め、観察するようにしばらくじっと見つめる。「それは理解できる」小さくうなずいた。「やり方としてはどうかしていると思うが。だが、問題はそのことじゃない。そうだろう?」

マーガレットは唇を噛み、うなだれて足もとの芝生を見つめた。「ええ、そうね」

トレヴァーは門から手を離した。マーガレットのそばまで戻ると、顎の下に手を添えて顔をあげさせた。「いいかい、今夜のようなことがまた起こったら、絶対に巻きこまれないようにして、ぼくに任せてくれ。きみの護衛はぼくのはずだ。覚えているだろう?」手を滑らせて頬を撫でる。「きみが大怪我をしていたかもしれない」

ふいにマーガレットの気持ちが変化し、期待に変わった。少し近づき、トレヴァーを見あげたその表情に、キスを望む気持ちがはっきり浮かんでいる。

忍耐だ、とトレヴァーは自分に言い聞かせた。マーガレットが無言のまま求めているようなキスは与えない。代わりに額に唇を押しあてて言った。「きみはもう家に入らないと」

「まだそんなに遅くないでしょう?」マーガレットの声が動揺しているのがわかり、トレヴァーは思わずほほえみそうになった。

「もうかなり遅い。ぼくは仕事の件で行かねばならないところがある」

「仕事? こんな時間から?」

「かかわっている仕事のなかには、未明の薄暗さが似合うものもかなりある」

「とても心惹かれる響きだわ。きっとエジプトの工芸品などもそのひとつね。わたしも一緒に連れていってくれる?」

「それはできない。そういう冒険はひとりでやるものだ」

マーガレットの表情が陰った。「なにをするつもりかだけでも教えてくれないかしら？」

トレヴァーがまた首を振ると、諦めきれないらしくつけ加えた。「ヒントだけでも？」

「だめだ」

マーガレットが両手を腰に当ててため息をついた。「あなたって世の中で一番しゃくに障る人だと思うけど？」

「その言葉を聞けて嬉しいよ」そう言うなり、彼は黒く茂った生け垣のあいだに姿を消した。取り残されたマーガレットは、その謎めいた言葉がどういう意味かいぶかるしかなかった。

居酒屋は暗かった。わずか数個だけともる小さなランプの光に照らされ、室内に充満する葉巻の煙がぼうっと青く光っている。そこもまた大変混みあっており、探している男を見つけるのに多少時間がかかった。隅のテーブルに座っていた筋肉隆々のそのイタリア人は、トレヴァーと目が合うとかすかにうなずき、向かいの空いた椅子を手振りで示した。テーブルに近づき、言われた通り椅子に座る。

「遅かったな」男が言った。

「いろいろあって、やむを得なかった」トレヴァーはテーブルに置かれたワインの瓶を取り、自分のグラスに注いだ。

「ああ、そうだろう。女を見たぞ。あれでは遅れても仕方がない。あの肉感的な体つきは、遠くから見るとまるでイタリア娘だ。あんたは女性の趣味がいいな、友よ。それにしても、英国の女性とは思えんな。英国娘の大半は痩せすぎだ」

「彼女は英国人じゃない」トレヴァーは相手のにやにや笑いを無視して言った。「ぼくをつけているのか、エミリオ？　秘密の会合を指示するメモを送ってくるとか、いったいこれはなんの騒ぎだ？」

「あんたがローマにいると聞いて、旧交を温めようと決めたってことさ。助けを必要としているんじゃないかと思ってね」

「なんの助けだ？」

「カイロにいる友人のひとりから、ルッチがあんたを探していると聞いたんだよ」

「なるほど」トレヴァーは驚きもしなかった。「ほかにもなにか聞いたか？」

「あの男から、貴重なエジプトのネックレスを盗んだそうだな」

「そもそもルッチがぼくから盗んだものだ」

エミリオがため息をつき、頭を振った。「賢いやり方じゃなかったな、友よ。あいつがどれほど残酷になれるかわかっているはずだ。何のためらいもなく、あんたを殺すだろう」

トレヴァーは肩をすくめ、ワインをひと口すすった。「まだ殺されたことはないぞ。きみがなぜそんなに心配しているのか、どうもわからない」

エミリオがわざと傷ついた顔をした。「これほど長年つき合ってきた仲なのに、あんたの命が危険に瀕している時にそばにいながらなにもしないでおけと言うのか？」

トレヴァーは皮肉っぽくにやりとしてみせた。「心配したふりで時間を無駄にするのはや

手を洗うとも聞いたんだが」

「さっき言ったように、あんたがローマに来ていると聞いたが、もうひとつ、この仕事から手を洗うとも聞いたんだが」

「おやおや、あっという間に伝わるんだな」椅子の背にもたれ、テーブル越しに男を眺めた。

「言えよ、エミリオ。なにを狙っているんだ？」

「あんたは顔が利く。それがおれにとっては貴重でね。つまり、おれが望んでいるのは――」

「ぼくの顧客の名前というわけだ」トレヴァーが引き継いで締めくくる。

「今となっては、もう役には立たない名前だろう。英国の伯爵は古美術品の密輸入などしない。それに、あんたの顧客をおれの顧客に足せば、ルッチをこの業界から排除できるから、嬉しいんじゃないか」

「顧客の名前をきみにやる理由としては、とくに説得力はないな」

「くれるんじゃない」エミリオが訂正した。「対価を払うつもりだ」

「そうか、じゃあ、まずそちらからだ。いくらだ？」

「どのくらい価値があるかによる。そちらから価格を言ってくれ」

そこまで話を進める用意はしていない。顧客リストを売ることなど考えていなかったから、どの程度の価値かを査定するには時間が必要だ。トレヴァーはグラスのワインを飲み干すと、椅子を押しやった。「考えて、また知らせるよ」

「いつだ？」

「ぼくの決意が固まった時に」

そう言うと席を立ち、店をあとにした。ワインの瓶を空けるのは、エミリオひとりで充分だ。

8

「なんと気高く、騎士道精神にあふれた方でしょう」レディ・サリーが断言し、前に立つハンサムな男性に熱っぽい賞賛のまなざしを注いだ。「身を守るすべがない無力な女性を救いにいかれたとは。暗い路地なのに、たったひとりで、泥棒をふたりもやっつけるなんて。アシュトン卿、わたしが知る限り、あなたは世界一勇敢な殿方ですわ」

ここまで言っておきながら、英国人はアメリカ人が大げさすぎると言うんだわと、マーガレットは思った。トレヴァーをそっと見やっても、大仰な褒め言葉を平然と受けとめている様子に不安は募るばかりだ。小柄で繊細そうな金髪の令嬢にほほえみかけているが当の令嬢のほうは、うっとりした表情で薄い色のまつげをしきりにぱちぱちさせている自分が、どれほどおかしく見えるか、まったく気づいていない。まばたきのあまりの速さに、近づいていって目にゴミが入ったのか尋ねたくなるほどだ。

「実際、大したことではありません」トレヴァーがいちおう謙遜してみせるが、その程度では賞賛の嵐はやまない。

「いやいや」エドワードが割りこみ、満足げにトレヴァーの背中を叩く。「レディ・サリーの言う通りだ。非常に勇敢な行為だよ。農婦のバッグを取り戻して、目のまわりをあざで黒くするとは。おそらく、その女性の全財産だったんじゃないか？」

トレヴァーが首を振っただけでその質問には答えず、話題を変えたのを見て、マーガレットはひそかに安堵のため息をついた。

「ところで、リットン卿、六月はいつ議会に戻られますか？　昨年の土地法はどう影響すると思われますか？」

会話が政治の話に移ると、マーガレットは飲み物のお代わりをしたいからと小さくつぶやきながらその場を離れた。土地法について話しだせば、必ずアメリカの安い小麦が槍玉に挙げられ、英国経済の憂うべき状況をすべてアメリカ人のせいにされる。そんな話を聞きたい気分ではなかった。

マーガレットがパンチテーブルのほうに歩きだすと、サリーもついてきた。「いい考えだわ、マーガレット」歩調を合わせて混みあう客間を抜けながら、サリーが言う。「政治の話って退屈だと思わない？　ああいう難しい話が始まるともうさっぱりわからないもの」

難しい話に限らない、とマーガレットは内心思った。会話がファッションと噂話と天気を逸脱したとたんに、サリーの理解力は救いがたく低下する。それを指摘せずに礼儀正しくほほえんだのは、ひとえにコーネリアを困らせないためだった。

パンチテーブルの前でふたりはアグネスに出会った。サリーとふたりきりで過ごさずに済んだことを心から感謝しながら、マーガレットは言った。「アグネス、お会いできて嬉しいわ。カーニバル、楽しんでいらっしゃる？」

「ええ、とても。ねえ、楽しんでいるわよね、サリー？」

しかし、姉はその言葉に答えなかった。視線が完全に部屋の向こうの男性に釘付けになっている。「アシュトン卿って男らしくて素敵だと思わない？」夢心地でため息をつく。「とてもハンサムだし。カーニバルが始まってから、もう二回も訪ねていらしたわよね、アグネス？」

マーガレットは愕然とした。「二回？」アグネスを見やり、うなずくのを確認する。

「どの舞踏会でも必ず踊ってくれるのよ」サリーの視線がようやく戻ってきた。瞳がきらきら輝いている。「絶対にわたしに好意を抱いているはず」さらに声をひそめ、ささやき声で打ち明ける。「ロンドンに戻って、社交シーズンが始まったら、きっと申しこんでくれるに違いないわ」

マーガレットはパンチをひと口すすり、こみあげる怒りを抑えようとした。自分には、結婚には興味がないとはっきり言っていたのに、サリーは違う印象を抱いているらしい。彼がサリーをもてあそんでいるのか、あるいは、自分がもてあそばれているのか。彼がなぜ放蕩者という評判を立てられるのかようやくわかり始め、マーガレットはサリーにもそのことを言っておかなければと思った。「彼の評判を考えれば」冷静な声で内心の動揺を押し隠す。

「アシュトン卿はいい夫になるかしら」

「彼は危険そのもの。でも、たいていの男性は、結婚すると生き方を変えるものだわ」

彼がそうなるとはとても思えない。「お父上はこの縁談に同意なさるかしら？　アシュトン卿は無一文という話だけど」

しかし、なにを突きつけられても、熱意は削がれないらしい。サリーは笑い飛ばした。

「それがなんだと言うの？　ほとんどの貴族が財政難というのはパパも知っているわ。彼が申しこんできたら、きっといいと言うはずよ」また思わせぶりなため息をつくのを見て、マーガレットは歯嚙みしたくなった。「彼は本当に素敵だわ。どきどきするわ」

夜更けから明け方までなにをしているか知ったら、サリーは彼をどう思うだろうか。しかし、誤った認識を正すべく真実を伝えたくても、それは不可能だから、結局それから何時間も続く舞踏会のあいだずっと、マーガレットはサリーが次々と繰りだす聞くに堪えない感嘆詞に耐え、そんな英国娘の注目を平然と聞き流すトレヴァーの寛大な忍耐心を眺め続けることになった。

その晩遅く、今夜の冒険のために庭で会った時、マーガレットはトレヴァーに多少なりとも自分の懸念を伝えようとしたが、マーガレットがなにに苛立っているのか、トレヴァーは――おそらくわざと――理解しなかった。

「たしかに」あっさり認める。「二度訪問した。ダンスもしたが、それがなにか？」

「その状態にある娘ならだれもが思うように、サリーも、あなたが結婚したがっていると信じているわ。あなたが気をもたせるから」

「ぼくが？」

「そうよ。結婚するようなタイプではないと自分で言っていたのに」

「その通り。まったく違った。しかし、最近、急に結婚について考えるようになってね」

「そうなの？」

「ああ、本当だ。きみのせいでもある」

「わたし？　なぜなの？」

「結婚して跡取りをもうける義務があることを指摘しただろう？　その言葉は正しかった」

頭がくらくらした。そんなことを言ったつもりはない。それとも、言ったのかしら？

「なんの話をしているの？　レディ・サリーが妻の候補ということ？」

「彼女は伯爵の妻としてふさわしいだろう」

「そうよね！」マーガレットが足を止めたので、トレヴァーも隣で立ちどまった。「わたしを誘惑すると言いながら、サリーと結婚する話もするのね？」

トレヴァーは驚いたらしい。「マーガレット、きみは結婚する気がないとはっきり表明していたと思うが。一方、ぼくは伯爵で、結婚とはしなければならないものだとようやく自覚したばかりだ。考慮すべき義務がたくさんある。そのなかでも、今、将来のために考えているのが結婚だ。それについて、なぜきみが怒るのか理解できないが」

マーガレットは深く息を吸い、募る苛立ちを抑えようとした。「怒ってなんかいないわ！　ただ……ただ……」口ごもる。自分が彼を望んでいるという誤った印象を与えずに、感じていることを正確に述べるのは難しい。「結婚のことを話題にしないという約束だったわ！」

「きみの言う通りだ」彼は穏やかにうなずき、マーガレットと腕を組んで歩きだした。「きみが持ちださなければ、ぼくも話題にしない。それに、ぼくたちのこの……関係が続いているあいだは、ぼくはだれとも結婚するつもりはない」

「それは、なんと思いやり深いこと」そっけない言葉に皮肉をこめたが、トレヴァーは気づいた様子もなかった。


トレヴァーはそれ以上なにも触れず、その晩ふたりは劇場で過ごし、仮面をつけた即興劇、コンメディア・デッラルテをいくつか楽しんだ。イタリアに古くから伝わるこの喜劇を生まれて初めて観たわけではないが、庶民的な芝居小屋の土間席で観るのは、マーガレットにとってまったく新しい体験だった。

「観客がこんなに批判してもいいとは思ってもみなかったわ。舞台にトマトを投げつけるなんて！　なんてすごいんでしょう。ニューヨークの楽友協会の音楽会でも観客がそうしたらいいのに！　あのミセス・アスターがどんな顔をするか見ものだわ」

「きみの友だちのオランダ系アメリカ人たちについてはいろいろ聞いているが」トレヴァーがうなずく。「とくにミセス・アスターは、まさに顔面にトマトを一発というのがふさわしい方のようだな」

その光景がまざまざと目に浮かんだらしく、マーガレットは笑いだした。「友人じゃないわ」彼に請け合う。「ありがたいことにね！　堅苦しくて意地悪な老人たちばかり」

「なぜだ？　ぞっとするほどひどい役者でも、トマトを投げさせてもらえずにおとなしく座っていなければならないからか？」

「いいえ。自分たちの大切な大切な楽友協会の特等席にはふさわしくないと、父に面と向かって言ったからよ」鼻をつんと持ちあげ、横柄な口調で言った。「〝あのヴァン・オールデンは成りあがり者ですよ。どこの馬の骨とも知れぬ者と席が隣になるわけにまいりません。お金は青々と潤沢でも、血は青くありませんからね〟」

マーガレットがキャロライン・アスターをまねる様子に、トレヴァーはほほえんだ。しかし、笑い飛ばす口調の裏には傷ついた心が潜んでいる。気にしないふりをしていても、実際には、社会的に受け入れられないことが、どれほど深い傷になっているかは容易に想像できた。

「きみの父上ほど財産がありながら、それにふさわしい地位を得られないのは非常につらいだろうな」

マーガレットがため息をついた。「父にとっては、本当につらいことなのよ。上流階級の輪に入りたいと望んでいるにもかかわらず、ふさわしいパーティに招待されないことが耐えられないのね。自分のためでなく、わたしのために」しばらく口をつぐみ、それから言葉を継いだ。「よく覚えているのは、わたしが一六歳で社交界にデビューした時のことよ。父はとても喜んで、心から楽しみにしていたの。盛大な準備をし、最高の楽士を雇い、最上の食事とワインを用意してね。それなりの方々を全員招待したわ。でも――」

「でも?」また黙ったマーガレットを、トレヴァーはうながした。

「だれも来なかったわ」

その悲痛な声に、トレヴァーは息を呑んだ。「それはつらかっただろうね」優しく言う。

マーガレットは身をこわばらせた。「ミセス・アスターとその取り巻きは、意地の悪い年寄りネコよ。あの人たちの意見など、ほんの少しも気にしないわ」

「だれの意見なら、気にかけるのかな?」

「もちろん、意見を尊重すべきだと思う人はいるわ。ほんの数人だけど。父とコーネリア。エドワード。アメリカ人の友人が何人か。それだけね」

「つまり、社会的に受け入れられるかどうかは、きみにとって無意味なわけか?」

「あんな不愉快な人たちに受け入れられるかどうかを、気にすべきかしら?」

非常に共感できる言葉だった。「ある意味で、きみとぼくはよく似ている」トレヴァーはつぶやいた。「ぼくも反逆児だからね。しかし、ぼくは何年もかけて、そういう態度が不利になることを学んだ。きみはなおさらだ。女性だからね」

「なぜ、他人がなにを思うかを気にしなければいけないのかしら」

「いけないわけじゃない。しかし、気になるものだよ、マギー。自分をごまかしてはいけない。非常に気になる。残りの人生を、どこか無人島で暮らすのでない限り、他人の意見には耳を傾けるべきだ」

「あなたの言う通りでしょうね。努力してみるわ、父のために。わたしに高い地位を得させようと思いこんでいるから」

ここは単刀直入に結婚について切りこむ頃合いだと判断する。「だから、父上はきみを嫁にいかせようと決心しているわけだ。それで、きみの社会的立場が改善されると信じているから」

「やっぱり！」マーガレットがふいに叫び、ぴたりと足を止めた。「わたしを嫁に出したいと、父はあなたに話したのね」

「たしかにその話はした」トレヴァーは慎重に言葉を選んだ。「爵位を持つ紳士と結婚することによって得るものが非常に大きいと感じているようだ」

「信じられないわ！」マーガレットは苛立ちを隠さなかった。「なぜ、わたしをサザビーズの競売に出さないのかしら。話が早いでしょうに！」

「父上が正しいことがひとつある。結婚によって、きみはそれなりの地位を得ることになる」

マーガレットが頑固そうに顎を持ちあげる。「わたしは高い社会的地位を得るためだけに、愛していなくて、愛してもくれない男性と結婚するつもりはないわ」

「愛はそんなに大事だろうか」

マーガレットが驚いたように彼を見つめる。「愛はすべてだわ」

「そうかもしれない」トレヴァーはあいまいにつぶやいたが、マーガレットが険しい表情でにらんでいるのを見て、話題を安全な方向に変えることにした。少なくとも、今はもう、なにに気をつければいいかわかっている。「それで、協会に断られて、父上はどうされたんだ？」

マーガレットがいくらか体の力を抜いた。「ウィリー・K・ヴァンダービルトと、それ以外にも協会から閉めだされた何人かとお金を出し合い、新たにオペラハウスを建てたのよ。メトロポリタンと名づけられて、来年からオペラが上演される予定」

トレヴァーは笑った。「きみの父上はすごい人だな。巨額の富を築いたのも不思議ではない。それだけ負けん気が強ければ」

「我が家に受け継がれている気質なのね」

「それは、ぼくも気がついた」

庭の入り口に着くと、トレヴァーは門を開けてマーガレットを通し、あとについて自分も入った。「今夜は楽しめたかな？」

「ええ、とても。本当におもしろかったわ」

トレヴァーが庭の石壁に寄りかかり、月影に浮かぶマーガレットの顔をじっと見つめた。

「それでは、レディ・サリーにばかりかまけていたことを許してくれるかな？」問いかけ、小さくほほえみかける。

マーガレットは目をそらし、満開のツバキに興味を引かれたふりをした。「レディ・サリーがどうしようと知らないわ」こわばった声で言う。「彼女自身があなたを追いかけたいなら、それをなぜわたしが気にしなければならないの？」

そうだ、なぜ気にしてる？　トレヴァーは声にださずに問い返した。マーガレットがこちらを気にし始めている――それも、彼女が思っているよりはるかに強く――ということがわかって嬉しい。かなり前進したと判断していいだろう。

「明日の晩はなにをすることになりそう？」マーガレットは話題を変えた。

トレヴァーが首を振った。「明日の夜は出かけられない。別の約束がある」

その言葉がマーガレットの注意をとらえた。「約束？」

「残念ながら、断れない相手でね。ロイヤルで、仕事の打ち合わせだ」

「そこは、会員制の賭博場でしょう？　それなら、ちょうどいいわ！　ずっと賭博場に行ってみたかったのよ」

「きみを連れていくわけにはいかない」

「それはなぜ？」

「なにを言うんだ、マーガレット。世の中の規範に関してはたしかにぼくはかなりいい加減だが、そのぼくでも、レディを賭博場に連れていくことはできないさ！」

「女性は入ることを許されていないのね？」

「特定の種類の女性以外は」

「あなたの言うのは、愛人か売春婦ということ？」

「その通り」

「もう！」マーガレットは憤慨した声で言った。「この世の中で、女性はいつも損をするんだわ。自分の評判を犠牲にする覚悟がない限り、あらゆる楽しみや興奮から締めだされるのね」

「頼むから、婦人参政権論者の木箱からおりてもらえないかな？　ぼくは世の中を変えられないし、たとえ変えられるとしてもその気はない。今の状態が気に入っているのでね」

「もちろんそうでしょう」マーガレットは言い返した。「あなたは男ですもの」

「そして、きみはどこからどう見ても女性だ。だから、変えられないことに憤慨するのをやめて、潔く受け入れたほうがいい。大使館の舞踏会ですばらしいひとときを過ごせるはずだ」

「ええ、すばらしいでしょうね」マーガレットは顔をしかめた。「ゾウをかたどったばかげた衣装を着た大使たちと踊り、足をさんざん踏みつけられるんですもの。思い出に残る一夜になるわ」

トレヴァーの唇が笑みでかすかに持ちあがった。「言いたいことはわかる」

わずかな譲歩を逃さずに、マーガレットは一歩踏みこんだ。「それなら、一緒に連れていってくれる？」

「やれやれ、ぼくが三センチ後退した隙に、きみは三〇〇メートル前進するわけか？　だれかに気づかれたらどうする？」

「それはありそうもないわ。カーニバルですもの。大半の人は仮装しているでしょう？　なにか顔を隠すものをかぶれば、わたしもだれにも気づかれないはず」

「おそらくね。しかし、それでも危険すぎる」

「あなたは危険を楽しむ人だと思っていたけど」

「マーガレット、男と女が友情を結んだからと言って、都合よく男が言った言葉をそのまま投げ返していいわけじゃない。ぼくはきみを連れていかない。これが最終の回答だ」

マーガレットはさらに反論しようと口を開いたが、それをうわまわる速さで手を伸ばしたトレヴァーに唐突に抱き寄せられ、なにを言うつもりだったかすっかり忘れ去った。

トレヴァーが身をかがめてマーガレットにキスをする。それは、図書室で受けた最初のキスとはまったく違った。前のは強烈で荒々しかったけれど、今回は別のもの、ゆったりと念入りで、明らかに官能的なキスだった。彼の熱い唇がマーガレットの唇をそっと、しかし執拗になぞり、開くように誘惑する。羽のように軽やかに触れる唇に圧倒され、マーガレットは目を閉じて、彼の無言の命令に従った。

トレヴァーの両手が滑るように持ちあがり、マーガレットの顔を包みこむ。歯でマーガレットの下唇をはさみ、美味しい砂糖菓子を味わうかのようにそっとしゃぶった。

また、あの感触が起こった。あの奇妙なとろけるような感覚に包まれ、全身から力が抜ける。マーガレットは両腕をトレヴァーの首にからませ、さらに多くを望んで身を押しつけた。

しかし、彼はマーガレットの望んでいるものを与えてくれなかった。逆に、両手を滑らせるように放し、ゆっくりと身を引いた。

ぼう然として、マーガレットはしばらく動けなかった。ようやく目を開くと、トレヴァーがほほえみかけているのが見えた。皮肉めいた満足そうな笑み。自分がまだ彼にしがみついているのに、彼は自分にまったく触れていないことに気づいて、ようやくそのわけがわかった。急いで手をほどき、一歩さがる。苛立ちと困惑で顔が紅潮する。

「わざとやったのね」きまり悪いせいで、非難の口調も荒くなった。「わたしの気をそらすために」

「ああ、そうだ」悪びれもせずに認める。「うまくいったかな?」

「あなたって、なんて腹立たしい人なの! なぜ我慢しているのか、自分でもわからないわ」

「きみが我慢しているのは、ぼくに興味をそそられているからだ。きみを優位に立たせない初めての男だから」

マーガレットが決然と否定する言葉を思いつく前に、トレヴァーがふたりの距離を縮めてマーガレットに強く口づけた。「月曜日の夜に会おう。大使館のパーティを楽しんでくれ」

「ええ、きっと楽しすぎて、言葉も出ないでしょうね」マーガレットの憂鬱そうな返事に、彼は笑いながら戸口を抜け、路地に姿を消した。

トレヴァーが去ったあともしばらく、マーガレットは立ち尽くしたままだった。戸惑いばかりが募り、頭のなかが霧がかかったようにぼうっとしている。唇はいまだに彼のおやすみのキスの余韻にうずいている。彼の口と両手に掻きたてられた感覚は強烈で、たしかに心奪われるものだった。でも、同時に恐怖を覚えるものでもあった。自分の主導権が少しずつ除かれ、いつか彼にすべてをゆだねる時が来るのだろうかと思わずにはいられない。

マーガレットは首を振って不安を払いのけ、愚かなことは考えないと、自分をいましめた。いつの日か、運命の人に出会うだろう。自分のことを、望むだけでなく愛してくれる男性に。その時までは、ただ楽しめばいい。トレヴァーが、キスくらいで――どんなに素敵なキスだとしても――ロイヤルほどの大冒険を諦めさせられると思うなら、彼は間違っている。


「セントジェームズは、英国行きのどの船にも乗船していません。つい一時間前に情報が入ってきました」

ルッチは隣の男をにらみつけ、客間にあふれるほど集まっている上品な人々をそっとうかがった。「ついてこい」命令され、エジプトの港湾責任者はおとなしくルッチのあとに従った。庭に出て、ヤシの木が並んだ砂利道を歩く。

「英国の高官と夫人たちに囲まれている時は、シニョール・サラー、声を低めたほうが賢明だ。セントジェームズには、おれが探していることは知られたくない。目の前にひざまずかせるまではな」

「わかっています」エジプト紳士がルッチに並ぶ。「わたしの部下たちが、お宅に強盗が入った日以降、カイロを出航する船の乗客名簿をすべて確認しています。セントジェームズは英国に行っていません。向かったのはローマです」

「ローマ？　それはたしかか？」

サラーはその質問に表情をこわばらせた。「もちろん、たしかです。彼は身分を隠すことさえしませんでした。あなたに追われることを恐れていないらしい」

「そうだとすれば、あの男は愚か者だ」ルッチは愛らしい妻が受けた残虐な行為を思った。それを知って以来、怒りは収まるどころか、日々募るばかりだ。「自分でローマに出向くことにしよう」

サラーは驚いたようだった。「あの男とは、長年古代美術品をめぐって争ってきたはずでしょう。なぜ、ネックレスひとつごときで、こんなに騒ぐんです？」

「きみには関係ないことだ」ルッチは鋭く言った。

「もちろん、もちろん。とにかく、あなたがほしがっていた情報はお渡ししましたからね」

「報酬は惜しまない、サラー」ルッチは請け合った。「明日、秘書を訪ねてくれ。金が待っているはずだ」

「毎度ながら、寛大なご配慮を感謝します」

「きみの努力の賜物だ。では、もう行っていいぞ」

サラーが深々とお辞儀をした。「奥さまによろしくお伝えください。お加減がよくないと伺いました。早く回復されるよう祈っております」

エジプト人はパーティに戻っていったが、ルッチはそうしなかった。ヤシの木々のあいだに置かれた石のベンチに座り、美しい妻を思い胸を痛める。

イザベラはなにも食べようとせず、ほとんど話そうともせず、自分用の居室から出てきもしない。夜中に目覚めては、泣き叫び、むせび泣く。夫である自分に触れさせてもくれない。「あの男が死ぬまでは」そう言ってすすりあげ、彼の抱擁を振りほどく。「そうなれば、きっと治るわ」

すぐだ、愛する妻よ。ルッチは心のなかで妻に誓った。もうすぐだ。

翌日、トレヴァーはロイヤルのきらびやかな賭博室を抜けていきながら、妙に場違いな気分を覚えていた。黒のイブニングスーツで非の打ち所がない装いだが、騎士や農夫、王子、そして悪魔たちでにぎわうなかを通っていると、自分のほうが仮装しているように思えてくる。トレヴァーとは違って、男たちのほとんどは仮装のパーティや舞踏会からやってきたか、これから向かうところで、装いはそれに合わせたものだ。

太った体を緑のビロードで包んだ男を眺める。詰め物をした黄色いぎざぎざの長い背びれを背負い、ドラゴンの仮装の頭を脇に抱えて、巨大な尻尾がだれかに当たらないよう、人混みのなかを慎重に歩いている。昨晩、マーガレットが悲しげに言った言葉を思いだして、トレヴァーはにやりとした。大使館の舞踏会で踊らねばならない大使たちのひとりがこのドラゴンだとすれば、たしかに多少はマーガレットに同情したくもなる。

だが、多少だ。全面的にというわけではない。昨晩マーガレットに言ったことはすべて本気だった。彼女を優位に立たせるわけにはいかない。自分のほうが主導権を取っていると感じたとたんに、マーガレットは自分を前日の新聞のごとく脇に放りだすだろう。それを許すわけにはいかない。

そうだ、女相続人を勝ち得るためには、小出しにしてもっとほしいと思わせ、ゆっくり誘惑しなければならない。的確なえさで引き寄せて、自分が向いてほしい方向に導き、そう向けられていることを本人にはわからせない。トレヴァーはマーガレットをまっすぐ祭壇に導くつもりだった。

バーに寄ってポートワインを受け取ってから、ポーカーテーブルに向かった。そこに行けばエミリオがいるとわかっている。近づくと、テーブルのひとつに人だかりがして、その真ん中にエミリオがマルタの船員の格好で座っているのが見えた。手にカードを持ち、困ったように眉間にしわを寄せている。

なぜ人々が集まってるのかトレヴァーにもすぐにわかった。エミリオの勝負の相手が女性だったのだ。

仮装はトルコの奴隷娘、もっと正確に言えば、ヨーロッパ人がトルコの奴隷娘はこうだろうと思いこんでいるいでたちで、金色にきらめくゆったりとした服にブルーの飾り帯を締め、下に象牙色のズボンをはいている。ブルーのシルク地の被りものが頭と肩を覆い、髪を隠している。こちらに背中を向けているため、顔は見えない。しかし、エミリオからポーカーで金を巻きあげられる女性ならば一見の価値があるはずだ。好奇心をそそられて、トレヴァーは人だかりをかき分け、ゲームがのぞけるくらい前に出ていった。

エミリオが相手ははったりをかけていると見なして賭け金をさらに足し、コールをかけた。

「ツーペアだ」カードを置いた。「エースと八」

女はなにも言わない。ただテーブルにカードを広げ、フルハウスの手を示す。女が勝った金をかき集め、一方エミリオは両手をあげて降参を表明した。「おれはおりる」大声で言い、椅子を後ろに押す。「三試合も続けて負けながら、美と運と技のすべてを持ち合わせた女性ともうひと試合するのはよほどの愚か者だ」取り囲んだ人々をぐるっと見渡す。「だれか替わりたいやつはいないか？」

トレヴァーは挑戦することにした。「ぼくが替わろう」

エミリオが満面の笑みで立ちあがった。「トレヴァー、ようやく来たか」

トレヴァーの顔を目にしたとたん、笑みが消えた。「目の青あざはどうしたんだ？」

「大したことじゃない」

「喧嘩だな？　それでこんなに遅かったのか？　約束に遅れるとは、あんたらしくない」

「通りがこんでいた」説明する。「カーニバル中はひどいとわかっていたんだが」

「ふたりで心配し始めていたところだ」エミリオが顔を寄せ、低い声でつけ加えた。「おまえの愛人はポーカーがうまいな、友よ」

「ぼくの愛人？」

ぎょっとして、トレヴァーは向かいに座った女性を見やった。顔をあげてトレヴァーと目を合わせた女は、象牙色のシルクのヴェールで顔の下半分を隠しているが、その上でいたずらっぽい笑みにきらめいている茶色い瞳は、あまりに馴染みあるものだった。

「まさか！」思わず声をあげ、あやうくポートワインのグラスを落としそうになる。「いったいここでなにをしているんだ？」

「トレヴァー、愛する人《モン・シェリ》！」女が負けじと叫ぶ。強いなまりはフランス語のアクセントのつもりらしいが、子どもでも騙せない拙さだ。「あなた、待ってた、もちろん」さらに言う。「すばらしい時、過ごす。このポーカー、最高、楽しい」

絞め殺してやろうかとトレヴァーは思った。それもまた、この女性にとっては最高に興奮することだろう。しかし、実行に移す間もなく、エミリオに無理やり椅子に押しこまれた。

「今夜ここに来ることは知らせてないから驚かせたいと、彼女が言ったんだよ。ふたりともあんたを待っているわけだろ、どうせなら何回か手合わせをと提案されてね。まさか有り金を根こそぎ持っていかれるとは思いもしなかった」

マーガレットがエミリオを見あげて笑いかける。「これ、ビギナーズラック、ね」

「それどころか、ミス・マルゴー」エミリオが言う。「美しい茶の瞳で催眠術をかけて、ゲームに集中できなくしたに違いない。それもわざとだ。気をつけろ、トレヴァー。同じことをやられないようにな」

「それはあり得ない」トレヴァーは食いしばった歯の隙間からつぶやいた。望みはただひとつ、マーガレットをそっとここから連れだすことだ。訪れている大勢の英国人男性のうちのだれかに正体を気づかれる前に。しかし、今そうするわけにはいかない。トレヴァーは緑色のフェルトを貼ったテーブルの上に、割れないのが不思議なほどの勢いでグラスを置いた。

エミリオが顔を寄せてささやいた。「なんでおれに言わなかったんだ?」

「言わなかったって、なにを?」

「彼女があんたの新しい愛人だってことさ」

「そうじゃない」トレヴァーの口調があまりに鋭かったせいで、左側の男と話していたマーガレットが振り返って尋ねるような目を向けたが、トレヴァーの表情を見てすぐに目をそらした。

エミリオがくっくっと笑う。「この数日、あんたがカーニバルに案内していた女性だろう? 仮装はしていても、すぐにわかったよ。それで、話しかけたら、彼女もあんたを知っているとすぐに認めた」

「認めた?」驚いて聞き返す。エミリオが気づいたということは、ほかにも気づかれるかもしれない。醜聞が立てば、マーガレットばかりか、自分まで破滅する。トレヴァーの怒りは十倍に膨れあがった。

マーガレットの隣の男にカードが渡ると、エミリオが後ろにさがった。「ファイブカードドローで」男が試合の形式を宣言し、カードを配る。それを見ながら、トレヴァーはマーガレットを徹底的に打ちのめし、稼いだチップをすべて奪うような手が来るよう祈った。小娘が稼いでいい額ではない。

勝手気ままに振る舞うと決めているらしく、マーガレットはあからさまにこちらを無視し、自分の評判を大変な危機にさらしている。彼女の行動の結果を考えただけで、トレヴァーの胃は恐怖によじれそうになった。とくにマーガレットの父親に見つかった時のことは考えたくもない。

必死の努力で不穏な可能性を脇に押しやり、手に持ったカードに集中する。フラッシュができそうだ。順番が来ると、いらない札を一枚切った。「一枚」

またクラブだった。まさにほしいものだったが、怒りが激しすぎて、高揚感はない。

女相続人を獲得するという任務に着手した時は、神経と忍耐をこれほど逆なでされるとは想像もしなかった。頑固と向こう見ずと甘やかされているという組み合わせによって、まるでナイフでバターを切るようにたやすく自制心を分断されて、ようやく、この女性を過小評価していたことに気づいた。めったにやらない間違いであり、二度としないと心に誓っている。

マーガレットが交換後の手札を眺め、賭け金に一万リラを追加した。ふたりがおりて順番がまわってくると、トレヴァーも一万リラで彼女と合わせ、さらに一万リラを上乗せした。トレヴァーの左隣の男ふたりもおりると、残った相手はマーガレットだけになった。

「きみもおりたほうがいいぞ」わざとらしく言う。「せっかくの儲けを失っては気の毒だ」

「コール」マーガレットが賭け金をトレヴァーと合わせて宣言し、三枚のクイーンを見せた。

トレヴァーは暗い顔でにやりとした。「失敗だったな」そう言い、手札を置いて五枚のクラブを見せると、見物人のあいだに興奮のつぶやきが広がった。勝った金をかき集め、トレヴァーは立ちあがった。「諸君、今夜はほかの楽しみが待っている。すまないが、これで失礼する」そう言うと、取り違えようがない視線をマーガレットに向けて、ついてくるように合図した。

　マーガレットは不安げに唇をなめたものの、動こうとしなかった。トレヴァーはテーブルをまわり、彼女の手首をつかんで、椅子から立たせた。周囲は興味津々で見守っている。

「なにするの？」マーガレットが悲鳴をあげ、あわててチップを集めたが、トレヴァーに引っぱられて、片手ほどしかつかめない。彼の手を振りほどこうとしたが、トレヴァーはさらに強く握って抱き寄せた。「おとなしくついてきたほうがいい、マルゴー」低くつぶやいた。

「愛人でも、ロイヤルで騒ぎを起こしたりはしない」

「でも、わたしはまだ終わってないの！」

「いや、そんなことはない。終わっている」テーブルの向こうでふたりを眺め、すっかり楽しんでいるエミリオを見やった。「エミリオ、また別の時に会おう」

「わかったよ」エミリオが笑った。「明日の午後に待っている」

　なすすべもなく、マーガレットはトレヴァーについてクラブを出た。馬車を呼ぶようトレヴァーに言われてドアマンが走りだすと、このあいだに説明を試みようとした。

「トレヴァー、わたし――」

「なにも言うな！」彼が遮った。「ひと言もだ」

　トレヴァーはそれ以上なにも言わず、ふたりは黙って馬車を待った。刻々と時が過ぎても、こちらを一瞬たりとも見ようとしない。いかに怒っているかは、マーガレットにもはっきり伝わってきた。

この場をどのように対処したらいいか、さすがのマーガレットもわからなかった。自分に対して怒りをあらわにする男性は、ほかに父親しか知らないが、父は怒りが収まるまでひたすら怒鳴り続ける。自分の意見は控えて、忍耐強く待っていれば、嵐はいつか過ぎ去ると経験上わかっている。しかし、トレヴァーは違う。彼の沈黙は、幾度となく見てきた父の憤怒のどれよりも怖い。自分の手に負えない男性であることを実感し、マーガレットは緊張と不安にとらわれた。

馬車がやってきた。ロイヤルのドアマンが前に出て扉を開けると、トレヴァーはマーガレットを投げこむように馬車に乗せ、ドアマンの手にチップを押しこんでから自分も乗ると、御者にエドワードの街屋敷に一番近い通りの名を告げた。

馬車ががたんと揺れ、走り始めた。息が詰まりそうになっていたので、マーガレットは急いでヴェールを取った。指が勝手に動き、その帯状の絹布をそわそわとねじりだす。それをなんとか抑えて布地をズボンのポケットに押しこみながら、不安な思いで、筋向かいに座っている男性にちらりと視線を投げた。怒りが少しでも和らいだ兆候が見えないかと期待するが、彼はただ開いた窓から外を見つめている。その横顔から推測するに、マーガレットの心配は当たっているらしい。彼はいまだに激怒している。

馬車が混雑した街路をカタツムリが這うほどの速度でゆっくり進む。周囲はカーニバルのお祭り騒ぎがまだ続いているが、馬車のなかの沈黙のほうが外の騒音よりも耳に痛く、時が過ぎるにつれ、マーガレットの緊張もどんどん高まっていった。馬車が目的地に着くと、トレヴァーは窓から顔を出して御者に指示した。「その路地に入って、半ばで止めてくれ」

暗い路地で車体が停止する。トレヴァーに怒りをぶちまけられるのはごめんだったから、マーガレットはすみやかに逃げだすべく扉の取っ手をつかんだ。しかし、彼の動きのほうが速かった。手首をつかまれたのは、まだ扉を開けることさえできないうちだった。

「そんなに急ぐことはない。先に話し合わねばならないことがあるはずだ」

簡単に逃げだせるはずがないとわかっているべきだった。「いいわ」避けられないことは受け入れるしかない。謝らねばならないことは自覚している。できるだけ早く終わらせるためにも、自分から切りだすべきだろう。「今夜のことは申しわけないと思っているわ」

「当然だ。ロイヤルの会員にどれだけたくさんの英国人がいるかわかっているか？　そのうちのだれかに気づかれたら、どうなったか、理解しているのか？」マーガレットが答えないと、さらに言った。「もちろん、わかっていないだろう。自分の行動がなにを引きおこすか、その可能性について事前に考えたことなど一度もないはずだ」

マーガレットはひるんだ。たしかに、そう言われて当然だと思う。しかし、それを毅然と認める機会をトレヴァーは与えてくれなかった。

「仮装していようがしていまいが、だれかに気づかれた可能性は充分にある。ぼくたちの名前が明日の社交界新聞の一面にでかでかと載っていても、ぼくは少しも驚かないね」

「とてもうまく仮装していたわ。だから、絶対にだれにも気づかれな――」

「絶対ということはあり得ない。こうした醜聞できみの将来は打ち砕かれる。しかも、仮にきみの評判については脇に置くとしても、脅迫を受けやすくなるが、それも考えたことはないだろうな」

「脅迫ってなんのこと？」

「いい加減にしてくれ、マーガレット。きみの父上は世界でもっとも富裕な人のひとりだぞ。脅迫は当然あり得ることだ。きみは愚かで自分勝手だったうえ、昨夜ぼくとした約束を破った。約束を破ることは、きみにとってそれほどたやすいことなのか？」

マーガレットは顎をあげた。自分を弁護するために、ここでなにか言うべきだと感じたからだ。「それについて責めるべきは、わたしだけじゃないはずよ。あなただって――」

「それはまったくない」彼も約束を破ったことを指摘する前に遮られる。「だが、きみの父上に責任の一端があることは明らかだ」

マーガレットはあっけにとられた。「なぜ、父が出てくるの？　なんの関係があるというの？」

「大ありだ」トレヴァーがむっつりと言う。「幼い時からずっと、きみがその小さい指で父親を意のままに操ることを許してきた。だから、きみは自分の思い通りに振る舞うことに慣れてしまい、そのうえ甘やかされたせいで、考えずに行動するわがままな子どもになった。自分の行動が他人に与える影響を考えない。鞭で打たれてしかるべき子どもだ！」

これまで男性にこんな言い方をされたことはない。マーガレットのなかで怒りがこみあげた。約束を破ったのは自分だけではないと指摘しないわけにはいかない。「それなら、思いだしていただきたいですけど、ふたりで冒険を始めることになった時、あなたは、わたしが望むどんなところでも連れていくと約束したわ。あなたこそ、約束を破った張本人よ」

「それはきみを守るためだ」トレヴァーが苛立った声で言い返す。怒りが募るのに合わせて声音も高まる。「きみに行くなと注文したのは、ほかならぬ、きみ自身のためだ」

マーガレットもすかさず言い返した。「それは違うわ。あなたはわたしにロイヤルに行くなと注文などしていない。あなたが言ったのは、わたしを連れていくつもりはないということだけ」

トレヴァーにとってこれはもう我慢の限界だった。深く息を吸い、なんとか怒りを抑えようと努力する。「それは詭弁だ」歯を食いしばったまま、言葉を押しだした。「ぼくが言いたいことはよくわかっているはずだ」

マーガレットが顎をきっとあげた傲慢な仕草は、まさに父親とそっくりだった。「たとえわかっていたとしても」彼女の怒りが爆発する。「わたしはレストランの料理じゃないわ！ただ注文したって、言う通りになんかならないのよ！」

この言葉が、トレヴァーにかろうじて残っていた冷静さを打ち破った。「なんという言いぐさだ、ぼくの忍耐を試すつもりか！」マーガレットに怒鳴り返した。「きょう危険にさらされたのは、きみの評判だけじゃない。ぼくの評判もだ。今後も、こんな正気でないことを続けるつもりならば、考え直したほうがいい。ぼくたちが結婚したら、すぐにやめさせる！」

この言葉が口から出た瞬間に、トレヴァーは自分がなにをしでかしたか理解した。マーガレットが顔を蒼白にして凍りついたからだ。完全に静止して大理石の石像と化し、驚愕の表情でトレヴァーを凝視する。「なんと言ったの？」聞こえないほどの声でささやく。

もう手遅れだった。影響を少しでも小さくするほか、トレヴァーにできることはない。

「マギー――」

「なんて陰険なの！ ヘビのような人！」馬車の扉が勢いよく開いた。「あなたとなんか結婚しないわ！」

トレヴァーがつかまえる前にもう馬車から飛びおりていた。目の前で扉を叩き閉められる。あまりに強かったせいで掛けがねが引っかかり、開けようとしても開かない。すでに開いていた窓を通して、庭に入る鉄の門ががしゃんと閉まる音が聞こえてきた。トレヴァーは椅子に背をもたせ、悪態をつきながら、ブーツの底で扉を蹴り開けた。

即座に馬車から飛びだし、門の鉄枠をつかんで勢いよく引く。だが門はびくともせず、トレヴァーはマーガレットが内側から鍵を掛けたことに気がついた。屋敷に向かって走っていく彼女の姿が樹木と茂みのあいだにちらりと見えた。長い絹の服が月光にきらめく。

門の上枠を両手でつかんで飛びあがったが、マーガレットがすでに家に入り、後ろ手に扉を閉めるのが見えただけだった。

「くそっ」トレヴァーはつぶやいた。自分がした説教は、彼女が説教されて当然のものだった。しかし、どんなに正当化してもなんの役にも立たない。かっとした瞬間に漏らした不注意な数語によって、彼女を勝ち得る機会を自ら打ち砕いた。

これで状況を掌握しているとは聞いてあきれる。

9

屋敷の真っ暗な廊下を自分の寝室に向かって走るあいだも、マーガレットは狙いをつけられたシカのように怯え、取り乱していた。トレヴァーの言葉が、ハンターの銃声のように頭のなかで反響している。ぼくたちが結婚したら。ぼくたちが結婚したら。

マーガレット自身のことを望んでいるから誘惑すると言ったのは嘘だった。彼が望んでいたのは、マーガレットのお金だ。ほかの男性たちと同じように。

自分の部屋に入ると、マーガレットは仮装を脱いで、そのシルクの布地を引き出しの奥にしまった。ネグリジェを着たが、ベッドに入っても無駄だとわかっている。寝室の窓辺に置かれたビロード張りの椅子に座りこみ、月光に照らされた庭を見おろした。触れられた時の、そしてキスされた時の感触すべてが屈辱的なまでにはっきり思いだされると、最初の狼狽は、裏切られたという認識と失望に取って代わった。

心の奥底ではずっとわかっていたこと。それなのになぜ、初めから抱いていた疑念が証明されてこれほど驚くの？　自問してみるが、その答えもわかっている。なぜなら、信じたくなかったから。

直感を無視し、魅力的なほほえみと濃紺色の瞳に惹きこまれた。彼はほかの男性たちと違うと、情熱的な言葉は本心だと、マーガレット自身を望んでいるからキスをするのだと信じたかった。自分は救いようのない愚か者だ。

甘やかされた頑固な子どものようだと言われたが、きっとその言葉が正しいのだろう。自分の思い通りにすることに慣れているし、頑固すぎてロマンティックな理想を諦められない。

夜が明けるまでには、さまざまな感情をなだめ、落ち着きを取り戻していた。トレヴァー・セントジェームズはただの財産目当てに過ぎない。そういう男の扱い方は心得ている。

「誠に申しわけございませんが、旦那さま。ミス・ヴァン・オールデンはどなたの訪問も受けておりません」

トレヴァーは執事の無表情な顔を眺めた。「なるほど」

会うことを拒絶されても驚きもしない。実際、昨晩の致命的な言葉に対する彼女の反応を考えれば、それ以上のことは期待できないだろう。玄関の脇のテーブルに置かれた銀の盆に訪問カードを置いてから、また執事のほうを向いた。「ケタリング卿に会いたいと伝えてもらえるだろうか？」

執事が引っこんで数分もしないうちにエドワードが姿を見せた。しかし、階段をおり始めるとトレヴァーの暗い表情に気づいたらしく、途中で足を止めた。「どうしたんだ？　なにがあった？」

「どこかでふたりだけで話せるかな？」

「もちろんだ。図書室に行こう」

図書室に入り、ふたりの背後で扉が閉まってようやくトレヴァーは口を開いた。低い声で昨夜のことをエドワードに伝える。

「なんてこった！」エドワードはつぶやきながら、椅子にどっかり腰をおろした。「たしかに、舞踏会を早く引きあげてきたが、それは、マーガレットがまたきみと一緒に出かけると思ったからだ。考えもしなかったよ。だれかに気づかれただろうか？」

「そうでないことを祈っているが」トレヴァーもエドワードの向かいの椅子に座った。

「非常にうまく仮装していたが、あれだけ英国人がたくさんいれば、だれかが正体を見破らないとも限らない」

「まあ、それはじきにわかるだろう。噂はあっという間に広まるからな。なにか耳に入ったら、すぐ知らせるよ」椅子の背にもたれ、友をまじまじと眺める。「それにしても、この状況のわりにずいぶん落ち着いているじゃないか。まあ、きみは火事のさなかでも冷静な男だからな」

「昨夜は違ったんだ」トレヴァーは顔をしかめた。「彼女の言葉であそこまでかっとするとは、我ながら信じられない」

「ぼくは信じられるぞ。マーガレットは適切な行儀作法をほとんど気にしていないからな。コーネリアがそうでなくて本当にありがたいよ。ぼくではとても切り抜けられないだろうな。

求婚だけでも、神経がずたずたになりそうだ。きみが癇《かん》しゃくを起こしたのも当然だと思うよ」

「とにかく、やってしまったことは仕方がない。ぼくの意図はもう知られてしまったわけだから。求愛も十倍難しくなるだろう。会うのを拒否されているんだ」

「少し時間が経てば、考えを変えるかもしれない。怒りが弱まれば、きみにもまたチャンスが生まれる」

「そうなるとは思えない」

エドワードはため息をついた。「たぶん、万事うまく収まるよ。彼女はすでに数えきれないほどの求婚者を断っている。立派な男ばかりだ。受け入れがたいやつはひとりもいない。つまりは、結婚したくないのさ。きみも本心から言えば、なんでも逆らう女性と結婚したくはないだろう？ ぼくだってマーガレットは好きだが、結婚したいとは思わない。あんなに気ままで独立心が強いと、どんな男が一緒になっても、早死にしそうな気がする」

「ぼくは違う」トレヴァーは宣言する。

「きみは伯爵だ」エドワードが言う。「非常に高い地位だ。もちろん、マーガレットの父親と約束を交わしたことは知っているが、それに縛られる必要はない。ほかにも女相続人はいくらもいる」

トレヴァーはほかの女相続人などほしくなかった。「ぼくがそんなに簡単に諦める男だと思っているなら、それは考え直したほうがいい」

「しかし、彼女は会おうともしないんだろう？　どうするつもりだ？」

トレヴァーは立ちあがり、戸口に向かって歩きだした。

「必要なことはなんでも」ぶっきらぼうに答え、部屋をあとにした。

通りに待たせた馬車に着くまでに、選択肢はほとんどないという結論に至った。御者がどこへ向かうかと尋ねる。適切な質問だと、トレヴァーは皮肉っぽく考えた。それなのに、自分は答えられないとは。

マーガレットが今夜、ヴェネタの舞踏会に行くことは知っている。その招待状を手に入れることもできるが、それでなにができる？　彼女はなにかの理由にかこつけてダンスを断るはずだ。たとえ一緒に踊れたとしても、すでに口にしてしまった失言の傷は、なにを言っても回復しないだろう。

もっと決定的な手段を取る時期に来ている。質問は、どこへ向かうかではなく、どんな行動を取るかだ。共に過ごした冒険の日々が途絶えたことは明らかであり、ふたりきりになる機会は二度と持てない。つまり、誘惑によって結婚を承諾させられないということだ。

ふいに、ある考えがひらめいた。あまりに常軌を逸した考えで、さすがのトレヴァーも即座に排除しそうになった。しかし、マーガレットが冒険とロマンスに飢えていることを考えれば、その法外さこそ、まさに自分が必要としているものだ。

この計画を実行するためには、エミリオとエドワードの両方の助けが必要だろう。エドワードに協力するよう説得すると考えただけで気が重いが、絶望的な状況には絶望的なやり方が要求される。トレヴァーは御者にエミリオの住所を告げ、馬車に飛び乗った。

翌日、エドワードはコーネリアとマーガレットを観光に連れだした。ベデカー旅行案内書を手に馬車でサン・セバスティアーノ教会に向かう。教会内部と、その下にある有名な地下墓地《カタコンベ》を見学することになっている。

カーニバルの最終日でアッピア街道はいつにも増してこんでいた。のろのろと進む車体から、マーガレットは心ゆくまでカーニバルを眺めることができたが、それも今は前ほどおもしろく感じられなかった。トレヴァーと出かけた幾晩かのことを思い、彼がいなくて寂しいと自分が本気で思っていることに気づいて愕然とした。

昨日は、昼間は自分が彼に会うことを拒否し、晩のヴェネタの舞踏会は彼のほうが姿を見せなかった。しかし、どこかの時点では会うだろう。ロンドンに戻ってからかもしれない。どちらにしろ、真夜中の冒険はもうない。マーガレットは後悔を感じずにはいられなかった。

突然、虹色に輝くキャンディの雨が頭上から降ってきて、マーガレットの憂鬱な思いを断ち切った。コーネリアがうんざりしたようにうめき、レースの襞飾りに載った紙ふぶきを払おうとパラソルを振ったが、それくらいでは払えない量だ。

マーガレットが見渡すと、馬車を囲んでいる群衆のなかに一〇歳くらいの少年がふたり立っているのが見えた。あいだにキャンディが入った巨大なバケツを置いている。ふたりの仕業かどうかわからなかったが、それも、ふたたび投げ始めるまでのことだった。馬車がまたキャンディの雨に見舞われる。マーガレットは、少年たちが自分を見ていることに気づいた。どんな反応をするか、待ち構えている。挑戦は受けて立たずにはいられない。マーガレットは色とりどりのキャンディを両手にいっぱいかき集め、ゆっくり移動する馬車のなかで立ちあがって反撃した。

「まあ、マギー、やめて。調子に乗るだけよ」従姉妹が懇願する。「粉を詰めた卵を投げたり、ひどいことをするんだから。そうなったら、大変なことになるわ！」

マーガレットは従姉妹の言葉を無視してキャンディを投げ続け、そのうち少年たちも諦めて群衆のなかに見えなくなった。

「コーネリアったら」席に戻りながら、マーガレットは言った。「結婚したら、いかにも奥さまって感じになってしまったのね。エドワード、コーネリアを退屈な既婚女性のひとりにさせてはだめよ」

エドワードがぎょっとしたように、ふたりを振り返った。「なんだって？　すまない、聞いていなかった」

コーネリアが心配そうに夫を見やった。「けさはずっと、なにかに気を取られているような様子ね。困ったことでも？」

「いやいや、そんなことはない、もちろん」不自然なほど早い返事だった。「困ることなどあるはずないだろう？　なにかあるかい？」

「わからないけれど、この一週間はずっと頭痛がひどかったようだし、きょうはまるで熱い煉瓦の上を歩くネコのようにそわそわしているから、心配なのよ」

「大丈夫、元気だよ。たぶん、今週はあまりにいろいろなことがあったせいだろう」

コーネリアは夫の腕をいたわるように叩き、愛情あふれる笑みを投げた。

「あなたが言いたいことはわかるわ。フィレンツェに向けて出発するのがあしたでよかったと思うくらいですもの。あちらなら、少しは平和と静けさを楽しむことができるでしょう。カーニバルは、最初の二、三日は楽しいけれど、あとは混雑しすぎて疲れてしまうわ」

ほどなくサン・セバスティアーノ教会に到着した。まずは教会を簡単に見てまわってから、痩せ細ったフランシスコ会修道士の案内でカタコンベを見学する。あとについて狭い石の階段をおりていくと、地下は暗いトンネルが何本か延び、いくつもの洞窟が広がっていた。修道士についてカタコンベの迷路を抜けていく彼らを照らすのは、たまに石壁に掛かっている松明《たいまつ》だけで、その不気味な光が死の重みに満ちた空気をさらに重たくしている。

急な角度で曲がっている狭い通路からはトンネルが何本も枝分かれし、それぞれ真っ黒な口を開けていた。岩を粗く削った浅いくぼみがあり、修道士の片言の英語による説明では、初期のキリスト教の殉教者たちの墓ということだった。

修道士が次に足を止めて指さしたのは、明らかに洞窟だったが、現在は石壁で完全に閉じられている。ネロの時代にキリスト教徒が潜んでいたところだと修道士は解説した。何年にもわたり、ただ信仰だけを頼りに、その暗い恐ろしい場所に隠れ住んでいたという。

しかしそれもまったく無駄だったという話を詳しく述べた時、修道士の目が尋常でない光を放ったように見えた。ローマ人の迫害者たちが何千人もの人々を見つけだして洞窟に追いこみ、なかに入れたまま壁でふさいだという。キリスト教徒たちは生き埋めにされ、飢えて死んでいった。

マーガレットは身を震わせた。修道士は正気を逸脱する瀬戸際のように見える。輝きすぎる瞳、長い顎鬚、そしてぼさぼさの髪。マーガレットは目をそらし、向かい側のトンネルの入り口をのぞいて漆黒の闇を眺めた。こんな恐ろしい地下の家に何年も何年も隠れていなければならないなんてどんな感じだろうか考える。どんな人でも正気を逸することになるだろう。マーガレットは目を閉じ、また身を震わせた。

自分がひとりであることに気づいたのは、その目を開けた時だった。修道士とコーネリア、エドワードはもう見えるところにいなかった。頭から恐ろしい空想を振り払おうとしながら、マーガレットは連れを追って歩き始めた。しかし、数歩歩き、ちょっと待ってと叫ぼうと口を開けた時、背後からつかまれ、大きな手で口をふさがれた。

悲鳴をあげようとしたが、かろうじて出せたのは、かぼそい金切り声のみ。その男が、自分が出てきた暗いトンネルにマーガレットを引きずっていこうとしているのに気づき、振り払おうと必死にもがいた。

「しーっ、ミア・カラ」聞き慣れない低い声がぎこちない英語で続ける。「だれもあなたを傷つけない」

その言葉を聞いても、マーガレットの恐怖は少しも和らがなかった。心臓がばくばくしてもかまわずに逃げようともがく。しかし、その努力もむなしかった。真っ暗な通路をかなり長いあいだ引きずられ、そのうち自分が疲れるだけだと気づいてもがくのをやめた。ようやく何本ものトンネルが集まっている場所まで来る。壁の松明が周辺まで照らしている。

マーガレットの口をふさいだ手に力をこめたまま、男は彼女の体をまわして半ダースの男たちと向き合わせた。全員がフランシスコ会修道士のくすんだ茶色のローブを着ている。そのうちのひとりが一歩前に出て、ずきんを後ろに払いのけた。陰になっていた顔が現れ、マーガレットは息を呑んだ。「エミリオ!」

ハンサムなイタリア人がマーガレットにほほえみかけてお辞儀をした。

「親愛なるマルゴー、またお会いしましたな」

修道士の後ろで夫の腕にすがるようにして、コーネリアは教会に戻る石階段をのぼっていた。「まあ、エドワード、なんて恐ろしい見学だったこと」夫に言う。「でも、マーガレットは間違いなく楽しんだはずよ。そうでしょ、マギー?」

肩越しに振り返ったが、マーガレットはいなかった。コーネリアがぴたりと足を止めたので、夫の足も一緒に止まった。「マギー?」コーネリアは大きく叫んだが、自分の声が下の洞窟にこだまするのが聞こえただけで返事は戻ってこない。

「エドワード、マギーはどこかしら?」心配になって、コーネリアは夫を振り返った。「ほんのちょっと前まで、すぐ後ろにいたのに」

「マギーのことだ」エドワードが答える。「おそらく、なにか魅力的なものを見つけて、心を奪われてしまったんだろう。それで迷ったのかもしれない。きみはこのままのぼって教会に入っていてくれ。修道士とぼくで捜してくる」

階段のてっぺんに立ってみんなを待っていた修道士が、エドワードに手招きされておりてきた。後戻りをするふたりをコーネリアは見送った。エドワードの言う通りに決まっているわ。自分に言い聞かせ、向きを変えて階段をのぼり始める。なんの問題もないありふれた買い物でさえ、マーガレットはすぐにどこかに行ってしまう。今回もそうに決まっている。

教会の席のひとつに腰をおろして待ったが、刻々と時が過ぎてエドワードも修道士も戻ってこないと、次第に心配になってきた。夫と修道士がカタコンベから姿を現したのは、三〇分も経ってからだった。もうひとりの人物が一緒だったが、それはマーガレットではなかった。トレヴァー・セントジェームズだった。

「アシュトン卿？」コーネリアは立ちあがり、三人が近づいてくるのを迎えた。「なぜここに？」

その質問には答えずに、トレヴァーは修道士のほうを向いた。「ぼくたちだけで話したいのだが」イタリア語で言う。

修道士が頭をさげ、三人を残して教会から出ていった。

「なにがあったの？」コーネリアは問いただし、トレヴァーから夫に目をやり、またトレヴァーに戻した。「マーガレットは見つかったの？」

「捜す必要はないんだ、レディ・ケタリング」トレヴァーが答えた。「どこにいるか、すでにわかっている」


これまでの人生で自分がこれほど無力だと感じたことはなかった。

目隠しをされているので、どこに連れていかれるのかまったくわからない。わかっているのは、荷馬車に乗せられ、イタリアの田舎を走っているということだけ。主要道路からははるか昔に離れ、ずっとでこぼこ道を走っている。車体ががたがたと飛びはねて乗り心地がいいとはとても言えない。少なくとも三人の男が同じ荷馬車に乗っている。嘘つきの悪党のエミリオもそのひとりだ。もう一台の荷馬車が、ほかの三人の盗賊を乗せてすぐあとに続いている。

すでに日が暮れたのはわかっていた。太陽のぬくもりが消えて夜の冷気が染みこんでくる。周囲ではセミが騒々しく鳴き、夜の大気にぴりっとしたレモンの花の香りが漂っている。縛られ、猿ぐつわを嚙まされた状態では、どうやっても逃げだせなかった。マーガレットの決死の努力にもかかわらず、手首とくるぶしのまわりの縄はまったくゆるまず、肌が擦りむけて痛くなっただけだ。

最初の恐怖はとうに苛立ちと憤りに替わっていたが、荷馬車が停止するまで待つことと、その時に逃げる機会があるよう祈る以外にできることはなかった。時がゆっくりと過ぎていくにつれ、マーガレットは悪党たちが自分を乗せたままヨーロッパを横断するつもりなのではないかと疑い始めた。

逃げようとするのは賢明でないかもしれない。エミリオはマーガレットの正体をすでに探りだし、エドワードとコーネリアに身代金を要求しているかもしれない。父に報告がいき、身代金が支払われる。そうなれば、すんなり解放してくれるに違いない。

ついに荷馬車が停止した。マーガレットはもがいたり転がったりしてなんとか身を起こした。座る姿勢になった瞬間、こわばった筋肉にたじろぐほどの鋭い痛みが走った。盗賊のひとりが足首の縄をほどくのを待ち構え、荷馬車の端と思われるほうに駆けだす。飛びおりるつもりだったが、すぐに腕をつかまれ、鋭い口調のイタリア語でなにか指示された。じっとしているようにと言われたらしい。こうなってはもはや、少しでも早く手首の縄がほどかれ、いまいましい目隠しと猿ぐつわがはずされることを期待するしかなかった。それが実現したのは、ずいぶん経って、火がはぜる音が聞こえ、なにかわからないが、料理の美味しそうな匂いがしてきてからだった。

盗賊たちは空き地で野営をしていた。たき火の光の向こうに目をこらしたが、周囲にはこれといったものはなにもなさそうだ。マーガレットは激しい虚脱感に襲われた。これではたとえ盗賊たちから逃げだせたとしても、どちらに向かって歩けばいいかもわからない。

男のひとりにたき火まで連れていかれると、そこにはエミリオとほかにふたりの男が座っていた。六番目の盗賊が石炭の上に置いた鍋から料理を皿によそっている。そこでようやく、マーガレットはその盗賊が女性であることに気づいた。

盗賊は普通、凶悪で残虐そうで、残忍な顔をゆがめて目を光らせているはずだが、この人々の見かけはまったく普通だった。女性にいたっては、いい匂いのするシチューの皿とスプーンをマーガレットに手渡す時に、かすかにほほえんだ。思わずほほえみ返しそうになって、あわてて自制する。この人たちは盗賊だ。なんのためらいもなく、マーガレットを殺すかもしれない。

エミリオが地面に敷いた毛布を差し示した。「座ってくれ、マルゴー」

その声とともに、マーガレットの腕をつかんでいた男が手を放したが、さすがにここで走りだすのはばかげている。周囲の森に行き着く前につかまってしまうだろう。エミリオがマーガレットを眺めてほほえんだ。こちらの考えることなど、すっかり見通されているらしい。仕方なく、マーガレットは毛布の上に座り、もっといい機会を待つと心に誓った。膝の上に料理の皿を載せる。

「なぜ、わたしをここまで連れてきたの？」エミリオに尋ねた声は、何時間も猿ぐつわを噛まされていたせいでかすれていた。

マーガレットの質問には答えずに、エミリオはそばに立っている女性になにか言った。女性はヤギ革の袋を取ってマーガレットに渡すと、自分も腰をおろした。

「水だ」エミリオが説明した。「たっぷり飲んでくれ」

意地を張るには喉が渇きすぎていたから、マーガレットはありがたく袋を受け取り、冷たい液体をいっきに喉に流しこんだ。

「ゆっくりだ」エミリオが言う。「喉が渇いている時に、そんなに急いで飲むとよくない。体の具合が悪くなる」

その言葉に従い、今度は少しずつ飲んだ。ようやく渇きが収まると、袋を返してエミリオのほうを向いた。「質問に答えてないわ。なぜ、わたしを誘拐したの？」

「誘拐？」エミリオが首を振る。「違う、マルゴー。おれたちのことをそんなふうに考えないでくれ。あんたはおれたちの客人だ」

「客人？　これがあなたの客人のもてなし方なの？」痛む手首をこすり、たき火越しにエミリオをにらむ。「それなのに、わたしはあなたを紳士だと思っていたとは」

エミリオがのけぞって大笑いした。マーガレットの言葉を訳してほかの者たちに伝えると、彼らも同様におもしろがった。

「食べなさい」エミリオがうなずいて、マーガレットが膝に置いた皿を差し示した。「腹が減っているだろう。おふくろが作るシチューは絶品だからな」

「お母さま？」びっくりして、マーガレットは隣の女性を振り返った。うなずいている様子から、エミリオの言葉は間違いないらしい。「お母さまは、あなたがどれほど卑劣な人間か、ご存じないんでしょうね」

「おれの行動には必ず理由があるということはわかっている」

「理由？　なんの理由？　あなたがほしいのがお金ならば――」

「違う、違う」エミリオがマーガレットを遮り、首を振った。「そこまで卑しくはないぞ。

金のためにこんなことをする町の泥棒とは違う」

思いがけない言葉に、マーガレットは戸惑った。「では、なんのため?」

「おれにとって、金よりももっと大事なもののためだ」マーガレットがまだ触れていない皿を指さす。「食べなさい、マルゴー。おれの野営地に着くまで、まだ少なくとも二日はかかる。体力をつけておかないと」

マーガレットはがっかりした。お金のためでないなら、自分を誘拐した理由はなに? ただの誘拐だけでないなにかがあると知って、恐怖が舞い戻ってきた。いったいなにを望んでいるの?

10

その晩、マーガレットは、生まれて初めて固くて冷たい地面の上で寝た。悪党たちのいびきに囲まれ、手首と足首は固く結ばれ、暗がりに潜んでいるに違いないクモやヘビやその他おぞましい生き物から身を守るすべは、ちくちくする毛織りの毛布しかない。当然ながら、よく眠れなかった。

翌朝、エミリオの母親が服をくれた。手渡されたのは、あっさりした白いブラウスと手織りのスカート、分厚い毛織りのコート、そして頑丈そうな革のブーツ。カーニバルの夜にトレヴァーと出かける時に着ていた服装ととても似ていると思った瞬間、ふいにばかげた希望の火が燃えだすのを感じた。きっと彼が助けに来てくれる。

しかし、その思いは現れたのと同じくらいすばやく消え去った。トレヴァーはヒーローではない。マーガレットのために身を危険にさらすようなことはしないだろう。自分が結婚する気はないと断言して、お金を手に入れるという彼の希望を断ち切ったあとではなおさらだ。彼が望んでいるのはそれだけなのだから。

エミリオの母親になにか言われ、マーガレットは目をあげた。期待に満ちた顔で、マーガレットが渡した服に着替えるのを待っている。今着ている繊細な白い亜麻布のドレスとかかとの高い靴よりもはるかに着心地がいいことは間違いないが、マーガレットはまわりの男たちをちらりとうかがい、顔を赤くして首を振った。

エミリオの母親はイタリア語でなにかつぶやくと、いかにも母親がするようにマーガレットの頬を軽く叩いてから、両手に抱えていた毛布を広げて男たちからマーガレットが見えないように仕切りにした。毛布一枚くらいでさほど慎みが保たれるとは思えなかったが、なにもないよりはましだ。しぶしぶ着替え始めたが、どちらにしろ、男たちは野営を撤去するのに忙しく、こちらのしていることなど、気づいてもいないようだった。

盗賊たちは荷馬車をあとに残し、馬に乗って旅を続けた。アブルッツィの山のなかに連れていくらしい。ローマから少しずつ離れていくにつれて、マーガレットの気持ちはどんどん落ちこんでいった。

マーガレットは大きくてがっしりした男とふたり乗りさせられ、逃げないように、その男の片腕が常時しっかりと腰にまわされていた。手首は相変わらず縛られていたものの、目隠しと猿ぐつわは無理じいされなかった。それだけでもありがたかったが、だからといって、それが親切心によるものでないことはわかっていた。田舎道の両側は山と森ばかりだ。単に目隠しと猿ぐつわが必要ないからに過ぎない。

三日目には、山のかなり高いところまでのぼっていた。のぼればのぼるほど、ますます荒涼とした土地になっていく。ローマの常緑樹に覆われた緑の景色からすっかり変わって、ここは茶色に枯れた草と雪をかぶった山の峰、そして灰色の花崗岩しかなかった。

その晩に野営を設けた時もまだ、彼らが自分をどうするつもりなのかマーガレットにはわかっていなかった。いくら寝ようとしても、手首と足首を縛られたままで快適な姿勢など見つけられるわけもなく、マーガレットは脇を下にしてただ横たわっていた。体は分厚い毛織りの毛布で包まれ、たき火の真ん中では石炭が真っ赤に輝いているが、それでも震えずにはいられない。たくましい想像力のせいで、ありとあらゆる恐ろしい可能性が浮かんでくる。

もしかしたら盗賊ではないのかもしれない。もしかしたら、自由を求めて戦う戦士で、大義のために身代金を必要としているのかも——銃や弾薬やその他を調達するために。

それとも、もしかしたら、白人奴隷として売ろうとしているのかも。前にヒロインが売られてしまう小説を読んだことがある。マーガレットは毛布のなかでさらに深く縮こまり、ばかなことを考えるのはやめなさいと何度も自分に言い聞かせた。

その時、小枝が折れる鋭い音に気を取られた。身を起こして一心に耳を澄ませたが、聞こえてくるのは、男たちの絶え間ないいびきだけだ。ふいに誰かの手がマーガレットの口をふさいだ。仰向けにされて思わず悲鳴をあげたが、手のひらでくぐもってほとんど声にならない。たき火の暗い光で見えたのは、トレヴァー・セントジェームズの目だった。

安堵感が全身を貫き、マーガレットは自分はもう安全だと実感した。トレヴァーが追ってきてくれた。助けるために。そうしてくれたらと願っていた通りに。

彼が片手をあげ、一本の指を立てて唇に当てると、腰のベルトからなにか引き抜いた。ナイフの刃がきらりと光るのが見えた。マーガレットの手首と足首を縛っている縄を切ると、彼は立ちあがり、ゆっくり後ろにさがり始めた。ついてくるように合図され、マーガレットは音をさせないように慎重に立つと、彼について野営地を抜けだした。

トレヴァーがマーガレットの手をつかみ、真っ暗闇のなかを抜けていく。なにも言わないが、強く握った手が安心しろと言っている。そのうち、一本だけぽつんと立った小さい松の木が現れた。彼の馬がつながれている。ふいにトレヴァーが足を止め、マーガレットを両腕に抱きしめた。

「マギー、大丈夫か？」ささやき声で尋ね、マーガレットの額に唇を押しあてる。そして頬に、唇に。

大丈夫と答えようとしたが、出てきたのはすすり泣きだった。彼の首にしがみつき、がっしりして心地よい胸に顔を埋める。

「これはつまり、また友だちになれるという意味だとありがたいが」マーガレットの髪に唇を当てたままトレヴァーがつぶやいた。

その言葉で、彼の真の意図を思いだし、マーガレットの怒りが再燃した。「放して」歯を食いしばり、彼を押しやる。「嘘つき！　偽善者！　ヘビのような人」

彼が首を振り、ため息をついた。「きみの命を救った報いがその言葉か？」

「あなたがわたしの命を救ったのは、将来の銀行預金が手から滑り落ちてしまうからでしょう」

「少なくとも、感謝はしてくれてもいいだろう？」

「感謝？」両手を握りしめる。マーガレットはトレヴァーを引っぱたきたかった。「なにに感謝を？」声がうわずる。「わたしに嘘をついたことに？　わたしを騙したことに？　貪欲な悪党だったことに？　心から感謝するわ、ありがとう！」

彼がまたマーガレットをつかみ、片手を腰にまわしながら、もう片手で口をふさいだ。

「やめろ、あの泥棒たちを起こしたいのか？　充分に離れるまで、頼むから静かにしていてくれ。そこまで行けば、好きなだけぼくに怒鳴り散らしてかまわない」

彼の手が離れた瞬間、マーガレットは嫌悪をこめてささやいた。「あなたとはどこにも行きたくないわ」

「いいだろう。では、エミリオとその友人たちのところに戻ればいい」来たほうの道を指す。

「その尾根を越えたところだ。あるいは――」周囲に広がる不毛の土地をちらりと見やる。

「ひとりで歩いて帰ってもいい。食料も水も毛布も地図もないが。幸運を祈る」

マーガレットは唇を噛んだ。しゃくに障るが、ひとりで置いていかれたくないし、死にたくもない。

「ぼくか、彼らかだ」トレヴァーが簡潔にまとめ、馬の手綱をほどいた。「きみが選べばいい」馬の首を叩いた。「それはそうと、こいつはハドリアンだ」

マーガレットは美しい黒馬を疑わしげに眺めた。「種馬なのね？　訓練はされているの？」

トレヴァーがひらりと鞍に飛び乗ると、マーガレットの質問に答えるかのように、ハドリアンが飛びすさり、背中の乗客に憤慨していることをあからさまにした。

「それなりに」トレヴァーが手綱を強く引きながら答える。そして、ようやく馬が落ち着くと、マーガレットのほうに手を伸ばした。「きみは元気な馬が好きだと父上が言っていたぞ。冒険好きがそんなことを聞くなんて、どうしたんだ？」

「しばらく冒険は充分だわ」マーガレットはつぶやき、彼の手を握って、背後に飛び乗った。

「大した救出ね。訓練していない馬で連れにくるなんて」

「カーニバルの最中に馬を見つけるのがどれほど大変か知っているか？　ほとんど不可能と言っていい。手に入れられるなかでハドリアンが一番よかったんだ。少なくとも、途中でくたばることはない」

「文明社会に戻ったら、あなたも馬もくたばることができるわ」

「そんな口を利いていたら、遠くまで行けないぞ。そのまま言い続けてみろ。きみは歩くことになる」

トレヴァーのことはわかっていたから、マーガレットは賢明にも口を閉じ、それ以上なにも言わなかった。どちらしろ、彼がどんなにひどい男で、なにをもくろんでいるかなんて、今は考えられない。というより、今は未来なんてどうでもいいように思える。

これまで誘拐を企てたことなどないが、完璧に練られた計画でも、ひとつやふたつは思いがけない障害が起こるものだろう。

トレヴァーは谷間に沿って注意深く馬を進めながら、前方が見えればいいと願っていた。夜明けはまだ数時間先で、頭上の細い銀色の月から届く光はあまりにかぼそく、ほとんど助けにならない。それでも、まだ止まるわけにはいかない。形だけでも、エミリオから逃げるふりをする必要がある。

「どこでわたしが見つかるか、どうしてわかったの？」

思いのなかにふいにマーガレットの声が飛びこんできて、トレヴァーは深く息を吸いこんだ。さほど経たないうちにマーガレットが質問を始めるだろうと想定していたから、すでに答えは用意してある。「エミリオから身代金を要求する手紙が送られてきて、どこで会うかを指定してきた。そこから、どのルートを使うか割りだした。なかなか協力的なやつだ」

「彼があなたに身代金の手紙を送ったのは、なぜ？」

「ほかにだれに送るというんだ？　あいつは、きみがぼくの愛人だと思っていたんだ。覚えているだろう？」

「わたしの本当の素性を知られたのかと思ったわ」

「そうではない。それがわかっていれば、きみの父上に電報を打って金を要求したはずだ。そうなれば、ぼくもきみも多くのことを弁明しなければならなくなっただろう」

「エミリオが、これはお金のためではないと言っていたわ」

「もちろん、金のためだ」トレヴァーは後ろを向いてマーガレットを見やった。「誘拐に限らずたいていのことは金が目的だ、マギー。きみが主張していたことだろう」

マーガレットはトレヴァーをにらみつけた。「ええ、わかっているわ」しばらく黙っていたが、それからつけ加えた。「でも、トレヴァー、あなたはお金を持っていないわ」

「思いださせてくれてありがとう」皮肉っぽく言う。「忘れていたよ」

「エミリオがほしがっているのは、どんな身代金なの？」

可能な限り真実に沿うのが一番いいと判断する。まったくの嘘はつきたくない。嘘をつくことが倫理的に問題だというわけではない。どんな嘘をついたかを覚えておくのがきわめて難しいからだ。細心の注意を要するが、今は疲れすぎてそこまで集中できない。「エミリオがきみを誘拐したのは、ぼくのリストがほしいからだ」

「なんの話かわからないわ」

「エミリオとぼくは同業者だった」

「博物館のために、古代美術品を盗むということね？」

トレヴァーはマーガレットを肘で軽くこづいた。「さまざまな顧客のために、古代美術品を手に入れる。博物館ももちろんあるが、ほとんどは個人の収集家だ。そういう富裕層の仕事では、口を慎むことがもっとも重要だ。長年この仕事をやってきたこともあり、ぼくの顧客リストは超一流でね。それをエミリオがほしがっている――それと、ぼくの推薦状を。ぼくがこの仕事から手を洗うというので、顧客リストを買いたいと言われたが、断った」

「そうなの？　なぜ？」

「非常に大事なものを持っている場合、普通は最初の提示で手を打つようなことはしない」

「そうね」マーガレットがつぶやいた。「あなたがほかからもっと高い値を、彼には払えないような値段を提示されるかもしれないと思ったのね。それで、追加分としてわたしを誘拐した」

「そんなようなものだ」

マーガレットはありがたいことに数分黙っていたが、それからまた口を開いた。「コーネリアとエドワードが死ぬほど心配していると思うわ」

トレヴァーはコーネリアがどう感じているかを正確に知っていたが、それは心配ではなかった。憤りだ。自分がなにをしたかを告げた時の彼女の顔は今でもまざまざと思いだせる。エドワードがそこにいて、説得するのを助けてくれなければ、あの教会のあの場で殺されていただろう。最終的には、計画に協力してマーガレットの不在を取り繕ってくれると約束したが、それはヘンリーに要求されたのと同じ約束をしたからだ。すなわち、恥ずべき行動は慎み、彼女の純潔を損なわない。

「ふたりとも、ぼくがきみを追いかけているとわかっている」トレヴァーは説明した。「一週間ほどで彼らのもとに戻れるはずだ。すべてうまくいく」

「一週間ほど？」マーガレットががっかりした声で繰り返した。「そんな、困るわ。このことがだれかに知られたら？　わたしの評判は粉々だわ。お父さまに殺される！」

「コーネリアとぼくでそのことは手配してある。だれにも気づかれない。とくに父上には絶対に知らされない。コーネリアとエドワードはすでにナポリに向かった。これから二週間は田舎の小別荘に滞在する予定だ。そこで会う約束をした。きみも一緒にナポリに行っているとだれもが思っている。ナポリではきみは体調を崩してだれにも会えないから、詮索好きな知り合いでも、きみが行方不明であると探りだすことはない」

少し睡眠を取るまで、これ以上の質問を避けたいと思い、トレヴァーは手綱を引いて馬を止めた。

「なぜ止まるの？」

トレヴァーは馬から飛びおり、それからマーガレットの腰に手を添えておりるのを手伝った。「なぜなら、ぼくが、きみに追いつくためにこの三日間走り通しで、まったく寝ていないからだ。疲れてこれ以上は無理だ」

「でも、エミリオがわたしたちを捜しているでしょう？　少しでも進んで、できるだけ離れたほうがよくないかしら？」

トレヴァーは首を振った。「それは大丈夫だ」馬の背からサドルバッグをおろして片方の肩に掛け、それから毛布と、鞍につけたホルダーからライフル銃を取った。「エミリオはぼくたちがローマへの幹線道路に戻ると思うだろう。夜が明けたら、その方向に向かうはずだ。ぼくたちがナポリに向かっている限り、つかまるはずはない。あとは、きみが、イタリアの田舎の観光旅行を楽しんでくれることを願うばかりだ」

マーガレットはかがんで彼が地面に敷いた羊毛の毛布を眺めた。「この宿泊設備を高く評価するとは言えないけど」

「これは低価格の観光旅行なんだ。あるもので我慢してくれ」もう一枚毛布を取る。今度は羽毛が入った厚手のもので、それを一枚目の上に敷いた。帽子を脇に投げ、ライフル銃をすぐ手が届くところに置くと、二枚の毛布のあいだに入りこみ、縁を持ちあげてマーガレットを誘った。「どうぞ」

マーガレットがためらった。「毛布はもうないの?」

「残念ながらない」

「まさか、同じ毛布で眠るなんて考えていないでしょう?」信じられないという思いとあきれ果てたという気持ちのほかに憤りも混じっている。いい兆候だとトレヴァーは思った。激怒のほうが無関心よりましだ。

「二枚あるのに、なぜ一枚ずつ使えないの?」

「それは、非常に寒くて、しかも、エミリオに見つかる恐れを考えると火を焚けないからだ。こうして眠れば、一枚よりもずっと暖かい。それが理由として充分でないとしても、法による所有権争いでは、現物占有者に九割の勝ち目がある。さあ、入るか入らないか?」

マーガレットが動かなかったので、トレヴァーは肩をすくめ、体の向きを変えて毛布の端を顎まで引きあげた。「わかった。好きなようにしてくれ。きみのことだから、上掛けを盗むかな?」

もぞもぞ動いて心地よい体勢を見つけると、トレヴァーは目を閉じて待った。山の冷気で凍えれば、一分で考えを変えるはずだ。

それほどかからなかった。一五秒のちに、マーガレットは毛布の端を持ちあげ、彼の隣に潜りこんだ。間に合わせの寝床のなかではもっとも端に近い位置に横たわる。

「トレヴァー?」

「うん?」

「イタリアのこのあたりには、ヘビはいるのかしら?」

トレヴァーは暗闇に紛れてほほえんだ。「もちろん」真面目な声で答える。「何十種類もいる。何種類かは毒ヘビだと思う。クマもいるだろう」

「まあ、そんな」

毛布が動き、マーガレットがすり寄ってきたのを感じた。またひとつ、いい兆候だ。これは間違いなく進展と言えるだろう。


周囲の岩山のあいだを吹き抜ける風の音でマーガレットは目を覚ました。顔に刺すような冷気を感じたが、毛布のなかは暖かい。まだ夢うつつの状態でさらに深く毛布に潜りこむと、前夜の記憶が夢の断片のようによみがえってきた。トレヴァーが盗賊たちの野営地にやってきて、まるで小説のヒーローのようにマーガレットを助けてくれた記憶。

でも、トレヴァーはヒーローではない。信用できないヘビのような人物だ。

それを思いだしたせいで、ロマンティックなばかげた空想がさっと消えた。隣に眠っている彼を見ることを予想して目を開けたが、彼の場所はからだった。

行く場所などあるのだろうかとマーガレットは不思議に思った。まだとても早い。峡谷を貫く灰色の光によってかろうじて夜明けであるとわかるくらいだ。

その時、岩の地面を踏む足音が聞こえてきた。急いで目をつぶり、彼が通りすぎるあいだは眠っているふりをする。足音が止まると思いきってわずかに薄目を開け、まつげの下からそっとのぞいた。三メートルも離れていないところに黒いブーツの埃をかぶったかかとが見える。その脇にサドルバッグが置いてある。視線をあげ、ブーツから、そこにたたくしこんだベージュの綾織りのズボンを眺めた。その視線をさらにあげた時、はっと息が止まった。彼がシャツを着ていない。

生まれてこのかた、男性の裸の背中は見たことがない。見たことがある姿で一番近いのは大理石の彫刻だろう。筋肉が盛りあがった硬い背中と肩に魅せられ、目を見開いてじっと観察する。石を彫って作ったように見えるが、動くと、金茶色の肌の下が波打つのがわかった。生きているダビデ。マーガレットはふいに彼に触れたくなった。

彼がかがみこみ、サドルバッグのひとつから小さい鏡を取りだした。そのあと、身を起こすとマーガレットのほうにやってきた。急いで目をつぶり、見つめていたことが気づかれていませんようにと祈る。しかし、好奇心に負けるまでに数秒もかからなかった。そっと目を開けて彼を眺め、またひとつ、驚くべき発見をした。彼の胸に毛が生えている。逆三角の濃い黒い胸毛が胴をおりてズボンのウエストバンドの下に消えている。マーガレットの体に熱いうずきのような感覚が広がった。

彼は横顔を向けているが、マーガレットが見つめていることは気づいていないらしい。目の高さの枝に鏡を掛けると、水筒を取って顔に水をかけた。サドルバッグから小さいカップと髭剃りブラシとカミソリを取りだす。

濃く重なったまつげのあいだから、髭剃りを開始した彼を見守った。初めて目撃する男性の儀式にすっかり魅せられている。石鹸を塗り、カミソリで注意深く剃っていくのを見ると、昨夜の彼のキスを思いだした。マーガレットの肌をこすった彼の肌は粗い紙やすりのようにざらざらしていた。前にキスされた時とはまったく違う感触だった。男性ってなんて不思議で神秘的なのだろうと思う。視線をさげながら、指で胸毛に触れたらどんな感じだろうと考えた。うずくようなぬくもりがさらに強くなる。

トレヴァーは石鹸泡の残りをハンカチで拭うと、片手で濡れた髪をかきあげ、木から鏡をはずした。彼に見つからないようにまた急いで目を閉じ、近づいてくる足音に耳を澄ませる。

「マギー」彼が耳もとでささやいた。「起きる時間だよ。出かけなければならない」

身じろいで眠そうなため息をついたのは、いかにも本当らしく聞こえたに違いない。大げさにあくびをし、目をこすって目が覚める様子を演じながら仰向けになる。そこで初めて彼がまだシャツを着ていないことを思いだした。これほど近くで裸の胸を見ると、遠くから見るよりもっとどきどきして、思わず褐色の肌と黒い巻き毛をじっと眺めた。両手で毛布の端を強く握り、彼に触れたいという衝動を必死で抑える。彼が信用ならない悪党だとどれほど自分に言い聞かせても、その衝動は抗しがたいほど強かった。

「よく眠れたかい？」

その質問は他意のない無邪気なものに聞こえたが、目をあげてみると、彼の顔にはいかにもわかっているという例の笑みが浮かんでいた。自分の演技は無駄だったと気づく。彼は見られていることに最初から気づいていた。

困惑と狼狽で顔が赤らむのがわかった。頬がかっと熱くなる。マーガレットは急いで目をそらし、毛布をどけて立ちあがった。

世の中でもっともたちの悪い男性だと思いながら歩きだした。彼に対しては、なにをやっても無駄なような気がする。

馬に乗ったまま、ふたりは朝食にリンゴと干した牛肉を食べた。革のような肉片を嚙んでいると、濃くて熱いコーヒーとポーチドエッグ、そしてバターがしたたるスコーンの朝食を恋しく思わずにはいられなかった。それに比べると、硬くて塩辛い牛肉は満足できる食事とはとても言えない。一時間も経たないうちにまたお腹がすき、昼食で止まった時も、また干し肉とリンゴではその空腹感はほとんど癒やされなかった。

このすべてを大冒険と考えるべく努力したが、温かくて贅沢な美味しい食事が、それもふんだんになかった日は生まれてからこのかた一日たりとも経験していない。冒険はすばらしいことだが、空腹のままの冒険となると話は違う。

地形が険しく、岩山ばかりだったから、平坦なところに比べて二倍の距離を歩かねばならず、進み具合は遅々としたものだった。午後遅くなるまでに、少なくとも三〇キロは進んだように思えたが、トレヴァーの概算では一〇キロからせいぜい一五キロとのことだった。

「ナポリに着くまでにどのくらいかかるのかしら？」

「今のこの経路だと、おそらく一〇日から一二日間くらいだろう」

マーガレットのお腹が鳴った。「トレヴァー？　この旅を批判するつもりはないけれど、そのあいだずっと、毎食リンゴと干し肉を食べることになるのかしら？」

驚いたことにトレヴァーは笑いだした。「ぼくの料理が気に入らないと言いたいのかな？　マーガレット、ぼくは非常に傷ついたぞ」

「まあ、いいこともあるわね」楽観的になろうと試みる。「きっと痩せてすっきりするわ」

「とんでもない！」その激しい口調にマーガレットはびっくりした。「ほんのわずかでも減ってはだめだ。痩せた女性は好みじゃない」

「そうなの？」

「ああ、そうだ。きみの体型は文句なくすばらしい」

生まれてからこのかた、彼が真実を述べたことはないとわかっていたが、そんなことを言われれば、とても憎むわけにはいかない。トレヴァーはシャツのポケットに手を入れて、ペパーミントの棒キャンディを取りだした。「ほら」肩越しにマーガレットに渡す。「痩せ細らせるわけにはいかない。ぼくが夜のために適当な場所で止まるまで、これでなんとか保たせてくれ」

しかし、彼がついに馬を止めるまで、それからまだ優に一時間はかかった。

「夕食?」期待をこめて尋ねる。

彼は眼下に広がる谷を指さした。自分たちがたどってきた岩だらけの流れが広がり、川になってゆったりと流れている。「鱒《ます》を焼くのはどうかな?」

マーガレットは疑わしそうに川を眺めた。「このサドルバッグのなかに釣り竿を入れてきたのでない限り、どうやって鱒がとれるかわからないわ」

「やれやれ、マギー。ぼくの魚釣りの技術をそこまで信じてもらえないとは、口では言えないほど傷つけられたよ」馬を軽く突いて前進させ、岩山の斜面をおり始めた。

マーガレットが信頼していないのは、彼の魚釣りの技術ではない。彼の狙いだ。

〝ぼくたちが結婚したら〟。彼の言葉がまたよみがえり、トレヴァー・セントジェームズは、たとえどんなに巧みに近づいてきても、もとはほかの求婚者たちと同じだと自分に言い聞かせた。それでも、彼の幅広い肩を眺め、ベージュの綾織りのシャツの下にある硬くて力強い筋肉を想像するうち、彼がほかの男性たちとは違っていてほしいという願いがふいに浮かんだ。

川のほとりに着くと、トレヴァーはマーガレットに薪を集めてほしいと言った。

「でも、あなたはどうやって魚を釣るの?」馬の背から滑りおりながら尋ねる。

「それはぼくが心配する。きみは薪を集めてくれ」

トレヴァーが下流のほうに向かうのをマーガレットは見送った。川の湾曲した部分をまわって岩の傾斜の裏に姿を消すとようやくそちらに背を向け、たき火用の枝を見つけに木立のほうに歩きだした。

生木ばかりで燃えるような木がなかなか見つからず、ついに戻った時には、トレヴァーはすでに岩と土手の砂で即席の炉をこしらえ終わっていた。そばに広げたハンカチの上には、きれいに洗って串に刺し、すぐに料理できる状態にした太い鱒が五匹並んでいる。

マーガレットは集めてきたブナの小枝を炉の横にどさりと落とすと、体を起こして彼の後ろをのぞきこみ、手作りの漁網を眺めた。

「これでつかまえたのね。網を持ってきたなんて、なんて賢いこと」

「備えあれば憂いなしが信条でね。だが、今は釣り竿を持ってくればよかったと思っているところだ。このへんにはいい場所がたくさんありそうだ」手を伸ばして焚きつけ用に小さめの小枝を何本か取り、炉のなかに置いた。「マッチが必要だ。サドルバッグを取ってくれないか？」

マーガレットは丸めた毛布の脇に置いたサドルバッグを取りにいった。毛布を一枚一緒に持ってきてトレヴァーの横に広げてそこに座り、彼がサドルバッグに手を突っこんでマッチ箱をさぐり、しまいには全部中身を空けて探すのを眺めた。

「魚釣りが好き？」

「大好きだ。子どもの時は暇さえあれば釣りをしていたが、もう何年もやっていない。ケント州の家には鱒がよく釣れる渓流がいくつもあるが、エジプトにはないからね」

彼が炉のほうを向いて火をつけているあいだ、マーガレットは毛布に散らばったさまざまな品を眺めた。乾燥食料の包みやハンカチ、髭剃り道具などのほかにも液体が入った濃茶色の瓶がある。

「これはなに？」好奇心から瓶を持ちあげた。

トレヴァーはちらりと振り返り、すぐに目をそらした。「キニーネだ」

燃えだした焚きつけを棒で突き、火花を飛ばす。「マラリアにかかっている。アフリカで一〇年間暮らしたことによる避けられない結果だな」

「マラリアは全快しないんでしょう？」

「ああ。しかし、キニーネがよく効く」

「ひどい症状なの？」

「時には」彼はそう答えただけで、詳しく話さなかった。また向きを変え、もう少し長くて太い枝を取る。マーガレットは心のなかでほほえんだ。強い男は、どんなものでも、たとえ病気であっても、自分の弱みを認めることを嫌う。父親もいつもそうだ。

キニーネをサドルバッグにしまい、今度は二個の石鹸を眺めた。「食事までどのくらいかかるかしら？」

「魚を料理するには、かなりの量の木炭が必要だ。おそらく、半時間くらいかな」

マーガレットは石鹸の片方と櫛を取り、立ちあがった。「体を洗ってくるわ」

彼が一瞬こちらに目を向けた。「その石鹸は使うな。もうひとつのほうにしてくれ。そっちはぼくのだ」

「なにが違うの？」

「レモン・バーベナの匂いはきみには似合うが、ぼくには合わない」

「わたしのためにわざわざレモン・バーベナの石鹸を持ってきてくれたの？」

「きみがいつも使っているやつだろう？」

「ええ」マーガレットは持っていた石鹸を戻し、もうひとつのほうを取りあげた。鼻の前に持っていき、お気に入りのさわやかな香りを吸いこむ。「ありがとう」

「どういたしまして。夕食前にさっぱりしたいなら、もう行ったほうがいい」

マーガレットはまわりを見やったが、葉が落ちたブナの木々は目隠しにはならないし、日は暮れ始めたが、まだそこまで暗くなっていない。安心な場所からあまり離れたくなかった。たき火と、そしてトレヴァーから。

マーガレットの心を読んだかのように、彼が言った。「すぐそこに、ちょうどよさそうな浅い水たまりがある」野営地のすぐ目の前でちょうど川が蛇行しているところを指さした。

「そんなことできないわ！」マーガレットはぎょっとして思わず声をあげた。「よく見えてしまうもの」

「だれが見るんだ？」

マーガレットは首を傾げ、眉毛を持ちあげて彼をにらんだ。

トレヴァーが片手をあげた。「ひと目も見ない」厳かに言ったが、一方の口角がいたずらっぽくねじれるのを見れば、マーガレットの疑念は募るばかりだ。「誓うよ」

「信じられないもの」

彼が失望したように頭を振った。「きみはぼくを信頼することを学ぶべきだ」

その言葉も鵜呑みにはできない。マーガレットは片方に体を傾けて彼の背後をのぞき、後ろにまわした手が言葉と裏腹な形になっていないか確かめようとした。トレヴァーが大きくため息をつき、もう一方の手も見えるところに出して指を十字に組む。「見ないと約束する」そう言いながら、川を背にするように体の向きを変えた。「ぼくのような道徳的でない男にとって、これがどれほど難しいことか理解してほしいな。ほかに漏れたら、ぼくの評判は台無しだ」

「それはお気の毒に」マーガレットはつぶやき、川に向かって歩きだした。

「きみはわかっていないんだ」彼はさらに言ったが、マーガレットが前を通る時は、顔をさげて、まるで鑑賞するかのように足首だけに目を注いでいた。

そして、彼は約束を守る男であることを証明した。服を脱ぐ時も、シュミーズとズロースだけで川に入る時も、マーガレットはずっと肩越しに彼を見続けていた。しかし、水の凍るような冷たさに大きく息を呑んだ時でさえ、マーガレットのほうはちらりとも見なかった。体と髪の毛を洗うあいだもずっと、彼はこちらに背を向けていた。彼が見なくて心から安堵したが、その心のうちほんの少しだけは、彼が見ようと試みることさえしなかったことにむしろがっかりしていたかもしれない。

トレヴァーは自分が深刻な間違いを犯したとわかっていた。マーガレットとふたりだけで田舎を旅することを最初に思いついた時、その論理的な裏づけは完璧なものに思われた。親密な状況を作れば、マーガレットに自分を信頼する理由を与えられるし、彼女の情熱に火をつけることもできる。しかし、それが自分の心の平安に与える影響についてあまりに過小評価していた。

あえて振り向く必要はない。そうしなくても、振り向いた時になにを目にするかはわかっている。充分に想像できる。マーガレットは冒険好きな性格であっても非常に慎み深い女性だから、おそらく下着はつけたままにしているだろう。水のなかに立ち、全身の曲線すべてに白い薄い綿布を貼りつかせている姿を思い浮かべるだけで、トレヴァーの喉はからからに渇き、振り向いてじっくり眺めないために持ちうる忍耐力のすべてを必要とした。

この求愛においては可能な限り高潔に振る舞おうとしている。本気でそうしている。彼女の父親に、娘の純粋さにつけこまないと約束した。その時に約束するのは簡単だったが、今となってそれに従って行動するのは、まったく簡単ではない。彼女とふたりきりになった時にその約束を覚えていられると思ったとは、あるいは自制心を失わずに彼女の情熱だけを掻きたてられると確信できたとは、なんとうぬぼれたばか者だったことか。この旅が終わるまでには、約束も正気も両方吹き飛んでいるに違いない。

トレヴァーにとって幸運だったのは、水が冷たすぎて、マーガレットが長く入っていられなかったことだ。五分以内に水から出る音が聞こえ、その数秒後にはもうトレヴァーの向かい側に座っていた。服は全部着ていたが、ブラウスとスカートはなかの下着の水で少々濡れて、脱いでいた時と同じくらいトレヴァーの想像力を掻きたてていた。

彼が鱒の料理に集中しているあいだ、マーガレットは長い髪を櫛で梳《と》かしていた。その姿を目の隅で見守りながら、櫛を彼女の手から取り、自分が梳かしてあげたら、彼女はどう反応するだろうかと考える。機会をとらえて、うなじにキスをし、肌にまといついたレモンのいい香りを吸いこむこともできるはずだ。

しかし、今の感じでは、キスをするのは調子に乗りすぎだろう。高潔に振る舞うのはなんと難しいことか。

ふたりは食べるあいだ、なにも話さなかった。マーガレットが空腹すぎて会話ができないのは明らかで、トレヴァーもどちらにしろ、話をする気分ではなかった。

一匹の鱒が残った。マーガレットはそれを見やったが、そのあとに彼のほうを見て、結局鱒に手を伸ばさなかった。

トレヴァーがそのためらいを感じとった。「食べていいよ」

マーガレットは首を振った。「わたしよりあなたのほうがたくさん食べる必要があるし、あなたもまだお腹がすいているはずですもの」

「ぼくは空腹を経験したことがあるが、きみは違う。慣れていないとこれはつらいものだ」

前にかがむと、串を持ちあげて、魚をマーガレットのほうに押しやった。「食べなさい」

マーガレットはまた辞退しようとして、彼に機先を制された。「一度くらい、逆らわないで受け入れたらどうだ？　前にも言ったが、きみが痩せては困る」トレヴァーのまつげがさがり、ブラウスの丸い襟ぐりの際で陰になった谷間に目をやった。「大罪だ」

思わず片手で体を隠そうとしたが、不作法なことだと気づいて手を止めた。でも、彼のまなざしに薄い綿生地を通して肌を焦がされているように感じ、思わず彼を見つめ返した。引き締まった顔はたき火に照らされて陰を帯び、そこに浮かぶ渇望は食べ物に対するものではないように思える。

背後の森でフクロウがホーホーと鳴いて飛びたち、静寂を破った。マーガレットはうつむいて、トレヴァーがまだ持っていた鱒を受け取り、串から抜いた。膝に敷いたハンカチの上に載せ、うろこをはがす。

「分けたらどうかしら？」そう提案したのは、なにか言わなければと感じたからだ。骨から慎重に身をはがし、彼に差しだした。

トレヴァーは身じろぎもせずにマーガレットの手を一瞬見つめたが、それから手首を取って引っぱり、マーガレットと鱒の両方を引き寄せた。頭をさげる。唇を開いて魚の身をはさむ。そしてとてもゆっくりと、マーガレットの指から自分の口に移動させた。マーガレットは彼の黒髪の頭を見つめた。指に彼の唇のぬくもりを感じ、つかの間、息が止まる。

彼を憎んでいるはず。自分に言い聞かせる。本当に嫌いなんだから。

トレヴァーが顔をあげてマーガレットを見た。魚を嚙んで呑みこんだが、マーガレットの手首は放さない。「いい考えだ」そうつぶやき、親指でマーガレットの手のひらをゆっくりと丸く撫でた。

彼の強いまなざしにとらわれ、マーガレットは動けなかった。舌を上唇に走らせる。自分の無力さを痛感し、そっとささやいた。「あなたはなぜ、わたしと結婚したいの?」

彼がつとマーガレットの手を放し、目をそらした。「それをここで話しても意味がないと思う。それについてどう感じているか、きみはきわめてはっきりさせたからね」マーガレットにほほえみかけたが、それは皮肉っぽい口をゆがめた笑みだった。「実際、記憶が正しければ、きみはぼくをヘビと呼んだ」立ちあがる。「もっと薪を集めてくる。今夜は寒くなるだろうからね」

月明かりのなか歩き去るトレヴァーを見送る。突然、あの晩の馬車のなかで彼の気持ちを傷つけたのかもしれないという思いが浮かび、マーガレットの良心がちくりとうずいた。でも、彼は常に自信ありげだった。まさか、拒絶されたと感じたはずはない。

苛立ちを覚え、マーガレットは罪悪感を覚えることはないと自分に言い聞かせた。心から愛していると証明してくれる男性が現れるまで、自分の愛はだれにも与えない。しかし、遠くなる後ろ姿を見送るうち、ふいに心に切望感が湧きおこり、マーガレットは、月に願いをかけたらかなうだろうかと思った。

11

翌日の夜明けはすっきりと晴れたが、ふたりが進みだしてしばらくすると雲が現れ、岩の谷間に冷たい霧をもたらした。マーガレットは身震いし、前に座る男性に身を寄せた。彼の体のぬくもりに引き寄せられた本能的な動きだった。

トレヴァーが肩越しにマーガレットを見やった。「寒いかい？」

「そ、そんなこと、な、ないわ」そう答えたが、口から出る息はすでに白かった。マーガレットは歯を食いしばってがたがた鳴るのを抑えようとした。

雷で焼け焦げたサンザシの木の横で、トレヴァーは馬を止めた。自分だけおりて、ナイフで枯れた枝を切り始める。

「なにをしているの？」

「雪になりそうだから、降りだす前にたき火用の乾いた焚きつけを集めておきたいと思ってね」枝を束ねて毛布の一枚で包みこみ、しっかり背負った。「前に動いて」マーガレットに言う。「ぼくが後ろに座る。そのほうがきみも暖かいだろう」

「こ、ここで止まって、今夜の準備をで、できないの？」

トレヴァーは谷の逆側の岩肌にいくつか見える穴を指さした。「雪になるとすれば、適当な避難場所を見つけておきたい。充分な大きさの洞穴があれば一番いいんだが」

マーガレットが前に体をずらすと、トレヴァーは後ろにまたがり、着ている厚手のロングコートの前ボタンをはずしてマーガレットも一緒に包みこんだ。

彼の両腕のなかは温かかった。頭を彼の肩にもたせ、満足のため息をつく。心地よいぬくもりに抱かれ、マーガレットはいつしか眠りに引きこまれていった。

次に目覚めたのは馬が止まった時だった。目を開けると、厚い霜に覆われた地面が見えた。灰色の霧が立ちこめ、雪が降っている。マーガレットはあくびをしながら身を起こし、問いかけるように振り返った。

トレヴァーが片手をあげて、マーガレットの帽子の縁についた雪片を払った。「ぼくの前に座るたびに眠ってしまうならば、これからはやめたほうがいいな。きみは息を吞むほど美しいイタリアの景色とぼくの完璧な解説をすべて逃した」

マーガレットはまたあくびをした。「だからこそ眠ったのよ」

彼が笑い、マーガレットの顎の下を軽くくすぐった。「退屈させて申しわけなかったよ」指でマーガレットの顔を少し持ちあげる。マーガレットがその意図に気づく前に、彼はすばやくマーガレットの唇にキスをした。「案内人としての技術を磨くべきだな」そう言うと、マーガレットのうなじに片手を添え、少し身を引いて顔をのぞきこんだ。

スエードの手袋はざらざらして喉に冷たかったが、顎を撫でる親指の優しさを感じると、ふいに血が熱くなり、鼓動が速まった。彼の目にまたあの表情が見えて、マーガレットはすぐにわかった。あの渇望だと。

トレヴァーが頭をかがめる。マーガレットはもう一度キスをしてほしくて彼に顔を寄せた。唇が開く。しかし、彼はマーガレットの望んでいるものをくれなかった。近づいてきた唇は、マーガレットの唇の三センチほど手前で止まった。

「喜んでそうしたいが」小さくつぶやく。「今はだめだ」

はっと正気に返ると、いっきに屈辱感が襲ってきた。騙すことがあまりにうまい彼を憎み、あまりに愚かな自分を恨む。「なぜ、馬を止めたの？」小さい声で尋ねた。「ここで野営するの？」

トレヴァーが一〇メートルほど離れたところにある洞穴を指さした。歩いて入れるくらいの高さがある。「お嬢さま、あちらに部屋をご用意しました」

洞穴を見たとたん、驚きで戸惑いが吹き飛んだ。「クマって洞穴で冬眠するんじゃなかったかしら？」

「そうだろう」彼が楽しそうに返事をしながら馬をおりた。「だが、ぼくが心配しているのはコウモリだ」

マーガレットはごくりと唾を呑みこみ、身を震わせないように必死にこらえた。

「クマはライフル銃で倒せるが、コウモリがいる洞窟で眠るのは不快だからね」

「そうでしょうね」

トレヴァーが背中の焚きつけの束をはずして雪の上に置いた。「ここにいてくれ」ライフル銃をホルスターから取る。

わざわざ言われるまでもなかった。クマやコウモリがいるかもしれないところで、命令に背くつもりはない。洞穴に向かう彼を見守った。入り口から数メートルのところで足を止め、ライフルを持ちあげて発砲する。銃撃音が谷間にこだまし、静寂に消えていった。

トレヴァーが肩越しにこちらを向いた。「コウモリはいないようだ」

さらに近寄りながら、空いているほうの手でベルトのナイフを鞘から抜く。開口部からのぞきこみ、それからなかに滑りこんで姿を消した。マーガレットは息を止めたが、彼は数秒もかからずに外に出てきた。「大丈夫だ」ナイフを鞘に収め、ライフルをさげる。「使えるぞ」

マーガレットも彼についてなかに入った。暗い灰色の光でも、内部がかなり小さいとわかった。奥行きが三メートルほど、幅も二メートル半くらいで、野生動物が隠れているような穴やトンネルもない。湿った地面と岩壁は苔と地衣類で覆われている。

「楽しい我が家だ」トレヴァーが言った。「少なくとも、今夜は」

「こう言ってはなんだけど、来年はもっと違う旅行の計画を立てたほうがよさそう」トレヴァーの腕のぬくもりを奪われて、また寒さを感じ始めていた。身を震わせる。「ホテルを予約するわ。ストーブと温かい食事があるところを」

「まあ、そう言わずにくつろいでくれ。さて、たき火と食事がほしければ、薪を見つけてこ

遠くまで探しにいく必要はなかった。洞穴のすぐ先で谷が終わり、唐突にブナとカエデの森が現れたからだ。葉が落ちた木々から霜に覆われた枝が灰色の霧を突き抜けるように伸び、地面に広がる枯葉と土くずの絨毯には雪がうっすらと積もっていた。

洞穴に戻ると、トレヴァーは床にどさっと薪をおろした。「火をおこそう。それから、なにか料理する材料を見つけてくる」

トレヴァーが入り口から入ったすぐのところで石を輪状に並べて火をおこし、マーガレットはふたりで運んできた薪を積み重ねた。「煙くならないように、入り口の近くに作っているの？」彼が作業するのを見ながら、マーガレットは尋ねた。

「ああ、ひとつにはそうだ」彼がマッチで焚きつけに火をつけ、それから立ちあがった。

「しかし、主の目的は、ぼくたちと一緒に夜を過ごそうとオオカミに思わせないことだ」

「オオカミ？」マーガレットは叫び声をあげ、彼がライフル銃を取りあげ、ぱちぱちいい始めたたき火をまわりこんで外に出ていく姿を目で追った。オオカミがうろついているかもしれない時に、ひとりで置き去りにされることが耐えられず、彼を追いかける。「オオカミのことなんて、ひと言も言わなかったじゃないの！」

「大丈夫だ」彼が叫び返した。「オオカミは人間を怖がっているからね。それに、たとえなにかあっても、火があれば入ってこない。これも大冒険のひとつだと考えればいい」

「オオカミ」マーガレットはうめいた。「なんて素敵なんでしょう」トレヴァーがヒーローでない証拠がまたひとつ。

マーガレットは洞穴のなかに戻った。オオカミのことを考え、トレヴァーがおこした火にさらに薪を数本つけ足す。そのあと、すっかり湿った帽子と手袋を取り、コートを脱いで火のそばに置いた。濡れた髪も早く乾くようにほどき、それから毛布を広げて寝床を用意した。全部済むと、サドルバッグの中身を出して、なにが食べられるか考えた。選択肢はほとんどない。数個のリンゴと干しアンズ、チーズの小さいかけら、干し肉。大嫌いになりつつあるものばかりだ。食料を脇に置いて残りの道具をサドルバッグに戻すと、マーガレットは座って、トレヴァーの帰りを待った。

戻ってきた時、トレヴァーはハンカチに包んだものを持っていた。干し肉よりましな食べ物であることを祈り、期待をこめて尋ねる。「なにか見つかった？」

それには答えず、彼は入り口で立ちどまってマーガレットとのあいだにあるたき火を見やった。かなり大きな火が燃えている。「その火で充分だと思うかい？」そう問いかけながら、たき火の縁に沿ってまわった。

マーガレットは不安な思いでたき火を眺めた。「もっと大きい火でないとだめということ？」

彼はしばらく真剣に考え、それから首を振った。「いや、マギー」ライフル銃を置き、手に持った包みをマーガレットの膝の上に放った。「これ以上大きいと、ナポリの市民が見て、ベスビオ山がまた噴火したと思うかもしれない」

「ちっともおもしろくないわ」

「いや、おもしろい」彼が帽子と手袋を取った。「きみは正しいユーモアのセンスを学ぶべきだ」

「正しいユーモアのセンスってなに？　あなたがおもしろいと思ったことを笑うこと？」

「その通り」

自信満々の表情がおかしくて、マーガレットは思わず笑った。トレヴァーが笑みを浮かべたままマーガレットを見つめる。その表情に浮かんだなにかに、またうずくような気持ちになった。いつもキスをする前にこの表情で見つめられる。そう思ったとたんに笑いが途絶え、その場が張り詰めた静寂に包まれた。憎もうと努力しているのに、彼がそれを不可能にしてしまう。自分はなんと愚かで、なんと無力なんだろう。マーガレットは座り直してうつむき、まだ自分に視線が注がれているのを感じながら、膝の上の包みを眺めた。

「きみの笑い声はとてもいい感じだ、マギー」トレヴァーが静かな声で言う。「もっとたくさん聞くために、もっとおもしろいことを言わねばならないな」

単なる言葉。言葉だけ。彼がこういうことを言うのを聞きたくなかった。彼のなかに優しさや愛情があるかもしれないと思うのは、本当にばかげたことだ。地味で太った娘が、放蕩者にそんな感情を抱かせられると思うのはばかげている。

膝の上のハンカチを手さぐりして結び目をほどくと、小さなヤマウズラ四羽が現れた。冬山の厳しさを反映して肉がついているとはお世辞にも言えないが、すぐに調理ができるように用意されている。

「まさか、そのライフル銃で撃ったわけじゃないでしょう?」沈黙を破るためになにか話さずにはいられなかった。

彼はコートを脱ぎ、雪を払ってから乾かすために広げてマーガレットのコートの横に置くと、マーガレットの横の毛布に腰をおろした。「そうだとしたら、うまく調理できなかっただろう。串が刺さるほどの肉も残らなかっただろうからね。調理と言えば、すぐに取りかかったほうがいいと思う。さもないと、明日の朝ご飯になってしまう」

「わたしがやるわ」そばの薪の山に手を伸ばし、長めの細い枝を二本選ぶ。トレヴァーのナイフを使って、側枝を払いながら、もう一度尋ねた。「では、ライフル銃を使わなかったなら、どうやってつかまえたの?」

「漁網は驚くほどいろいろ使えるんだ。ヤマウズラの群れが雪の上で羽に頭を埋めてうずくまっているのを見つけたんで、そこに網を投げかけただけだ。一回で四羽がつかまった」

マーガレットは一羽ずつ串に刺し、火のまわりに置いた石に載せた。「さあできたわ。ひっくり返すのを忘れないようにしましょうね」

トレヴァーが答えなかったので、マーガレットは振り向いた。彼は洞穴の出口のほうを眺めていた。その視線の先を見ても、燃えさかる炎とその向こうで舞い落ちる雪しか見えない。

「なにを見ているの?」マーガレットは尋ねた。

「雪が降るのを見たのは久しぶりだ。エジプトでは降らないからね」

「わたしはいつもエジプトに行きたいと思っていたわ。異国情緒たっぷりでわくわくする場所に思えるもの。実際はどんな感じ？」

「それほどロマンティックではないな」彼が笑った。「死ぬほど暑い。乾ききっている。コブラとサソリがたくさんいる。至るところが砂だらけだ。あらゆるものに入りこむ。食べ物にも、服にも目のなかにも」

「それでも、あなたはそこが好きだったんでしょう？　一〇年は長いわ」

「なにが好きでそこにいたかわかるかい？」マーガレットを見つめた表情は考え深げだった。

「あそこの自由が好きだったんだ。子どもの時は、いつもかごに閉じこめられているような気がしていた。常に制約を受けていると感じていた。乳母のミセス・マレンにいつも言われていた。〝泥で遊んではいけませんよ、トレヴァー。汚れますからね〟、とか、〝水のそばに行ってはいけませんよ、落ちて、新しい服をだめにしますからね〟とか。七歳の時に、その乳母のことを自分が大嫌いなのだと自覚したのを覚えている。全寮制の学校に入った時にはとても嬉しかった」

マーガレットは彼にほほえみかけた。「それでは、エジプトに行って土にまみれて発掘する仕事は、乳母に対する復讐ね？」

「ある意味ではね。男たちと発掘に出かけて、何日も風呂に入らず、髭も剃らないことがよくある。そんな時はいつも思う。〝もしもミセス・マレンが今のぼくを見たら、ちゃんとしたおとなに育てられなかったと思い、死ぬほど恥じ入るだろう〟とね。そう考えると嬉しかったものだ」

「あなたが言いたいことはわかるわ。わたしが小さい時の乳母はミセス・スタビンス。細くてしわくちゃで、いつも渋柿を食べたような顔をしているの。そして、なにがなんでも刺繍を学ばせようとするんだけど、わたしは大嫌いだったわ。小さい娘が夏の午後に客間に座り、ずっと針を刺し続けて、あのくだらない刺繍見本を作らねばならないのよ」

「死ぬより恐ろしい運命だ」

「ほんとにそう。サテンステッチやら、フレンチノットやら。うーっ」ミセス・スタビンスの苦々しい思い出を脇に押しやった。「エジプトのことをもっと話して」

「なにを聞きたいのかな？　ミイラを見つけたことがあるか？　王の墓から金塊や豪華な宝石を本当に盗んだのか？」

「ええ、そういうようなこと」マーガレットは笑った。

「実際は、金や宝石はめったに見つからない。何世紀ものあいだにほとんどの墓は盗掘されているからね。手をつけられていない墓にたまたま出くわさない限り、価値があるものを見つける可能性はほとんどない。また、もしも金が見つかったとしても非常に高くつく。それを見つけた作業員に同じ重さだけ金貨を支払わねばならない」

「まあ、大変。どうして？」

「習慣なんだ。ひとつには、そうしなければ、一緒に発掘してくれる作業員を見つけられない。もうひとつは、それによって、作業員たちが盗むのを防ぐ。彼らが盗むとしたら、それは古美術品としての価値のためではない。もっと基本的な金そのものの価値のためだ。溶かせるからね。だから、正直に申告すればそれに見合う報酬を得られるとわからせる」

「ミイラもそうなの？」

「いや、ミイラはどこにでも転がっている。埋葬された重要人物のミイラを見つければ話は別だが。最近は、書記のラムセスとか侍女のネフェルティティのミイラくらいでは、博物館も収集家も金を払いたがらない」

「ええ、そうでしょうね」マーガレットは笑った。「でも、そういう発掘は違法ではないの？」

「厳密に言えば、まあそうだな。しかし、その時による」トレヴァーがにやりとした。たき火の光が彼の顔に琥珀色の輝きと黒い影を落とし、これまで以上によこしまな雰囲気を醸しだしている。「適切な役人に適切な賄賂を適切な時に贈れば、どんなものでも持ってでられる」

「つまり、トレヴァー」マーガレットは言った。「お役人が自分の側についている限り、盗んでもいいということ？」

「ぼくがそうしなくても、だれかがやる」笑みを引っこめて目をそらし、ぼんやり火を突く。「たしかに、こうした理屈はきみのような人には効き目がないだろうな。おそらく、きみの父上はわかるだろうと思う。貧困のなかで育った方だから」

「わたしのような人ってどういう意味？」

「生まれてから、金に困ったことはあるか、マギー？　その日暮らしがどういうものか知っているか？　自分の金が一銭もなくて、稼ぐ手段もなかったことは？　ぼくはある。言えるのは、テムズ川沿いの夏のピクニックとは違うということさ。冒険的な要素はなにもない。まさに地獄だよ」

マーガレットは疑わしげに眉をひそめた。「伯爵の子息がどうしてそんな状況になってしまうの？」

「おそらくは、父親が亡くなり、彼の運命が兄の貪欲な手にゆだねられたからかな。あるいは、その兄が弟を憎むあまり、将校の地位を買うことを拒否し、影響力を駆使して政治家になる道も閉ざし、しかも、金を稼ぐための資金を一銭たりとも貸さなかったからかな。そしてまた、弟に権利がある手当さえも渡すことをやめ、一生家に足を踏み入れることを禁じたからか。それで、おそらく、ばかみたいに自尊心が高くて、学友たちに宿を借りたり、食事をせびったり、金を借りたりできずに、英国を離れたからかな。おそらく、それが起こったことだ」

自ら生きていくすべを持たない、若かりし頃のトレヴァーを思い浮かべて、マーガレットは自分の気持ちが和らぐのを感じた。でも、すぐに思い直す。彼は放蕩者で、好ましくない求婚者、そしてこれまで会っただれよりも巧みな嘘つき。「それともおそらく、彼の兄嫁と寝床を共にしたからかも」皮肉めいた口調で言い返した。

トレヴァーが身をこわばらせた。「なるほど。その楽しい噂話がいまだにまわっているわけか？　一〇年経っても変わらないことがあると知って安心したよ」

「噂話？　真実ではないと言うの？」

「真実ではないとぼくが言って、きみは信じるかい？」

「たぶん、信じないでしょうね」

「では、わざわざ否定するのはやめておこう。噂話は否定しても消えないからね」

マーガレットはまた眉をひそめた。そんな答えではまったく満足できない。「では、その方と関係を持ったのね？」

「彼女がぼくと関係を持ったと言うほうがより正確だろう」

マディソン街の露天商が生地をねじ曲げてプレッツェルにするように、この男性は嘘を真実にねじ曲げることができる。「よくわからないわ」

「ある晩、かなり奔放な友人たちとかなり飲んで帰宅し、ベッドに直行した。それでもはっきり覚えているが、眠った時はベッドのなかにひとりだった。しかし、起きた時は彼女がいて、裸で寝ていた。こっそり滑りこんできたが、目を覚まさなかったんだ。前夜かなり酔っていたから不思議はない。拒絶したよ。もちろん。しかし――」

「断ったの？」

「きみが信じようが信じまいが、マギー、ぼくはベッドを共にする女性についてはうるさいんだ。エリザベスは美人だが、大理石の彫像のように硬くて冷たい。ぼくの好みではまったくない」

「レディ・アシュトンがあなたのベッドに忍びこんで、まるで街の売春婦かなにかのように、あなたの好きなようにしてと言ったと、まさかわたしが信じるとでも?」

彼は首を振った。「きみは驚くべき女性だな。育ちのいい娘は売春婦のことなど知らないし、知っていたとしても、会話の話題にはしない」

「はぐらかすのはやめて。レディ・アシュトンがそんなことができるなんて、わたしは信じられない」

「なぜできない? 売春は世界中どこにでも存在する。世界最高の売春婦と呼べる女性の何人かは女王だ」

「でも、なぜレディ・アシュトンがそんなことをしなければいけないの?」

トレヴァーが唐突に笑いだした。「きみがそばにいてくれれば、常に謙虚でいることができる。どうもありがとう」

「そんなつもりで言ったんじゃないわ。ただ、わたしは、つまり、その……」適当な言葉を思いつけずに、彼を見つめた。

彼もマーガレットを見つめ返す。「ついにきみを動揺させることに成功したようだ」

「ええ、そうね。女性がそんなことをするということ自体がとても信じられないもの。あなたを心から愛していたに違いないわ」

「とんでもない、マギー。きみのロマンティックな幻想を打ち壊したくはないが、愛はこれになんの関係もない。そうせずにはいられなかったほど、彼女がぼくに夢中だったわけでもない。男に対する情熱に任せて行動するには、あまりに冷血で論理的すぎる女性だ。彼女は跡継ぎがほしかった。そして、ジョフリーは彼女にそれを与えることができなかった」

「できなかった？　なぜ？」

「きみとこんな会話を交わしていること自体がまったく信じられないよ」落ち着かない様子で髪をかきあげる。「ジョフリーは事実上性交不能だったんだ。できなかったんだよ、つまりその……夫としての義務の遂行を。ぼくの言う意味をきみが理解できればだが」

理解はできたが、髪の根元まで真っ赤になったことは間違いない。

「実を言えば、ぼくは兄のその不都合を以前から知っていた。兄はケンブリッジで友人に地元の売春宿に連れていかれたんだが、そこの女の子たちのひとりとぼくは特別に親しくてね、その子が教えてくれた。その時は、おもしろい話だと思っただけだったがね。とにかく、ジョフリーとエリザベスが結婚して五年近く経っても、エリザベスは必要な跡継ぎを授からず、それでやけになったんだろう。彼女の立場の女性にとって、跡継ぎはすべてだから」

マーガレットは自分を励まして彼の顔を直視した。「なぜお兄さまに見つかったの？」

「兄が見つけにきた。ぼくの部屋に。おそらく、エリザベスの部屋に行って、そこに彼女がいなかったから、最悪の事態を予想したんだろう。ぼくが目を覚まして、エリザベスを見つけた瞬間に、兄が部屋に入ってきた。ぼくもエリザベスも裸だった」

「お兄さまにとっては、ひどい瞬間だったでしょうね」

「非常に腹を立てたという意味ではイエスだ」

「説明しなかったの？」

「もちろんしたさ。しかし、きみも驚いた通りのありそうもない事実を、兄に説明して納得するわけがない。ぼくも断固たる道徳心の持ち主というわけではないし、その種の道楽についてぼくはどんなことでもできると兄は思いこんでいた。兄に収入を打ち切られ、地所から追いだされた。家族から追放された。この事件におけるエリザベスの役割について、兄がどう考えていたかはわからない。いなかった一〇年のあいだ、兄からは一通の手紙も来なかった。そして母からは一通だけ——ジョフリーの自殺を知らせる手紙だけを受け取った。母は思いやりがあるとはとても言えず、愛情深い人間でもない。しかも、ジョフリー同様、ぼくに関しては最悪のことを信じがちだ。それが真実であることが多かったせいもあるだろうが」両手を後ろについてもたれた。「さあ、以上だ。これできみは、伯爵の息子がいかに一文無しになり、いかに、古美術品の発掘が厳密に言えば違法であるかどうかなど気にしないほど追い詰められたかという、つまらない話をすべて知ったわけだ」

マーガレットは彼を信じていいかどうかわからず、また眉をひそめた。

「あなたは、厳しい人生を送ってきた人のように見えないわ」

「たった一〇年だからね。それに、ぼくは規則をねじ曲げるやり方を学んだ。なんとか自分で稼ぎ、ある程度の生活をできるようになった。だれの手も借りずに」

「それもすべて、あなたが奥さまと関係を持ったとお兄さまが思いこんだせいなのね」

「いや、ジョフリーのぼくに関する見解は、ずっと昔にできあがっていた。ぼくが生意気で反抗的な放蕩者だと思っていたんだ。まあ、その見解はきわめて正しい。ぼくの説明を信じなくても、兄を責めることはできないくらいだ。どちらにしろ、どう見ても説得力に欠けていた」

「それで、お兄さまについてのあなたの見解は？」

「うぬぼれやでもったいぶった孔雀で、間違ったことだけを重要と考えるやつだと思っていた。ぼくの見解も正しかった。尊大で気が小さい愚か者だったよ、子どもの時でさえも。兄をだしにして、どうしてもひとつふたつ冗談をやってみたくなるんだ。トライフルに塩を入れたり、椅子にジャムを塗ったり、そんなものだ。いや、今考えてみると、子どもの時だけじゃなかった。父が亡くなる少し前に一度、皇太子が訪問された時は、ジョフリーの嗅ぎ煙草入れに胡椒を入れた。皇太子の上着に向かって、ずっとくしゃみをしていたよ」

「あなたは本当にひどい人だわ。お兄さまがお気の毒。あなたを信頼しなかったのも無理ないわ。そんなふうに苦しめたのだったら」

「それは、兄が自らそそられる標的になっていたからだ。一度でも、笑い飛ばし、肩をすくめてくれていたら、二度とやらなかったと思う。それに、兄自身が残酷で意地悪な性格だった。未婚の客間女中が妊娠したとわかった時は、ただ訪問客に印象が悪いという理由だけで即座に辞めさせた。妊娠させたのに結婚しなかったのがだれかも調べず、彼女に頼れる家族がいないこともまったく関知しなかった。働いた分の給金も払わなかった。だから、きみが、ロマンティックな優しい心でジョフリーに同情してやることはない。それだけの価値がないやつだ。実を言えば、ぼくたちが最初に出会った晩、ハイムズを見て兄を思いだした。同じタイプの人間だ。うぬぼれが強く、もったいぶっていて独善的でしかも自慢屋。まさに、英国の上流階級が確固たる一貫性を持って製造し続けている種類の人間だ」

「それなら、初めて会ったあの晩、わたしのことはどう思ったの？　こんな世間知らずの娘は見たことがないと思ったでしょうね？」

「いや、実のことを言えば、甘くてそそられるその感じは、ハイムズの皿に載せるには美味すぎると思った」

「まるでデザートのように言うのね！」

「実際にそうだ」マーガレットのほうに身を寄せ、手を取ってキスをした。「クリームのような肌」小さくつぶやく。「熟したラズベリーのような唇。ぼくは甘いものに目がないんだ」

「やめて」マーガレットは必死に声を出した。手を引こうとしたが、トレヴァーは握る力を強めただけだった。「そういう言い方をしないで」

「なぜ？」

「なぜなら、あなたがデザートの見本を全部テーブルの上に並べるような人だからよ。わたしはそのひとつ」

「そのなかでも、とくにそそられるデザートもある」

「ほかよりもお金持ちのデザートとか？」

トレヴァーが身をこわばらせてマーガレットの手を放した。「たしかに」穏やかな声で言い、火のほうを向く。「ヤマウズラを焼くのがほかよりもうまい男もいる。金持ちの女相続人のお決まりの非難で食欲をなくす男もいる」

マーガレットが寝返りを打つと彼女が発する熱が伝わってきた。忍耐だと、トレヴァーは雄々しく考える。忍耐、戦略、そして不屈の精神を山ほど。

安定した静かな寝息に耳を澄ました。彼女の髪に顔を埋め、その息を速め、欲望にあえがせたい。そちらに目をやらなくても、脳裏には柔らかくてみずみずしい体が誘うように浮かんでいる。ああ、彼女がほしい。

そうすることもできる。たやすいはずだ。

彼女も自分を望んでいる。それはよくわかっている。キスした時に彼女の手がどれほど震えていたか。手のひらを撫でた時、たき火の光に照らされたあの目がどれほど見開かれ、色濃くなったか。経験のない女性にこれほどそそられるとは今まで考えたこともなかったが、マギーの無邪気さにはどこか誘惑的なところがあり、触れた時の反応の仕方もなぜかエロティックで、それがトレヴァーの感覚に火をつける。

まだ遅くはない。今すぐにでも両手と唇で彼女を目覚めさせ、自分が望むものを手にし、彼女の望むものを与えることができる。なにを待っているんだ？　しかし、いくら体がその疑問を声高に訴えていても、心は答えを知っている。トレヴァーは両手を握りしめ、洞穴の暗い天井を見あげた。

そうするわけにはいかない。名誉にかけて誓ったのだから。ヘンリーとエドワードの両方に、結婚するためであっても、マーガレットの純潔を汚すことは絶対にしないと約束した。この約束をなんとしてでも守らねばならないと感じるとは、我ながらまったく笑える。とはいえ、トレヴァーを引き留めている理由は、その約束だけではなかった。

まだ無理だ。早すぎる。

マーガレットの準備ができていない。彼女は自分を欲している。それはたしかだが、それ以上に、結婚してもいいと思うほど強く欲してもらう必要がある。そうなるためには、一度にキスは一回、触れるのも一回にして期待感を募らせ、恐怖に打ち勝つほどまで望む気持ちを強めなければならない。

待て。教理問答のように自分に向かって繰り返す。待つんだ。

マーガレットがまた動いた。眠ったまま脚を持ちあげたせいで、膝が彼の腰をこする。トレヴァーは身をこわばらせて歯を食いしばり、体を貫く欲望をこらえて理性を保とうと懸命に努力した。

やってはいけない。危険すぎる。

思いとどまることの利点すべてを列挙し始める。もしも今彼女を奪えば、おそらく——あくまでおそらくだが、そのことのために、あるいは妊娠の可能性のために、もしくはその両方のために、彼と結婚しなければならないと感じさせることはできるだろう。しかし、そのせいでこれからずっと、操られたと常に思い、彼を責め続けるだろう。憎むようになるかもしれない。義務感だけでベッドに入る冷たい妻であってほしくない。どうせ結婚するならば。

彼女の脚がしなやかに動いて彼の体を撫でた。ああ、だめだ。トレヴァーははっと身を引いた。かすかに触れただけで焦がされるようだ。欲求不満の体を起こし、少し歩いてこようかと考える。洞穴の外の空気は氷のように冷たい。満たされない欲求をうまくごまかしてくれるかもしれない。

「トレヴァー？」

マーガレットの声にぎょっとして、そちらを見やった。入り口から漏れ入る銀色の月明かりが、肩にかぶさって広がる長い黒髪を輝かせている。「寝ているのかと思っていた」

「寝てたわ」あくびまじりの答えだった。「夢を見ていたの」ゆっくり体を動かし、仰向けになった。両腕を頭の上に出して伸びをする。背中がそらされ、胸が毛布を大きく押しあげる。喉がからからになるのを感じながら、トレヴァーは毛布に隠れた官能的な形を思い浮かべた。

ふたたびそこから離れようと思い、できないことに気づいた。意志の力が粉々に砕けるのを感じ、トレヴァーは避けられない現実に降伏してマーガレットの脇に身を横たえた。

「どんな夢だった？」

「うーん」マーガレットがため息をつく。眠たげなささやきは、これまで聞いたなかでもっとも官能的な声だった。トレヴァーにとっては破滅のもとだ。「心が痛くなるほど強く、なにかをほしいと思ったことはある？　自分のものになるはずとわかっているのに、いつもほんの少しのところで手が届かないの」

トレヴァーはまた歯を食いしばった。「いや」嘘をつく。「一度もない」

「そう。わたしはあるわ」

トレヴァーは細くて今にも切れそうな自制心の糸を握りしめた。「それはなにかな？」

「真実の愛よ」

いったいどこから、そんなばかげた考えを思いつくんだ？「そういうものは実際にはない」

「いいえ、あるわ。いつかはわたしも手に入れるの」

「いつか？」毛布をはねのけるようにまた身を起こし、トレヴァーはマーガレットのほうを向いた。腰と腕で体重を支える。「いつかの定義は？」

マーガレットは首をまわしてトレヴァーを見やった。率直で真剣な表情を浮かべている。

「運命の男性に出会ったら」宣教師が聖書を引用する時のような確信を持った口調だった。

「その人は、わたしだからという理由だけでわたしを愛してくれる。わたしを望んでくれる――わたしだけを。お金ではなく。本当の意味での紳士なの」さらに続ける。「誠実で気高くて、わたしが頼めば地球の果てまでも行ってくれる。わたしを愛し、わたしのためなら死んでもいいという男性よ」

その言葉にトレヴァーは怒りを感じた。彼女の官能的な姿を思い浮かべて、正気を失いそうな時に、当の本人は存在しない白馬の騎士を――絶対に自分ではない男性を――夢見ていたことが腹立たしい。

「それは女学生の見る夢だろう。おとなの女の夢じゃない」ぶっきらぼうに言った。「幻想だ」

「いいえ」マーガレットが首を振り、目をそらして洞穴の天井を見つめた。「現実だわ」

「いや、違う。なにが現実か知りたいか？」両方の腕で体重を支えながらマーガレットの上にかがみこむ。入り口から差しこむ月明かりを遮ってばかげた幻想をすべて閉めだし、自分しか見られないように顔を近づける。丸みを帯びた腰が当たるのを感じると、戦略も忍耐も戦っているはずのゲームもすべて頭から消え去った。「これが」荒々しくささやき、唇を彼女の唇のすぐそばに押しあてた。「これが現実だ」

キスをする。優しいとはとても言いがたいキスだ。自分は気高い騎士ではない。それをマーガレットにもわからせたい。マーガレットがおそらくは抗議の小さい金切り声を漏らしたが、トレヴァーはそれを呑みこみ、口を開けて彼女の唇をじっくり味わった。ふたりのあいだにはさまった重たい毛布を引いてどかし、覆いかぶさった身を沈めて重みで圧倒する。

体の下のマーガレットは温かくて柔らかく豊満だった。両手で体の線をなぞり、豊かに張りだした腰から内側に引っこんだウエストの曲線を手のひらで撫であげ、片腕を背中の下に滑りこませる。もう片方の手で胸を包むと、手のひらからあふれんばかりの丸い形に感嘆のうなり声を漏らした。

あまりに親密な触れ方に、マーガレットがぎょっとして口を離した。彼の下で身をよじり、彼の手から逃れようとしたが、トレヴァーはそれを許さなかった。乳房をすっぽり手に包み、布越しに親指でゆっくりとなだめるように乳首をいじる。

マーガレットが小さい叫び声をあげ、背中をそらした。彼の手に乳房を押しつける本能的な反応が、無意識のうちにもっと触れてほしいと要求している。ここでやめるべきだとわかっていたが、彼女の腰が自分の腰にすりつけられるのを感じ、得も言われぬ快感が体を走ると、もはや、やめるのに必要な意志の力はどこにも見つからなかった。

「なにをするの？」マーガレットがトレヴァーの手を押しやろうとしたが、その動きは弱々しくあいまいで、効果的な抑止力とは到底なり得ない。「本気じゃないでしょう？」

すぐにやめるから。声に出さずにマーガレットに約束する。だが、今は無理だ。ああ、今はまだやめられない。

興奮が野火のように体じゅうに燃え広がる。しかし、同時に彼女の震えを感じ、娘らしい戸惑いと動揺の声も聞こえていた。深く息を吸って自制心を取り戻そうとするが、それがうまくいくはずもなく、彼女の首のくぼみに顔を埋めてささやいた。「マギー、ああ、マギー。きみはなんて素敵なんだ」

喉もとの繊細な肌をそっとついばみ、なだめるのと興奮させるのと両方を意図した言葉をつぶやく。キスをし、愛撫して欲望を誘いだすと、いつしか肩に感じるマーガレットの息が荒く震えるささやきに変わり、その体がもだえ始めた。後ろにまわされた両手の指が痙攣するように背中に強く食いこむ。

トレヴァーはズボンの前立てに手を伸ばした。うずくような圧迫感から彼自身を解き放ちたい一心だったが、ひとつめのボタンが引っかかって、はずそうとまさぐる手を断固拒絶した。その停止した一瞬に、ほんのわずかだが、嬉しくない現実が戻ってきた。今やめなければ、絶対にやめられない。手の動きが止まった。「くそっ、ちくしょう」口のなかでつぶやく。「おれはいったいなにをやっているんだ?」

苦悶のうなり声とともに、トレヴァーはマーガレットから身をねじり取った。激しくあえぐ。心臓が早鐘を打ち、体は解放を求めて悲鳴をあげている。

「トレヴァー?」マーガレットがささやいた。

その声が困惑し、おずおずと問いかけている。トレヴァーは自らの両手を握りしめ、あえて身を硬直させた。マーガレットのほうは向けない。彼女のことは見られない。もし見たら、もしも乱れた肢体が横たわり、誘いかけているのを見たら、自分はばらばらに壊れてしまうだろう。

「努力しているんだ」喉を締めつけられたような声しか出ない。「気高い紳士でいようと。人生で初めての努力だ。それを台無しにするな」

「でも――」

「また眠るんだ、マギー」背を向け、彼女からできるだけ離れて毛布の端に滑りこんだ。欲望で体がまだ激しくうずいている。「とにかく寝よう」

12

翌日の午後遅く、ふたりはアブルッツィの山々のふもとの美しい村、ソーラに着いた。白い石壁の家がいくつか連なっている。道は一本だけらしい。

歩きながら、マーガレットは何人かに好奇心に満ちた目で見られているのを感じた。もっともなことだと思いながら、馬をおりて、貸し厩舎の男にどこへ行けば部屋が見つかるかを尋ねているトレヴァーの姿を見守る。ソーラは観光ルートではないからよそものは目立つ。とくに今の時期では無理もない。

トレヴァーの質問に男がうなずき、マーガレットにもおりるように手招きした。馬の背から滑りおりて、ふたりの男性に近寄る。

「宿屋はないんだ」トレヴァーがマーガレットに言った。「しかし、この道の先に、ひと晩泊めてくれそうな家族がいるそうだ。余分にひと部屋ある」

トレヴァーとふたり、ひとけのない道を歩いていくと、ほかより大きめな家があり、白いエプロンをつけた太った女性が中庭で鶏にえさを撒いていた。トレヴァーが庭に入っていくと、マーガレットと彼を好奇心に満ちた表情でじっと眺めたが、それも友好的な感じだった。

マーガレットは足を止め、トレヴァーがその女性と話をつけるあいだ、門を入ったすぐのところで待っていた。流ちょうなイタリア語でなにか説明している。のんびりした眠たげな午後に彼の声が響き渡る。彼を見ていると、前の晩のあの親密な触れ方を、百度目でもまた考えずにはいられなかった。男性がそういうことをするという事実は、発禁処分の小説を読んで知っている。しかし、本のどこを読んでも、それがどれほどすばらしいことか、そんなふうに触れられて、どれほどうっとり感じるかについては、ひと言も書かれていなかった。

それ以来、マーガレットに対するトレヴァーの態度はきわめて礼儀正しく、よそよそしかった。会話をしようとするこちらの努力も最小限の答えで返され、触れられることは一度たりともなかった。だからなおさら、彼がもし触れていたら、自分はどう反応しただろうという疑問がずっと頭から離れなかった。

トレヴァーの話し声が途切れてはっと我に返ると、彼と女性が自分のほうを見ていた。女性のほうがマーガレットに近づいてきてにっこりほほえんだ。イタリア語でなにか言いながら、両手でマーガレットの両手を包み、愛情がこもった様子で握りしめる。それからマーガレットに手を添えるように家にいざない、トレヴァーにもついてくるように合図した。

ふたりを連れて狭い階段をのぼり、小さい部屋に案内する。鉄枠のベッドと洗面台が置かれ、道を見おろす側に窓がある部屋だ。女性は洗面台の上の水差しと洗面器、そして隅に置かれた室内便器を指さし、それからふたりを見て丸い顔を甘やかすような笑みでくしゃくしゃにしてベッドを軽く叩いてみせた。

その動作の意味はマーガレットにも理解できた。頬がかっと熱くなったが、女性の笑みは深まっただけだった。トレヴァーになにか言い、それについてトレヴァーが笑う。マーガレットはわからずに眉をひそめたが、女性は洗面台から水差しを取って部屋を出ていった。

「あの方になんて言ったの?」詰問する。

トレヴァーがサドルバッグと巻いた毛布をベッドにおろした。「ぼくたちが新婚で、ハネムーンでイタリアを旅していると説明した」

「なんですって?」

「盗賊の集団に襲われたが、一頭の馬でかろうじて逃げだした。だから、馬車も荷物もない。セニョーラ・バルトリはその話に大変同情してくれた」

マーガレットはごくりと唾を呑みこんだ。そっとベッドを見やる。ふたりがそこに寝ている光景を想像せずにはいられない。彼の両手に触れられているような気がする。重い体にかぶさられ、柔らかい羽毛のマットレスに押しつけられるように感じる。「新婚だとあの人に言ったの?」繰り返すあいだも、脳裏に浮かぶ恥ずかしい光景を思うだけで、熱いものが体を駆けめぐる。

「イタリア人は非常にロマンティックで情熱的な人々だ。しかし、敬虔なカトリック教徒でもある。ぼくたちは、付き添いなしで旅をしている男と女だ。ほかにどう説明すればいい?」

マーガレットはベッドから視線をそらして、トレヴァーのほうを向いた。だが、目は合わせられない。「わたしがあなたの妹だと言えばよかったでしょう?」

「現実的に考えてくれ。きみはぼくの妹にはまったく見えない。彼女は一瞬たりとも信じなかっただろう。そう言ったとたんに、ぼくたちはもうひと晩、外で眠ることになったに違いないが、雲の流れを見ると雨になりそうだから、その展望はあまり嬉しくないね」

戸口にノックが聞こえたので、マーガレットはなにを言うつもりだったにしろ、答えなくて済んだ。トレヴァーが扉を開けると、セニョーラ・バルトリが積み重ねた白いタオルとひと固まりの石鹸、そして水を満たした水差しを持って入ってきた。トレヴァーに品物を手渡したが、そのあいだじゅうずっとしゃべり続けた。マーガレットの両頬に心のこもったキスをして愛情表現らしき言葉をつぶやき、そして部屋を去った。

「ぼくたちを受け入れてくれたようだ」トレヴァーが扉を閉めながら言った。「若い花嫁がハネムーンでこんな試練に耐えねばならないとは、あまりにひどすぎると感じているらしい」

マーガレットは胸が締めつけられるような気がした。「わたしは花嫁じゃないわ」

「今夜だけだ、マギー」彼が言う。「ひと晩くらい、花嫁のふりをできるだろう？」

「たぶんできると思うわ」ため息とともに譲歩した。

「よかった。それでは、顔と手を洗ったら下に行こう。セニョーラが温かい食事を出すと言ってくれた。ぼくとしては、非常に期待しているんだ」

顔と手についた旅の汚れを洗い落とすと、ふたりは香辛料が利いた美味しそうな料理の匂いと騒々しい話し声をたどって台所に向かった。

台所は大きかったが、部屋の半分を長い食卓が占めていて、上座には年輩だがまだまだ強健そうな男性が座っていた。両脇の椅子が空いているのは、マーガレットとトレヴァーのための席であることは間違いない。その椅子のまた横には、若い男性がふたりとその妻らしきふたりの女性が座り、そのうちのひとりは、寝ている赤ん坊を抱いている。残りの席は五歳くらいから一五歳くらいまでの子ども六人で占領されていた。

もうひと席がテーブルの逆の端に用意されていたが、セニョーラ・バルトリはそこに座っていなかった。台所を動きまわっては、鍋をかきまわし、ワイングラスを満たし、最初の一品である香辛料が利いた熱々のミネストローネスープとパンを配っている。轟《とどろ》かんばかりの会話の音量にマーガレットはまず仰天し、それからおもしろいと思った。こんな喧騒のなかで、どうしてそれぞれの話し声が聞こえるのだろうか。なぜ赤ん坊は母親の腕のなかであれほど安らかに眠れるのだろうか。

紹介が始まると会話は途絶えて静かになったが、トレヴァーが名前を順番に復誦し、間柄を訳してくれた時は、すべての名前が一緒になってしまって結局だれがだれか覚えられずに終わった。かろうじてわかったのは、迎えてくれた女性の名前がソフィアであること。そして、年輩の男性はその夫グスタボ、ふたりの若い女性が娘たちで、ふたりの若者はその夫たち。どの子どもがどちらの夫婦の子どもかは定かではない。

マーガレットは、この家の主人におずおずとほほえみかけた。その返事はマーガレットを頭から足先まで眺める厳しいまなざしだった。そして、どうやら承認できるところが見つかったらしく、マーガレットにほほえみ返し、自分の右側の席に手招きした。マーガレットはその招きを受け、反対側の空いた席にトレヴァーが座った。

まわりで会話が再開した。全員が一度にしゃべり始めたせいで音量はいっきにあがり、その大きさはスープ、そしてパスタ、魚と出てくるあいだもまったく変わらなかった。うんざりするほどの礼儀作法と退屈な会話に慣れているマーガレットにとって、その食事は、なにが話されているかほとんどわからなくても、非常に魅力的だった。

男性たちの過熱した議論は、力説する口調から判断しておそらく政治に関してだろう。子どもたちは言い合いをしたり遊んだり忙しく、料理に注意を戻すのは、母たちに厳しく言われた時だけだ。ソフィアはほとんどの時間をストーブと食卓のあいだを行ったり来たりしては、それぞれに食べ物を勧めることに費やしている。若い婦人たちふたりは一緒に座り、明らかに赤ん坊について話しているが、当の赤ん坊は母の腕でまだすやすや眠っていて、まわりの大混乱に気づいていない。

マーガレットはこの家の人々を眺め、うらやましく思わずにはいられなかった。彼らは家族であり、その家族とは、マーガレットが決して持てなかった種類の家族だ。自分の子どもの時を思いだすと、ニューポートの家の贅をこらした巨大な食堂の光景が脳裏をよぎった。父の席はもちろん空いている。仕事でいつも出かけているからだ。ミセス・スタビンスは皿の料理を美味しくなさそうにつつき、マーガレットがなにをお代わりしても、そのたびに唇をすぼめて非難を表明した。従者のハッブルは礼儀正しくなにも言わずに給仕をし、常に無表情だった。幼い時に亡くなった母は、縞の壁紙の上に掛けられた金箔の額縁の肖像画としてしか存在していなかった。そして、マーガレット自身は太った小さい女の子に過ぎず、食べているあいだに言い合いするような兄弟も姉妹もいなくて、ミセス・スタビンスが怖すぎて料理で遊ぶこともできず、ただただ沈黙し、その沈黙を破るものは食器に銀のフォークやナイフが触れるチリンという音だけだった。

ソフィアがマーガレットの横に来た。魚のお代わりを皿によそってくれようとしている。

「いいえ、やめて。お願いだから」マーガレットは両手を皿の上にかざし、懇願した。「もう充分ですわ」

年輩の婦人がトレヴァーになにか言い、それをトレヴァーがマーガレットに伝える。「ソフィアは、自分の料理がきみの口に合わないのではないかと心配している」

「まあ、とんでもない。とても美味しいわ」断ったことで気を悪くさせたかと思い、マーガレットはあわてた。「ただ、もうこれ以上おなかに入らないだけ」

トレヴァーがその言葉を訳すあいだ、マーガレットは不安な思いでソフィアの顔を見守った。ソフィアが首を振り、断固とした口調でなにか言う。トレヴァーがほほえんだ。ソフィアの厳しい口調への答えとしては予期しなかった反応だ。不思議に思い、マーガレットは前かがみになってささやいた。「なんと言われたの？」

「きみは結婚しているんだから、もっと食べる必要があると」

「なぜ？」

トレヴァーは椅子の背にもたれた。彼の視線がマーガレットの口もとに動き、肩にさがって評価するようにゆっくりとさまよってから、またあがって今度は目を合わせた。「なぜなら、ふたりのために食べている可能性があるから」

マーガレットはまた顔を赤らめ、その反応を見てソフィアが笑い、まるで母親のような表情でマーガレットにほほえみかけると、愛情をこめて頬を軽く叩いてから戻っていった。

トレヴァーは笑わなかった。ただかすかにほほえんでマーガレットを見つめていた。すぐに気づいたのは、そのまなざしの影響力。彼を、彼だけを強く意識させられ、魔法をかけたように、周囲のすべてを消し去る。世の中に自分たちふたりだけしかいないような気にさせられる。それはまさに、花婿が花嫁に向けるような賛美の目だった。親密で優しくて愛情にあふれている。抑制された情熱とふたりだけの秘密を含んだまなざし。

それは偽りに過ぎない。ふりをしているだけ。でも彼はふりがうまい。うますぎて、ほんのつかの間だけど、真実のように思えた。

マーガレットが動けるようになる前に彼が目をそらし、魔法が解けた。マーガレットはソフィアからコーヒーのカップを受け取り、トレヴァーの観察を続行した。彼がふたたび男性たちの議論に加わるのを見ながら、自分について彼が本当はどう感じているのだろうかと思う。

残酷なまでの正直さで、マーガレットのことを甘やかされた子どもと呼んだ。でも、〝マギー〟と呼ぶ甘い声には情熱が感じられたし、からかったり困らせたり、命令したりするけれど、あの盗賊たちから救出してくれた。財産を狙っているだけなのに、愛情も望んでいるかのように自分を見つめる。ひと言でマーガレットを激怒させることも、一回のキスで欲望を解き放つこともできる。そのくせ、今度こそ彼を理解できたとマーガレットが思うたび、それを否定するようなことをする。

トレヴァーが言ったなにかに男たちが笑い、グスタボが褒めるように彼の背中を叩いた。この家の人々をほとんど知らないのに、まるで家族の一員であるかのように溶けこんでいる。ママとパパを訪ねて日曜の食事を共にしているもうひとりの息子かと思えるほどだ。それなのに、実の兄は彼を追いだした。彼がしてくれた話が真実かどうかはっきりしないけれど、自分は信じかけている。そして、自分が世界で一番の愚か者かもしれないと思い始めている。まだあなたのことを理解していないわ、トレヴァー・セントジェームズ。マーガレットは思った。でも、きっと理解してみせる。

食事が終わると、娘夫婦と孫たちは帰っていき、家は突然静寂に包まれた。グスタボとトレヴァーが煙草を吸いに外に出ていくとすぐに、ソフィアが食卓を片づけ始めた。マーガレットは手伝うと申し出たが、カップにコーヒーを注がれ、台所から追いだされた。

コーヒーを持って客間に入ったマーガレットは、部屋の隅の小テーブルに置かれた手作りのチェス盤と木製の駒が入った箱を見つけた。ほどなくして、グスタボと家に戻ってきたトレヴァーは、マーガレットがチェス盤の横に立っている姿を見かけ、歩いてきて隣に立った。

「チェスができるのかい？」

「ええ、できるわ。ずっと昔に父に教えてもらったから」

「上手だということかな？」

その挑発に、マーガレットはぐっと顎をあげ、彼のほうを振り返った。

「もう少しで父を負かせるくらい上手になって、それ以来、父はやろうとしなくなったわ。負けるのが嫌いな人だから」

「それは知っている」トレヴァーはマーガレットのために椅子を引いた。「ひと勝負どうかな？」

「いいわ」マーガレットがうなずき、椅子に座った。「でも、いつも父にしていた警告をあなたにもするわね。あなたが男性だからという理由で勝たせたりはしないから」

「もちろんだ！」トレヴァーは、マーガレットを座らせ、その椅子を前に押してから、向かい側の席に腰をおろした。「なぜ、そんな理由で負けなければいけないんだ？」

「紳士の方々とゲームをする時に」礼儀作法の本から引用しているかのように取り澄ました口調で言う。「レディは競争心にとらわれないよう気をつけなければなりません。女性が負けて、男性の気持ちや自尊心を傷つけないことが常に最善の策です」

トレヴァーは首を振った。「それなのにこれまで、レディたちにゲームで勝てるのは、自分の卓越した技術のおかげと信じていたとは。幻想を打ち砕かれた」

マーガレットが笑った。「今回はどうかしら」そう言うと、手を伸ばして箱から白い駒をひとつ取った。だが、目の前の盤にそれを並べる前に、トレヴァーに取りあげられた。

「プレイヤーの性別が結果に影響するのを容認しないということは、レディが自動的に先手を打つこともないわけだ」箱から黒いポーンをひとつ取り、テーブルの下に両手を隠す。「フェアプレイの精神からすれば、当然だな」つけ加え、両手を拳に握って上にだした。

マーガレットとしては、自分が先手を取ることに慣れていて、そのほうがありがたい。とはいえ、彼の正論に抗議するわけにはいかず、一瞬ためらってから、彼の左手を指さした。彼がその手を空けると黒いポーンが現れた。

トレヴァーがマーガレットにその駒を渡した。「幸運はぼくの側についたようだ」

マーガレットはテーブル越しにトレヴァーに自信たっぷりでほほえみかけた。「あなたは必要になるでしょうから」

ふたりはチェス盤に駒を並べ、そして真剣勝負が開始した。彼が第一手として左から四番目のポーンを進め、マーガレットは三番目のポーンを前進させた。どちらも試合に全神経を集中し、グスタボが椅子を持ってきて、観戦し始めたのも気づかないほどだった。

マーガレットは非常にうまかった。トレヴァーはまずそれに驚いた。女性だからというのではなく、マーガレットがチェスにふさわしい忍耐心を備えていると思っていなかったからだ。盤を眺めているマーガレットの顔を眺める。眉間のいかにも厳しそうな細かいしわと頑固そうな顎の線を観察し、忍耐に欠けている部分を頑固さで補っていると理解する。彼と同様に、マーガレットは勝つことが好きだ。

夕べの時間が過ぎていった。ソフィアとグスタボが、チェスに没頭するふたりを客間に残して自分たちの寝室へ引きとった。マーガレットの戦略は完璧だった。あらゆる動きを先に読んで計算している。だが、一途な頑固さが最終的には致命傷になった。トレヴァーはあえてマーガレットに追い詰められるだけ追い詰めさせて、完全にとらえたと思わせた。

マーガレットがルークを前に滑らせる。「チェック」

トレヴァーはナイトを動かした。「チェックメイト」

マーガレットがっくりと肩を落とした。「その手はまったく見えていなかったわ」ため息をついて認める。「気づくべきだったのに」

トレヴァーはマーガレットにほほえみかけた。「きみは非常にいいプレイヤーだ、マギー。あとは、もう少し柔軟さが必要だな。柔軟に機会をとらえることで、相手は予想がしにくくなる」

マーガレットが顔をあげた。「あなたが言いたいことは、わたしがどう動かすか、あなたはすべての手を予想していたということ?」

「すべてではない」マーガレットのあまりに気落ちした表情にトレヴァーは思わず笑った。「驚かされた時も何度かあった」

「意地悪ね。わたしは自分が情けないわ。あなたの動きをほとんど読めなかったもの。あなたが夕食にワインをたくさん飲みすぎたんだとばかり思っていたのに」

「飲みすぎたとしても、ぼくを責められないだろう? 非常に美味しいワインだったし、ソフィアがグラスに何度も注ぎ足してくれたからね」

「そうね。こんなに温かくもてなしてくれる人たちに会ったことがないわ。まったく見知らぬ人間なのに、まるで家族の一員のように扱ってくれるなんて」

「まあ、これだけたくさんいれば、ふたりくらい増えたうちに入らないのさ」トレヴァーは笑った。「ソフィアとグスタボに九人の子どもと二六人の孫がいるって知ってたかい？」

「信じられない！　どれほど重い責任を負っているかは想像もできないわ。できる？」

「そのことが、結婚に反対する理由のひとつなのか？」マーガレットの言葉をわざと誤解してみせる。「子どもを持つのは、きみが望んでいない責任だと？」

その質問に驚き、マーガレットは椅子に深く座りこんでトレヴァーを凝視した。「わたしは結婚に反対しているわけじゃないわ」

「そうかな？　ぼくにはそう思えるが」

「あなたがそう言うのは、わたしがあなたと結婚したがらないからでしょう」マーガレットが強気に出る。

「今だから打ち明けるが、未来の妻に差しだすものをたくさん持っていると自負している男としては、その可能性を言下に拒絶されて深く自尊心を傷つけられたよ」無造作に肩をすくめる。「しかし、それはもう克服したが」

「そうなの？」

「ぼくは愚か者ではない、マギー。自分を望んでいない女性を追いかけるような愚か者では」

「わたしは言ってない――」ふいに言葉を切り、唇を嚙んだ。「あなたが愚かだなんて一度も思ったことないわ」言い直す。

「真実の愛を求めているだけだ」軽い口調で言う。「そうだろう?」

「笑いものにしないで」

「していない」

「いいえ、笑っているわ。あなたは愛そのものを信じていないのよ」

その声に切ない響きがあるのに気づき、トレヴァーはこれは利用すべき絶好の機会だと思った。マーガレットの手を取り、じっと目を合わせてなにか繊細で意味のあることを言うべきだ。もちろん愛を信じていて、きみとともに見つけられるのではないかと思っていると伝えればいい。

しかし、テーブル越しにマーガレットを見ると、それを言えば報奨を獲得できるそのひと言を、自分が言えないとわかった。彼女がこれほど高い価値を置いているものについて、そこまで露骨に嘘をつくことはできない。

「きみを笑っているわけじゃないよ、マギー」優しく言った。「ぼくが思っているのは、人が実在しないもののために、多くの時間を無駄にし、多大な苦痛に耐え、大量の力を費やしているということだ。大半の者が愛と呼んでいるものは、単に情熱を飾りたてたものに過ぎないと思っている」

「あなたは心底から皮肉屋なのね」

「そうかもしれない。愛が信頼できない感情であることは間違いないと思っているんだ。人生を捧げる動機としてはとても充分なものではない」

「では、なにが充分な動機だと思うの？」マーガレットが目を細めて質《ただ》す。「お金かしら？」

「またゲームだ。トレヴァーは彼女のやり方でゲームをするつもりはない。

「きみがぼくをすぐに皮肉っぽいと非難するのは、関心を持つ男が全員、きみの金しか望んでいないと信じているからだろう」

「あなたと同じ、わたしも自分の経験に基づいて結論を出しているわ」

「そうかな？」彼がほほえみかけた。「それで、きみを最初に見た瞬間に世慣れた女性と思ったわけだ」

「やっぱり笑っているのね」ふたりのあいだのチェス盤に視線を落とし、静かな声で言った。「きっと、結婚が仕事のような契約であるべきじゃないと思うわたしは世間知らずなんでしょう。きっと、結婚とは本当に愛しているからすべきもので、それ以外の理由ですべきではないと思うわたしが愚かなんでしょう。でも、それでもわたしは信じている。一番の親友三人が結婚した理由は、周囲にそう期待されたから。それから、オールドミスと呼ばれることを恐れたから。家族の圧力で、それ以外に選択肢はないと思わされたから。そして、愛を宣言し、いつくしむと誓った男性たちを、どんな性格かも知らず、愛してくれるという証拠も見せないのに、ただ信じたから。そして、今三人ともとらわれの身よ」

「きみはなにを望んでいるんだ、マギー？　本当にほしいものはなんだ？」

マーガレットがチェスの駒を見つめた。「わたしに結婚を決めさせるものは、心からの深い愛情だけよ。どこかに、運命の男性がいると信じてるわ。ありのままのわたしを愛してくれる人。わずかなお金しか持っていなくても、こんな頑固で――認めるけど――甘やかされた娘でも。わたしを一生愛してくれる人。その人を見つけるまでは絶対に結婚しないわ」顔をあげ、彼のかすかに浮かべた笑みに気づく。「そのなにが悪いの？」

そのなにが悪いか、マーガレットに言うこともできた。結果的に幻滅させられるだけだと。純真さを裏切られ、期待が満たされない以上につらいことはないと。幻想も期待も持たないほうがましだと。しかし、トレヴァーはそれをマーガレットに言えなかったし、もし言ったとしても、彼女は信じようとしなかっただろう。

彼女の茶色い瞳を見つめる。挑戦するように輝いている。それを見ると、抱き寄せて口づけ、愛撫して、存在しない白馬の騎士を信じるのをやめさせ、結婚すべきは目の前に座っている男だと悟らせたくなった。しかし、トレヴァーは、彼女の目に浮かんでいるほかのものにも気づいていた。優しさと、痛ましいほどの傷つきやすさ。それに気づくと今度はマーガレットの幻想を引き受けてやりたくなった。彼女が望む通りの男になることができたらと願った。

だが、そう思った瞬間には、それが単なるたわごとだと気づいていた。こんなばかげたことをこれ以上聞いていたら、自分も白馬の騎士を信じ始めそうだ。天使も、奇跡もだ。トレヴァーはチェスの駒をテーブルに戻し、炉だなに置かれた時計を見やった。「もう遅いし、明日の朝は早く出発しなければならない」

「ええ、そうね」マーガレットは立ちあがり、テーブルからランプを取って階段のほうに歩きだした。しかし、トレヴァーは動こうとせず、あとを追ってもいかなかった。

マーガレットは寝室に入ってすぐに、ソフィアが寝る前にそこに来たことに気づいた。マーガレットのためにネグリジェがベッドに置かれ、鼈甲《べっこう》の髪ブラシと鏡が横に添えられていた。白い綿の質素なネグリジェだが、繊細な刺繍と手編みのレースが愛情をこめて仕立てられたことを物語っている。洗面台には小さな壺が載っていた。開けてみると、ラベンダーの香りの自家製石鹸が入っていた。

ソフィアの思いやりに思わずほほえみ、マーガレットは壺の口にコルクのふたを戻した。イタリアの婦人が自分のためにこうしたものを用意してくれた。花嫁ならば、夫がベッドを訪れた時に美しく見えたいと願うはずだと考えて。

でも、トレヴァーは夫ではない。マーガレットは壺を台に戻した。顔から笑みが消え、眉間のしわに入れ替わる。トレヴァーが夫になることはない。彼は自分を愛していない。愛を信じてさえいない。

マーガレットは鼈甲のブラシで髪を梳かし、ラベンダーの香りの石鹸で体を洗うと、どちらにしろ、彼のためではなく、自分のためと自らを納得させ、白いかわいらしいネグリジェを身につけた。

ぱりっとアイロンがかかった綿のシーツのあいだに滑りこみ、トレヴァーが入ってきた時に眠れていれば、それが一番いいと思い、目を閉じる。しかし、眠りは訪れなかった。いくら寝ようとがんばっても、彼のことと、前夜の情熱的な瞬間について考えずにはいられない。肌に感じた彼の両手と唇の驚くような感覚を思うたび、どっと押し寄せる感情のほとばしりに戸惑わずにはいられない。そして、彼の足音に耳を澄まし、いつ彼が二階にあがってきて、隣に横たわるのか考えずにはいられなかった。

だが、ついにトレヴァーが部屋に入ってきた時、彼はベッドを分かち合おうとしなかった。ベッドから枕をひとつ取り、窓際の床に横になったのだ。

トレヴァーの呼吸が深まり、ついにはゆったりした寝息になるのを聞きながら、マーガレットは、彼が紳士的に振る舞ったことを喜ぶべきだと自分に言い聞かせた。前夜のようにまた触れなかったことに安堵するべきだし、マーガレットと結婚するという金銭ずくの考えを放棄したことを喜ぶべきだ。でも、嬉しくなかった。安心もしなかった。正直に言えば、マーガレットはがっかりしていた。そして、あらゆることのうち、それがもっともうろたえることだった。

13

翌朝早く、ふたりはソーラをあとにした。ハドリアンはすでにかついでいたものに加え、もうひとつの荷物を積むことになった。ソフィアの台所のさまざまな食べ物が詰まった麻布の袋だ。トレヴァーがマーガレットに、このイタリア婦人が梱包してくれた分でアルジェまで行けるだろうと言ったほどの量だった。

ソフィアとグスタボは歓待に対する支払いを拒否しようとしたが、トレヴァーが説得して、五〇〇リラを受け取らせた。

「今度は、あのご夫婦にどんな出まかせを話したの？」トレヴァーが馬首をめぐらして南に向かう道に入ると、マーガレットは尋ねた。道の両側は茶色い枯れ草と新しく生えた緑の草が入りまじった草原で、古代ローマの石壁や石柱の壊れた塊があちこちに転がっていた。

「なんの話だ、マギー？　どういう意味かな？」彼がなにくわぬ顔で言う。

マギーは騙されなかった。「もしもわたしたちが盗賊に襲われたなら、なぜ、あの人たちに払うお金を持っていたわけ？」

「ああ、それか。いいか、ぼくたちは盗賊の馬を一頭奪って逃げることに成功したんだ、覚えているかな？　その盗賊がたまたまサドルバッグのなかに金を入れていた」

「まあ、わたしたち、よほど幸運だったのね」マーガレットがそっけなく言った。「あなたって、なんてずうずうしい嘘つきなのかしら」

「害のない嘘だ」道の前方を見つめながらトレヴァーが言う。「彼らが真実を知ることはないし、あの夫婦は金を受け取るに値する。あの親切な歓待に対して、なにもあげるべきじゃなかったと言うのかい？」

「もちろん違うわ。あなたがいかに狡猾になれるかについて、いつも驚かされていると言いたいだけ。その気になったら、どんな人に、どんなことでも納得させられると思うわ」

「全員じゃない」トレヴァーも皮肉っぽく言い返す。「きみに結婚するよう説得できてないだろう？」

「試してみてもいないわ。ただ言っただけ。まるで、既成の事実であるかのように」

「どうすればよかったんだ？　きみの前にひざまずいて手を取り、ぼくのママがきみを気に入っていると請け合って、社交界のみんなにうらやましがられる夫婦になれると詩を朗読するか？」

マーガレットはどっと笑いだした。トレヴァーがひざまずいて、ロジャーのようにぺらぺらとつまらないことをしゃべる姿なんてあり得ない。

「それだけ笑うというのは、つまり、それをやっても無駄だったということだな」腹を抱えて笑うマーガレットに彼が言う。「それでは、教えてくれ。きみを勝ち得るために、男はなにをしたらいいんだ？　どんな恐ろしい試練を切り抜けるのかな？　白馬に乗って現れ、ドラゴンを殺してきみを自分の城に連れていくのか？」

マーガレットはその言葉を真剣に考えるふりをした。「そうね。ええ、それならうまくいくかもしれないわ」

「いや、そんなはずはない。すでに試したが、その結果、きみがぼくを愛情こめて抱きしめることはなかった。たしかに、ハドリアンは白くないし、エミリオはヘビだがドラゴンではない。それに城といえば――」トレヴァーは手を振って周囲を示した。「――大したものはない。屋根が漏っている」

マーガレットが笑うのをやめて黙りこんだ。トレヴァーが言ったことが真実だと気づいて下唇を噛み、彼の背中を凝視する。動機は騎士道精神からきたものでないとしても、彼は自分を救ってくれた。「それについて、まだあなたにお礼を言っていなかったわね？」深く反省する。「ごめんなさい」

「忘れてくれ。きみの感謝を望んでいるわけじゃない」

マーガレットは深く息を吸い、一番気にかかっている質問を投げかけた。

「では、なにを望んでいるの？」

「軽蔑の目で好色な男と決めつけないでほしいし、勇ましいヒーローとも見てほしくない。そろそろ、ありのままのぼくを見てもらえないだろうか」

「でも、そのありのままとはなんなの？」思わず叫んだ。「あなたのことを理解できたと思うたびに、あなたは変わる。あなたを知ろうとするのは、流砂のなかに立っているよう」

「ぼくを信頼するところから始めたらどうかな。だいぶ違うはずだ」

「あなたを信頼する？　一度はわたしたちが友だちになるべきだと言い、そのあとに誘惑するつもりだと言ったわ。あなたは悪党なの？　それともヒーロー？」

「両方だ。そして、どちらでもない。ぼくはただの男だ、マギー。きみが信頼できないほど悪いやつでもないし、きみが望んでいるほどいいやつでもない。なぜ、すべてを黒か白に決めなければいけないんだ？」

「わからないわ」本当にわからない。マーガレットはうろたえた。「わかっているのは、あなたがわたしに、ありのままの自分を見てほしいならば、真実を言ってほしいということ。あなたはどんな人なの？」

トレヴァーは長いあいだ答えなかった。それから、静かに言った。

「それこそ、きみが自分で見つけださねばならないことだと思う」

マーガレットは努力した。本当に。それからの五日間、ふたりがこうなるまでの出来事すべてを繰り返し思い返したが、彼を理解しようと努力すればするほど頭のなかは混乱した。ふたりでやったチェスの試合のようだ。彼はマーガレットの打つ手を予想できているようなのに、彼の手はいまだ計り知れない。

一週間前の洞穴の夜以来、トレヴァーは一度もマーガレットに触れようとしなかった。気高くいようという努力について言っていたことは忘れていないが、ここまで来てなぜそれを気にするのか、よくわからなかった。彼に触れられたり、キスをされたりしたところは今なお焼けるようなうずきをはっきり感じている。夜になると、彼が寝ている横で星を見あげ、彼にまた触れられるところを想像し、恐れおののきながらも、彼がそうしてくれることを期待する。それから、恥ずかしさでかっとなり、彼がそうしないように祈るのだった。

ナポリに向かって南下するにつれ、周囲の田園風景も変わっていった。アブルッツィの厳しい山脈と異なり、このあたりは冬の雨のおかげで色鮮やかな緑が広がっている。オリーヴの木々の灰色がかった緑の葉がより温暖な気候であることを示し、草地もすでに春の野の花で満開になっていた。そんな草地の脇で昼食のために止まると、ふたりはオリーヴの木の下に毛布を敷いて座り、ソフィアがくれた食べ物を食べた。満腹になったあと、トレヴァーはリンゴを持って毛布に仰向けになり、マーガレットは近くの木立まで散歩に出かけた。戻ってくると、トレヴァーが毛布の上で脚を組んで座り、手紙を書いていた。

「どなたへの手紙を書いているの？」好奇心で尋ねる。

「とりわけ重要なのは、エドワードとコーネリアへの手紙だ。ぼくたちが元気で、あと一週間かそこらで到着することを伝えた」トレヴァーが答えた。「あのふたりを心配させたくない。次の町でこれを出せば、ぼくたちの到着よりかなり前に届くはずだ」

「わたしもとても元気だと知らせてくださる？」

「それも書いたよ」

「ほかには、どなたに書いたの？」すでに書き終えた手紙が彼の紙ばさみのあいだにはさんであるのを見て、また好奇心にかられる。

「それはきみには関係ないと思うが。礼儀違反だろう」

「あなたを理解しようとしているだけよ」無邪気にほほえむ。「そうすべきだとあなたが言ったのよ。さあ、教えてちょうだい――これはどなたへの手紙？　ずっと思い続けてきた女性へのラブレター？　それとも、エジプトから密輸入した美術工芸品に関する書簡かしら？」

「きみには教えない」

「そうかしら？」マーガレットは紙ばさみから手紙をつかんで走りだした。

「マギー！　戻ってこい！」彼が呼んだが、マギーが足を止めたのは、かなり離れてからだった。手紙を上にかざし、からかうようにひらひらさせる。

彼が立ちあがった。「返してくれ」

笑いながら、きっぱりと首を振り、後ろ向きに何歩かさがる。「そもそも、そこまで秘密主義なあなたがいけないのよ。なにが書かれているか教えてちょうだい。さもないと、自分で読んでしまうから」

「その前に取り返す」

「それは無理じゃないかしら」読もうとするかのように手紙を広げたので、トレヴァーはすぐにあとを追った。金切り声をあげてマーガレットがくるりと身を翻し、勢いよく駆けだした。帽子が風に飛ばされそうになり、笑いながら、手をあげてつかもうとする。その指をすり抜けて帽子が飛んでいく。髪が流れ落ちてなびき、トレヴァーを振り返ったマーガレットの顔に当たる。トレヴァーはもうすぐそばまで迫っていた。

トレヴァーはマーガレットのウエストをつかみ、力をこめて引き寄せた。勢いあまって後ろに倒れこみ、マーガレットも道連れに草の上に転がる。マーガレットが彼の体をクッションにして上に落ちてきた。起きあがろうとするが、ウエストにまわした腕はゆるめない。マーガレットも笑いすぎて、それ以上もがくこともできない。

トレヴァーはマーガレットの下から身を滑らせて上にかぶさり、そのまま地面に組み敷いた。両手首をつかんで頭の上に持ちあげる。「つかまえたぞ」手首を片手でつかんだまま、もう一方の手で指のあいだから手紙を取りあげた。それをズボンのポケットにしまい、早い機会をとらえて処分すると誓う。母に宛てた手紙にはマーガレットが知らないことはなにも書いていなかったが、それでも、あとでこっそり盗み見て好奇心を満たすようなことはさせない。それから、片手をあげてマーガレットの顔を撫でた。「もう逃げられない」

力の強さは比較にならないから、いくら逃げようとしても無駄であることはわかる。笑いを呑みこみ、マーガレットは彼の目をのぞきこんだ。空のように青く輝き、集中しているせいできらめいている。それを見て理解した。自分が炎を相手にゲームしていることを。

「あなたの手紙はもちろん読まないわ」震える声でささやく。「絶対に」

「それでもきみの窮状は変わらない。きみはぼくに挑戦した。ぼくが勝ち、きみは負けた。ぼくはこの勝利に対して、どんな賞品を要求すべきかと考えている」指先でマーガレットの唇をなぞり、いたずらっぽい表情でほほえみかける。「美しい女性を思い通りにできるとしたら、男はなにをすべきかな？」

マーガレットが顔をしかめた。「そういうことをわたしに言ってほしくないわ。嘘はつかないで」

「なにが嘘だ、マギー？　きみが美しいと言ったことか？　きみは美しい。美しすぎて、胸が痛くなるほどだ」

「やめて！」顔をそむけて言う。「わたしは美しくない。そんなことを言うなんて、残酷だわ」

「残酷？」トレヴァーは信じられない思いでマーガレットを凝視し、それから首を振った。「時々、きみが本当に愚かなんじゃないかと思うよ。どうして、自分が美しくないと思うんだ？」

「わたしだって鏡は見られるわ」

また必死にもがき始めたが、トレヴァーは明らかに優位に立っており、それを全面的に利用した。マーガレットがついに諦め、彼の下で動きを止める。もがいたせいで息遣いが荒い。

「鏡を見ることはできるかもしれないが、きみはなにも見えていない」

言い返そうと口を開けるのを、トレヴァーはきっぱり遮った。「きみを見る時に、ぼくがなにを見るかわかるか？」深く息を吸い、彼女の顔を眺めてどこから始めればいいか考える。

「見えているものを言うぞ、マギー」

風がマギーの髪をそよがせ、ひと筋が顔にかかって口角をかすめた。それを見て最初に挙げる場所が決まった。

「きみの髪が見える」つぶやき、ほつれた巻き毛を優しく押しやる。「黒貂《くろてん》の毛皮のように黒くてつややかだ。ほどいておろし、今のように顔のまわりに広げるさまを空想する。髪に両手を差しこむことを思い、指に触れる絹のような感触を感じる。きみの瞳が見える。その茶色と金色の混ざった色合いにいつも上等なウイスキーを思いだすんだ。それに、朝、髭を剃っている時にその瞳で見つめられると体の内側が熱くなる。それから、長い濃いまつげも見える。社交界デビューする時に娘がやるようなばかげたカールなどしていない。黒い眉のあいだは、ぼくがなにかきみには信じがたいことを言うたびにしわが寄る」

話しながら、額に指を触れ、鼻すじをたどり、唇までおりる。「それからここに、きみの口が見える。大きくてふっくらしていて、キスをするのに最高の唇だ」手を顔の横にずらし、唇で彼女の唇に触れた。「そしてこの顎。信じられないほど強情で、いつもぼくを試し、疑い、挑んでくるが、天使のようにふっくらした輪郭でその手ごわい印象は台無しだ」

首の曲線に顔を埋め、肌を小さくついばむ。「この肌は世界で一番柔らかい」喉に向かって言う。「温かくて柔らかい。まるでビロードのようだ」首すじに舌を這わせると、鎖骨のすぐ上のくぼみがどきどきと脈打つのが感じられた。かすかに開いた唇のあいだから、小さいあえぎ声が漏れてくる。

トレヴァーはつかんでいた手首を放し、身を起こして上にまたがった。腰の見事な丸みを

るのを感じながらさらに言う。「ほら」彼自身も落ち着いて息をしているとはとても言えない。「それがぼくが見ているものだ。そして、世の中のすべての男が、片目さえ開いていれば見ることだ」

マーガレットが目を開けて、心から驚いた表情で彼を見つめた。「本当にわたしをきれいだと思っているということ？　太りすぎじゃないというの？」その痛ましいほど懐疑的なささやき声に、トレヴァーはまた激しい怒りがこみあげるのを感じた。この女性に太っていて地味だと思わせた家庭教師は、本人がかかしのような体型の気難しいばあさんだったに違いない。レディ・リットンの悪意に満ちた意見も同様だ。こちらに関しては、実際に〝気難しいばあさん〟であるとわかっている。

「きみは完璧だ」きっぱりと言った。「まったく申し分がない」

両手を広げて乳房のすぐ下に当てる。「ローマでぼくがきみにあげた装飾品を覚えているかい？　あれを買ったのは、きみを見るとヴァイオリンを連想するからだ」両手で胴を撫でおろし、撫であげる。「同じ形をしている。その官能的な曲線を見るたび、きみに触れたくなる。きみは気高い騎士のような紳士を望んでいると言い、ぼくはそうなるべく努力をした。しかし、マギー、きみを見て、気高くいられる男なんていない。少なくとも、ぼくはできない。ぼくは――」豊満な胸の両側を手のひらで触れると同時に自分の声がしゃがれたことに気づき、トレヴァーはもう話しやめる頃合いだと判断した。

キスをする。彼の唇の下でマーガレットの唇がすぐに開いた。両腕があがって彼を抱き寄せる。そのこの上なく甘い降伏に、トレヴァーはあやうく我を忘れそうになった。

こらえるんだ。自分に言い聞かせるが、彼女の怒り心頭に発した父親に撃たれるという考えでさえも、今の自分を止めることはできない。この一週間、切り抜けてきた苦痛は死の苦しみにも匹敵する。

トレヴァーは特定の場所の苦痛を逃れるべく腰をあげて少しずらすと、ブラウスのボタンをはずし始めた。生地の下に片手を滑り入れ、豊満な乳房をさぐる。コルセットのレースの縁を撫でると、先ほど言った通り、ベルベットのように柔らかで温かな肌に触れた。手のひらに硬くなった乳首を感じ、その小さい突起を指でつまんで布地越しにいじる。マーガレットが唇を離してはっと息を呑んだ。

その喉もとにキスを這わせる。そして鎖骨へ、さらにさげて、コルセットの上にあふれるふくらみをなぞる。キスをしながら、片手で肋骨を撫でおろし、誘うような腰の曲線を越える。そして、スカートをたぐり寄せて持ちあげ、下に手を滑りこませた。

ズロースのなかに手を差し入れると、マーガレットは抗う声を出した。本能的に太腿が閉じて彼の手を拒絶する。しかし、トレヴァーは躊躇しなかった。ひたすら忍耐に徹してそっと愛撫し、胸に向かってなだめる言葉をささやきかけながら、腿のあいだの手を前進させる。ついに温かく湿った場所に触れると、一本の指をそっとなかに挿し入れた。親指で感じやすい小さいつぼみを撫でただけでも、準備が整っているとわかる。彼女の口から小さいうめき声が漏れた。

ズボンのボタンをはずそうと手を引きかけたが、マーガレットの顔を見た瞬間に動きを止めた。目をつぶり、唇をわずかに開いている。紅潮した肌が美しいピンク色に染まる。その色合いと、彼の指の感触に反応した無意識な体の動きに魅了され、トレヴァーはマーガレットへの愛撫を続行した。自分の快感はすべて忘れ、彼女が絶頂に至るのを見守る。体が弓ぞりになり、頭も後ろにそって、小さい愛らしい悲鳴がしばらく続いた。マーガレットが激しくあえぎながら、そらした体をもとに戻す。その顔を見おろし、トレヴァーは嬉しい気持ちでほほえんだ。こんなことは初めてだが、なぜか自分も満足している。

その思いを笑い飛ばしたくなった。報われなかった欲望に体は激しくうずいている。それにもかかわらず、退屈している妻たちや飽きている愛人たちとこれまでつき合った時でもあり得なかったほどの満足感に満たされている。トレヴァーは手を引き抜き、マーガレットのスカートを脚にかぶさるように戻して、ブラウスのボタンをすばやく留めた。それからごろりと仰向けになると、空を見あげた。

「きみに殺されそうだ」小さくつぶやく。「少しずつ、少しずつ、殺されていく気がする」

トレヴァーの声にマーガレットは目を開けたが、彼のほうは見なかった。彼がやったことと、あの感じ……自分がどうなったのか……あの時の感じははっきり言い表せないけれど、まるで爆発のような、炎か光線のような、今まで一度も感じたことがない感覚だった。マーガレットはふいに、笑いたくなり、そして泣きたくなり、恥ずかしくて自分も死んでしまいたい気分になった。

「信じるかどうかわからないが」トレヴァーがさらにつぶやく。「経験がない女性の純潔を奪ったことは一度もないし、今もできない。もうすぐ結婚すると思えれば話は別だが、結婚する気はないと明言された身としては、きみの純潔を完全に奪うのは気が進まない。きみがほしくてたまらないが、それはできない。だから、このままでは遠からず死んでしまうというわけだ」

「わたし――」息を深く吸い、考えようとする。「わからないわ」

「きみが読んでいた官能小説を思いだしてくれ。とくに、その過程で男に課されていた役割を考えればわかると思う」

「まあ」マーガレットは顔を赤らめた。彼が言っている意味がはっきりわかったわけではないが、なんとなく感じは理解できる。彼はまだ終わっていなくて、その結果不快感を覚えている。「ごめんなさい」まだ彼を見ることができずに、ただつぶやいた。「あなたは、ええと、大丈夫?」

「なんとかなるだろう。しかし――」

ハドリアンが苛立ったようにいななき、トレヴァーが言おうとしていたことを、それがなににしろ遮った。ふたりが振り向くと同時に、雄馬が勢いよく後ろ脚で立ちあがり、木につないでいる引き綱を引きちぎろうとした。

「しまった!」トレヴァーが飛び起きたが、馬に向かって走りだす前にハドリアンがもう一度後ろ脚で立ちあがり、今回はもっと激しく綱を引いた。枝が折れて、手綱がはずれる。ついに自由になり、ハドリアンは綱を地面に引きずりながら、野原を勢いよく駆けだした。トレヴァーは口笛を吹いて馬を呼んだが、雄馬は戻ってくるつもりはないようだった。

「綱を切ったわ」マーガレットは言った。「いったいなぜ、そんなことをしたのかしら？」

トレヴァーははるか彼方の小高くなったところを指さした。空を背に数頭の馬の輪郭が黒く浮きあがっている。ハドリアンはその馬たちに向かって全力疾走していた。雄馬が近づいていくにつれ、揃って馬首を返して走りだし、丘の向こうに姿を消した。「雌馬の群れだ」トレヴァーがため息をついた。「見間違えでなければ、あれは野生馬だ。おそらく、谷間で暮らしているんだろう、くそっ」

「トレヴァー、ソフィアがくれた食料と毛布一枚以外、すべてあの馬に積んであるわ。あとを追ったほうがいいんじゃないかしら」

「徒歩ではいくらがんばっても追いつかないだろう。あの野生の雌馬たちについていけば、すぐに何キロも先まで行ってしまう」

「では、ここで待ったらどうかしら。戻ってくるかもしれないわ」

「いや、それはないだろう」

「たいていの馬は逃げてもあとで帰ってくるわ。なぜ戻らないとわかるの？」

「あいつが種馬だからだ」トレヴァーは答え、残された不充分な旅行用品を集めだした。

「雌馬の存在を嗅ぎつけた。もはや、その他のことは眼中にない」

自分と同じように、と思い、トレヴァーはつけ加えた。

「あいつの気持ちがよくわかる」

ほかに選択肢は残されておらず、ふたりは徒歩で旅を再開した。ある意味で、マーガレットにとっては喜ばしいことだった。今となっては、馬の背に座って彼にぴったりくっついている状態はとても耐えられそうにない。馬がいないせいで、そうした親密さを必要としなくなりマーガレットはほっとしていた。彼にされたあの信じられないことが、いまだに生々しく心をとらえている。

あれが情熱なのかしら？ あまりの戸惑いに、頬がかっと熱くなり、胃がぎゅっと痛くなって気分が悪くなりそうなほどだ。あの苦しいほどの感覚が情熱？ そうだとしたら、自分が想像していたものとは似ても似つかない。体のなかの緊張は、情熱というよりも流感の症状に似ている。

許すべきではなかった。なにか彼を止めることを言うべきだった。自分がまったく抗議しなかったことを自覚するにつれ、屈辱感が募った。洞穴での夜のように、彼が衝撃的なことをするのにただ身を任せ、否定するなど考えもしなかった。

もちろん、トレヴァーはたやすく否定できる男性ではない。これまで知り合いになったほかの男性は、マーガレットと呼ばせてほしいと頼み、手を取らせてほしいと頼み、キスをさせてと頼んだ。でも、トレヴァーは一度も頼んだことがない。ただほしいものを手に入れ、マーガレットに拒否する隙をいっさい与えない。

〝ぼくはただの男だ、マギー〟

でも、彼はただの男ではない。彼はそれ以上の人だ。もっと刺激的で、もっと危険で、自分が知っているどんな男性よりもはるかに抵抗しがたい。大胆で自信家でハンサム、その全部が混ざったお酒のような存在。

なんということ、自分はまるで、トレヴァーに熱をあげていたサリー・エラービィのようだ。彼を愛しているかのように大騒ぎして、どぎまぎしている。

その法外な思いつきに、マーガレットはぴたりと足を止めた。道の真ん中に立ち、歩き続ける彼の背中を見つめる。激しい恐怖が襲いかかってきた。自分は彼を愛していない。愛せるはずがない。不可能だ。

トレヴァーが立ちどまり、ちらりと振り返った。「疲れたかい？　そうしたければ、休んでもいい」

「いいえ！」マーガレットはその提案に恐れおののき、思わず叫んだ。日没まではまだかなりある。今の自分には、彼と一緒に腰をおろし、身をこわばらせたまま、なにげなく会話を交わすなんて、とても無理なこと。むしろ歩いて歩いて、疲れきって倒れるまで歩いたほうがいい。

乱暴な返事に、トレヴァーが戸惑った表情を浮かべたのを見て、マーガレットは声の調子を落とした。「わたしは大丈夫、ありがとう。まだ明るいし、歩き続けるべきだと思うわ」

「きみが大丈夫なら、それでいい」

ふたりは歩き続け、トレヴァーがさらに二回、休憩したいかどうか尋ねたが、マーガレットはノーと言った。だが、実際にはでこぼこの道をそんなに長く歩くのは慣れていなかったから、夕暮れには足がひどく痛み、トレヴァーが野宿のために止まるべきだと言い張った時は反論する元気もなかった。

トレヴァーについて道路沿いの森に入っていき、彼が小さな川の草で覆われた土手に毛布を敷いてくれたので、そこに座った。

彼も食べ物の袋を持って隣に腰をおろした。どちらも、なにも言わずに食事をする。その沈黙のせいで、時間が経てば経つほどマーガレットは落ち着かない気持ちになった。食べ終わっても、まだ寝るほどには暗くない。マーガレットはなにか当たり障りのないことを言おうと必死に頭を搾った。「ナポリまであとどのくらい遠いかしら？　だいぶ近づいているの？」

「馬に乗っていれば、もう三日もかからないと言えたんだが。徒歩で旅するとなると、まだ一週間以上かかるだろうと思う」

「恐れていた通りの答えね」マーガレットはため息をつき、ブーツの紐をほどいた。ブーツを脱ぎ、痛みに顔をしかめる。

常に観察力が鋭いトレヴァーが、案の定それに気づいた。「足が痛むのか？」

「そういう言い方もあるわね」

「水に足を浸したらいい」そう勧め、自分は毛布に寝転ぶ。「少しはよくなるはずだ」

マーガレットはすぐそばを流れる小川を見やり、すばらしい助言だと思った。トレヴァーに背を向けると、ストッキングを脱ぎ、勢いをつけて両脚を急な土手の向こうにおろして、冷たい水のなかに足を浸した。

疲れた足を浸《つ》けながら、肩越しにトレヴァーを見やる。目を閉じているから、眠ったのかもしれない。会話をしなくていいことに安堵し、川のほうに顔を戻す。足に当たる流れを感じていると、午後じゅう張り詰めていた神経の緊張がゆっくりと解けていくのがわかった。丘の向こうに太陽が姿を隠す。宵闇が迫ると、あたりはいっきに冷気に包まれた。急いで水から足を出し、くるりと向きを戻した。

「だいぶよくなった？」

ぎょっとして、顔をあげると、トレヴァーが目を開け、笑みをたたえてこちらを見つめていた。

マーガレットは目をそらし、食べ物の袋からナプキンを一枚出した。「ええ、少しは」小さく答え、足を拭く。

「少しだけ？」彼が起きあがった。「ぼくがもう少し楽にしてあげられるかもしれない」

前に身を乗りだし、マーガレットの足首をつかむ。彼がなにをするつもりか推測する間もなく、足を彼の膝に載せられた。どかそうとしたが、彼が放してくれない。

「ぼくを信じて」両手でマーガレットの足を包みこむと、日焼けした彼の肌とマーガレットの白い肌が対照的だった。彼が足を揉むのを眺める。つま先から始まり、少しずつ動いていく。足の甲が両方の指で強く揉みほぐされる。昼間に感じていた緊張がまた戻ってきた。不安と恐れと、足のマッサージでは決して癒やせない切望感によるうずきに苛まれ、両手でナプキンをよじる。

「とてもかわいらしい足だ」彼がさりげなく言う。「自分でもわかってたかな?」

もしも答えたかったとしても、とても答えられる状態ではなかった。弓の弦のように神経が張り詰め、緊張しきっている。

その気持ちを察知したらしく、トレヴァーは手を止めてマーガレットを見た。「きみをかじろうというわけじゃないから」優しい口調で言うと、また任務に意識を戻した。「横になって、力を抜いて」

毛布の上に身を横たえ、彼に言われたようにしようと努力したが、触れられる感覚に気持ちを乱されすぎて、どうにもならない。安全を求める分別と、彼を愛したいという沸きあがるような願望に引き裂かれるようだった。心が滑りだして、引き留めることができないまま彼の心に入ってしまいそうな気がしてとても怖い。本当に、マーガレットは心底怯えていた。

トレヴァーがマーガレットの足を毛布に置き、もう一方の足を取ってまた同じことを開始した。それが終わると、今度はマーガレットを毛布で包みこみ、そしてキスをした。「よく眠って、マギー」そう言うと、隣に横になった。

眠る? マーガレットは信じられなかった。さまざまな感情が全部からみ合って、頭が混乱しきっている。恐れと願いと期待がぐるぐるめぐり、眠るなんて不可能だ。

彼に美しいと言われた。そして、なぜそう思うか、はっきりした具体的な理由を挙げてくれた。褒め言葉がどれほどむなしいものかはよくわかっているつもりだが、彼の言葉はとても嬉しかった。嬉しくて、そして恐ろしかった。

どれほど彼を信じたかったことだろう。彼はいつも信頼しろと言うけれど、自分は恥をかきたくない。これまでずっと、頭より心を、理性より感情を優先したいと望んできたが、常に頭のほうが勝ってきたように思う。危険やわくわくする冒険に憧れ、大胆に振る舞いたいと願ってきた。でも、実際に試してみても、心の深い部分でとらわれている恐怖や不安からは抜けだせないように思える。

きっと、彼は本気で言ってくれたのだろう。最初は持参金しか考えていなかったに違いないが、時が経つにつれて、もっと高潔で誠意ある気持ちを抱くようになったのかもしれない。もしかしたら、本心から好きになったのかもしれない。

それは驚くべき考えだった。冷たい無情な心を持ち、女性に関する悪名が轟いているこの男性が、自分を愛してくれるかもしれないとは。

そうだとしたら、どんなにすばらしいだろう。マーガレットは自分を抱きしめ、それが現実になるよう心から祈った。彼を信じることができればどんなにいいだろう。自分に確信が持てればどんなにいいだろう。

それから二日間、トレヴァーはマーガレットに確証を与えるようなことはなにもしなかった。気分がふさぎ、心ここになかった。もう一度足のマッサージを申し出ることもなかった。キスもしなかったし、触れることもなかった。話しかけることさえほとんどしなかった。ふたりは歩いて歩いて歩き続け、一キロ進むごとに、トレヴァーの機嫌は悪化していった。三日目の午後に、マーガレットにあとどのくらい歩かなければいけないか尋ねられた時に返したのは、マーガレットの頭を噛みきりそうな語調の答えだった。

「いい加減にしてくれ。三日前に一週間はかかると言ったはずだ。何度聞けば気が済むんだ？」

「あなたはいったいどうしてしまったの？」マーガレットが言い返した。「クマのように怒りっぽいわ」

トレヴァーは答えずにまた歩きだした。耐えられないほど体が緊張している。これほど近くにいながら、彼女に手を出せないのはなによりひどい拷問だ。気分が悪いという事実も状況の改善にはなんの役にも立たない。その晩に野営の用意をする頃には、頭が割れそうに痛んだ。それがなにを意味するかトレヴァーはよく知っていた。マラリアの発作が襲ってくる兆候であり、キニーネは手元にない。

なにもしゃべらずに食料を食べ、終わるとトレヴァーは頭痛が少しでもよくなることを祈って横になった。

「もう寝るの？」マーガレットが驚いて尋ねる。「まだ早いけど」

「疲れたんだ」

「具合が悪いのね？」

目を開けると、マーガレットがかがみこんで眉をひそめ、心配そうにのぞいていた。

「大丈夫」なんとか答える。「疲れただけだ。少し頭痛がする」

「本当にそれだけ？　とても悪そうだけど」手を伸ばして彼の頬に触れる。指先の柔らかい感触に彼のなかのなにかがはじけた。手をつかんで払いのける。「やめてくれ、そんなにぼくを苦しめたいのか？」

「えっ？」

「綱の端にしがみついている状態なんだ。だから、追い詰めるな、マギー」

マーガレットが傷ついた表情を浮かべて後ろにさがった。

「どういう意味かわからないわ」

「いや、わかっているはずだ。きみはぼくをもてあそんでいる。それが嫌なんだ。きみはぼくの望みを、きみと結婚したいという望みを知っている。たしかに、ローマでは結婚したくないとはっきり言われた。しかしぼくは、きみの考えを変えられるかもしれないと願っていた。ぼくはロマンティックな男ではない。ひざまずき、愛情について演説を打つような愚かしい振る舞いもごめんだし、こんなお預けを食っているのもごめんだ。ナポリに着いたら、きみをコーネリアとエドワードに預け、ひとりで英国に戻るよ。その後は二度と会わない。近くにいるのにきみを手に入れられないのは、ぼくにとって死ぬほどの苦しみだからね」深く息を吸い、また言う。「ぼくはきみを妻にしたい。それ以外は受け入れられない。ナポリに着いたら、選択してくれ、マギー。結婚かなにもなしかどちらかだ」

「なぜ、わざわざそうやって難しい状況にするの？」

「難しい状況にしているのはきみのほうだ。ぼくにとってはたやすい選択であり、それは最初から変わらない。きみにとって違うなら、もう答えは出たも同然じゃないか？」立とうと動いたが、マーガレットに袖をつかんで引き留められた。

「それなら、わたしのお金はどうなの？　それはどうでもいいと言えるの？」

「その質問にどうすれば答えられる？　もしもぼくが、いや、どうでもいいわけじゃないと言えば、きみは偏見に凝り固まり、ひどくぼくを責めるだろう。もしも、そうだ、どうでもいい、と答えれば、嘘をつくことになるかもしれない。ぼくは金持ちではない。きみの父上が考えている結婚の契約は、ぼくにとって歓迎すべき利益になるだろう。しかしマギー、金持ちの女性ならば、ぼくはたくさん会っているが、正直に言えば、そのだれにも、結婚してほしいとは頼まなかった」

「でも、わたしのことを愛していない。愛を信じてさえいない」

「どう答えてほしいんだ？　きみが愛について語る時、それがなにを意味しているのかぼくにはわからない。わかっているのは、きみと出会ってから、ぼくはほかの女性を望んでいないことだ。見向きもしていない。金持ちだろうが貧乏だろうが、これから一生を共にしてもあまりあるほど情熱的な女性だろうが関係ない。さあ、ぼくが言える真実はそれだけだ。あとはきみが決めてくれ」

トレヴァーは立ちあがり、それ以上なにも言わずに野営地を離れた。マーガレットを勝ち得る勝機を完全に失ったと心の奥ではわかっていたが、あえて考えないようにする。彼女からできるだけ離れたいという一心で、森を長いあいだ歩いた。くそっ、マーガレットなど知るか。彼女の金などかまうものか。あの魅力的な曲線もロマンティックな愚かしい考えもくそ食らえだ。

愛。ばかばかしい。彼女の考える愛は、彼にひざまずかせることだ。

戻った時には、もうマーガレットは眠っていた。無邪気な顔を見おろすと、真実の愛を語る真剣な言葉が彼の頭にこだまになって鳴り響いた。

マーガレットは純真そのものだ。手に入れるためには、たった一つの言葉を言えばいい。幻想を与えればいい。嘘をつきさえすればいい。なんと単純、なんとたやすい。

だが、自分にはできないから、すべては水の泡となって消える。たき火に灰をかぶせると、トレヴァーは毛布を引きあげてマーガレットの肩を包み、彼女に可能な限り近いが、決して触れない場所に横になった。そして、ついに眠りに落ちていった。

翌朝起きた時、トレヴァーの頭痛は前日よりもさらにひどくなっていた。まだ夜が明けていないのに、灰色の光が針のように頭蓋骨に突き刺さる。痛む頭をゆっくり返して隣を見ると、マーガレットはまだ眠っていた。腕に頭を載せて、こちら向きに寝ている。長い髪が夜のあいだにほどけて肩に落ち、頬にもかかって柔らかく波打って、かすかにきらめいている。ほかの時だったら、嬉しくその光景を鑑賞しただろうが、けさは違った。

そっと立ちあがり、体を洗って髭を剃れば少しは気分がよくなると自分に言い聞かせた。しかし、服用するキニーネがなければ、これから起こることは止められない。シャツを取り、ブーツと靴下を脱ぐと水のなかに入っていった。水浴びは気持ちよかったが、頭痛は消えなかった。水から出ると、水しぶきの音でマーガレットが起きたところだった。

シャツを着て、裾を濡れたズボンにたくしこむと、ボタンをかけながら、自分がどれほど具合が悪いかマーガレットに気づかれないことを願った。それがむなしい願いだとわかったのは、彼の顔を見たとたんにマーガレットの笑みが消えたからだ。

心配そうに眉をひそめ、彼の顔を観察している。「とても具合が悪そうに見えるわ」

「大丈夫だ」トレヴァーは答え、片手で髪をかきあげた。「出かけよう」

ふたりは出発し、しばらくのあいだ、トレヴァーもある程度の速度で歩くことができた。しかし、朝が過ぎていくにつれ、どんどん具合が悪くなっていくのが自分でもわかった。頭の痛みは激痛に変わり、体も痛んで、太陽が頭上にきた頃には、体温の上昇による寒気も感じていた。

道が二手に分かれるところまでくると、トレヴァーはためらった。持ってきた地図はなくなり、考えたくても、この状態では考えられない。

「止まったのはなぜ？」マーガレットが尋ねた。「道に迷ったの？」

前方の二本の道を眺める。道が揺らいで一本になる。目の奥がちかちかし始めた。

「トレヴァー、わたしたち、迷子になったのね？」

目をこらして焦点を合わせようとしたが、うまくいかない。「それよりも重大な問題が起こった」

自分の声が奇妙に聞こえる。くぐもって遠くのほうでしゃべっているみたいだ。食べ物の袋が指から滑り落ちて、ふいに地面が傾いた。何度か深呼吸をして、平衡感覚を取り戻そうとしたが、足の下の地面は動きを止めなかった。

マーガレットが彼の腕に手をかけた。「病気なのね。そうだと思ったわ」

「ぼくが――」乾いた唇をなめる――「思うに、これは――」

膝から力が抜け、自分の体が倒れていくのがわかった。骨が砕けそうなほど激しく地面に打ちつけられたが、それも頭のなかの痛みとは比べものにならなかった。その痛みを止めるために、一番近くにある石をつかんで頭蓋骨を殴りたいと思うほどだった。

マーガレットがすぐ脇にひざまずき、手で彼の顔を触っている。手のひらが、額に柔らかくひんやりと感じる。彼女の声がまるで何キロも先にいるように遠くから聞こえてくる。

「燃えるような熱だわ」

「マラリアだ」かすれた声でそのひと言をなんとか押しだす。「キニーネは……ない」

「マラリア？」マーガレットが繰り返した。「そんな、だめよ。だめよ。こんな時に」

「すまない、マギー」彼がつぶやいた。「コーネリアに約束し……た……きみを……守る……と。できない」

「どうしよう」マーガレットはうめいた。「トレヴァー？　わたしはどうしたらいいかしら？なにかできることはある？」

声からも、マーガレットがあわてふためいているのがわかった。安心させたかった。心配することはないと言いたかったが、その思いを言葉に出すことすらできなかった。最後の記憶は頰に当てられたマーガレットの手の柔らかい感触で、その直後にすべてが真っ暗になった。

14

マーガレットは道の真ん中でトレヴァーの脇にひざまずき、どうしようもない無力感に苛まれていた。彼は意識がなく、燃えるような高熱にあえいでいる。周囲を見まわしたが、文明社会の気配はどこにもない。自分たちがどこにいるのかも定かではなく、どこにいけば助けが得られるかも知らず、彼にどうしてあげればいいかもわからない。医療に関する知識もほとんどないが、なによりも先に水が必要であることはわかった。道路と平行に流れている川をちらりと見やる。

トレヴァーを毛布でくるみ、食料袋のなかからワインの瓶を取りだした。残っていたキャンティをこぼして捨て、流れまでおりていって瓶に水を入れた。

彼の口のなかに少しでも水を注ごうとがんばったが、ほとんど成功しなかった。ナプキンを濡らして彼の顔と首を拭く。そうやって午後じゅう彼を看護していたが、熱はどんどん高くなるばかりだった。

トレヴァーはうわごとを言い、いくつもの言語でわけがわからないことをつぶやいた。イタリア語とフランス語と英語は少し聞き取れたが、耳慣れない音の言葉はおそらくエジプトの言語だろうとマーガレットは思った。

名前をいくつも言っていた――何人かはマーガレットも知っており、残りは聞いたことがなかった。エミリオ、エドワード、兄のジョフリー、ルッチという名前、そしてイザベラという女性の名。イザベラがだれか考えると嫉妬心が頭をもたげたが、彼のうわごとはその関係を明らかにしなかった。

マーガレットの名前も口にした。聞き取ろうと耳を澄ましたが、そのつぶやきは支離滅裂で、ほとんど意味をなさなかった。たまに目を覚ましたが、深い群青色の瞳は熱っぽく、異常なほど輝きを帯び、マーガレットを凝視しても実際には見ていなかった。正気を取り戻す瞬間は、マーガレットがだれで、自分たちがどこにいるか理解しているようだったが、そういう瞬間は長く続かなかった。

日が暮れたが、彼の熱はさがる気配がなかった。マーガレットは彼の顔を拭い続けたが、それも焼け石に水だった。なすすべがない苛立ちは狼狽に変わった。

もしも彼が死んでしまったら? 思っただけで血の気が引き、現実にあり得ることだと実感する。熱病で死ぬ人はたくさんいる。よく起こることだ。

「だめよ!」マーガレットは叫んだ。全身全霊で反発する。「あなたは絶対に死なないから」水にナプキンを浸し、彼の頬を拭う。「絶対に死なないわ」喉を詰まらせながら、また繰り返した、「絶対に。わたしが死なせない」

自分も今にも崩壊しそうな気がしたが、そんなわけにはいかない。理性を失い、涙にくれても、トレヴァーの役には立てない。

考えなさい。自分に言いきかせ、深呼吸をして神経を落ち着かせる。幼い頃に高熱を出した時、熱をさげるために冷たいお酢の風呂に浸けられた。お酢はないが、水はたっぷりある。トレヴァーの両足をつかんで流れのほうに引っぱった。暗闇で何度もつまずき、転びそうになりながら、ついにやり遂げた。ブーツとストッキングを脱いでから、彼のシャツとブーツを脱がせる。そして、トレヴァーを水際に引っぱり入れた。

冷たい水のなかで、彼の熱がさがり始めるのを感じ、あわてふためいていた気持ちが少し落ち着く。数分待って、彼を流れから引っぱりだし、土手の草の上に横たえた。ふたり一緒にくるまれるように毛布を整え、彼に身を寄せて横になる。このほかに今の自分にできるのは、ただ祈り、熱がさがることを待つことだけ。

体は依然として熱かったが、前よりは寝息が静かになっている。疲れきって、マーガレットは彼の隣で眠りに落ちた。

車輪がごろごろと鳴る音で目が覚めた。起きあがり、まぶしいほどの朝日に目をぱちぱちさせると、道の向こうから荷馬車がやってくるのが見えた。マーガレットは飛び起きて走りだした。運転者の注意を引こうと叫び声をあげ、手を振りまわす。

間違いなく農夫らしき男が数頭のがっしりした茶色い馬の手綱を引いて荷馬車を停止させた。マーガレットを見おろし、戸惑った様子で顔をしかめ、なにか質問する。

おりるように手招きしたが、彼としては、そうしたいという気持ちはないらしい。遠い昔に言われた、イタリア語を習っておけばいつか役立ちますよ、という家庭教師の言葉に耳を貸していればよかったとマーガレットは思った。手を伸ばして彼の腕をつかみ、引っぱりながら川のほうを指さした。「どうかお願い」懇願する。「助けてちょうだい」

ようやくなにか緊急事態であることを理解したらしく、男が荷馬車からおりてきた。案内して草地を横切り、トレヴァーが意識なく横たわり、毛布のなかで震えている場所まで連れてくる。

「ナポリ」マーガレットは言い、自分の足もとに横たわっている男性を身振りで示してから、道路を指さした。

うつろな目で見返す男の反応に、マーガレットは絶望的な気持ちで、どうしたら理解してもらえるだろうかと考えた。ふと思いつき、足もとの食料袋からトレヴァーの紙ばさみを出し、彼がエドワードとコーネリアに書いた手紙を見つけた。そこに書かれた住所を示して、もう一度言う。「わたしたち、ナポリに行かなければならないの」

相手が英語をまったく理解していないらしい時に英語を話していると、自分が愚かしく思えてくる。しかも、字が読めなければ手紙を出しても無駄だろう。

農夫がトレヴァーを不安げに眺めるのを見て、彼がマーガレットの願いを理解していないわけではなく、病気の男を連れていきたくないだけだとひらめいた。キリスト教徒の寛容さを期待するより、必要なのは報酬かもしれない。「リラはどう？」指二本をこすり合わせ、その意味を農夫が理解することを祈った。「ナポリまで連れていってくれたら、たくさんリラを渡せるわ」

身振りのなかには世界共通のものもある。彼はマーガレットの言っていることがわかったようだった。うなずくと、トレヴァーを抱きあげ、荷馬車に運んだ。マーガレットも残っている荷物をつかみ、あとについていった。

農夫がマーガレットの手も借りて荷馬車の後ろにトレヴァーを乗せ、自分の席にのぼった。マーガレットはトレヴァーの横に座り、安堵のため息をついた。農夫が手綱を振るうと荷馬車ががたんと前に動き、左側の道に向かって走りだした。

トレヴァーは相変わらず意識がなく、また発作に見舞われて激しく震えている。マーガレットはできるだけ温かくなるように毛布で彼を包みこんだ。彼の頭を自分の膝に載せ、指で優しく彼の髪をかきあげる。

「大丈夫よ、うまくいくわ」彼に語りかけた。「あなたには長いあいだ世話ばかりしてもらってきたわ。今度はわたしがあなたの世話をする番よ」

荷馬車が急停止するまで、マーガレットは自分が寝ていたことに気づかなかった。ぎょっとして目を覚まし、顔をあげる。荷馬車は道路を離れて木立のなかに入ってきていた。太陽が真上にあるということは、午前中のほとんどを眠っていたようだ。トレヴァーも眠っているが、まだひどい震えと高熱で苦しそうだ。脇を下に丸く横になり、頭をマーガレットの膝に載せている。

農夫のほうを尋ねるように見やると、彼もそれに気づいたらしく、隣の座席に手を伸ばして昼食を入れた金属製のバケツを取って荷馬車からおりた。マーガレットはうなずいてわかったことを知らせると、目を覚まさないトレヴァーの下からそっと自分の脚を引き抜いた。マーガレットがおりるのを手伝おうと農夫が手を差しだす。マーガレットもその手を取ろうと手を伸ばしかけたが、その時彼と目が合い、なぜかわからないが手を引っこめた。

男はよくわからない奇妙な顔でマーガレットを眺めている。その表情に浮かんだなにかを見て、マーガレットの背筋に怖気が走った。これまで知っている男性の顔には見たことがない表情だったが、マーガレットは本能的に危険を感知した。

男に手をつかまれそうになり、マーガレットは飛びすさって、あやうくトレヴァーの足につまずきそうになった。農夫は驚いた様子もなく、思いとどまるわけでもなく、平然とマーガレットを追って荷馬車にあがってきた。恐怖にさっと体が冷たくなる。彼の意図がわかり、激しい吐き気がこみあげた。

「やめて」首を振り、もう一歩さがる。膝の後ろが荷馬車の席にぶつかり、追い詰められたことがわかった。男が息を荒らげ、にやりとする。それは、ぞっとするような笑みだった。

「やめなさい」前よりも強く言ったが、男はマーガレットの拒絶を気にもせずに迫ってくる。身を翻して荷馬車の前から逃げようとしたが、腕をがっしりつかまれた。

「やめて！」叫び声をあげ、荷馬車の座席にしがみついた。「放して！」

農夫がマーガレットを抱きすくめる。強く引っぱられ、座席をつかんだ手もはずされる。両腕とも男の腕の下にとらわれ、いくらもがいてもびくともしない。足で蹴ると、かかとが男の向こうずねに当たったが、まわされた腕の力がさらに強くなっただけだった。いくらもがいてもびくともしない。

後ろ向きのまま荷馬車の端まで運ばれるのがわかったが、その時怒りの叫び声が聞こえ、それに続いて苦痛の悲鳴が響き渡った。男がよろめき、マーガレットはふいに自由になった。振り返ると、トレヴァーが膝で立ち、手にナイフを握っていた。

「おれのものだ!」その言葉は動物のうなり声のようだった。野生動物の残忍なうなり声そのものだった。トレヴァーが腕を伸ばしてマーガレットを自分の後ろに押しやると、仰向けに倒れている農夫の上に覆いかぶさった。シャツの胸のあたりを片手でつかみ、弱った体ではあり得ない力で持ちあげる。体ががたがた震え、正気とは思えないような表情を浮かべているが、男がやろうとしたことは確実に理解していた。

トレヴァーがナイフを掲げる。手のなかで、ナイフも激しく震えている。トレヴァーがイタリア語でなにか言い、農夫の顔に冷や汗が吹きだすのがマーガレットにも見えた。農夫がぶるぶる震えだした。

トレヴァーは農夫を荷馬車の縁に向かって押しやり、マーガレットに手綱を取るよう叫んだ。マーガレットが這いつくばるように御者台にのぼって手綱をつかむあいだに、男を荷馬車から押しだした。

荷馬車が走りだした。背後から、農夫がイタリア語で怒っている叫び声が聞こえてくる。肩越しにちらっと振り返る。男は追いかけようともしていなかったが、その可能性を恐れてか、トレヴァーはまだ荷馬車の縁に膝をついてナイフをかまえていた。安全な距離まで遠ざかると、トレヴァーは意識を失い、荷台に倒れこんだ。

「三日前には到着していていいはずよ」コーネリアが茶碗を持ちあげ、その縁越しに夫を見やった。といっても、夫の顔は前日、月曜日の『ロンドンタイムズ』紙ですっかり隠れている。「エドワード、聞いてるの？」

「もちろん、聞いているさ」エドワードが紙面をさげてコーネリアを見た。「トレヴァーは、時間通りにはいかないかもしれないと言っていた。心配すべきじゃないよ」

コーネリアは茶碗を置き、立ちあがった。窓辺まで歩いていったが、気もそぞろでベスビオ山の美しい姿も目に入らない。「どうすれば心配しないでいられるの？」

客間に敷かれた絨毯の上を行ったり来たりし始める。「この計画に同意すべきではなかったわ。わたし、どうかしていたんだわ」

「その話になるとは思っていたよ」エドワードが新聞を脇に置き、後ろめたそうな顔をした。

「きみが同意したのは、トレヴァーとぼくがほかの選択肢を与えなかったからだ」

「それこそ、ずっと気にかかっていることよ。なぜあなたは、こんな乱暴な計画を手伝うことに同意したの？　なにを考えていたの？」

一瞬、間があり、それからエドワードが口を開いた。「トレヴァーとケンブリッジで一緒だった時、地元の娘たちは彼の関心を引こうと必死になっていた。おかしいのは、トレヴァーがまったく関心を示さなかったことだ。どの女性のことも優しく大切に扱っていたが、それ以上ではなかった。どんな女性とつき合っても、自分を変えなかった。好きになった娘が彼に気がなくても――そんなことはめったになかったが――ただ肩をすくめて、ほかにも女性はたくさんいると言うだけだ。一生だれかを愛することなどないだろうと、ぼくは思っていたよ」

「ほら、それこそわたしが言いたいことだわ」

エドワードが首を振った。「ローマでトレヴァーがマーガレットに面会を断られた日の午後、彼に、ほかの女相続人を探せばいいことじゃないかと言ったんだが、返ってきた答えはノーだった。マーガレットを望んでいる、彼女を勝ち取るためならばなんでもすると断言したんだ。女性に関してあんな反応を示す彼を見たのは初めてだ。本気でマーガレットを愛しているとその時確信したよ。ただし、彼はそれを地獄が凍っても認めようとしないだろうがね。自分自身に対しても」

コーネリアは疑わしげな顔をした。「たしかに、マーガレットのことを好きなのかもしれないわね」一歩譲歩する。「でも、だからといって、彼の求愛の仕方を褒める気にはならないわ」

エドワードが笑いだした。とっぴで悪辣ともいえる行為を大目に見るかのような笑いがコーネリアの怒りを駆りたてる。夫も、コーネリアがおもしろがっていないことに気づいたらしい。唐突に笑いやんで、小さく咳払いをした。

「もちろん、妻を得る正当なやり方とは言いがたい。しかし、正直言って、慣習的な方法がマーガレットの心を動かすと思うかい？　どれほど多くの男がそれを試みて失敗している？」

たくさん、とコーネリアも思うが、口に出して認めたくはない。「そういうことを言いたいんじゃないわ」

夫は肩をすくめ、お茶の盆に載っているクランペットに手を伸ばした。「それはそうだが、すべてうまくいくはずだ。トレヴァーは賢い。どんなことでもうまく切り抜ける。きみもわかっているだろう？」

コーネリアは心配のあまり、また行ったり来たりを再開した。「わかってないわ、なにも」

アシュトン卿の計画に同意した時は、それしか方法がないという説明に仕方なく納得したが、実はそれ以来ずっと悔いている。なぜ協力するよう説き伏せられたのか、今でもよくわからないが、アシュトン卿は正気の沙汰とは思えない思いつきでも妥当だと思わせるすべを心得ている。

今になってみれば、妥当とはとても思えない。もう二週間近く、自分の決断を後悔し続け、そのせいで神経がすっかりまいってしまった。真実をだれかに知られれば、マーガレットは破滅だ。アシュトン卿がマーガレットと結婚することに成功したとしても、社交界はふたりを決して受け入れないだろう。彼の爵位と地位をもってしても難しい。そして、もしもヘンリーがこのことを知ったら……コーネリアは叔父の行動を思い浮かべ、身を震わせた。この縁組みを望んでいるかもしれないが、アシュトン卿の方法を認めるとはとても思えない。

「エドワード、あなたとアシュトン卿は昔からの友人同士だけど、彼がローマに来るまで、一〇年間も会っていなかったんでしょう？　今の彼のことを本当に知っていると言えるのかしら？」

夫はクランペットをほおばったまま、戸惑った表情でコーネリアを眺めた。「どういう意味だい？」

コーネリアは息を深く吸った。「わたしが言っている意味は、世の中は、善良な心と気高い心意気を持った人間ばかりではないということよ。あなたのお友だちが与えられたような機会を与えられれば、たいていの男は、若くて純真な女性を利用するでしょう」

エドワードは明らかに驚いたらしかった。「トレヴァーはそんなことはしない」

「どうしてわかるの？」

「彼が誓ったからだ」

コーネリアは夫の少年のように若々しいハンサムな顔を観察した。夫を愛している。心から愛しているし、友人に対する揺るぎない信頼は称賛に値する。とはいえ、あまりに純真すぎるのではないだろうか。「彼がよい夫になると、本気で信じているの？」

「その質問に確信を持って答えられる人などいるのかな。昔からトレヴァーが少しばかり奔放だったことは認めるが、いかなる場合でも、残酷だったことは一度もない。賭けごとはしないし、酒に飲まれることもない。しかも、兄とはまったく違って、心からアシュトンの地所を愛している。良識と分別も兼ね備えている」

「忠実な夫という範疇には入らないでしょうね」

エドワードはほほえんだ。「それを言うなら、われわれの知っている既婚男性のほとんどが責められることになる」その言葉で妻は諦めたらしく、惨めな表情で口をつぐんだ。エドワードはつけ加えた。「トレヴァーについては、きみが驚くことになるとぼくは信じているよ」

「そうとは思えないわ」

「コーネリア、今回のやり方が、きみが思う適切な求婚方法に反していることはわかっている。実際、ぼくの思う方法にも反しているよ。だが、やってしまったことはやってしまったことだ。もうひとつ、きみの慰めになることを教えよう。学校時代、トレヴァーとぼくはしょっちゅう窮地に陥っていたが、そうした悪ふざけのひとつでつかまった時、彼はひとりですべての咎《とが》を負ってくれた。ぼくが退学にならないためだ。ぼくの知る限り、トレヴァーは友だちと交わした約束を破ったこともないし、女性にひどい扱いをしたこともない」

コーネリアはため息をついた。「たとえあなたが正しいとしても、マーガレットが彼と結婚する保証はないわ。彼とあなたがどれほど確信していてもね。わたしだったら、ふたりきりで二週間、田舎を旅したという理由だけでその人を愛したりはしないわ。いくら冒険が好きでもね」

「そうであってほしいよ!」エドワードが立ちあがり、部屋を横切ってコーネリアの手を取った。「もしもきみがそのタイプの女性だったら、ぼくはきみと結婚できなかっただろう。

湿った地面に寝たり、山を越えて旅するのは、ぼくには向かない」

「わたしにも向かないわ」手の甲に唇を押しあてられ、コーネリアの口調が和らいだ。「わかったわ。あなたの方針を取り入れて、最善を期待するように努力するわ。きっと――」

客間の扉が開き、楽観主義に徹しようというコーネリアのせっかくの試みが妨げられた。ナポリに一緒に連れてきたわずか六人の使用人のひとりである小間使いが、膝を曲げてひょいと頭をさげてお辞儀をした。「すみません、奥さま、道の向こうから荷馬車がくるのでお知らせにきました。とても急いでいるみたいです」

「ありがとう、マリア」

夫の手から手を引っこめ、コーネリアは窓辺に走り寄った。たしかに、この別荘に通じる道を荷馬車が走ってくるし、荷馬車とは思えない速さで近づいてくる。この距離では、御している人の顔は見えないが、どうやら女性らしい。しかもひとりのようだ。荷馬車が近づき、砂利を敷いた車寄せに入ってくると、コーネリアは仰天して叫び声をあげた。「まあ、嘘みたい！」

「だれなんだ？」

コーネリアが身を翻し、戸口に向かって走りだした。「マギーよ、やっと着いたわ！」エドワードもコーネリアについて外に出ると、荷馬車がちょうど玄関の前で急停止し、砂利をあらゆる方向にはじき飛ばしたところだった。たしかにマーガレットだが、コーネリアでさえ、それがマーガレットだとわからないほどだ。農民風の服はぼろぼろに破れ、泥だらけで、顔も土埃で汚れている。結んであったらしい髪もすっかりほどけてぼさぼさにもつれ、そのせいで野生児のように見えた。

「まあ、大変！」コーネリアは叫んだ。「マギー！　大丈夫？　なにがあったの？」

マーガレットは従姉妹が抱きしめるのに応えたが、それも一瞬だった。トレヴァーが心配で、挨拶どころではない。急いで荷馬車の荷台を指して早口で言う。

「お医者さまをすぐに呼ばなければいけないの」

コーネリアとエドワードが荷馬車をのぞくと、そこにはトレヴァーが横たわっていた。

「なんてことだ！　なにが起こったんだ？」

「あとで説明するわ。とにかく、お医者さまを呼びにやらないと」

「わかった」エドワードがつぶやき、厩舎に向かって歩きだした。

「お医者さまにキニーネを持ってくるよう頼んで」マーガレットはエドワードの背中に向かって叫び、それから従姉妹を振り返った。「トレヴァーをベッドに運ばなければ」

使用人が呼ばれ、意識がないトレヴァーを家に運びこんだ。ふたりの使用人が持ちあげて、柔らかい羽毛のベッドに寝かせた時に彼は一瞬だが意識を取り戻したようだった。マーガレットが冷たい水を運びあげるように指示し、届くとすぐにカバーをはがして、トレヴァーのシャツの前を開き、胸を濡らし始めた。

「マーガレット、そんな」コーネリアはベッドの男性の裸の胸から目をそむけた。「それは使用人にやらせるべきよ。あなたがそれをするのが適切とはとても思えな――」

「やめてちょうだい、コーネリア。そんなのいまさらよ」マーガレットは笑ったが、その笑いはヒステリー症状に近いものだった。「彼の裸の胸は、少なく数えても一〇回以上見てるもの。お願いだから、乙女の感受性とかそんなことは心配しないでほしいわ」

コーネリアはそれに関してはそれ以上なにも言わなかったが、顔はそむけたままだった。

「なにが悪いのかしら。あなたはわかっているの？」

「マラリアよ。キニーネを持ってきていたんだけど、五日前に馬が逃げてしまって、荷物のほとんどを持っていかれてしまったの。彼の薬もそのなかに入っていたのよ」

エドワードが部屋に入ってきた。「地元の医者を迎えに行かせた。彼の容態はどうだ？」

マーガレットは首を振った。「わからないわ。もう二日以上こんな感じが続いているの。激しい悪寒が襲ってきて、そのあとは高熱とうわごと、それの繰り返し。この二日で、意識がはっきりしたのは数回しかないわ」

マーガレットはトレヴァーの頬にそっと片手を当てたが、指先に感じる肌は相変わらず焼けるように熱かった。「最初は、川に入れて冷やすことで熱をさげられて、少しずつ水を飲ませることもできたけど、荷馬車になってからは、御者台で手綱を持っていなければならなくて、看病できなかったの。しかも、馬車で走ればナポリまで一日だと知ってからは、できるだけ早く彼をここに運ぶことしか考えられなかったから。二度止まったけど、それも道を聞くためだけ。今考えると、間違った判断だったかもしれない。水を飲まなかったせいで、彼の容態はさらに悪化したに違いないわ」疲労と心配のせいで声が震えだした。「正しいこ

すすり泣きで言葉が詰まって黙りこんだが、すぐになんとか落ち着きを取り戻そうとした。

「もしも彼が死んだら、わたしは一生自分を許せない」

医者は、到着するとすぐにマーガレットを安心させてくれた。「できることはすべてなさったようですね」そう言い、カバンから大きな茶色い瓶を取りだした。「キニーネがなければ、多少なりとも楽な状態にしてあげる以外にできることはありません」

「よくなるでしょうか？」マーガレットは尋ねた。

「よりけりですが、この方はもとが頑強で元気そうだから、さほどかからずに回復するでしょう。キニーネを充分に与えて、少し様子を見ましょう。明日、また寄りますよ。夜のあいだに容態が悪化したら、すぐに迎えをよこしてください。とりあえずは、冷やし続けて、できればお茶かスープを少し与えてください」

医者がキニーネの分量を量ってカップに注ぎ、トレヴァーの鼻をつまんで口を開かせ、その液体を喉の奥に注ぎこんだ。トレヴァーは咳きこんだが、どうにか薬を飲みこんだ。

「八時間ごとに飲ませてください」医者がマーガレットに指示をする。

「ありがとう、ドクター」エドワードが言った。「玄関までお送りしましょう」

医者とエドワードは部屋を出ていったが、マーガレットは椅子から動かなかった。コーネリアが従姉妹の隣まで来て、肩に手を置いた。「いらっしゃい、マギー。あなたも疲れているわ。なにか食べて、お風呂に入って、眠らないと。ここにいても、もうできることはないわ」

「いいえ」マーガレットは従姉妹に握られた手を引き、両手でトレヴァーの手を包みこんだ。「わたしはここにいるわ」

驚いたことに、コーネリアは異議を唱えなかった。「軽食をお盆に載せて持ってくるわね」そう言っただけで部屋をあとにしたが、扉は大きく開いたままにしていった。

優しいコーネリアと無益なお作法、開いた戸口を眺めてマーガレットは思う。トレヴァーとふたりだけで二週間近くも旅をして、あれほど親密な経験を共有したあとに、扉を閉めた部屋で彼の隣に座っていてはいけない？　マーガレットの口もとにうっすらと笑みが浮かんだ。まるでトレヴァーが今のこの状態でも、マーガレットに手を出せるかのようだ。

農夫が迫ってきたことを思い、あの男を止める力がトレヴァーのどこにあったのだろうかと考える。マーガレットを自分のものだと言い切った時の獰猛な声音、ナイフをかざした姿。男が指一本でもマーガレットに触れたら、即座に喉をかききるかまえだった。あんなに具合が悪かったのに、身を挺してわたしを守ってくれた。いつの時も気を配り、安全でいられるように心を砕いてくれた。まさにヒーローがするように。

彼を眺める。今は静かに眠っているが、寝ている時でさえもその顔はげっそりやつれ、二日間の苦闘を物語っている。

髭を剃る必要があると気づく。熱い頬にそっと触れると無精髭のざらざらした感触が指先をこすり、毎朝、彼が髭を剃るのを眺めていたことが思いだされた。分け合った食事もすべて覚えている。彼と交わした会話も、笑い合った瞬間、言い合った内容、全部思いだせる。

彼のキスの仕方も、触れた時の信じられない感覚も忘れていない。夫婦だけに許されるような親密な行為。

彼のプロポーズが——あれをそう呼べるとすればだが——心のなかにこだました。ぼくはきみを妻にしたい。それ以外は受け入れられない。

マーガレットは目を閉じて、トレヴァーと結婚したらどのようになるかを想像した。考えただけで思わず笑みが浮かぶ。これまでずっと、心躍る生活に憧れてきた。この二週間が参考になるとすれば、トレヴァーと一緒の人生に退屈という言葉はないだろう。それどころか、とてもすばらしい人生に違いない。マーガレットはふいに悟った。彼と人生を共にしたいとどれほど望んでいるかを。彼がほしいとどれほど願っているかを。

彼を愛している。

そう気づき、マーガレットはぼう然とすると同時に恥ずかしくなった。自分の言動を思い、いかに最初から、トレヴァーが最悪の人間だと決めつけていたかを考える。一カ月前にコーネリアが言った大げさな言葉が浮かんできた。

〝あなたの愛情を得る機会さえ与えずに、全員を断っている〟

その時は、なにも考えずに従姉妹の非難を無視したが、あの言葉は真実だった。王子さまを夢見ていたけれど、実際に愛したのはひとりの男性だった。勇敢で気高いことを身をもって示した男性。わたしを望んでいると最初からはっきり示していた男性。わたしのことを美しくて魅力的だと言ってくれたが、同時に、甘やかされて頑固だと指摘することもためらわなかった。たくさんの女性とつき合っても、そのだれとも結婚を望まなかった。

〝ぼくはほかの女性を望んでいない。金持ちだろうが貧乏だろうが、これから一生を共にしてもあまりあるほど情熱的な女性だろうが関係ない〟

自分でも認めたように、彼は愛がなにかを知らない。でもきっと、結婚してから、自分が彼に教えてあげられる。

わたしは彼を愛している。彼を永遠に失うかもしれない。今になってそれに気づくとは、なんという皮肉だろう。もう手遅れかもしれない。

それから何時間かは永遠に思えた。コーネリアが温かい食事を持ってきてくれたが、マーガレットは食べなかった。エドワードがやってきて、寝なければだめだとせかし、自分が代わってトレヴァーのそばに座っていると申し出てくれたが、それも断った。小間使いが新しく汲んだ水を運んできたので、スポンジに含ませてトレヴァーの顔と胸を何度も何度も拭った。彼の意味をなさないつぶやきに耳を澄ませ、熱がさがるよう祈りながら。

祈りがついに通じたのは夜が明ける直前だった。身を起こして彼の額に手を当てると、彼の湿った肌がひんやり感じた。うわごとも止まり、彼はすでに静かで安らかな眠りに入っていた。

安堵のあまりすすり泣きながら、マーガレットは彼の手の甲に唇を押しあて、感謝の祈りをつぶやいた。危機が過ぎ去ると同時に疲労が押し寄せ、椅子の背にぐったりもたれる。両手でトレヴァーの手を握ったまま、マーガレットはようやく眠りに身を任せた。

15

トレヴァーは目覚めると力がまったく入らないことに気づいた。体が消耗し、ぼろぼろに打ちのめされたように感じる。背中の下の柔らかな感触から、ベッドに寝ているらしいが、どうしてそこにいるのかはまったく記憶にない。マラリアの発作に襲われたことはわかっていたが、その苦しみに見舞われた過去の例に漏れず、その間のことはすべて霞がかかったようにもうろうとしている。マーガレットがかがみこみ、不安と心配に満ちた瞳で見つめ、指先でそっと顔に触れた。はっきり思いだせるのはそこまでだ。

トレヴァーは目を開き、まぶしい陽光に目をしばたたいた。部屋は見覚えがなく、なぜそこにいるのか見当もつかない。しかし、首をまわすと、最後の記憶と変わらずにマーガレットがそばにいた。

座り心地が悪そうな椅子に座って眠っている。頭が不自然な角度に曲がっているから、起きたらきっと痛むだろう。足もとには水を入れたバケツがあり、ベッド脇の小テーブルには手つかずの食事の盆が置かれている。髪がほつれてひどくからまっているのと、目の下の紫色のくまから判断してほとんど眠っていなかったらしい。トレヴァーの世話が忙しすぎて、自分を顧みる余裕などなかったかのようだ。そう思った時、心の奥底でなにかがうごめいた。それは、長い冷たい冬のあとに訪れた春の暖かさのように名状しがたい感覚だった。これまでに知り合った大勢の女性を思い返しても、寝ているそばに座ってこんなふうに世話をしてくれる女性などひとりも浮かばない。実の母親でも、考えもしないはずだ。

ふいにマーガレットが目を覚ました。彼女を眺めているトレヴァーを目にすると、はっと身を起こした。「目が覚めたのね」小さくつぶやき、トレヴァーにほほえみかけた。「ああ、よかった」

土埃で汚れた顔に、これまで見たこともない優しい表情が浮かんでいる。優しさ、安堵、そして、はっきり形容できないなにか。急に落ち着かない気持ちになり、からかうことでその気まずさを回避する。「まさか、ぼくのことを心配していたとか?」

しかし、返ってきたのは、予想した反応ではなかった。まず、顔から笑みがすっと消えた。

「ええ」答えた声も深刻だった。「とても心配したわ。あなたが死んじゃうかと思った」

「これまでの発作で死ななかったということは、マラリアで死ぬことはないと信じているんだが」

「気分はどう?」

「列車にぶつかったような感じだ」周囲に目をやった。「ここはどこだ?」

「ナポリよ。昨晩到着したの。どうやってここまで来たのか、なにか覚えてる?」

トレヴァーは首を振った。「馬が逃げたことはわかっている。その午後と翌日の朝にずっと歩いた覚えがある。そのあとはすべてがぼやけていて、なにも思いだせない」

「無理ないわ。三日間もひどい病気だったんですもの」横のテーブルから布きれを取り、バケツの水に浸した。それを絞り、トレヴァーの顔を拭き始める。「荷馬車に乗ってきたのよ。それは思いだせる?」

「いや」

「とにかく、そうやってここに着いたの」マーガレットは席を立ち、布を洗面器のなかに落とした。「エドワードとコーネリアに、あなたがだいぶよくなったことを伝えてくるわ。お腹はすいてる?」

戸口まで歩いていったが、取っ手に片手をかけたまま、彼のほうに振り返った。

「トレヴァー、あなたが具合が悪くなる前の晩のことは覚えてる? わたしが選ばなければならないと言ったこと」

トレヴァーは口もとを引き締めた。寸分たがわず覚えている。これまでやった数多い愚行のなかでも最たるものだ。「ああ」仕方なく答える。「覚えている」

マーガレットがまるで恥じらうかのようにうつむいた。「それなら、よかったら、すぐにわたしの父に手紙を書いて、承諾を得てくれたら嬉しいけど。ロンドンで式を挙げることになるとすれば、父も用意をしなければならないでしょう? 婚約期間はできるだけ短いほうがいいし、それはあなたも同じだと思うから」

顔をあげる。「愛してるわ」そう言うなり、扉を開けて、もう一度彼にほほえみかけるとそっと扉を閉めて出ていった。

　トレヴァーはあっけにとられて、閉まった扉を凝視した。マーガレットがぼくを愛しているとは。この変化はいつどこでどうやって起こったんだ？　病気によってこうなることを知っていたら、とっくの昔にキニーネを全部捨てていただろう。

　奇跡だ。高揚感に包まれ、トレヴァーは大声で笑いたくなった。彼女がぼくを愛している。あり得ない奇跡が起こった。


「婚約？」マーガレットの部屋でベッドの端に腰を落とし、コーネリアは半裸状態の従姉妹の顔を凝視した。「アシュトン卿と？」

「ほかにだれがいるの？」マーガレットは濡れた髪を梳《けず》る手を止め、化粧台の鏡に映ったコーネリアと目を合わせてその表情に笑い声を立てた。「驚いたみたいね」

「驚くどころか、言葉も出ないわ」

「なぜ、そんなに驚くのかわからないわ」マーガレットが立ちあがり、衣装だんすに近寄った。コーネリアの指示でマーガレットの服は全部この別荘に運ばれていた。そのうちお気に入りの服を何枚か、小間使いがこの戸棚に掛けてくれていた。マーガレットは薄黄色のサテンの揃いの上下と、縁に小菊をめぐらせて黄色いリボンを飾った帽子を選んだ。「わたしにぴったりの英国人男性を見つけると決めていたんでしょう？」フックに服を掛け、傍らの椅子に帽子を置きながら、マーガレットはからかうように言った。

しかし、コーネリアは宙を見つめたままだ。もの思いにふけっているらしい。「では、うまくいったんだわ」心ここにない様子で小さくつぶやいた。

「なにがうまくいったの？」

コーネリアが我に返ったようにマーガレットを見つめた。「それはええと、ついに、あなたが本心から好きになる男性を紹介することができたんだわと思って」

「好きという言葉は、わたしが感じているものを表現していないわ」マーガレットはベッドまでいってばったり倒れ、心から満ち足りたため息をついた。「コーネリア、教えてちょうだいな。どうやって、自分がエドワードを愛していると知ったの？」

「わ、わからないわ。本当よ。だんだんにそうなったから、これという決定的な瞬間は言えないわ。なぜ？」

「それがわかった時、どんなふうに感じた？　笑いたくなって、歌いたくなって、愛してるって屋根の上から叫びたくなるような、そんなすばらしい感覚だった？」

「いいえ、それほど大げさなものではなかったわ。もっと静かな感じよ。わたしがどう感じたかなんて、どうして知りたいの？」

仰向けになって、天井を見つめる。「ほかの人たちも、だれかを愛したら、わたしが感じているのと同じように感じるか知りたいからよ」

「アシュトン卿を愛したというの？　いえ、もちろんそうよね。さもなければ、彼と結婚するなんて言わないものね」

「やっぱり、わたしのこと、よくわかってくれているのね！」起きあがる。

「ああ、コーネリア、こんなふうに感じたことはないわ。嬉しすぎて苦しいほどよ。あまりにすばらしすぎて」

「でも、マギー、彼のことをとても嫌っていたじゃないの。カーニバルの最後の日は、訪ねてきても会いもしなかったわ」

「ええ、でも、今は全部が変わったのよ。そうだったわね。その時思っていたこと、すっかり忘れていたわ」

コーネリアが目をそらした。「そうなのね」

マーガレットは戸惑った。「喜んでくれないの？　賛成じゃないということ？」

「もちろん賛成よ」コーネリアはあわてたように答え、マーガレットの両手を握りしめた。「とても嬉しいわ。でも、本当にたしか？　彼があなたの運命の人だって、本当に確信できる？　少しも疑っていないの？」

「疑問の余地はまったくないわ」マーガレットはぴょんと飛んで立つと、くるりと体を一回転させて笑った。「彼をどれほど愛しているか気づいた瞬間に、心に抱いていたすべての疑念が消滅したの。もう幸せすぎて、めまいがするほどよ」

「わたしも、あなたを見ているとめまいがしてくるわ。子どものおもちゃみたいにくるくるまわるのやめてくれない？」

「ごめんなさい」マーガレットはいちおう謝ったが、謝罪とは言いがたい口調だった。窓辺まで行き、カーテンを開ける。「トレヴァーが眠っているあいだに、散歩に行かない？　すばらしい天気ですもの」

「あなたが行きたければ」

「とても素敵な別荘ね」真下の庭を見おろしながら、マーガレットは言った。

「ええ、そうね。直前の予約でこんなところが借りられるなんて、エドワードは運がいいわ」

「わたしが連れ去られてからあとのことを全部話してちょうだいな。なにが起こったか、すぐにわかったの？」

コーネリアが崩れるようにまたベッドの縁に座りこみ、質問には答えずに窓のほうに目をやった。

「コーネリア、いったいどうしたの？　あなた、とても変よ」

「そう？　たぶん、あなたのように冒険に慣れていないからだわ。誘拐なんて、どんなにひどいことかと思ったもの」

「実際はそんなにひどくなかったわ。本当よ。誘拐犯たちも、むしろいい感じの人たちだったし。それに、トレヴァーがすばらしかったのよ。野営地に忍びこんで、わたしを助けてくれたの。もちろん、その時はこんなひどい目に遭うなんてと思ったけれど、今になって思い返してみれば、これまででもっともわくわくする経験だったわ」

「そう聞いてほっとしたわ」

「それで？」マーガレットはうながした。「なにが起こったか、教えてくれないの？」

「教会のカタコンベからあなたが消えてしまったことを知ったちょうどその時、アシュトン卿がいらしたの。もともと教会にも一緒に行ったらどうかとエドワードが誘ったけれど、前日にあなたが会うのを断ったでしょう？　だから、怒っていると思ったらしく、同行を断ってきていたのよ。それはともかくとして、彼のもとにその朝手紙が届いたの。あなたを誘拐したからと、身代金を要求してのね。わたしはよくわからなかったけれど、要求されたのはお金ではなかったわ。なにかのリストをほしがっていたみたい」

「ええ、ええ、そのことは知ってるわ。それで？」

「アシュトン卿が全部を手配したの。彼があなたを追いかけて、そのあいだにエドワードとわたしはナポリに行き、待つようにと言われたわ。彼がナポリに電報を打って、この別荘を手配してくれたので、使用人に荷造りを任せて、わたしたちは夜の列車に急いで乗り、アシュトン卿はあなたを追いかけた」

「まあ、コーネリア！　どんなに心配したことでしょうね」

「ええ、本当に心配したわ」心底惨めな様子の言い方に、マーガレットはコーネリアの手を放し、両肩に腕をまわした。

「ねえ、わたしは大丈夫、本当よ。危害は加えられなかったわ」

「ありがたいことだわ。もしあなたになにかあったら、自分が二度と許せなかったでしょう」

「ばかなこと言わないで！　トレヴァーの敵がわたしを誘拐しようと決めたのは、あなたのせいじゃないでしょう？」

従姉妹があまりに落ちこんでいるので、マーガレットは、少しでも元気づけようとつけ加えた。「レディ・リットンがこのことを知ったら、きっと震えあがるでしょうね！　いかにも見くだした顔で、英国の娘は決して誘拐などされませんよ、と言うに違いないわ。その顔を見るためだけでも、全部話してあげたいくらい」

コーネリアは笑わなかった。「だれにも話してはだめよ。アシュトン卿と二週間も野外で過ごしたことがひと言でも漏れたら、あっという間に醜聞が広がって、あなたは破滅するわ。アシュトン卿も大変なことになるでしょう。エドワードとわたしもよ。あなたの付き添い役を務めていたわけだから」

「わかっているわ！　もちろんよ！　ひと言も言わないと約束する。でも、みんな、本当に愚かしいと思わない？　トレヴァーとわたしがずっと一緒に過ごしていたことを知ったら、最悪の可能性を考えるでしょう。そんな必要はまったくないのに」

コーネリアがマーガレットの手を強く握りしめた。「そうでないことを願っているわ」優しい声で言う。

マーガレットはその言葉の意味を理解し、顔を赤らめた。「本当にないわ！　アシュトン卿はなにもしなかったわ――なにも起こらなかったのよ！」完全な真実とは言えないが、洞穴と草地での情熱的な瞬間のことは従姉妹に打ち明けないと決めていた。

「彼が名誉を重んじる人だとわかって、わたしも本当に嬉しいわ」

「お父さまはこのことについて知ってるの？」

コーネリアは恐れおののいた顔で身を震わせた。「とんでもない、ご存じないわ、もちろん！　わたしが預かっているのに、こんなことが起きたと知ったら、絶対に許してくださらないわ。お願いだから、叔父さまには言わないと約束してちょうだい」

「コーネリア、あなたが自分を責めることはないし、お父さまだってあなたのせいにするはずないわ」マーガレットは握られていた手を引き抜き、従姉妹の背中を軽く叩いてなだめようとした。「あの悪党たちを裁きの場に引きたてられないのは悔しいけれど、それについてわたしたちにできることはないものね。それにしても、お父さまが知らなかったことはとてもありがたいわ。もし知ったら、しばらく大騒ぎしたでしょうから。あなたとエドワードがとても慎重にしてくれたから、だれにも知られることはないわね」

「そうであることを願っているわ。さあ、わたしは行くから、着替えを済ましてちょうだい。すぐにモリーをよこすわね」

マーガレットは従姉妹が急いで出ていくのを見送りながら、ふたたび、この件全体に対する彼女の反応がなにか奇妙だという印象を受けた。

それから数日のあいだ、マーガレットの誘拐と救出の件は用心深く避けられた。コーネリアはなにかに気を取られているらしく、ほとんどしゃべらなかったし、エドワードはその件を話題にするには、あまりにも申し分のない英国紳士でありすぎて、トレヴァーの時間の大半は眠ることに費やされていた。キニーネの服用を再開することにより、ナポリに着いて三日目にはかなり回復し、帰郷についての話ができるくらい元気になった。可能な限り早く出発すべきだという見解で全員が一致していた。だれもが英国に帰りたがっていて、結婚式の準備を始めたいマーガレットとコーネリアはとくに熱心だった。エドワードが一番早い汽船の切符を購入し、一行は翌日の午後にドーヴァーに向けて出発することになった。

トレヴァーはすでにヘンリーに電報を打ち、結婚の同意とふたりに対する心からの祝福を受け取っていた。ヘンリーはすぐに式の準備に取りかかると言ってきていた。おもしろいことだとマーガレットは思った。父と最後に言葉を交わした時は、トレヴァーが娘の夫として推奨できないと力説していたのに、娘に爵位を持つ紳士と結婚してほしいあまり、トレヴァーも選択肢として許容できると見なしたらしい。

英国に戻る旅のあいだは、どれほどそうしたいと願っても、トレヴァーと一緒にいることはかなわなかった。自分がひどい船酔いに苦しむという不運な人々のひとりであったため、七日間の航海の全行程を自分用の特別室で過ごさざるを得なかったからだ。トレヴァーは部屋を訪ねたいと言ったが、この状態で彼に会うと思うだけで耐えられないほどひどい症状だった。

ドーヴァーで下船した一行は、埠頭で待ち構えていたヘンリーに出迎えられた。これほど元気でほがらかな父を見るのはマーガレットも初めてだった。トレヴァーと力強い握手をかわし、世界一美しい娘を勝ち得たことについて祝いの言葉を述べてから、今度は娘を向いた。

「マギー、かわいい娘よ、おまえのおかげで、わしは世界一幸せな男だぞ」

　クマのような力で息ができないほど抱きしめられたが、父に会えたことが嬉しく、さらには、ふたたび固い地面を踏めて安堵したマーガレットも負けずに抱きしめ返し、父の頰にキスをした。「嬉しいわ、お父さま、わたしもとても幸せよ」

「すべて手配してある」父が幸せそうに娘に告げる。「新聞に掲載し、すでに招待状も出してある。結婚式は土曜日の午後二時にセントポール大聖堂で執り行われる予定だ」

「土曜日！」マーガレットは叫んだ。「でも、お父さま、あと三日しかないわ。まだ、ドレスも用意していないのに！」


　ルッチはローマで一週間以上を無駄に費やしたあげく、トレヴァー・セントジェームズの所在を知った。この永遠の都に到着してすぐに、ルッチは弟のアントニオと会い、軍隊ほどの数の探偵を雇うと同時に、主要都市と海港に張りめぐらした情報網を駆使して敵の捜索を開始した。それにもかかわらず、この一週間、努力むなしくトレヴァーの足取りはいっさいつかめなかった。そして、ローマに来て八日目の朝、ルッチは新聞を開き、トレヴァーがどこにいるかを知った。

　ローマの地元紙を含めたヨーロッパじゅうの新聞の社交欄の紙面が、突如、英国貴族である現アシュトン伯爵トレヴァー・セントジェームズが、米国の億万長者ヘンリー・ヴァン・

オールデンのひとり娘であるミス・マーガレット・ヴァン・オールデンと婚約したというニュースで占められたからだ。報道によれば、花婿は最近爵位を継いだが、それまでの一〇年はエジプトに滞在しており、現在はケントの地所に戻ることを心待ちにしている。それゆえ、幸せなふたりは長い婚約期間を望まず、三日後にロンドンのセントポール大聖堂で挙式する予定であるとのこと。

ルッチはその新聞を脇に放りだし、別の新聞を取った。新聞の報道を隅々まで追求したが、それ以上の情報はとくにない。だが、これで充分に行動を起こせる。ホテルのスイートルームのソファに座っていたルッチは、立ちあがった。弟を呼び、すぐにロンドンに向けて出発しなければならない。ふいに別の考えが浮かび、呼び鈴に伸ばした手を途中で止めた。

性急すぎるかもしれない。ここは待つべきかもしれない。少しばかり復讐を先延ばしすべきかもしれないぞ。敵が妻《めと》を娶ると思うと怒りがこみあげたが、そのおかげで、愛するイザベラのために復讐する最上の方法が見つかるかもしれない。

そうだ、とルッチは決断した。考えれば考えるほど、いい考えに思える。あいつに妻を享受する時間をくれてやろう。その幸せが当然と思えるようになるまで。それから、そのすべてを奪い取ってやる。

ルッチは穏やかな満足感を覚え、かすかに笑みを浮かべた。それこそ、完璧な復讐だ。

16

お金の力でどれほど多くのことができるかは驚くばかりだ。ウェディングドレスに関するマーガレットの懸念も根拠のない不安に過ぎないことが証明された。こんなに間際であれば、普通は品質など問えないはずだが、ヘンリーはすでにドーヴァーから、ロンドンでもっとも腕がいい高級婦人服デザイナー、マダム・ヴァルモントに電報を送ってあったから、マーガレットたちがロンドンに到着する頃には、リージェントストリートにあるマダムの店のショールームには、今春の最高級ウェディングドレスの見本がずらりと並べられ、嫁入り衣装のための無数の生地や飾りが用意され、さらには、三日ですべてを仕上げるべく大勢の裁縫師が控えて一行を待ち受けていた。

トレヴァーはロンドンには同行せず、あえて別の馬車を仕立てて、ドーヴァーから二五キロほどの場所に位置するアシュトンパークに向かった。家族と会い、地所の状況をざっと見てくる予定だった。それを聞いてマーガレットが気落ちしたのは、土曜まではつきまとわれることが必至の報道関係者たちに、一緒に立ち向かってほしかったからだ。それにもかかわらず、地所に行く理由を理解したマーガレットに、トレヴァーは結婚式の準備騒ぎにうんざりしたら即刻電報を送ってくれれば、駆け落ちしてみんなをあきれさせ、報道陣に書く価値がある材料を提供できると言い置いて出かけたのだった。

その後の三日間、トレヴァーの提案が魅力的に思える場面が幾度となくあった。ロンドンに到着した翌朝の『パンチ』誌には、アメリカ人を揶揄《やゆ》する呼び名を用いて、マーガレットだと明らかにわかる娘がハロッズデパートでレディ・ヤンキードゥードルの爵位を購入している風刺漫画が掲載された。マーガレットにとってはこの上なく腹立たしいことだった。

救いだったのは、エドワードがその場にいて、ユーモアたっぷりに、前年、コーネリアが同じ目に遭った時に、マーガレットが慰め代わりに笑い飛ばした時の言葉を思いださせてくれたことだ。〝結婚式の日取りをアメリカ合衆国の独立記念日七月四日に変更して、結婚行進曲の代わりに楽隊にパレードさせ、フルーツケーキの代わりにアップルパイを食べて、思いつけるなかでもっとも無礼でもっとも恐ろしい人々を招待すればいいわ。あの記者たちにはそれで充分〟昨夏にその言葉を言った時は冗談のつもりだったが、今はとてもいい考えに思えた。

結婚式の前日の朝に、トレヴァーの母親、祖母、そして義理の姉がロンドンに到着し、花嫁を紹介する役目のレディ・リットンを伴ってヘンリーのメイフェアの屋敷を訪問した。マーガレットは、トレヴァーが地所でやるべきことがたくさんあるので、結婚式の朝まで戻ってこないことをその時点で知らされた。

未来の義理の母が客間に入ってきた瞬間、マーガレットの目は背が高いその女性に釘づけになった。黒髪にはほんのわずかに白髪が交じっているが、それでもはっとするほど印象的な人物だ。青い瞳と角張った顔立ちはトレヴァーによく似ていたから、レディ・リットンに紹介されるまでもなく、その女性が彼の母親だとわかった。

「初めまして」礼儀正しくつぶやき、その女性におずおずとほほえみかける。

義理の母親になる女性は笑みを返さなかった。「お会いできて嬉しいわ、あなた」

その挨拶はきわめて形式的で、マーガレットがどう返事をしていいかわからないほど冷たかった。その場をしのげたのは、ありがたいことに、なにも気づかないレディ・リットンが紹介を始めてくれたおかげだ。

まずは金髪色白でほっそりした、信じられないほど美しい女性を身振りで示した。ほかのふたりの女性よりもはるかに贅沢な服を着ている。「こちらがエリザベス、レディ・アシュトン」

その女性を眺め、跡継ぎをもうけるという目的でトレヴァーのベッドに潜りこんできたという話を思いだすが、とても信じられない。ドレスデン磁器の人形のように繊細でかよわく見える。想像していたような毒々しい女性には見えない。

しかし、マーガレットを見返した青い大きな瞳は冷たい敵意に満ちて、このジョフリーの未亡人の優しい印象を完全に損なっていた。最低限の礼儀さえおろそかにする様子に、マーガレットは見かけの美しさになんの意味もないことを実感した。

近くの茶の盆のほうに気を取られている老齢の太った婦人のほうを振り返り、レディ・リットンが大声で言う。「そして、こちらは伯爵未亡人」

盆に載った菓子を眺め続けている未亡人の脇腹をレディ・リットンが優しくこづく。未亡人はぎょっとしたように顔をあげたが、すぐににこやかな笑みをマーガレットに向けて、子どもが喜ぶように両手をぱちぱちと叩いた。「なんとかわいい子だこと！」

この親切な言葉にマーガレットが笑顔を返すと、未亡人はエドワードを振り返った。「アメリカのお嬢さんたちは、きれいな歯をしているねえ」エドワードに話しかける。「わが国の紳士が好きになるのも無理ないよ。たくさん男の子が生まれそうだしねえ」マーガレットの手をぽんぽんと叩いた。「あなたは健康そうだねえ。とてもいいことだわ。すぐに身ごもるに違いないよ。男の子よ、あなた。たくさんの男の子。お茶はいただけるかしら？」

気まずい沈黙に包まれたその場を救ったのは、当然ながら、コーネリアの如才ない言葉だ。

「ええ、もちろんですわ。お茶をいただきましょう」

試練の日々を切り抜けられたのは、ひとえにコーネリアの助力によるものだった。彼女の有能さと分別に千金の価値があることが証明され、土曜日の午後、マーガレットは自分でも驚くほど落ち着いた冷静な気持ちで、セントポール大聖堂の前に停車した馬車から降りたった。父の腕を取り、両側に並んだ報道関係者や興味本位の見物人たちに感じよくほほえみながら階段をのぼる。

教会のなかは招待客で混みあっていた。大好きな親友たち——今はグラストン侯爵夫人であるアン・クロフト、アサーズリー子爵夫人のジョゼフィン・ファーマー、セトン伯爵夫人のエリザ・ウィットモア――の顔もあった。

アサーズリー子爵のそばを通りすぎながら、昨年のクリスマスにジョゼフィンが訪ねてきて、夫の賭けごとによる借金を返す金を貸してほしいと懇願した様子を思い浮かべる。彼女の父親も、投機事業が悲惨な結果に終わってすべてを失ったばかりだった。一方、セトン伯爵はアメリカ人の妻と一緒にいるよりも、スコットランドの狩猟小屋にいるほうを好む人物だ。アンの夫はこの結婚式にも欠席しており、マーガレットはその理由を知っている数少ないひとりだった。グラストン侯爵は数えきれないほど不貞を重ねた当然の結果として、梅毒を患っている。

突然、マーガレットの落ち着きが砕け落ちて、真珠で白いサテン地を覆った美しいドレスの裾にけつまずいた。父が支えてくれたせいで幸い転ぶのはまぬがれ、すぐに立ち直って歩き続けた。でも、実際には、父にこれほど強く腕をつかまれていなかったら、すぐその場で逃げだしていたはずだ。

顎を高くあげるよう自分に言い聞かせる。それが成功した時、前方にトレヴァーが立ち、マーガレットを待っているのが見えて、怯えて逃げだすことなどできないと悟った。彼を愛している。そんなふうに彼を辱めるわけにはいかない。彼は親友の夫たちとは似ても似つかない。マーガレットは思った。彼は違う。

父親がマーガレットの手を取り、トレヴァーの手に預けると、後ろにさがった。もう後戻りはできないと覚悟する。隣に立った花嫁に対し、花婿は安心させるように一回だけほほえみかけたが、それ以外は真面目な、厳しいともいえる表情を崩さなかった。マーガレットは何度か横目で盗み見たが、彼はずっと前を向いたままで、その横顔はマーガレットが知るどんな彼よりもさらにハンサムでさらによそよそしかった。

儀式は一五分で終わった。一五分といくつかの約束で、マーガレットの全人生が変わった。トレヴァーの腕を取り、振り返って彼と歩きだした時、自分がやったことの重大さに息が詰まりそうだった。体がしびれるほど狼狽し、マーガレットは英国人にしろ米国人にしろ、このセントポール大聖堂のなかで吐いた花嫁はいるだろうかと思った。自分がその最初の花嫁になることが本気で心配だった。それだけで、『パンチ』の漫画家は大成功を収めることになるだろう。

マーガレットは最後まで吐かなかったが、彼女が教会に入ってきた瞬間から、トレヴァーはそうなる可能性に備えて心を鬼にしていた。長い通路を歩いてくるマーガレットの顔は着ている白いドレスと同じくらい白かった。彼の手に手が置かれると、彼女のひどい震えが伝わってきたし、その大きな茶色い瞳は怯えたシカのようだった。トレヴァーの忠告を聞き入れて、ヘンリーが即刻結婚を手配してくれたことがありがたかった。数日でも遅れていれば、マーガレットはこの結婚自体を取り消したに違いない。

トレヴァー自身はそうした不安はなかった。マーガレットのようなロマンティックな理想主義者でないゆえ、トレヴァーの決意を支える要素に愛という概念はない。兄が亡くなった瞬間にトレヴァーの運命は定められ、アシュトンパークへの帰郷によって、できるだけ早くマーガレットと結婚するという決意はさらに強められた。ようやくここまで漕ぎつけ、今の自分は、結婚による喜びと快楽の享受を心待ちにしている。しかしながら、彼の花嫁が同じ気持ちでないことは見るからに明らかだった。

ヘンリーのメイフェアの屋敷の客間で、トレヴァーはチンツ地が張られた安楽椅子のひとつに座った妻を眺めていた。アメリカ人の友人たち三人と小さい声で会話を交わしている。窓から差しこむ西日に照らされて結いあげた髪が輝き、溶けたチョコレートを思わせる。ドレスの真珠が彼女のわずかな動きにも揺れて、虹色の滝しぶきのようにきらめいている。トレヴァーは、これまで出席した数々の結婚式を思い浮かべ、どの花嫁よりも自分の花嫁が美しいと思った。そして、一番輝いていると。

母が近寄ってきて隣に立った。マーガレットを見据えたまま、低い声で言う。「よくやったと思いますよ、トレヴァー」

「ありがとう、母上」トレヴァーはそっけなく答えた。「あなたに認めてもらえるとは、嬉しいですね」

「英国人のほうがよかったですけど、もちろん」

「もちろん、そうでしょう」

「でも、あの娘はそれなりに魅力的ですよ。アメリカ人としては」上品に咳払いをする。

「レディ・リットンから、あの子のお父さまがアメリカで一番の資産家のひとりと聞きましたよ。まあ、すばらしいこと。きちんと契約を整えたんでしょうね」

トレヴァーは口を一文字に結び、母に冷たい氷のような視線を向けた。その昔にその母から教えられた視線だ。母がふんと鼻を鳴らし、好奇心を満たされないまま部屋の向こうに引きさがると、トレヴァーはまた自分の花嫁に関心を戻した。

見られていることを感じたかのように、マーガレットが振り向いて彼を見た。表情は硬く不透明で、なにを考えているのか、トレヴァーには見当もつかない。

友人たちのほうに顔を戻すまで、マーガレットはかすかな笑みさえも浮かべなかった。トレヴァーのなかに漠然とした、いくらか罪悪感にも似た不安が湧きおこる。それを脇に押しやり、ヘンリーの高価な美術収集品に関心を持ち、見せてもらえるかと尋ねてきたセトン卿に集中しようとした。

「もちろん、もちろん」ヘンリーが嬉しそうに答えている。「名画の多くはイタリアの別荘にあるのだが、もちろん。しかし、ここでもかなり包括的に収集している」

トレヴァーも同行を希望し、三人の男は客間をあとにした。ヘンリーとセトンのあとについて、長い陳列室を歩く。どちらも美術の話題が好みらしく、熱心な議論を交わしている。トレヴァーはふたりの会話に参加しなかった。実際のところ、ほとんど聞いてもいなかった。黙ってもの思いにふけりながら、陳列室の端まで歩く。突き当たりの両開きの扉が開き、その先が舞踏室だった。「舞踏室にフェンシングの道具ですか？」一番奥の壁にフェンシング用の剣とマスクが掛かっているのに気づき、トレヴァーは尋ねた。

「娘とその友人たちが好きでね」ヘンリーが言う。「この屋敷で、フェンシングの練習ができるほど広い部屋は舞踏室だけなんだ。クラブのようなものを結成しているらしい」セトン卿のほうを向いた。「お宅の奥方もロンドンに滞在中は参加しておられるのでは？」

伯爵が顔をしかめた。「ええ。正直言って、そのような男のスポーツを妻がやっているのは多少気になりますがね。しかしまあ、体にはいいし、害はないでしょう」

ヘンリーがくすくす笑った。「奥方たちを幸せな気持ちにさせておけるならということかな。うちの娘はフェンシングがとても好きなんですよ。何度か手合わせをしましたがね。かなりの実力だ、女性としては。悪くない」

ぶらぶら歩きながら客間に戻り、ふたたびパーティに加わった。午後から夜までトレヴァーは妻を見守り続けたが、妻は一度も彼のほうを見なかった。彼女が笑ったり、なにか大胆な発言をするのをずっと待っていたが、それもなかった。日が暮れて夜になっても、マーガレットは痛々しいほど静かだった。

彼女のことをよく知っていなければ、怯えているかと思っただろう。若いレディが初夜を恐れるのはよくあることだ。しかし、マーガレットに限っては、その見方は当てはまらないはずだ。すでに多少は経験させてある。彼の情熱も自分の欲望も恐れずに受け入れていた。とはいえ、今のマーガレットはこれまで見たことがないほど不安げに見えた。しかも、夜が更けるにつれ、その恐怖はさらに増大しているようだった。

結婚の祝宴が終わり、マーガレットがコーネリアに伴われて二階にあがっていった。それが合図だったかのように、客も帰り始めた。母と祖母、そしてエリザベスが宿泊しているホテルに帰ると、トレヴァーは書斎で祝いの葉巻を吸うエドワードとヘンリーに合流した。しかし、彼らとなにげない会話を交わそうと努力しても、マーガレットの青ざめた顔を頭から払うことはできなかった。彼女に怖がられていると思うだけで不安がこみあげる。

苛立ちを募らせながら、トレヴァーはコーネリアが戻ってくるのを待った。そして戻ってくるとすぐに立ちあがった。そばで足を止めた彼にコーネリアがささやいた。

「階段をのぼった右手の三番目の扉」

トレヴァーはうなずき、みんなにおやすみを言うと二階にあがっていった。花嫁にどのように迎えられるのか見当もつかない。コーネリアがマーガレットの恐怖をなだめてくれたことを期待したが、部屋に入った瞬間に、その希望はかなわなかったことがわかった。

象牙色のシルクのネグリジェとナイトガウンを着て、マーガレットは化粧台の前に座り、髪を梳かしていた。彼が入っていくと、梳かしている手が止まって、視線が一瞬こちらに向いたが、それもすぐにそらされ、またブラシが動きだした。戸口にいても、緊張感がはっきり伝わってくる。

トレヴァーは部屋を見まわした。窓際のテーブルには、氷を詰めた容器が置かれ、シャンパンが冷えている。トレヴァーは後ろ手に扉を閉め、そちらに歩いていった。酒が少し入れば、どちらもリラックスするはずだ。

婚礼衣装の上着を脱ぎ、瓶のコルクを抜いてシャンパングラスふたつに注いだ。それを持って、マーガレットが座っている椅子に近寄り、化粧台に彼女のグラスを置いた。それから、彼女の後ろにあるクイーンアン様式の座りにくい椅子に腰かけた。

彼女の髪を梳かす動作が唐突に速くなったのは、明らかに彼が近くにきて狼狽しているせいだ。「素敵な結婚式だったたと思うわ」

「とてもよかった」トレヴァーはシャンパンをひと口飲み、グラスを置いた。マーガレットの肩越しに手を伸ばし、手からブラシを取る。

「なにを――」

「しーっ」トレヴァーは長い黒い髪を集めて背中に垂らした。「シャンパンを飲んだらいい」そう言い、髪を梳かし始める。

マーガレットはグラスを取り、ひと息で中身の半分ほどを飲みくだすと、グラスを戻した。彼女の指が落ち着きなく、化粧台の縁をなぞり、香水瓶をまっすぐにし、銀色の櫛をいじるあいだ、トレヴァーは長く一定したリズムで髪を梳った。指に触れる髪は絹糸のように柔らかく、彼女の好きなレモン・バーベナの石鹸の香りがする。前かがみになり、そのさわやかな甘い香りを吸いこんだ。

「イタリアにいる時から」そっとささやく。「ずっとこれがしたかった」

マーガレットのそわそわした動きが止まり、ぴたりと動かなくなった。「そうなの？　なぜ？」

答えの代わりに、ブラシを使って髪を脇に寄せ、うつむいてうなじにキスをした。

まるでやけどをしたかのように、マーガレットが飛びあがる。

彼はまたキスをして、舌で肌を味わった。マーガレットが小さく不安の声をあげ、立ちあがろうとした。

彼の手からブラシが落ちる。両手を妻の肩に置いて動きを押さえると、反動で髪が落ちて彼の頬にかかった。「マギー」彼女の肌に向かってささやく。「怖がらなくていい」

「怖がってないわ」

そう言いながらも、張り詰めた首すじとこわばらせた肩から強い緊張が伝わってくる。トレヴァーは鏡のなかの彼女にさぐるような目を向けた。

「もしかしたら、怖がっているかもしれないけれど」小さく告白し、目を伏せる。「少しだけよ」

トレヴァーの口もとにかすかな笑みが浮かんだ。「きみはいつも正直すぎる」つぶやきながら、震える息を吸いこんだ。自分も落ち着いた気分にはほど遠い。彼女に対する欲望を何週間も抑え続けて、正気を保つことも難しくなっている。それなのに、誘惑やゲームなしで彼女を手に入れることができる今になって、ふたたび自制し、こうして待つことになるとは。自分は、彼女のほうから望んでくれるのを待っている。

このためらいに気づき、トレヴァーは笑いたくなった。やれやれ、思いだせないほどたくさんの女性と関係を持ちながら、自分の妻と愛し合うことについて、これほど切ない思いをするとは。自分の妻なのに。

髪をさらに押しやって耳にキスをしながら、両手を滑らせて、腕を上下にそっとさすった。耳の肌はビロードのようになめらかだ。耳たぶをついばみ、彼女の速まる息遣いに耳を澄ます。ゆっくりと、とてもゆっくりと、両手を腕の下に滑りこませ、胸の脇に指先を触れた。

「わたしたち、正しいことをしたと思う？」

その質問に驚き、トレヴァーは一瞬動きを止めたが、すぐに指先で撫でるのを再開し、さらに唇を首すじに這わせた。「もちろんだ」

「本当に？」マーガレットがささやく。「あなたは前に、わたしは愛人としてはすばらしいけれど、妻としては難しいと言ってたわ。もうそうは思っていないの？」

「いや、いまだに、難しい妻になるだろうと思っている。だが、そのくらいの犠牲は喜んで払う覚悟ができている」

彼の挑発的とも言える答えに、マーガレットは思わずほほえんだが、同時に狼狽せずにはいられなかった。「なんと気高いこと」

片手をあげて、トレヴァーがマーガレットのガウンの襟を引いて肩をあらわにすると、ネグリジェのレースの紐のすぐ脇にキスをした。

マーガレットの笑みが消えた。「そ、その難しい妻になってしまうのが心配なの。とくに伯爵の妻として」椅子に座ったままそわそわする。「敬称も覚えられないんですもの。混同してしまうのよ」

「深刻な問題だ、たしかに」彼女の肩に向かって笑い、肌に温かな息を吹きかける。「しかし、なんとか耐えられると思う」

「あなたに恥ずかしい思いをさせるわ」

「それもなんとかなる」両手を肋骨からウエストに滑らせ、シルクに覆われた体の線をたどりながら驚嘆の声を発した。コルセットもペティコートもつけていない。両手に感じるのは、柔らかな彼女自身。彼女への欲望が体を駆けめぐり、トレヴァーは震える手をガウンを留めるシルクの紐に伸ばした。

「別々の寝室にしなければならないのかしら?」マーガレットが尋ねる。

トレヴァーはため息をついた。忍耐心が枯渇するのを感じ、額を彼女の肩に載せる。やれやれ、こんな会話を明日の朝まで続けるのか?「そうしなければいけないわけじゃない」答えながら、紐を引っぱる。ガウンの前がはらりと開き、トレヴァーは顔をあげて鏡のなかの彼女を見つめた。

はっと息を呑み、マーガレットがガウンの前をつかんで立ちあがった。ガウンの紐を結び、彼のほうを向いて自分を守るように胸の前に腕をまわす。目を見開いて彼を見あげたその瞳は陰り、いかにも傷つきやすそうだ。「あなたがほかの女性をたくさん知っていることが耐えられない!」ふいに大声で叫んだ。「どうしても嫌なの!」

それが、マーガレットが心配していることなのか? 比べられることが? トレヴァーは妻を見つめた。流れるような髪、シルクのガウン、こわばった態度。これではうまくいかないし、ここで押し倒して片をつけることが問題外とすれば、打つ手がない。

ふいに舞踏室が頭に浮かんだ。壁に掛かっていたマスクとベスト、そしてフェンシング用の剣を思いだす。ふいにマーガレットの肘をつかみ、ランプに手を伸ばした。「一緒に来てくれ」

「どこへ行くの？」戸口に引っぱられながら、マーガレットが聞く。

「すぐにわかる」

扉を開けるあいだだけ手を離したが、すぐにまたマーガレットの手首をつかみ、廊下に引っぱりだした。周囲はすでに暗く寝静まっている。

「いったいどこに連れていくの？」階段のほうに導かれ、マーガレットがささやく。

「きみに出会って以来、真夜中の冒険にこがれる気持ちが強くなったんだ」

ふたりは陳列室を抜けて舞踏室に入った。戸口の脇のテーブルにランプを置き、マーガレットのほうに向く。「きみは前に、フェンシングが上手だと言っていただろう？　それをこの目で見たいと思ってね」

「今？」マーガレットが信じられないという声で尋ね、彼が戸口の脇に取りつけられたガス灯の燭台に火をともすのを眺める。ふたつ点火したのでかなり明るい。「今ここでフェンシングをしたいの？」

「いいじゃないか」トレヴァーはテーブルにマッチを放ると、壁のラックから剣を取り、防御マスクをつけて大広間の真ん中に歩いていき、いまだに信じられないという顔で眺めているマーガレットのほうを向いた。

挨拶し、剣先をマーガレットに向けてかまえる。「かまえ《アンガルド》」マーガレットが、挑戦されたら受けて立たずにいられないのをトレヴァーはよく知っていたし、彼女の顔からいくらか緊張が取れるのを見て嬉しくなった。マーガレットはマスクをつけ、壁に掛かった剣を取り、移動してかまえの姿勢を取った。マーガレットも礼を返し、そして試合が始まった。

トレヴァーが想像していたより、マーガレットははるかに上手だった。だれが教えたにしろ、きわめていい指導だったに違いない。トレヴァーのような力はなくても、俊敏さと賢さを兼ね備えている。マーガレットはそのふたつを巧みに使って優勢を保ったが、トレヴァーは自分の挑戦の結果についてはなにも心配していなかった。彼女よりははるかに力が強いうえ、何十年も訓練を積んでいる。ほんの数分で圧倒することもできるが、そうしないほうを選択した。守りの姿勢に徹して攻撃をかわすことで満足し、マーガレットが終始攻撃しているように仕向ける。

ところが、この美しい敵は、敏捷さよりもはるかに危険な武器を持っていた。トレヴァーはほどなくして、象牙色のガウンが優美な曲線にかろうじて引っかかっているというその魅惑的な姿に、完全に注意を散らされていることに気がついた。そして、稲妻のようなすばやさでひねった剣が彼の剣をとらえ、ゴムがかぶさった剣先が胸に突きつけられた段階で、自分の完全な間違いを認識したのだった。

「ヒット!」マーガレットが勝ち誇った様子で宣言し、後ろにさがった。顔に浮かんだ大きな笑みは、きょう一日で初めて見たものだった。「認めなさい！」

トレヴァーは驚嘆していた。「どうやって、こんなことができたんだ？」

「卓越した技術によって、もちろん」マーガレットが言い、また剣をかまえた。

「そうかな？」

ふたりはかまえの姿勢で、円を描いて慎重にまわった。マーガレットの速い息遣いが官能的なリズムを刻み、息をするたび、ふっくらした乳房の形を強調している。薄いシルクに下の乳首が濃く映り、背後の蠟燭の光が腰と太腿の輪郭をくっきり浮かびあがらせている。トレヴァーはそろそろ試合を終わらせて、勝利の報酬を要求する頃合いだと判断した。ただちに攻撃側に転じ、マーガレットを後退させるべく、初めて際だった技能を発揮する。突然見せた圧倒的な動きに、マーガレットは警戒の声をあげて飛びすさりながらも、なんと彼の突きを巧みに払ってみせた。それどころか、彼の攻撃を受け流して瞬時に体勢を立て直すという卓越した動きを見せたが、そこで運悪くガウンの裾を踏んでよろめいた。その機をとらえたトレヴァーのさらなる攻撃によって、マーガレットの剣が手から飛んだ。本人も倒れて、渦を巻いた象牙色のシルクとクリーム色のレースの上に尻餅をついたが、その瞬間、長い素足をちらりと拝めたことはあえて言うまい。

「フェアじゃないわ！」マーガレットが叫び、笑いながらマスクを取って彼が出した手を握り、手伝ってもらって立ちあがった。「絶対にフェアじゃないわ。わたしのガウンが邪魔したせいで、あなたはなんとか勝ったのよ」

トレヴァーは首を振り、マスクを取った。「それはないぞ。きみは自分の稼いだ得点は、すぐに自分の技術のおかげとするが、ぼくが試合に勝った時は長いスカートのせいにする」

「当然のことよ」マーガレットがあっさり認める。「みんなそうするでしょう?」

「ぼくはしない」

マーガレットがほほえみ、剣が落ちた場所まで歩いていった。拾いあげ、それとマスクをラックの所定の位置に戻す。「中途退場によってあなたが不戦勝を得たと主張するわ。次回は、ズボンを穿くもの。それであなたが勝てるかどうかわかるわ」

マーガレットが伸びあがってガス灯を消すのを眺めながら、トレヴァーは、ぴったりしたズボンに包まれた妻の魅力的な腰は、シルクのネグリジェと同じくらい試合の妨げになるのではないかといぶかった。しかし、そうした将来的な楽しみを嬉しく思いめぐらせるのは時期尚早だ。「認めるんだ、マギー。ぼくが勝ったことを。それも、中途退場のせいではない。それに」マーガレットが答えないと、さらにつけ加えた。「勝利したからには、褒美をもらえるはずだが」

マーガレットが振り返り、トレヴァーの目と目を合わせた。そこに宿った彼の欲望は、隠す努力をしなかったから、ふたりを隔てる距離を越えて見えたに違いない。鋭く息を呑む声がはっきり聞こえてきた。とはいえ、その表情に恐怖は浮かんでいなかった。「わたしが譲歩して、あなたが勝ったことを認めたとしたら――まだ認めてないけど――、そしてあなたが求めている褒賞を出すとしたら、なにがほしいの?」

「ぼくが思うに」――トレヴァーは真剣に考えているかのように言葉を切り、マーガレットの頭のてっぺんからつま先までゆっくりと視線を走らせた――「ぼくの妻にここまで来て、キスをしてもらいたいかな」

マーガレットは少したためらい、それからトレヴァーに向かってゆっくり歩いてきた。いたずらっぽい笑みが口の隅に浮かんでいる。「それだけ？」数歩手前で足を止める。「本当にたしか？」

トレヴァーの剣とマスクが音を立てて床に落ちた。「本当にたしかだ」

「そうだとしたら、あなたの勝利は無意味だわ」

「そうか？　なぜだ？」

マーガレットは顔を赤らめたが、まつげの下からちらりとトレヴァーを見やった時の目つきには、明らかにからかいの表情が浮かんでいた。「なぜなら、結婚式の晩のキスは、どちらにしろ手に入れる褒賞だから」

「そうかな？」トレヴァーは一歩前に出て、逃げる間を与えずにマーガレットをとらえた。金切り声の抗議は無視して、両腕に抱きあげる。「もう充分だ。これ以上の引き延ばしはなし。褒美のキスをしてくれ、きみがよければ」

マーガレットが両腕をトレヴァーの首にまわした。「愛しているわ」そっとささやく。

トレヴァーは抱きしめる腕に力をこめ、マーガレットにキスをして、ロマンティックで愚かしい言葉を封じこめた。愛のなかで唯一実存するものは、ベッドで交わされる愛だ。その愛を、できるだけ早く妻と分かち合いたい。もう充分長く待った。

彼の口の下で妻の口が開いた。柔らかくて温かくて、かすかにシャンパンの味がする。両手が彼の髪に差しこまれる。マーガレットが舌で彼の舌をさぐると、そのおずおずとした触れ方に、震えるほどの快感がトレヴァーの体を貫いた。くそっ、妻を二階に連れていく必要がある。さもないと、ふたりの最初の愛の行為を舞踏室の床で行うことになる。

トレヴァーは唇を分かち、妻を抱いたまま戸口のほうを向いた。「ランプを持ってくれ」ぶっきらぼうに言う。

マーガレットが指示に従い、ふたりは舞踏室をあとにした。彼女を抱いたまま陳列室を抜けると、ブーツのかかとの音が寄せ木細工の床に当たって静まった屋敷にこだました。

「トレヴァー、おろして」階段に近づくと、マーガレットがささやいた。「重すぎて、抱いたままじゃ階段をあがれないわ」

階段の下で足を止め、重いかどうか試すようにマーガレットを持ちあげてみせる。「そうは思わない」

そのまま階段をのぼり、ふたりの部屋に連れていく。なかに入ると、ベッドのそばでマーガレットをおろした。彼女の手からランプを受け取り、ベッド脇のテーブルに置く。そして、マーガレットのほうを向いた。

大きな瞳を見開いて、彼を見つめる様子は、ふいに今晩がどんな夜かを思いだしたかのようだった。片手でガウンの縁のレースをつかんでいる。トレヴァーは肩のまわりに流れ落ちて黒く波打つ、そのつやつやした髪に手を伸ばし、拳にからめて絹のような肌触りを味わった。

もう一方の手をガウンの紐に伸ばし、強く引く。蝶結びがゆるみ、シルクの合わせ目が離れる。両手を彼女の肩に置いて、ガウンをいっきに体から滑らせた。象牙色のシルクが足もとに落ちてたまる。

しかし、両手をあげてネグリジェのボタンをはずし始めた時、妻がふいに体をそむけ、そばのテーブルに手を伸ばした。

なにをしようとしているか気づき、その手首をつかんで止める。

「つけておいてくれ。ぼくはきみが見たい。眺めたい」

マーガレットは首を振り、つかまれたままの手を無理やりランプのほうに動かそうとした。強い困惑と恐れが伝わってきて、本気で自分の体を見せたくないのだと気づいたが、妻を見るという楽しみを持てないのは、どう考えてもあり得ない。

「マギー、きみを見たいんだ。ぼくを拒まないでくれ」

「わたしはあなたに見てほしくないの」痛々しい声でささやきが返ってくる。

「わかってる」

耳たぶをそっとついばみながら、手首の内側を撫でると、徐々に、きわめて少しずつ、彼女の体から力が抜けていった。つかんでいた手を放してネグリジェの上のボタンをさぐり、真珠貝のボタンをはずす。マーガレットは動かなかったが、最後のボタンをはずし終えた時には、体を震わせていた。顔をそむけ、目をぎゅっとつぶっている。

肩からネグリジェを脱がせた瞬間、そこに現れた丸くてみずみずしい乳房にトレヴァーは息を呑んだ。「ああ、すごい」かすれ声でささやき、腕を滑らせてネグリジェを腰の張りまで落とす。

肋骨に沿って両手で撫でてあげ、手のひらで乳房を包みこんで硬くなった乳首を親指でさすった。

「美しい」つぶやきながら顔をさげ、胸にキスをする。「とてもきれいだ。そうだと知っていたよ。きみを最初に見た瞬間にわかった」

マーガレットは官能のもやのなかで、彼のささやく言葉に耳を澄ませた。両手が優しく撫でるのを感じて恍惚となったその瞬間、ふいに直感がひらめき、彼が想像のなかでもう何百回もマーガレットと愛し合っていたと悟った。その驚くべき発見がマーガレットの警戒心を解いた。恐怖も不安も消えて、彼に対する圧倒的な愛だけが残る。そして、これ以上に正しいことはないと確信した。

乳首が口に含まれ、吸われ、舌でいじられると、得も言われぬ感覚が全身に広がった。両腕を彼の首にまわしてしがみつき、意識が遠のくほどの快感に身を震わせる。

トレヴァーがマーガレットの前に膝をついた。両腕で彼の頭を抱いてそっと揺らすと、肌を撫でる髪が心地よく感じられた。彼の指先が肋骨を撫でおりる。おへそにキスをされる。息が温かい。

　両手が腰に沿って滑りおり、シルクの布をたぐりよせる。一回引っぱると、布地のすべてが足もとに落ちた。彼の手がまた触れる。片手が両脚のあいだに滑りこみ、秘密の場所をそっと撫でた。草地でやったのと同じように。くずおれないように両手で彼の肩を強く握る。彼の手と一緒に体が動く。その動きを止められない。彼の指に撫でられるたびに、喉からうめき声が漏れるのを止められない。ふいに強烈な快感に襲われた。次から次へと寄せてきて、高く高く押しあげる。ついにすべてが爆発し、マーガレットは我を忘れて叫んだ。

「ああ、トレヴァー！」お腹に当たる彼の息は速くて熱かった。両手にお尻をつかまれ、倒れないように支えられるのがわかった。

　ほどなく、トレヴァーが立ちあがり、ベッドのほうを向いた。カバーの端をつかんで上掛けと上シーツをはがすと、マーガレットを両腕に抱きあげ、ベッドの中央におろした。重なった枕のなかに横たわり、彼を見あげる。彼の顔に欲望が、自分に対する渇望が浮かんでいるのが見えて、もう目を離せなかった。

　トレヴァーがゆっくりと、やはりマーガレットを見つめたまま、服を脱ぎ始めた。白いシルクのネクタイとグレーの胴着が椅子の上に落ちる。真珠の飾りボタンがシャツを離れ、ベッド脇のテーブルに置かれたクリスタルの小鉢のなかにかちんと転がる。

　肩から留め金を取り、シャツを脱ぐ。彼の胸を見たとたん、喉がぎゅっと締めつけられた。

「あなたも美しいと思うわ」

「初めてだ」くっくっと笑う。「そんなふうに言われたことは、これまで一度もないな」シャツを脇に放り、黒いズボンのボタンをはずす。そのあいだも、視線はマーガレットに固定されたままだ。だが、腰からズボンが滑り落ちると、マーガレットはふたたび落ち着きを失い、目をそらして天井を見あげた。もう一度彼を見たいけど、好奇心より困惑のほうが強すぎて、ただ、漆喰天井の渦巻き模様を見続ける。

トレヴァーが横に寝そべると、その重みでマットレスが沈んだ。彼が触れる。炎に肌を焦がされたような気がして、マーガレットははっと飛びあがった。広げた手が腹部に置かれ、ゆっくりさがって太腿のあいだに滑りこんだ。指が当てられるのを感じて身をこわばらせる。なかに押しこまれる。広げられた感覚は奇妙だが、不快ではなかった。

ほかにも腰になにかを感じる。肌に熱く当てられているのは、形容できない形の硬いもの。それがなにか、なにを意味しているのか、次になにが訪れるか、マーガレットは知っていた。軽い不快感、とコーネリアに言われた。

彼の指がなかで動いた。内側の壁を撫で、同時に外側で親指が縮れ毛を小さく丸く撫でた。「トレヴァー」マーガレットはあえぎ、高熱のさなかのように身震いした。「ああ、ああ、すごいわ!」

彼は手を抜くと、体を転がすようにしてマーガレットの上に覆いかぶさった。体をマットレスに押しつける。そして、両肘をついて上半身を起こしたまま、腰を密着させてゆっくりと動かした。先ほど指で触れられていた秘密の場所に、今度は硬い高まった部分がこすりつけられるのを感じた瞬間、ふたたび同じ感覚が襲ってきた。奇妙な愛撫に体のなかでなにかが起こり、それがさらに強く、さらに熱く増大する。ついに腰をそらして彼に押しつけると、激しい陶酔感とともに全身が張り詰め、頂点を迎えた。マーガレットは叫び声をあげ、両手で思わず彼の背中の盛りあがった筋肉を強くさすった。

トレヴァーがマーガレットの背中の下に両腕を差し入れ、体をさげてぴったり重ねた。髪にキスをして、それから喉に、そして頰に口づける。速い息が肌に熱い。

「もういいか、マギー」声がかすれる。「できる限り待ったが、もう待てない」

マーガレットが両脚を広げると、その動きが彼のなかのなにかに火をつけたようだった。喉の奥でうなり声を発し、首をさげて唇でマーガレットの唇をとらえた。激しく口づけ、そして、なんの警告もなく力強い動きで腰を突きだした。その動作がもたらしたのは、彼のものでいっぱいに満たされた感覚と、ナイフで切りつけられたような痛みだった。

彼の唇にふさがれているのに、思わず叫び声が漏れる。これは、コーネリアに言われた軽い不快感どころではない。耐えがたいほどの痛みだった。これまで感じていた快感が瞬時に消え去り、マーガレットは首をそむけた。痛みと狼狽で涙声になるのが自分でもわかったが、それさえ止められない。マーガレットは彼の両肩を押しやった。

トレヴァーはマーガレットに重なったまま動きを止めていた。首すじに鼻をこすりつけ、そっと肌に口づける。体を動かさずに届くところ全部にキスをする。「マギー、マギー」小さくつぶやいた。「強くやりすぎた。痛かったね。本当にすまない」

痛みはすでに引いていたし、彼の声は後悔の気持ちであふれていた。マーガレットは大きく唾を呑み、両腕をあげて彼の背中にまわした。「わたしは大丈夫よ」ささやき返す。「これなの？　これで終わったの？」

「いや」

マーガレットは乾いた唇をなめた。「それは……残念」

トレヴァーが耳もとでうなった。「すまない、ダーリン」

彼にすまないと思ってほしくなかった。彼になにも後悔してほしくなかった。彼の下で身動きして、彼がなかに入っている感覚に慣れようとする。鋭い痛みはもう消え、奥深いところでかすかな痛みがある程度だ。もう一度、おそるおそる動いてみる。

「だめだ」彼が歯を食いしばった。「頼むから、マギー、動くな。なんとかがんばっているんだ……落ち着こうと」

硬直した全身から、彼の緊迫した状態が伝わってきた。マーガレットのために必死にこらえている。慣れるまで待ってくれている。そうわかって、彼に対する愛がいっそう深まったが、でも、これ以上彼を待たせたくない。結婚したのだから、彼は待たなくていいはず。本能と愛情に導かれ、マーガレットは彼の下でまた動いた。腰を揺らし、その揺らし方で彼を高みに押しあげたいと願う。

「ああ、すごい」彼がうめき、少し身を引いた。「ああ、だめだ、マギー、待て」

マーガレットは彼の言葉を無視した。身をそらして彼に腰を押しつけ、もう一度彼のすべてを引き入れようとする。彼は荒々しい叫び声をあげると、ふいに強いひと突きで彼女を貫き、激しく動きだした。彼の体重でさらにマットレスに押しつけられる。

彼の体のリズムに合わせ、一緒に動いた。まだ少し痛みは残っているが、大事なのは、彼がもうなにも我慢していないこと。情熱に押し流され、無我夢中で没頭している。それがマーガレットには嬉しかった。

「愛しているわ！」気づくと声をあげていた。彼の腰に両脚をまわし、すでに痛みではなく喜びとなった感覚と与える快感を堪能する。「ああ、トレヴァー、心から愛しているわ！」

ふいに彼がマーガレットを抱いた両腕をさらに強く締めつけた。激しく体を震わせるのを感じて、マーガレットは彼が少し前に与えてくれた快感を、自分も彼に与えることができたと知った。マーガレットの上に彼が崩れ落ち、マーガレットの耳もとに荒い息を吐いた。

「マギー」小さくつぶやき、手をあげてマーガレットの髪に触れる。「ぼくの妻」

その言葉が心に染みこむと、マーガレットのなかで、甘くて喜びに満ちた優しさがまるで太陽に向かって咲く花のように花開いた。首をまわして、彼の喉もとにキスをする。「わたしの夫」そっとほほえみかける。「わたしのヒーロー」

しばらくのあいだ、マーガレットはトレヴァーに組み敷かれたまま、満ち足りた気持ちで彼の体の感触を楽しんでいた。重くて硬くて、安心させるようにどっしりしている。背中をそっと撫でると、彼の息吹が耳もとでそよいだ。

数秒後に彼がかすかに動いた。「重たいだろう」つぶやいて、マーガレットが否定する間もなくもう一度耳に口づけると、転がってマーガレットからおりた。足もとでからまっていた上掛けに手を伸ばし、引いてふたりの上に掛ける。分厚い羽毛のマットレスに心地よく落ち着くと、一方の腕を枕代わりにマーガレットの頭の下に差しこみ、もう片方で腰を抱いた。

「別々の寝室はいらない」彼がつぶやく。

その数秒後には安定した息遣いが聞こえ、マーガレットはトレヴァーが眠りに落ちたことを知った。

でも、マーガレットは同じようにはできなかった。心身ともに生気にあふれ、眠るなんてとても無理。きょう、わたしは彼に自分の持つすべてを捧げたけれど、それは犠牲ではないとわかっている。なぜなら、彼を愛しているから。喜びであふれそうになり、マーガレットは大声で笑いたくなった。

トレヴァーの両腕の輪のなかで横になり、彼の肩に頬をもたせて、マーガレットは長いあいだ目を覚ましていた。これまで感じたことがないほど満ち足りて、幸せだった。マーガレットは理解した。自分がこの男性のなかに、ずっと夢見てきた真の愛を見つけたことを。

17

男にとって、女の香りのなかで目覚めるほど嬉しいものはない。トレヴァーは目をつぶったまま、レモン・バーベナの石鹸と粉おしろいの香りを深く吸いこんだ。その香りと柔らかくて女性的なぬくもりの組み合わせはマギー独特のものだ。これまでも、この官能的な香りに苛まれながら幾度となく目覚めたものだが、けさの香りはどこか違う。もっと強く、もっと幻想的に感覚に訴えかけてくる。ふいに激しい欲望に突き動かされて、トレヴァーはその香りの正体に気づいた。愛の行為の匂いだ。

目を開く。ランプはすでに消えているが、代わりに閉められている鎧戸越しに淡い灰色の光が漏れ入り、朝であることを告げている。隣で寝ているマーガレットが身じろぐかすかな動きを感じた。振り向くと、マーガレットが目を覚まし、こちらを見ていた。

脇を下にして横になり、肩ひじをついて手のひらに頰を載せているが、シーツは慎み深く胸の上まで引きあげられている。長い髪が顔にかかり、こぼれるように露出した肩を覆っていた。トレヴァーも脇を下に寝返る。腕をあげて手のひらをマーガレットの丸い頰に滑らせて、絹のような髪を指で梳いて頭の後ろに撫でつけた。「おはよう」小さくつぶやいて妻を引き寄せる。

マーガレットはまつげを伏せて顔を赤らめたが、進んでトレヴァーに身を寄せた。彼のキスに応える情熱的な反応がトレヴァーの五感に火をつけた。舌を深くからめながら、空いている手を上掛けシーツに滑りこませて体をまさぐる。広げた指を乳房にあてがい、そのまま絹のような触り心地のお腹を撫でおりて太腿のあいだに差し入れる。指先でそっと触れ、すでに用意ができているのを確認する。

手を出して、唇を離す。異議を唱える小さな声を無視して、ふたりを覆う上掛けシーツを脇にはがした。「おいで」つぶやきながら妻を引っぱりあげ、腰の上にまたがらせた。脚のあいだに手を伸ばし、屹立したものを誘導する。彼女の濡れそぼった熱いとば口に先端を押しあて、拷問ともいえるほどの官能的な刺激に歯を食いしばった。

夫の視線に豊かな乳房を惜しげもなくさらす妻の姿に、経験したことがないほどの興奮を覚え、生涯にわたり、毎朝この姿を見たいと実感する。「別々の寝室はなしだ」もう一度約束し、いっきに突きあげて彼女のなかに入った。

マーガレットが驚愕の声をあげ、目をぎゅっと閉じて首を大きくそらした。その生々しい声に昨晩与えた苦痛を思いだし、トレヴァーはためらった。「痛かったか?」

マーガレットが首を振る。「いいえ、大丈夫」激しい息遣いのあいまに答え、おずおずと不慣れな動きで腰を揺らし始めた。彼女の尻を両手でつかんで一緒に動かし手ほどきする。

甘い拷問にこれ以上耐えられないと思ったちょうどその時、彼を包みこんでいる柔らかい部分が痙攣し、きつく収縮するのを感じた。瞬時に攻勢に転じる。これ以上奥まで行けないほど激しく突きあげた瞬間、急激な絶頂が訪れ、目もくらむような恍惚感に包まれた。

マーガレットが彼に身を寄せ、肩に頬をすり寄せた。両腕をまわして抱き寄せる。絹のようになめらかな背中を撫でながら、けだるい余波に身を任せると、ここに横になって、ただこの女性を抱いているだけで満足を覚えた。

満ち足りた平安。これまで関係した女性とは一度も経験したことがないものだ。

目を閉じて、彼女の息遣いに呼吸を合わせているだけで、全身から力が抜けて無防備なほどのくつろぎを感じる。他の女性たちのぼんやりした記憶が脳裏をよぎった。終われば、喜んでその場を去ってなんら悔いを感じなかった女性たち。だれひとりとして、なにかを要求できるほど長期にわたって彼を引き留めることはできなかった。どれほど行為に熟練していようが、そのあとに長く留まるように彼を説得できる女性もいなかった。

しかし、マギーは違う。マギーは自分の妻だ。それがどういう意味を持つか、今の瞬間まで自分は理解していなかった。この親密な関係が警鐘を鳴らすはずなのに、なにも聞こえない。昨晩見せた不安にもかかわらず、妻にも聞こえていないらしい。その幸せそうな表情から、彼と一緒に横になり、一日のんきに過ごすことになんの異議もないようだ。実際、あまりに静かで眠っているかと思うほどだ。

だが、その時ふいに妻が身じろぎ、顔をあげた。彼と目を合わせようとしないが、目を伏せているのではなく、彼の胸を見つめている。唇の端に謎めいた笑みが小さく浮かぶのをトレヴァーは見逃さなかった。その笑みに好奇心がそそられる。「なにを考えているんだ？」

それでも目をあげずに、マーガレットは彼の胸毛に指を這わせ、そっと撫でた。「わたしが思っていたのは」はにかんだ様子で言う。「わたし、結婚が好きみたいということ」

トレヴァーは笑った。満ち足りた笑い声に我ながら驚き、自分も好きらしいと気づいてさらに驚いた。実際、きわめて気に入ったと言わざるを得ない。

ヘンリーが銀行小切手に仰々しく署名し、机越しにトレヴァーに渡してよこした。「これでまずはアシュトンパークの改革に着手できるだろう。投資の対象はすでに考えているのかな？」

トレヴァーは小切手を受け取って見ずにたたみ、上着のポケットにしまった。

「いくつか考えていますよ。まずは亜麻布《リネン》の紡績工場です。ウェイバリーの周辺にはまったくない。もっとも近いのがシッティングボーンで、三〇キロ以上離れている。今現在、かなりの土地が休閑地になっているので、すぐに亜麻の種を植えられます。気候も適している。リネンを織る糸になるだけでなく、リネンの種油も作ることができる。ひとつの作物でふたつの収穫が得られるというわけです。そうした投資は見返りも大きいかなと」

ヘンリーがうなずき、抜け目ない目つきでトレヴァーを見やった。

「ウェイバリーの村の繁栄はさておきということか」

「村の繁栄は、最寄りの地所の利益に依るところが大きい。伯爵として、ウェイバリーの村民に対する責任を無視することはできません。彼らの生活はぼくにかかっている。しかも、彼らはあまりにも長く無視されてきた。それでもぼくは、合理的に利益がでると確信しなければ提案しません」

「全面的に同意するよ。非常によい考えだ。ロンドンの建設会社でいくつか信頼できるところを知っている。われわれのために工場を建ててもらえるだろう。アシュトンの地所にすでに場所を考えているだろうと思うが」

「もちろんです。それともうひとつ、あなたがロンドンで頼んでいる会計士に紹介していただければありがたいです。初期投資の概算と利益予測を出してもらいたいので」

ヘンリーがまたうなずいた。「ほかにもいくつか考えていると言っていたかな？」

「とくに考えているひとつは、非常に儲かるが、それだけ危険性も高いものです」

「儲かる事業は危険がつきものだ。どのようなものかな？」

「電気です」

「電気は一時的な流行と思っていないわけか？」

「ええ、思いません。あなたはそう思うのですか？」

ヘンリーが首を振った。「いや。実を言えば、電気は今世紀でもっとも重要な進歩だと考えている。だが、われわれの考えが正しいとしても、どうやって手をつけるつもりだ？」

「われわれの共通の知り合いには、アメリカ人の富豪令嬢と結婚した貴族が多い。彼らはほくと同様、地所を再建しようと試みています。妻たちは、当然ながら、近代的で便利な環境に慣れていて、大西洋のこちら側の我が家はそうした文明の利器があまりに少ないと思っている。英国の田舎の屋敷の多くは、暗くて陰気で、だれでもいるだけで気持ちがめいるほどだ。先祖代々の屋敷に電気が通ると考えただけで怖気を震う貴族が少なくないのは承知していますが、男は家庭の安定のために多少のことは犠牲にするべきだ」

「それを実行する金があればとりわけそうだな」ヘンリーが言う。そして、その可能性について考えていたが、ほどなく残念そうに首を振った。「わしときみで人脈を駆使すれば、たいがいの事業で利益をあげられるだろう。しかし、電気は新しい産業で、そこに携わっている人間はわしもほとんど知らない。専門的な人材をどうやって集めるのかね？」

その質問には直接答えずに、トレヴァーは尋ねた。「サー・ウィリアム・クランドンはご存じですか？」

「わしの記憶が正しければ、準男爵だったはずだ。しかし、きみが聞いているのは、彼が電気業界を牽引する専門家として名が知られているという話か？」

「その通り。彼の知識が役立つと思うんですよ」

「それはそうだろうな。しかし、貴族のなかでもかなり高慢な人物と聞いている。雇いたいという申し出も多く受けてきたはずだ。投機的な事業にかかわるよう説得するのは難しいだろう。わしはなんのつながりも持っていない」

トレヴァーがほほえんだ。「ぼくは持っています。古い友人なんですよ。彼が爵位を得て帰国するまで、エジプトのテーベで一緒に仕事をしてかなりの利益をあげた仲です。この事業に専門知識を提供するように説得できます。もちろん、それなりの俸給を提示する必要はありますがね。もうひとつ、これは公にはなっていませんが、昨日、婚姻でクランドンの従兄弟となったセトン卿から聞いたところによれば、クランドンはこれから破産の申し立てをして、債権者に追われることになるらしい」

ヘンリーが喉の奥で笑った。「きみに対するわしの評価は正しかったようだな、アシュトン。きみには、持っているものを最大限に活用する才能がある。生まれながらの起業家だ。先祖にアメリカ人の血が混じっていないのはたしかかな?」

トレヴァーは、自分の家系図を構成している悪名高き放蕩者たちを思い浮かべ、思わずにやりとした。非嫡出子のなかにその血が混じっていることは無きにしもあらずだが、あえてそれを言及するのは差し控える。代わりに、電気事業で儲けるためのさまざまな案を列挙し、それに対してヘンリーがいくつか自分の案を追加した。ふたりの男が街全体に電気系統を設置する方法について激論を交わしている真っ最中に書斎の扉がノックされ、議論が遮られた。扉が開き、マーガレットがなかをのぞきこむ。

ヘンリーが眉をひそめて苛立ちを表明した。「なんということだ、マギー。ルールはわかっているだろう。家が燃え落ちでもしない限り、仕事の話をしている時に邪魔してはいかん!」

マーガレットが父にほほえみかけ、書斎に入ってきた。「お父さまが仕事の話をしている相手がわたしの夫である場合は、そのルールは適用されないと思ったのよ。とくに、結婚式の翌日の朝はね」

愛娘の優しい指摘でヘンリーの怒りが一瞬のうちに消滅するのをトレヴァーは見守った。ヘンリー・ヴァン・オールデンほど意志が強くて頑固な男が、これほどたやすく娘に操られるのを目の当たりにすれば、おもしろがらずにはいられない。

ヘンリーが詫びるような表情で咳払いをした。「うむ、そうだな」ぶっきらぼうに言う。「おまえが言っていることはもっともだ。すまなかった」

「いいのよ、お父さま。お仕事に夢中なことはわかっているから」トレヴァーにほほえみかける。「父につき合っていたら、一日じゅう引き留められるわよ」

「それは無理だな」トレヴァーは答えながら立ちあがった。「事務弁護士と約束がある」そう言って懐中時計を取りだした。「三〇分後に。午後の半ばには戻れると思う」

マーガレットはため息をつき、残念そうにトレヴァーを見あげた。

「それなら、きっとわたしは会えないわ。明日の早朝にケントに向けて出発するということだったから、コーネリアと一緒にきょうのうちに買い物を済ませておくことになったのよ。そのあとは、レディ・ロングフォードのお宅にお茶に呼ばれているの」

「ハネムーンに行けなくてすまないと思っている。だが、できるだけ早く帰郷する必要がある」

「わかっているわ。別の時に行きましょう」

た。

「きょうに関しては、夕食のあとに一時間ほどフェンシングをしないか？」妻の手を取り、唇を当てた。「きみとのフェンシングは、非常に楽しい運動だと証明されたからね」ささやき声でつけ加えた。「できるだけしょっちゅうやりたいものだ」

「わたしもよ」マーガレットが昨晩の情景を思いだしたらしく、顔を赤らめてささやき返した。

ふたりの会話は聞こえなくても、マーガレットの頬の紅潮をヘンリーが見逃すはずがないし、その理由についても充分推測できた。トレヴァーが部屋から出ていくと、ヘンリーは娘に向かってほほえんだ。結果的にすべてがうまくいったことが非常に嬉しい。

「結婚生活はうまくいっているかな、マギー？」

マーガレットがヘンリーの椅子まで歩いてきて、デスクの角に腰かけた。

「ええ、とても、お父さま」幸せそうにうなずく。「〝わしがそう言っただろうが〟って言いたいことは、その満足げな笑みを見ればわかるわ」

ヘンリーは手を伸ばし、娘の顎の下を軽く撫でた。「そんなことは思ってもいないぞ」優しく言ったが、もちろん思っていた。自分の満足感の理由は、結婚の正しさ云々ではない。トレヴァーに関して自分の判断が正しかったことによるものだ。マーガレットはあの男を本気で愛している。それは一目瞭然だ。その思いだけで、ヘンリー・ヴァン・オールデンは世界一幸せな男だった。

幸せなのはヘンリーだけではなかった。マーガレットも心から満足していて、それについては、ハロッズデパートで布地のなかを抜けてぶらぶら歩いている時もコーネリアに指摘されるほどだった。

「マギー、あなた、輝いているわ。昨日と比べたら信じられないほどよ」

マーガレットは笑いだし、ふたりのあいだに何巻きも並んだ色とりどりのチンツ地越しに、いたずらっぽい目つきで従姉妹を見やった。「あなたは結婚しているんだから、コーネリア、もちろん、理由はわかっているでしょう？」

しかし、そのからかいの言葉に、従姉妹は笑顔を返さなかった。マーガレットのほうに向いた顔は真剣な表情を浮かべていた。「あなたが幸せになれて、本当に嬉しいわ」

「わたしは幸せよ。それなのに、最近のあなたは、全然喜んでくれていないみたい。ナポリからずっと、深刻な顔ばかりしているわ」

「疲れているだけよ。ナポリから帰ってきて、またすぐに忙しかったでしょう。すっかり疲れてしまったわ」

ぼんやりした不安で、マーガレットの心が一瞬ざわついたが、それがなにかを追求する間もなく、コーネリアが手を広げて周囲の生地を示し、唐突に笑い声を立てた。「あらまあ、あなたがアシュトン卿にシャツを縫ってあげるというのでもなければ——あなたをよく知るわたしとしては、それはないと思っているけど、ここで彼への結婚の祝い品を見つけることはできないでしょう」

「あなたの言う通りだわ」マーガレットは答え、奥のスポーツ用品の売り場を指さした。「あちらに行ってみましょう」

マーガレットは生地売り場をあとにし、コーネリアも続いた。ゴルフクラブのセットとクリケットのバットは素通りして釣り用具に直行すると、釣り竿と魚籠《びく》が並んでいる前で足を止めた。なかでもとくに一本の釣り竿が、いかにも貴重なもののように特別に陳列されているのを見て、マーガレットは喜びの声をあげた。「これがいいわ！　けさ、『ロンドンタイムズ』紙の広告で見た時にすぐそう思ったのよ」

「釣り竿？」

「ええ、そうよ。トレヴァーは経験豊かな釣り師なの。きっと気に入るわ！」

「結婚の贈り物としては、一般的ではないと思うけれど」

「そうね」マーガレットはうなずいた。「では、なにがいいと思う？」

「わたしがエドワードにあげたのは、彼の名前の頭文字が彫られた金のカフスボタンだけど。とても喜んでくれたわ」

そのアイデアにはまったくそそられなかった。トレヴァーがもらった贈り物をそのまま引き出しに入れて、忘れてしまう様子が思い浮かぶ。「いいえ」マーガレットは答えた。「助言をありがとう。でも、トレヴァーにはやっぱり、これがぴったりだわ」

グレーのフランネル地の服を着た若い男性が近づいてきた。「いらっしゃいませ。なにかお探しですか？」

マーガレットは自分が決めた贈り物を指さした。「これは、釣り竿の最新型ですか？」

「ええ、そうです」

「結婚の贈り物にしたら、男性は喜ぶかしら？」

店員は一瞬驚いたが、しかしすぐに立ち直り、にこやかな笑みを浮かべた。「正直に言いますと、妻がそういう贈り物をくれればよかったのにと思いますねえ」

「奥さまがなにをくれたか、うかがってもいいかしら？」

「カフスボタンです」彼がため息まじりに答えた。

マーガレットは笑いを押し殺した。分別を働かせてコーネリアのほうは見ない。

「これをいただくわ。一緒に魚籠もつけていただけるかしら？」

「かしこまりました。こちらで以前にお取り引きをされていますか？」

「ええ、もちろんよ。旧姓のマーガレット・ヴァン・オールデンで」

店員が新聞を読んでいることは明らかだった。「レディ・アシュトン」瞬時に態度を改め、数秒前の親しげな様子はみじんもない敬意に満ちた口調で言うと、堅苦しく一礼した。「大変失礼いたしました。存じあげませんで――ここはまだ新しいものですから、それでわからず……」ひどく口ごもり、恥じ入るあまり声を失った。

その過剰に困惑し、恐縮している様子に驚いて、マーガレットは店員のほうを振り返った。

「まったくかまわないわ」そう言い、さらになだめようと、顔を近づけてささやいた。「昨日伯爵夫人になったばかりだから、わたし自身もまだ慣れていないのよ」

店員は顔を真っ赤にして再度深々とお辞儀をすると、注文の品をまとめにかかった。

「気の毒な人」店員のあとについてカウンターに移動しながら、マーガレットはコーネリアに向かって小さい声でささやいた。「とても困っていたわね。ほかの人たちとなにも違わないと思うけれど」

「大変な違いなのよ」従姉妹が答える。「貴族の夫人は、あんなふうに親しげに話しかけてはいけないものなの」

「そうだとしても、彼にはわかりようがないでしょう?」

「そういうことを知っているのがあの人たちの仕事なのよ。だから、あなたは本来、あの店員を叱らなければいけないの」

「まあ、ひどい。それでなくても落ちこんでいるでしょうに。なぜわたしがそんなことをしなければいけないの?」

「伯爵夫人はそういう存在であるべきなのよ。彼には彼の立場があるでしょう? マギー、あなたはもう伯爵夫人なのだから、そういう振る舞い方を学ぶべきだわ」

「そんな必要はないわ」マーガレットはきっぱり答えた。「その振る舞い方が、気の毒な店員に不作法な態度を取り、親しみを持って接してくれた人たちをさげすむことならばね」

コーネリアはため息をついた。「アシュトンパークを管理し始めたら、英国の使用人や店員に対しては、親しみやすさよりも、厳しい貴族的な態度のほうが有効だとわかるわ。自分がアメリカ人の場合はとくにそうよ。これは間違いないわ。わたし自身が、つらい思いをして学んだことだから」

そんなやり方は学びたくないとマーガレットは思った。

「でも、そうね」コーネリアはつけ加えた。「わたしの場合は助けてくれる義理の母がいなかったせいもあるわね。あなたはキャロラインに頼れれば、助けてくれることを期待できるわ」

トレヴァーのあの恐るべき母親に頼るという考えも、さらに心は引かれなかった。

「そうしなければいけないかしら？」

「わたしも、キャロラインが冷たい方であることは知っているわ、マギー。でも、学べるところは、とてもたくさんあるはずだし、それは学ばなければいけないわ。英国の田舎の屋敷は管理がとても大変よ。あなたには経験がないことですもの」

「わたしだって、長いあいだお父さまの家を管理してきたもの、コーネリア。できると思うわ」

「同じじゃないわ。あなたは近代的で便利な設備に慣れていて、使用人たちも使いやすいし、多くのことを家政婦に任せることができるけれど、アシュトンパークではまったく違うのよ」

「レディ・アシュトン？」店員がマーガレットの前に料金票を置き、ペンを渡した。

「コーネリア」マーガレットはペンを持ちあげたままためらい、コーネリアに顔を寄せた。

「なんと署名すればいいのかしら？　マーガレット・セントジェームズ？　レディ・アシュ

トン？」

従姉妹があきれ顔でため息をついた。「マーガレット・アシュトンよ。わたしが敬称について教えた時に注意も払わなかったからいけないのよ。いつかきっと後悔する日が来るわ」

マーガレットは肩をすくめると、新しい名前で署名を終えた。「そうね。今はたしかに必要だとわかったから、今度はちゃんと聞くわ。約束する」

「配達いたしましょうか、奥さま？」店員が尋ねる。

「いいえ、けっこうよ。ありがとう。包むだけでいいわ。自分で持っていくから」

「レディ・ロングフォードのお宅へ？」店員がマーガレットの指示に沿うべく立ち去るのを待って、コーネリアが尋ねた。

「いいえ、家に戻るわ。途中でおろしてちょうだいな。そして、レディ・ロングフォードにわたしのお詫びを伝えてくれる？　お願い。この贈り物でわくわくして、もう頭がいっぱいなのよ。トレヴァーにどうしてもすぐにあげたいの。彼ももう用事から戻っているはずだから」喜びにあふれた笑顔で従姉妹にほほえみかけた。「ああ、コーネリア、彼が気に入るってわかってるのよ」

家に戻った頃には、マーガレットの心は期待でふくらみ、どきどきして苦しいほどだった。愛する人にぴったりの贈り物を見つけるほど嬉しいことはないと結論づける。

両腕いっぱいに荷物を抱えたまま、玄関の呼び鈴を手さぐりしたが、見つかる前に扉が開いた。シムズが馬車の音を聞きつけ、有能な執事らしく玄関を開けてくれたのだった。

「お荷物をお持ちしましょうか、レディ・アシュトン？」

「一瞬だけお願い、シムズ、ありがとう」荷物を渡すと、マーガレットは手袋をはずし、そばの名刺盆に投げこんだ。帽子がそれに続いた。「みんなはどこかしら？」外套を脱ぎながらシムズに尋ねる。

「アシュトン卿とケタリング卿はお父上の図書室におられます、奥さま。ちょうど座られて、お茶をお運びしたところです。お父上はお出かけになりました。これを部屋に運んでおきますか？」

「いいえ、わたしにくださいな」外套をコート掛けに引っかけると、包みを受け取って家の奥の図書室に通じる長い廊下を歩きだした。

トレヴァーとエドワードはたしかに図書室にいるようだ。絨毯を敷いた廊下を進み、突き当たりの部屋に近づくにつれて、ふたりの話し声が聞こえてきた。

「たしかに認めざるを得ないな。緊張に満ちた一週間だった」エドワードが言う。「きみがケントにいるあいだに、マーガレットは明らかに怖じ気づいた様子だった。しかし、今はとても幸せそうだな。すべてが本当にうまくいってよかったよ」

「ぼくもそう思うよ」トレヴァーが答える。「とにかく、すべてが終わってほっとした」

「求愛は面倒な仕事だからな。男の神経をずたずたにする。しかし、きみはすべてを非常に冷静に対処した」

夫がどんな答えをするのか興味を引かれ、マーガレットは半分開いた扉の前で立ちどまった。

「それは違うよ、エドワード。正気を逸するかと思う瞬間が何度もあった。その場にきみがいなかっただけだ。とっくのとうにぼろぼろだった」

夫が見かけほど冷静沈着だったわけではないと知ってかなり嬉しく、マーガレットはにっこりした。もう一歩前に出て、扉を開けようとする。だが、ちょうど聞こえてきたエドワードの次の言葉がマーガレットを押しとめた。

「本当にうまくいったとは、いまだに信じられない。とにかく、こんな法外な方法で成功した者は知る限りいないな。しかし、驚かされたよ」エドワードが笑う。「求婚するために、相手が誘拐されるように手配するとは」

全身から血の気が引き、すべてが凍りついた。トレヴァーが誘拐を手配した？　いいえ、なにか勘違いしているに違いない。聞いたことが信じられずにただぼう然として、マーガレットは扉の外に立ちつくし、耳を澄ました。

「きみの友人のエミリオを雇って彼女を拉致させるとは」エドワードは笑い続けている。「それから、救出に行って、きみが勇敢で強いヒーローだと思わせるとは、いやはや、なんという思いつきだ！」

マーガレットは吐きそうになった。ぐらりと体が揺らぎ、扉の脇柱に肩をもたせて身を支える。そして、話されている一語一語に集中しようとした。

「とにかく、ふたりきりになる必要があったんだ」トレヴァーが言う。「ぼくが結婚したいと思っていることを知ったとたんに、話もしてくれなくなった。ほとんど選択肢を与えてくれなかった」

「それにしても、妻を獲得する方法としては非常に変わっていることは、きみも認めるべきだ」

「そうだろうな」

「しかし、トレヴァー」エドワードの声がふいに真剣味を帯びた。「もしもこれを知ったら、彼女は打ちのめされるぞ」

もう遅いわ、とマーガレットは皮肉っぽく考えた。

「彼女が知ることはない」トレヴァーがきっぱり言い切る。「彼女が知る必要はない。永遠に。わかってるだろうな？」

「ぼくは絶対に言わないさ。結果は見ての通りだからな」エドワードが咳払いをしてからつけ加えた。「彼女はきみを愛している、わかっていると思うが」

「ああ」トレヴァーの声は幸せそうではなかった。「わかっている」

「しかし、きみは彼女を愛していない、だな？」

「とても好きであることは間違いない」トレヴァーが答える。「しかし、愛する？　いや、エドワード、ぼくがその感情についてどう考えているかは知っているはずだ」

マーガレットは目を閉じた。生身を引き裂かれたように心が痛い。彼に愛していると告げた時のことを全部思い浮かべる。同じ言葉を彼がいっさい言わなかったことを、今やっと気がついた。一度たりとも。とても好きなだけだから。

自分はなんと愚かだったのか。

「きみが彼女を勝ち取る助けをすることに同意した時」エドワードが言う。「ぼくが望んでいたのは――」

「望む？　なにをだ？」トレヴァーが厳しい声で言い返す。「愛がぼくを変えることか？生まれ変わるとか？　邪悪な生き方を修復する？」

「まあ、そんなようなことだ」

「ぼくはおとぎ話は信じない！」トレヴァーの激しい口調に、マーガレットは思わず一歩さがった。「マーガレットも信じるのをやめるべきなんだ。ぼくの名前と地位を得た。安全と敬意を手にした。すぐに子どもができて、そちらに夢中になる。ぼくが賭けごとで金を失う心配をする必要もない。毎晩、飲んだくれて前後不覚に陥るわけでもない。見え透いた浮気で辱めることもしない。彼女が誠実である限り、ぼくも彼女に誠実であり続ける。彼女のためにいい夫になるつもりだし、彼女を幸せにするよう努力する。それ以上に女性が結婚に対して望むことなどあるか？」

マーガレットは喉にこみあげたヒステリックな笑いにむせそうになった。そう、わたしのためにいい夫になるつもりなの。なんと気高いこと。

すべてが笑劇だった。最初から最後まですべてが嘘だった。誘惑も誘拐も救出も結婚の誓いも。昨夜のことを考える。自分がどのように彼を愛していると言ったかを。何度も何度も言ったことを。彼がわたしに触れ、わたしと愛し合っているあいだじゅう。

わたしと愛し合ったこと。それも、もうひとつの嘘。

世界で一番の愚か者だと、きっとみんなに思われていたのだろう。理想ばかり追いかけている、騙されやすい愚か者。恋愛に対する女学生のような思いを彼はあざ笑っていたに違いない。いともたやすく操れて、笑いが止まらなかっただろう。逃げだしたかった。これ以上聞かなくてすむように、両手で耳をふさぎたかった。死んでしまいたかった。

「心配するな、エドワード」トレヴァーが言った。「マギーのことはぼくが対処する。すべてが非常にうまくいっている。マーガレットは幸せだ。ヘンリーも幸せだ。アシュトンパークは救われる。うるさい債権者たちもいなくなる」

今聞いた言葉によって、痛みが溶けて怒りの火花に変化した。マーガレットのお金。結局はそこに戻ってくる。マーガレットは深く息を吸いこみ、扉に片方の肩をもたせて押しあけた。「またひとり、英国貴族が破産から救われたわね」震える声で言う。「アメリカに恵みあれ」

男ふたりがこちらを振り返り、戸口に立つマーガレットに気がついた。ふたり同時に茶碗を置き、立ちあがる。エドワードが顔を真っ赤にして一瞬マーガレットを眺め、それから顔をそむけた。トレヴァーはそむけなかった。ただ、マーガレットを見ている。ハンサムな顔はこわばり、なにを考えているかまったく読めない。

「マギー」トレヴァーが言い、ずうずうしいことにしっかり目を合わせた。「きみはレディ・ロングフォード宅のお茶に出かけていると思っていた」

「思い直したのよ」包みを抱えている両腕に力がこもる。「あなたがたおふたりが、互いの賢さを称え合うのを終えたら、ふたりで話ができるかしら、アシュトン？」エドワードのほうを向く。「席をはずしてもらえません？」

エドワードがマーガレットを眺め、それからトレヴァーに視線を戻し、またマーガレットのほうを向いた。「わかった」ぼそっとつぶやき、早足で歩きだす。マーガレットの横を過ぎて廊下に出ると扉を閉めて立ち去った。

数秒間、ふたりはなにも言わずににらみ合った。沈黙が長引くにつれて、マーガレットの全身が怒りと痛みで震えだし、どちらも増大し続けて、ついには破裂しそうなほど膨れあがった。

トレヴァーがマーガレットのほうに歩きだした。ゆっくりと、まるで傷ついた動物に近づいてくるかのようだ。適切な対応だとマーガレットは苦々しく考える。なぜなら、それこそまさに自分が感じていることだから。手負いの動物のように歯と爪を剝きだして襲いかかり、自分が血を流しているように彼の血も流したい。

トレヴァーが目の前まできて足を止める。「マギー――」

「卑怯者」自制しようとする努力で声が震える。抱えていた包みを彼の足もとに投げ落とした。包みにまわしていた両手で怒りを抑えていたかのように、その手が自由になると、もははや怒りを留めておくことはできなかった。なにも考えずに、彼の顔を思いきり引っぱたく。

彼は動かなかった。反応もしなかった。ただいつもの冷静で読めない表情でマーガレットを眺めただけ。なにも言わない。それもマーガレットの怒りをさらにあおった。

「人を操ってただもてあそぶ卑怯者、嘘つき、ろくでなし」また手をあげて叩こうとしたが、今度は手首をつかまれた。

彼が少なくともなにか感じていると示すのは、青い瞳にきらめく輝きだけだった。それは危険な様相を帯びていたが、それにもかかわらず、彼の声は驚くほど優しかった。「ぼくはきみに嘘をついていない」

マーガレットが全部聞いてしまったあとにそんなことを言うとは、ずうずうしいにもほどがある。マーガレットはつかまれた手首を振りほどき、一歩さがった。「あなたはわたしのお金がほしかったから、計画的にわたしと親しくなった。それは否定できる?」

「いや、だが、そのことはきみもわかっていたはずだ。その非難を投げつけられたのは、一度や二度ではない。それに、きみもぼくから望みのものを受け取っただろう、マギー。興奮、そして冒険」手を伸ばし、一本の指をマーガレットの頬に滑らせ、唇をなぞった。「キスもほしかったんじゃないか?」

彼の触れる指から顔をそむけた。「わたしを望んでいると言ったくせに、そのあいだもずっと、望んでいたのはお金だけだった」

「きみを望んでいなければ、誘惑したり、結婚したりしない。金は関係ない」

またもうひとつの嘘だ。自分が彼に対して抱いていた愛情が全部、暗くて冷たくて、憎しみにも似たなにかに変わるのを感じる。「わたしが、自分を愛してくれない人との結婚を望んでいないとあなたは知っていた!」叫ぶように言い、顎をぐっと持ちあげて、感じる痛みと恨みのすべてをこめて彼をにらみつけた。「あなたはわたしを愛していないのに、愛しているとわたしに信じさせた。わたしがあなたと結婚するように」

彼がついに目をそむけた。初めて、後ろめたく感じているような様子を見せた。そして、自分がそう見えると気づいたように、マーガレットに背を向け、何歩か歩いた。暖炉の横で足を止め、またマーガレットのほうを向く。「なにを言いたいんだ?」今度は詰問する口調だった。「ぼくがただ誘惑するのではなく、高潔な関係を保とうと努力したゆえに責められるべきだと言いたいのか? お許しを、マダム。愛人ではなく妻になってほしいと望むことが罪になるとは知らなかった」

「自分がやったことを棚にあげて、よくも高潔な関係の話ができるわね。自分の友だちに頼んでわたしを誘拐させたのよ!」エドワードとの会話をはっきり聞いたあとでも、そして今こうして自分で言ったあとでも、マーガレットはまだ、彼がそんなことをしたとは信じられなかった。「わたしは縛られて、目隠しされて、猿ぐつわまで噛ませられたのよ。とても怖かったのは言うまでもないわ! エミリオとその仲間たちに殺されるかもしれないと、いいえ、もっとひどいことをされるかもと死ぬほど怖かった。わたしをそんな状態に追いやったのは、ただ輝く鎧に身を包んでわたしを救出し、騎士の役を演じるため?」

「それは違う。それをやったのは、ぼくがきみとの結婚を意図していると知ったあとに話してもくれなかったことで、とにかくきみとふたりきりになり、無理やりでも一緒に過ごさない限り、きみを勝ち取るチャンスは絶対にないと思ったからだ」

「そして、わたしのお金を手に入れることもできないと」

「いい加減にしろ、マギー。金の話ばかり蒸し返すのはやめてくれ！」トレヴァーが声を荒らげた。「なんのために金をほしいと思うんだ？　絹の胴着と賭けごとの資金と愛人の手当のためか？　ぼくの無能な兄が、代々伝わる地所をかたに二〇万ポンドという借金をした。そんな大金はどうやっても払えない。兄の債権者がいつなんどき、抵当権を行使すべくアシュトンパークに押しかけてくるかもしれない。そうなれば、母と祖母は住む家を失い、ぼくは人生で大切にしていた唯一のものを、未来を築く唯一のチャンスを失うことになる。きみも、自分の家族が追いだされ、住む家が奪われてから、ぼくのところに来て道徳心について説教なりなんなりすればいい」

マーガレットは言い訳に耳を貸すことを断固拒んだ。「だからといって、自分のしたことが正当化できると思っているの？　わたしを操り、嘘をついたことを？」

「先ほども言った通り、ぼくはきみに嘘をついたことはない。言わなかったことがあるのは認める。しかし、言ったことに関しては、すべて真実だ」

「嘘は言わなくても嘘でしょう！　あなたは本当でないことを、わざとわたしに信じさせようとした」

「きみは、きみが信じたいと望むことを信じていたんだ」

マーガレットは殴られたかのような衝撃を受けた。両手を拳に握りしめる。「そして、あなたは、わたしに信じさせたいと思っている以外のことをわたしが信じそうになる事実を、都合よく言い忘れたというわけ？　あなたはわたしを利用した。あらゆる面でわたしを操り、あなたの思い通りに動かした」振り返り、足もとに落ちていた小さいほうの包みを壁に向かって思いきり蹴り飛ばす。「あなたを愛していたのよ！　それが理解できる？」

涙がこみあげるのを感じて、両目をぎゅっとつぶった。拳を強く握りすぎて、手のひらに爪が食いこむほどだった。「もちろん、できないわよね。愛を信じたこともないし、感じたこともないし、愛することもできないんだから」

目を開いて振り向き、正面から彼を見つめたが、暖炉のすぐ脇に立つ彼の姿がぼやけて見えた。目をしばたたいて涙がこぼれないようにこらえ、自尊心だけにすがりつく。顎を高くあげ、愛を裏切ったことへの軽蔑をこめて、マーガレットは最後の言葉を絞りだした。

「わたしが自分の行動の影響や結果を考えないとあなたは言ったわね。でも、この結果を考えなかったのはあなたでしょう。わたしの気持ちを軽んじて、自分の都合のいいように利用した。わたしはあなたを愛していた。それこそ、あなたが望んでいたことよね。わたしがあなたを愛するようにわざと仕向けた。そうすれば結婚するから。わたしを大切に思っていないのに、思っているとわざと信じこませた。そして、そうすることでわたしがどれほど傷つくかについては、なんの配慮もしなかった。よかったわね、アシュトン卿、これであなたの最愛の地所は救われ、望んでいたお金も手に入ったじゃないの。そのお金で喉を詰まらせればいい」

長いほうの包みを蹴り飛ばした。絨毯の上を滑って彼の足もとで止まる。「あなたへの結婚の贈り物よ、ダーリン。わたしがこれを選んだのは、ただあなたが気に入ると思ったからよ。買った時は気づかなかったけど、財産目当てにはぴったりの贈り物だったわね——釣り竿だから。女相続人を釣りあげるにはうってつけの道具ですもの。大物を釣りあげた記念として、アシュトンパークの客間の暖炉の上に飾っておいたらいかが？」

マーガレットはトレヴァーに背を向けて歩きだした。これ以上なにも言うことはなかった。

18

マーガレットが出ていき、扉が叩きつけられて銃撃のような激しさでばたんと閉まった。トレヴァーは大きく息を吸ってゆっくりと吐きだすと、足もとに横たわる包装された長い箱を見おろした。

〝わたしがこれを選んだのは、ただあなたが気に入ると思ったからよ〟

漠然とした感情が心の奥でかすかにうごめく。それは秋の到来を告げる冷たい風にも似た、良心の呵責とも思える感情だった。

〝わたしはあなたを愛していた〟

包みを拾いあげ、きれいに結ばれた青いリボンを凝視し、彼女の声を聞かないように努力する。昨夜、自分への情熱を叫んだのと同じ声が、今は激しくそしり、あざけっている。彼女の瞳を思い浮かべないように努力する。けさは朝日のなかで温かく優しく輝いていたが、今は苦痛と後悔と軽蔑をたたえている。

〝愛を信じたこともないし、感じたこともないし、愛することもできないんだから〟

トレヴァーは荒くれ船員にも褒めてもらえそうな悪態をつくと、贈り物を放りだして酒の棚まで歩いていった。ヘンリーが愛するケンタッキーバーボンをグラスいっぱいに注ぐ。愚かしいロマンティックな娘は、いつになったら、おとなになるんだ？　いつになったら、おとぎ話を信じるのを止めるんだ？

トレヴァーはグラスを掲げ、琥珀色の液体を見つめた。マギーの瞳と同じ色。ばかげた空想を押しのけて、大きくひと口飲みくだすと、瓶をつかんで暖炉の前の革張りの椅子に体を沈めた。

炎を眺めながら、酔っ払うのはいい考えだと思う。もう一杯バーボンを注ぐ。しかし、それが二杯になろうが三杯になろうが、マギーの姿を脳裏から消し去ることはできなかった。

彼女を傷つけた。それもひどく。自分でもわかっていたし、悔いていた。しかし、悔いたからといってどうなるものでもないし、もしも同じ状況になれば、もう一度同じことをするだろう。ただし、ひとつだけ変える。あとで、それについていっさい話さないこと。

扉が開いた。そちらを見やると、戸口にエドワードが立っていた。「ヘンリーが帰宅して、マーガレットがなぜ自分の部屋から出てこないのか、なぜコーネリアが涙にくれているのかを知りたがっている。どちらも、きみのせいだと言っている。ヘンリーは、けさの一〇時から今までになにが起こったのかと、きみがいったいどこにいるのか知りたがっている。なんと言っておこうか？」

トレヴァーはため息をつき、暖炉の火に視線を戻した。「なにも言わなくていい。ぼくが言う」

「では、きみがここにいると伝えておこう」エドワードが扉を閉めかけ、ふと動きを止めて尋ねた。「きみは大丈夫か？」

「大丈夫だ。いまいましいほど元気だよ」

エドワードはふたたび扉を閉めかけたが、トレヴァーの声にまた止まった。「マギーはどうしてる？」

「鍵を内側から掛けて、出てくるのを拒んでいる。ほかにどうしていると思うんだ？」

またバーボンをひと息に飲む。喉が焼けるように感じる。「大したことにはならないだろう。自尊心を傷つけられて、怒っているだけだ。そのうち乗り越える」

エドワードは部屋を横切ってくると、トレヴァーの横の椅子に腰かけた。「そうだろうか？」

トレヴァーは落ち着かない気持ちで身じろぎ、暖炉の火を見つめた。「もちろんだ。もう子どもじゃない。ロマンティックな思いこみを捨てるのが、なんでそんなに大変なんだ？」

「それだけなのかな？」エドワードが移動し、今度はトレヴァーの真正面の椅子に座った。「ロマンティックな思いこみだけか？」

それでもトレヴァーが答えないと、さらに言った。「きみはまだ理解していないんじゃないか？　前にも言ったと思うが、きみは大きな責任を負ったんだぞ」

「もちろんそうだ。結婚したんだからな」

「ぼくが言ってるのはそのことじゃない。きみが仕向けたことによって、マーガレットはきみを愛するようになった。全身全霊をこめてだ。それが意味することがわからないのか？」

エドワードの言葉があまりにマギーの言ったことに似ていたことに、トレヴァーの張り詰めた自制心がぱちんとはじけた。「いい加減にしろ、エドワード。愛についてぺちゃくちゃ言うのは止めてくれ！」大声で怒鳴る。「まるで女流小説家だ」

「どうした、やや守勢に追い詰められたか？　身構えたような言い方だな」

図星をさされて、トレヴァーはグラスをテーブルに叩きつけた。載っていたランプが揺れてがちゃがちゃいうほどの勢いだった。「ばかばかしい。やらねばならないことをやったまでだ。それはきみもわかっているだろう」

「もちろんだ。だが、問題はもはやそれではない。これからどうするつもりだ？」

「ヘンリーに話し、それから酔いつぶれるまで飲む」答えて、グラスに酒を注ぎ足した。

「非常に責任ある態度とは言いかねるが、この状況では仕方がないと思わないか？」

「それで、そのあとは？」

「あしたは計画していた通り、妻を地所に連れていく」

「冗談だろう？」エドワードがトレヴァーを凝視した。「なんと、トレヴァー、こんなことになって、マギーがきみについていくと本気で思っているのか？」

トレヴァーは暗い笑みを浮かべ、グラスをじっと見つめた。「エドワード、きみは彼女に選択肢があるという誤解のもとにものを言っているようだ。訂正させてくれ。妻には選択肢がない」

驚いたことに、エドワードは笑いだした。「なあ、これはまさに喜劇となりつつあるぞ。『じゃじゃ馬ならし』のキャサリーナとペトルーキオの現代版のようだ。ぼくの記憶によれば、ペトルーキオもキャサリーナの金をほしがっていた」

トレヴァーは友人のほうを向き、冷たい目でにらみつけた。「なにか言いたいことがあるのか？」

「ある。ぼくの知っている限り、マギーに対し、彼女が望んでいないことをやらせるのに成功したものはひとりもいない。彼女がなにか思いつけば、だれも止めることはできない。父親でさえも」

「だが、ぼくは彼女の父親ではない。夫だ。だから、明日の朝にここを出発し、アシュトンパークに行く。マーガレットは伯爵夫人として迎えられ、義務を遂行する従順な妻という役割を学ぶ」

「そうか」エドワードが立ちあがり、戸口に向かって歩きだした。「従順な妻、マーガレットか」歩きながら、繰り返す。「きみも気の毒に」

マーガレットは窓辺の椅子に丸くなり、窓の外の暗闇を見つめていた。泣いていなかった。もう泣き終えていた。自分の愚かさに泣き、騙されやすいことに泣き、なによりも、だれもなにも愛することができない男に自分の愛を無駄にしたことに泣いた。今はもう、涙も枯れ果てている。

目を閉じて思い浮かべる。自分が彼に、どんなふうに触れさせたか、どんなふうにキスを受けたかを。そして、ほかにも自ら進んでどんなふうに親密な行為に身を任せたかを。どんなふうに、何度も何度も彼を愛していると言ったかを。どんなふうに彼に触れ、彼が美しいと告げたかを。自分がどんなふうに、彼を心から愛する人だと思ったかを。

自分はなにも見えていなかった。

いいえ、それを理由にすることはできないと苦々しく考える。トレヴァー・セントジェームズが財産目当てで嘘つきで、そして放蕩者であることは最初からわかっていた。彼の財政的な問題も、エジプトでのいかがわしい活動も、女性に関する悪名も知っていた。そのすべてを知っていながら、彼を愛したのだから。

〝きみは、きみが信じたいと望むことを信じていたんだ〟

たしかに、トレヴァーは嘘をついたかもしれない。でも、それよりも悪いのは、自分が自分に嘘をついていたことだ。彼は愛してくれているが、それをどう示したらいいかわかっていないだけだと思いこもうとした。人をあざむき、操ることだけがうまくて、だれのことも愛せないただの悪党だったのに、マーガレットに対する愛情のせいで高潔な紳士に変わったのだと自分を納得させていた。

扉がノックされ、マーガレットは飛びあがりそうになった。取っ手がまわされ、コーネリアの声が聞こえた。「マギー、わたしよ、入れてちょうだい。お願い」

いつかは世の中と対峙しなければならないと、マーガレットは思った。従姉妹ともいつかは話さなければならない。椅子からゆっくり立ちあがり、部屋を横切って戸口に近寄った。かんぬきをはずし、扉を開ける。

コーネリアがマーガレットの姿を見て安堵のため息をついた。

「マギー、みんながあなたのことを心配しているわ。とくに叔父さまが。夕食におりてこないどころか、小間使いに運ばせた食事の盆も断って、しかも、だれとも話そうとしないんですもの。とても顔色が悪いわ」両手に持った盆を示す。「濃い熱いお茶を持ってきたわ。あなたに必要なものよ」

お茶。笑いがこみあげる。どんなことにも効く英国人の万能薬。コーネリアはすっかり英国人らしくなってきた。「あなたも、わたしと同じくらいお茶を必要としているみたい」コーネリアの目の下が、たくさん泣いたらしく腫れているのに気づいてマーガレットは言った。

扉を大きく開け、従姉妹をなかに招き入れる。

コーネリアは化粧台に盆を置き、香水の瓶を押しやった。そして、ふたつのカップに茶を注ぎ、両方にたっぷり砂糖を足してから、ひとつをマーガレットに手渡した。もうひとつを持って窓辺の椅子に近寄り、腰をかける。

「さて」コーネリアは言い、お茶をひと口飲んだ。「それで？」

「悪夢のようだわ」マーガレットは立ったまま化粧台にもたれ、従姉妹を見やった。「彼は最初からわたしを操っていたのよ。彼がわたしを誘拐するように手配したの。コーネリア、彼があの男たちを雇ったのよ。それから、わたしを救出するふりをしたけれど、それはただ、わたしとふたりきりになって、誘惑し、結婚するよう説得するためだったの。しかも、エドワードはそれを知ってたのよ」

コーネリアが視線をそむけた。「そのこと、話さなければだめ？」

マーガレットは従姉妹を観察し、コーネリアが誘拐のことについて話したがらないのは、これが初めてでないことに気がついた。

ふいになぜか理由が思い浮かぶ。

「あなたも知っていたのね」マーガレットはささやき声で言った。「信じられない。あなたもずっと、誘拐が偽物だとわかっていたのね？」

コーネリアは顔をそむけたまま、なにも答えない。

マーガレットは思わず声を荒らげた。「そうなんでしょ？」

「ああ、マギー！」従姉妹が救いがたいほど惨めな表情でマーガレットを見あげた。瞳に涙がきらめいている。答えは明白だった。

「あなたは知っていた。しかも手伝っていた。あなたもわたしに嘘をついた」

「本当にごめんなさい」コーネリアがすすりあげながら言う。「最初から知っていたわけじゃないわ。本当よ。でも、アシュトンに彼がなにをやったか聞かされて、エドワードも関与していると知った時、ほかにはどうすることもできなかったの」

「どうすることもできない？」カップを持ったマーガレットの手に力がこもる。ふいに窓の外に投げだしたくなった。「ただ、ノーと言うことは？　それさえも考えなかったというの？」

「もちろん、考えたわ！」コーネリアが洟《はな》をすすり、頬を流れる涙を拭った。「でも、アシュトンがすべてを手配し、エドワードもうまくいくと考えていることがわかって、わ、わたしも、ど、同意したのよ。だって、叔父さまがアシュトンを認めて、結婚の契約についてすでに合意に至っていると知っていたんですもの。アシュトンの話に説得力があることはあなたも認めるでしょう？　それに、彼の意図が高潔なものだと、そしてあなたのことをとても好きだとわたしに請け合ったわ」

「わたしを好き？」マーガレットは怒りに震えて繰り返した。「わたしを好き？」

「怒っているのね。ああ、マギー、全部わたしがいけなかったのよ。本当にごめんなさい」深く悔いた表情と涙ながらの謝罪に耐えられず、マーガレットはコーネリアに背を向けた。

「少なくとも、ナポリではすべて話してくれることができたんじゃない？」銀の茶盆に映る自分を見つめ、こわばった声で尋ねる。

「それについては、ずっと自分をひどい人間だと感じているわ、マギー、本当に。言いたかったのよ。でも、あなたがとても幸せそうで、アシュトンのことをとても愛しているようだったから、ただ言えなかったの」

マーガレットはコーネリアが言っていることに集中できなかった。従姉妹が少し前に言ったなにかが気にかかっている。なにかが意識のなかに入りこもうとしている。「さっき言ったのはどういう意味？　結婚の契約がすでに合意に至っているというのは？」

足の下で地面が揺れ動いたような気がして、マーガレットはお茶のカップを落とさないように慎重に盆に置いた。ゆっくりとコーネリアのほうに振り返る。「つまり、お父さまとトレヴァーは、ローマにいるうちにこの結婚に同意していたのね？」考えながら、ひと言ずつ言葉に出す。「ふたりで、わたしについて交渉していたの？　まるで仕事の契約のように？　彼がわたしに求愛するように、お父さまがお金を払ったのね？　そして、結婚するためにまた払った。信じられないわ」

これほど屈辱的な思いをしたことはなかった。

「まあ、マギー、やめて！」コーネリアが叫び、あわてて立ちあがった。「そういうことじゃないのよ。あなたは、言葉の意味を全部一番悪いようにとらえているわ。資産家ならば必ず事前に結婚の契約を話し合うものよ。そうしなければならないのよ。全員の利益を守るために」

マーガレットはほとんど聞いていなかった。「トレヴァー、エドワード、あなた。そしてお父さままで。なんてこと」声が詰まる。「この陰謀に荷担していない人はひとりもいないの？」

「陰謀じゃないわ！」コーネリアが否定し、マーガレットの手をつかんだ。「ああ、マギー、お願いだからわたしを信じて。戦争の軍事行動みたいに策略を練ったわけじゃないわ。ああ、ごめんなさい。申しわけなく思っているわ、本当よ」

謝罪されたからといってなにが変わるわけでもないが、そう指摘することは差し控えた。

従姉妹が心から悪かったと思っていることははっきり伝わってきた。「ひとりになりたいわ。かまわなければ」

「もちろんよ」コーネリアはほとんど走るように戸口に向かったが、取っ手に手をかけたところでふとためらい、マーガレットを一瞬振り返った。「わたしたちはただ、あなたに一番いいと思うことをしただけなのよ」

マーガレットはそれに対してなにも言えなかった。コーネリアが、肩にずっしりのしかかる罪悪感を軽減したいと切望していることはわかっている。でも、今はその期待に応えられなかった。シーザーが自分を刺した者たちの顔を見た時も、きっとこんなふうに感じただろう。

そうした思いがきっと顔に表れたに違いない。コーネリアがわっと泣きだし、走り去った。裏切り。マーガレットはベッドまで歩いていき、上掛けをめくった。自分が操り人形で、ほかの全員が糸を引いているような気がする。自分が愛している全員に操られ、裏切られていた。

ベッドの脇のランプを消し、上掛けのあいだに潜りこむ。暗闇でじっと横になって眠ろうとしたが、前夜のことを、このベッドにひとりで寝ていなかった時のことを思いださずにはいられなかった。再発した心の痛みにすすり泣きがこみあげて喉に詰まり、マーガレットは自分が間違っていたことを悟った。これ以上涙は出ないと思っていたけれど、まだたくさん残っているらしい。枕をきつく抱きしめ、涙に濡れた顔を冷たいリネンの枕カバーに押しつけた。

自分が粉々に砕けるのがわかる。枕を抱えたままボールのように丸くなり、社交界にデビューしたのに誕生パーティにだれも来てくれなかった小太りの一六歳の娘だった時以来、一度もやらなかったことをした。泣き疲れていつしか眠りこんだのだった。

翌朝目覚めた時、マーガレットは、昨晩眠りに落ちた時とまったく違う気持ちになっていた。トレヴァーの嘘を知ったことで幻想が打ち砕かれ、心が破れたけれど、その怒りと痛みのすべては眠っているあいだに昇華し、冷静で明快な解決策に変化していた。夫の企みに家族が手を貸したことについては、それが自分への愛に基づいたものだと知っている。でも、トレヴァーの動機は忘れられるものでも、たやすく許せるものでもない。彼はわたしを愛していないし、今後も愛することはない。それを考えれば、自分がいかに進めていくべきかはおのずと明らかだった。

小間使いがすでに運んできていたお茶のほかに、卵もフルーツも全部ついた朝食を持ってきてくれるよう頼み、届くとひと口残らず平らげた。その数分後にマーガレットつきの小間使いモリーが着替えの手伝いに現れた時、マーガレットは結婚式の前の多忙な日々のあいだに届いた手紙の束を選り分けていた。届いた時はざっと一瞥しただけだった束を今度はゆっくり確認し、とくに一通――オールデン家のロンドンにおける家庭弁護士事務所ペラム・アンド・スミスからの手紙――を探した。

「まあ、奥さま！」マーガレットがまるで世の中にそれしか大切なものはないかのように手紙の束を選り分けているのを見て、モリーが叫んだ。「けさは時間がありませんよ！」

マーガレットは平然と自分の任務を続行する。「急ぐことはないわ、モリー。大丈夫よ」

「でも、失礼ですが、奥さま、できるだけ早く着替えをしていただかないと、二階つきの小間使いたちが、ケントへのお荷物をまとめられません」

「ほら、ここにあったわ！」マーガレットは叫び声をあげ、探していた手紙を引っぱりだした。中身を出して目を通す。間近くなった結婚式の祝いを述べた儀礼的な内容だが、前にさっと見た時に短い文言が心に残っていた。そう、ここの部分だ。

婚姻の取り決めはすでに適切に処理されておりますが、今後、あなたさまのご結婚に関してなにかわたしどもでお手伝いすることがありましたら、遠慮なくお申しつけください。

マーガレットは手紙を軽く手のひらに叩きつけながらしばらく考え、それからきっぱりとうなずいた。「ええ、ミスター・ペラム。あなたのお手伝いが必要になりそうよ」小さくひとり言を言う。

目の隅でなにかが動いたのに気づき、マーガレットは顔をあげた。ベッドの脇にモリーが立って、心配そうな様子で両手を揉み絞っている。「モリー、わたしはきょうはケントに行かないわ。だから、そんなに急ぐことはないのよ」

「行かないとおっしゃいましたか？　でも、アシュトン卿が列車に乗り遅れないために、九時半には出発するとおっしゃるのを聞きました。もうそろそろ八時ですよ」

マーガレットは手に持った手紙をひらひらさせて、トレヴァーの希望を却下した。「アシュトン卿は好きな時間に出発すればいいわ、モリー。でも、わたしはどこにも行かないから」積んであった手紙があちこちに散らばるのも気にせずに、勢いよくベッドから飛びおりる。書き物机に走り寄り、便箋を一枚取りだした。インク壺のふたを開けると、ペンを取って一筆したため、吸い取り紙を当ててからきっちり折りたたみ、封筒に入れた。宛先はミスター・ペラム、親展と書き添える。「これを下に持っていって、第二従僕の、――アルベルトだったかしら、彼に渡して、すぐに届けてもらって」小間使いに封筒を渡す。「とても大事なことだから」

モリーが諦めたようにため息をつき、手紙を受け取った。「でも、旦那さまにはなんと申しあげましょうか？」

「わたしが言った通りに伝えればいいわ。彼は好きな時に出かけていいけど、わたしはロンドンに留まると」

「そんな、とんでもない、奥さま、わたしにはそんなこと言えません！」モリーが恐怖におののいた様子でマーガレットを見つめた。「アシュトン卿は新しいご主人さまです。そんなことを言ったら、解雇されます。絶対ですよ」

「彼はそんなことはしない。わたしが保証するわ。さあ、行ってちょうだい」

モリーはごくりと唾を呑みこみ、まわれ右して戸口に向かった。「旦那さまは絶対にお怒りになりますよ、奥さま」部屋を出ながら、警告を発した。「貴族の旦那さまがたは、自分のやり方で進めることに慣れてますから。そういうものなんです。嬉しいはずないですよ」

トレヴァーはたしかに嬉しくなかった。朝食を食べる手を止め、信じられない思いで奥さまが言った通りのことを伝える小間使いを眺めた。怒りを抑え、無表情に徹していても、彼の感じていることは伝わったらしい。トレヴァーがゆっくり立ちあがると、娘は一歩さがり、必死の面持ちで訴えた。「すみません。旦那さま。奥さまがおっしゃったことをそのままお伝えしたんです」

トレヴァーは自分が娘を怖がらせたことに気づいた。まだとても若い娘が解雇を恐れていることは明らかだ。もう長いあいだ使用人の管理をしていなかったから、彼らがすぐに怖じ気づくことをすっかり忘れていた。トレヴァーは優しい口調で小間使いに言った。「大丈夫だ、モリー。これはぼくが対処する」

モリーの緊張がさっと解けた。よほどほっとしたらしい。「はい、旦那さま、ありがとうございます、旦那さま」

エドワードがくつくつ笑い、テーブル越しににやりとしてみせた。「従順な妻ねえ」

トレヴァーはエドワードを無視した。二階にあがり、妻に彼女の置かれている状況を明確に示すつもりで、一歩戸口のほうに歩きだしたが、その時ヘンリーが口を開いた。

「わしに話をさせてくれ。説得できるだろう。道理を説いて聞かせるよ」

トレヴァーとしては説得は役に立たないし、道理など説いても無駄だと言いたいが、なんとかこらえる。ヘンリーに向かってうなずき、椅子に戻った。「試してください。ぜひとも」

ヘンリーが二階に向かった。しかし、朝食を終わる前に、すでにトレヴァーは自分が正しいとわかっていた。説得も道理ももはやこれまでだ。もっと効果的な方法を行使する頃合いだろう。

フォークを置いて立ちあがると、コーネリアのほうを向いた。

「申しわけないが、予定通りに馬車が出発するように、確認してもらえるだろうか？　列車に乗り遅れるわけにいかないのでね。それから、小間使いたちに、レディ・アシュトンの荷物を用意するよう指示してほしい。九時半には出発する」

コーネリアは一瞬ためらったが、それから、気が進まない様子でうなずいた。「わかったわ」

「ありがとう」トレヴァーは大股に歩いて食堂をあとにし、二階にあがっていった。階段の途中ですでにヘンリーの轟くような声が聞こえてきていた。

「いい加減にしろ、マギー！　そういうものじゃない！　そんなばかげたことは聞いたこともない」

トレヴァーはマーガレットの部屋の前まで来ると、戸口で立ちどまって、しばし真っ赤な顔で行ったり来たりしているヘンリーを眺め、それから、ナイトガウンで立って胸の前で腕を組み、トレヴァーが熟知している角度で顎をぐっと突きだしているマーガレットに視線を移した。どちらもトレヴァーに気づいていない。

「ばかげている？　彼は男たちを雇って、わたしを誘拐させたのよ。それはばかげていないわけ？」

「それについてはアシュトンから説明された。それなりの理由があったんだ」

「そう言われて、そのまま許したの？」

「もちろん、そうではない。しかし、いまさら、それにこだわってもなんの意味もないだろう。危害はなかったわけだし」

マーガレットは自分の耳が信じられないかのように、父親を凝視した。「危害がなかった？」ぼう然と繰り返す。「あなたがこの結婚を、まるで仕事の契約のように取り決めて、そのあとに彼はわたしを誘拐し、二週間もイタリアの田舎を引きまわしたのよ。それでも、危害がなかったと言うの？」

「少なくとも、おまえの評判は傷つかなかった。アシュトンがうまく対処したからだ」

「評判なんかより、ほかにもっと危機に瀕しているものがあるわ！」マーガレットが叫んだ。「あなたがたふたりが、わたしの残りの人生をこんなふうに取り決めたことを話しているの。どうして、そんなことができるの？」

ヘンリーは足を止めてマーガレットを見やった。「わしは、おまえに一番よいと思うことをやったまでだ」

わね」


「次にわたしのために一番いいと思うことをやる時は、先にわたしに相談してほしいものだわね」

父と娘が無言でにらみ合った一瞬を、トレヴァーは利用した。「もう充分だ」彼の鋭い声が、まるで鞭のように沈黙を切り裂いた。「ミスター・ヴァン・オールデン、妻とふたりだけで話をしたいのだが」

「しかし、アシュトン」ヘンリーが話しだそうとしたが、その言葉のあとになにが来るかは見当がついたから、聞かずに遮る。

「お言葉だが、ここはぼくが対処します。これは夫婦の問題だ。あなたの仲裁は必要ありません。それに、ここであなたが入れば、今後夫婦間で意見が異なる時、彼女はいつもあなたに頼って加勢を求めることになる」

ヘンリーが唇をぐっと結んだ。ふたりの視線が交わり、男同士の合意が成立する。ヘンリーはトレヴァーに向かってぶっきらぼうにうなずくと、なにも言わずに部屋を出た。

「お父さま！」マーガレットが呼びかけても、ほんのわずかも振り返らずに、後ろ手に扉を閉めて立ち去った。マーガレットはトレヴァーのほうを向いた。「あなたなんて大嫌いよ」

トレヴァーはその子どもっぽい言葉を無視した。「ぼくたちは、もうすぐケントに向けて出発する。なにか旅にふさわしい服を着たほうがいい」

「わたしはアシュトンパークには行かないわ。きょうも、ほかの日も。けさは、わたしの家の弁護士に会うつもりよ。婚姻無効の申し立てをするために」

「それには少々遅すぎる。それとも、一昨日の晩のことを忘れてしまったとでも？」

「ずうずうしくその話をしないでちょうだい！」マーガレットが叫んだ。「あなたにとっては、それももうひとつの戦利品に過ぎないでしょうけど、わたしにとってはとても大事なことなんだから！」嗚咽がこみあげたらしく、マーガレットが顔をそむけた。

トレヴァーは妻を観察し、いかに身を震わせているか、両腕でいかに強く自分を抱きしめて、自制心を保とうとしているかをすばやく見てとった。怒りがさらに募り、さらに深く傷ついていることもわかったが、今は涙に影響されたり、罪悪感を利用されたりする余裕はない。

「ぼくにとっても大事なことだったよ、マギー」静かに言う。「そのことは信じてほしいし、ぼくを少しは信頼してほしい」

「あなたを信頼する？　これだけのことをあなたがやったあとで？　それなら、ヘビを信頼したほうがましだわ」

「結婚してもいいと思うくらいには信頼していたはずだ」

「ええ、それこそ、まさに愚かしいことだったわ。だからこそ、今はその間違いを正すつもりでいるの」彼のほうに顔を戻し、また顎をぐっとあげた。「婚姻無効がかなわなければ、離婚を申請するつもり」

「冗談だろう？　どんな理由で？」

マーガレットがトレヴァーにほほえんでみせたが、それは苦々しい笑みだった。

「未来の妻を誘拐したことで充分じゃないかしら？　そうよ、あなたの過去の評判を考えれば、法的な告発もできるはずだわ」

「それは無理だろう。ぼくたちは結婚している。重要なのはそこだけだ。しかも、離婚には夫の同意が必要であり、ここではっきりさせておくが、ぼくは同意しない。離婚は不可能だ」

「それは意外な発言だわ、とくにあなたの口から出ると」ほほえみがあざけりの笑みに変わった。「親愛なる旦那さま、お金ですべてが買えることは、あなたが一番ご存じでしょう？」

「英国の離婚は違うんだよ、奥さま。ぼくがいなかった一〇年間で世の中はかなり変化したが、それだけは変わらない。ぼくの記憶が正しければ、ぼくは式を挙げた土曜日以来不貞を働いていない。正気であり、きみもぼくも重婚はしておらず、血縁関係もない」

彼女のあざけりの笑みをまねて、あざけりの笑みを返した。「そして、どちらもよくわかっている事実として、ぼくは不能でも同性愛者でもない。理由として婚姻無効を可能にするものはなにもない。しかも、離婚の訴訟をするには、父上からの金が必要だろう。離婚の手続きは大変なスキャンダルを引きおこす。あれだけ社会的地位を重要視し、この結婚にも賛成している彼が、それを提供するとは思えない」

「自分のお金があるわ！」

「その金は、夫であるぼくの管理を介して渡されるものだ」マーガレットの顔がみるみるこわばり、悲痛な表情になった。どうやら、思ってもみなかった事実を突きつけたらしい。しかし、ここで引きさがるわけにはいかなかった。「離婚しようという試みは続けてくれてかまわない。事務弁護士にも、好きなだけ手紙を書いたらいい。だが、それはすべてアシュトンパークでやるように」懐中時計を確認して、言い足した。「今、九時を三分過ぎたところだ。出発は九時半なので、きみが服を着て、玄関におりてくるために、ぴったり二七分間ある。しかし、自分の服を少しでも持っていきたければ、早めに着替えたほうがいい。小間使いが荷造りしなければならないからね。九時半にきみが準備ができた状態で玄関にいなければ、ぼくがここにあがってきて、きみを肩にかつぎ、下まで運んで馬車に乗せる。きみもよく知っている通り、それはぼくにとっては簡単なことで、その時のきみがなにを着ていようが、着ていまいが、ぼくはかまわない。ぼくの意向ははっきり伝わったかな？」

「完璧に」マーガレットは言い返した。「理性的な解決に失敗したから、野蛮に力ずくでやるということね」

「まさにその通り」

トレヴァーはつかつかと戸口に近寄った。扉を開けると群がっていた小間使いたちがあわてて離れるところだった。二手に分かれ、トレヴァーが通る道を作る。そこを抜けて階段に通じる廊下を歩きながら、トレヴァーは思った。結婚によって財産を得るといっても、自分の場合は結局地道にこつこつ稼ぐしかないらしいと。そう思うのは初めてではなかった。

19

ケントまでの旅は、マーガレットの人生でもっとも長い二時間だった。トレヴァーの母親と義理の姉は会話をする努力をいっさいせず、伯爵未亡人は旅のあいだを食堂車で過ごした。トレヴァーも喫煙車両で短い旅の時間を過ごすほうが好ましいらしく、客室で同席することはなかった。

マーガレットの気持ちはロンドンから一キロ離れていくごとにうち沈んでいった。コーネリアとエドワードは数日中にケタリング家の地所に戻る予定で、マーガレットの父も翌週にはニューヨークに向けて発つことになっている。トレヴァーが今シーズン中はもうロンドンに戻らないつもりであることはすでに知らされているから、それを楽しみにするわけにもいかない。マーガレットの家族が五月には訪ねると約束してくれたが、三月の冷たい雨が降るなかでは、大した慰めとも思えなかった。新しい親族に嫌われていることは明らかだから、家族の代わりにはなり得ない。見放された感覚はあまりに強く、孤独感はこれまで経験したことがないものだった。

ウェイバリーの村に到着すると、気持ちは少し明るくなった。駅のプラットホームで新伯爵とその花嫁を歓迎するために待っていた市長および、地元の名士による協議会の人々の歓迎を受けたからだ。ものものしい儀式が行われ、市長が挨拶し、とくに伯爵のアメリカ人の花嫁の美しさと愛らしさを褒めたたえ、迎えることができて一同大変喜んでいる旨を述べた。教区牧師夫人がマーガレットに花束を進呈し、地元の子どもたちが『ヤンキードゥードル』を歌った。大通りは祝日のように飾られて人々がひしめき合い、中央を走るアシュトン家の馬車の列に向かって旗やハンカチを振って歓呼の声をあげた。

車列はもう一度、街の中心に臨時に組み立てられた行事用の舞台の前で停止した。そこでさらに多くの挨拶を聞き、さらに多くの好奇に満ちた目にさらされ、さらにいくつもの花束を贈呈された。

この街の人々が、自分を歓迎するために多大な尽力をしてくれたことは間違いなく、その努力にマーガレットは心打たれ、温かい気持ちになった。しかし、アシュトンパークまでの残り何キロかの旅に向けて村をあとにする段になると、彼らの熱狂が度を超していることに気がついた。馬車を引いていた馬が全部はずされ、その位置に一ダースの男たちが入って準備をする様子を、マーガレットは驚愕の思いで見守った。

「いったい、あの人たちはなにをしているの？」トレヴァーがようやく先頭の馬車に乗りこんできて隣に座ったので、急いで尋ねる。その時、馬車ががくんと動きだし、マーガレットは息を呑んだ。「まさか、あなたの家までわたしたちを引いていくわけじゃないでしょう？」

「いや、残念ながらその通りだ」トレヴァーが答えた。「それが伝統でね」

マーガレットの徹底的に民主的なアメリカ人の心は、男たちが家畜のように馬車を引っぱる姿にたじろいだが、男たちは笑い合って心から幸せそうに引っぱっている。出発に合わせて教会の鐘が鳴らされ、その響き渡る音に送られて車列は動きだした。マーガレットは沿道に立つ人々にほほえみかけ、手を振った。緑の丘がうねりながらどこまでも続く田園風景は見惚れるほど美しい。しかし、アシュトンの地所を進むにつれ、幸せな繁栄とはほど遠い現状を目にしないわけにはいかなかった。

農業や田舎の地所管理についてはなにも知らないが、アシュトンの土地が恥さらしなほど荒れきっていると見抜くのに専門的な知識は必要なかった。畑の半分は何年も休耕地のままで、春の植えつけが可能な状態ではない。牧草地の周囲にめぐらされた柵は倒れ、なかにいる家畜はどれもやせ衰えて大儀そうだ。

小作人用の住居はさらにひどかった。多くはだれも住んでおらず、住んでいる家も空き家と同じぐらい傷んでぼろぼろだ。小作人たちは手を振り、歓呼の声をあげて馬車のあとを追ってきたが、その喜びは、長年の放置にかぶせられた薄板のように思える。街の人々と村人たちの熱狂的な歓迎は伝統というより、状況が改善するという希望に基づいたものではないかとマーガレットはいぶかった。

それは、トレヴァーの責任の大きさを初めて認識した瞬間だった。英国の経済がどれほど落ちこんでいるか、小作人たちが自分たちの地主の成功にどれほど依存しているかがよくわかる。皆の話から判断して、トレヴァーの兄はよほど愚かな浪費家だったらしい。その兄が亡くなって、トレヴァーは信じられないほどの重荷を受け継いだ。帽子の縁の下から隣のトレヴァーをうかがい、ハンサムな顔が険しい表情を浮かべているのを見て、彼がこの現状を甘んじて受け入れていることに気づいた。自分を待ち構えている困難を充分に理解している。

マーガレットは自分の両手を見おろした。心を鬼にする。断固として彼に同情しない。トレヴァーが自分の地所を救うために女相続人を必要としていたのは理解できるが、その事実が彼の卑劣なやり方を正当化するわけではない。レディ・アシュトンの称号を買えるなら、その機会に喜んで飛びつくアメリカの女相続人はいくらでもいる。なぜ、そこから選ばなかったの？

男たちが引く馬車が幹線道路から脇道にそれ、ゆるやかに曲がりながらクリとカエデの森を抜ける。気の毒な村人たちがあとどのくらい馬車を引かねばならないのかと心配になりだした時、木々のあいだから遠くに一瞬屋敷らしきものが見えた。

もっとよく見ようとマーガレットは身を乗りだしたが、実際にアシュトンパークが見えたのは、短いのぼり坂の先で森が途切れ、目の前に盆地が広がった時だった。盆地の反対側に建物が立っている。その堂々とした姿にマーガレットは思わず息を呑んだ。

何世紀もの年月が石灰岩の壁を美しい蜂蜜色に変えていた。絶好の位置に建てられた屋敷はどの方向からも美しく見えるように計算されているらしい。蛇行して流れる小さな川にぴったり並行して、砂利道が曲がりながら屋敷まで続いていて、その両側にはいくつもの庭園が置かれ、テラスと噴水が作られている。アシュトンパークはまさに、ニューポートの贅の限りを尽くした邸宅に匹敵する規模と建築を誇っていた。

しかし、マーガレットが住み慣れた贅沢な家との共通項はそこで終わり、馬車が建物に近づくにつれてマーガレットの気持ちは沈んでいくばかりだった。かわいらしい石橋を渡り、使用人の一団が待ち構えている玄関までの道をさらに進む。渡った川やいくつもの池が一面に藻で覆われていることにマーガレットは気づいた。庭の草木は勝手気ままに生い茂り、噴水は止まっている。なにもかもが美しくなる可能性を示しているが、かつての壮麗さを取り戻すには多大な費用がかかるだろう。わたしの持参金が、とマーガレットは思った。

馬車は、玄関に続く広い石段の前で停止した。トレヴァーが飛びおり、マーガレットに手を差しのべた。その手を取って馬車をおり、周囲のみすぼらしい庭を見やる。落胆が顔に出たらしく、彼の唇が薄い一文字に結ばれたが、彼はなにも言わなかった。

ふたりは使用人たちの前を通りすぎて階段をのぼった。一番上で足を止め、集まっている人々のほうに向かう。トレヴァーがまず小作人たちに、不在だった一〇年間にさまざまな変化があったが、花嫁を家に連れてくる伝統はまったく変わっていないと知ってとても嬉しいと述べたうえ、土地と今後の繁栄について話した。

それから、マーガレットの手を取って小作人たちに紹介すると、さらに熱烈な歓声があがった。トレヴァーが手を放して一歩さがるのを見て、マーガレットは自分がなにか言うことを期待されていると気づいた。心の準備がまったくできていなかったから、肩越しに夫を見やって首を横に振った。しかし、返ってきたのは決然とした表情だけで、みんなの前で恥をかきたくなければ、なにか言わねばならないと観念せざるを得なかった。

「ありがとう」自分を見つめている顔の海を見おろし、つかえながら言う。離婚を申したてるつもりであるからには、将来のことやこの結婚で幸せだという言葉を語るのはあまりに偽善的だと思うと、簡単なことしか言えない。「みなさんのご親切に心打たれました。歓迎されていると感じさせてくださり、本当にありがとう」

短すぎる言葉にがっかりしたとしても、だれもそんな顔はしなかった。さらに歓声があがり、スピーチが続けられた。

次に前に出たのは執事のチャイバーズだった。家に伝わる贈り物を花嫁に手渡す役だった。マーガレットは純銀製の大きな茶盆を丁重に受け取り、写真のためにポーズを取った。そのあとに、家の使用人たちに紹介された。といっても、人数は少なく、一二人だけだった。それが終わると家に入ったが、室内を見た最初の印象も、気持ちの改善には役立たなかった。ぞっとするほど薄暗く、信じられないほど醜く、過剰なまでに装飾が施されている。そして、凍るように寒かった。

図書室で午後のお茶を飲んだが、マーガレットに言わせれば、その部屋の唯一の利点は暖炉に火が焚かれていることだった。三月にこれほど冷えるとすれば、一月はどんな寒さなのだろう?

トレヴァーは一緒にお茶を飲まなかった。家令のブレイクニーに仕事のことで呼びだされたからだ。トレヴァーが図書室から出ていく姿を見送り、マーガレットは胃がよじれるような気がした。前日の言い合い以来ずっとよそよそしくてあかの他人にしか思えず、自分が結婚したと思っていた冒険心に満ちた心はずむ男性とはかけ離れていたが、それでも、まだ同盟者にもっとも近い存在であることは間違いなく、そう考えるだけで気持ちはさらに沈んだ。

新しく家族になった残りの人々とお茶を飲んだが、マーガレットを会話に引きこもうと試みる者はだれもいなかった。部屋の隅に座っていたが、ビロード張りの椅子はすっかり擦りきれ、腰かけていても座り心地が著しく悪い。伯爵未亡人はお茶とケーキに完全に没頭し、キャロラインとエリザベスはマーガレットが知らない人々しか出てこない地元の噂話に興じている。

ふたりの女性がわざと自分を締めだそうとしていることはわかっていたが、疲労困憊《こんぱい》のうえに悲しみに苛まれ、気にすることもできない。ただ黙って、いつになったら自分の部屋に行って体を休められるかだけ考え続けた。

これ以上あと一秒も我慢できないと思ったちょうどその時、トレヴァーが戻ってきた。マーガレットが隅のほうで縮こまっているのをひと目見ると、すぐに部屋を横切って、マーガレットのそばにやってきた。「疲れているように見えるよ、おまえ。夕食の前に少し休みたいだろうね」

手を差しだされると、彼の嘘など気にならないほど、ただ自分の存在に気づいてくれたことがありがたく、すぐに彼の手に手を任せて立ちあがった。「ええ、疲れたわ」

トレヴァーに連れられて二階にのぼり、迷路のような暗い通路を過ぎる。ビロードの重たいカーテンで遮られた窓のぼんやりした光が唯一の光源だが、どんなに薄暗くても、擦りきれた絨毯や虫が食った家具は隠せない。使用人の少なさを示す埃や曇りも、あるいは長い困窮を物語る陰鬱な雰囲気もごまかせない。

トレヴァーはマーガレットの思いを読んだらしく、角を曲がって別の通路に入ると、口を開いた。「見ての通り、この家を快適な家にするのは大変な労力が必要だ」

そして、大変な額のお金と。マーガレットはまた思う。わたしの持参金。

「マギー」彼が続けた。「この家はきみの守備範囲だ。ぜひきみに改装の労を引き受けてほしいと願っている。必要だと思うことを好きなように自由に変えてかまわない」

「わたしの持参金を使ってね」辛辣な口調で言い返した。「なんと寛大なこと」

トレヴァーは喧嘩を始めようとするマーガレットの試みをあっさり無視した。「ぼくの要求はひとつだけだ。大きな改装に関してはひと言相談してほしい。ぼくたちは夫婦で、これに関しては協力したいと思っている。なにをすべきかは相談して決めたい」

彼にとっては我が家だろうが、自分は大々的な改装をするほど長くここに留まるつもりはない。

「きみにひと言忠告しておこう」彼が言う。「この家のことに関して、母の思い通りにさせるな。きみがそれを許すと思えば、母はすぐに勝手気ままにやり始める。母にとっては、伝統がすべてだ。きみがいろいろと変えることを嫌がるだろう。心に刻んでいてほしいことは、きみが伯爵夫人であり、この家のなかのすべてにおいて、決定権はきみにあるということだ」

「もちろん、あなたを除いてね」なだめられたい気分でなかったから、わざとそう答えた。

彼は小さくうなずき、それが真実であることを認めた。「ぼくを除いてだ。だが、きみがやるつもりのことを事前に知らせてくれている限り、全面的にきみの決断を支持するし、それをできるだけ頻繁に表明する」

マーガレットにとっては、その言葉も大した慰めにはならなかった。自分の持参金を使うにもかかわらず、すべてにおいて彼に許可を――ほとんどは条件つきの許可を――得なければならないことに変わりはない。

ようやく西翼の部屋までやってきた。その翼がふたりのために用意されているとトレヴァーから聞いている。「これがきみの寝室だ」トレヴァーが言いながら扉を開けた。赤いビロードと金色のダマスク織で統一され、天井の蛇腹《じゃばら》も金で縁取られている。家のほかの部分同様に華美だが暗くて陰気臭く、ひと目で好きではないとわかった。

居間を通り抜け、濃い色のクルミ材で念入りに作られた貝殻の形のベッドを眺める。結婚式の晩の彼の誓いを思いださずにはいられなかった。別々の寝室はいらない。

単にその約束を忘れたのか、あるいは、それもまたもうひとつの嘘だったに違いない。

トレヴァーはもうひとつ別の部屋に通じる扉を開けた。もっと大きく、マーガレットの部屋よりもさらに手がこんでいる。「こちらがぼくのだ」

ふたりの目が合った。彼の厳しい表情がかすかに和らぐと、マーガレットが結婚したと思っていた男性の姿がかすかによみがえった。「英国の家は夜が非常に寒い、マギー」彼が静かに言った。「ぼくは石炭の火や掛け布団よりも温めてくれるものがほしい」

まるで本気で言っているような口調だった。でも、これもまた嘘に違いない。彼は跡継ぎを必要としている。それだけのこと。

身をこわばらせると、彼の表情から優しさが消えるのがわかった。「すぐに小間使いをよこすよ。少しは休めるだろう。夕食は八時だ」そう言うと、一礼して部屋を出ていった。

トレヴァーが遠ざかる姿を眺めていると、ふいに呼び戻したい衝動にかられた。抱きしめてと頼み、愛していると言いたい思いにかられる。ばかげた衝動だ。なぜなら、今はもう彼を愛していないから。自分は彼が気高くて勇敢で信頼できる人だと思った。でも、自分が真実だと思っていたことは幻想であり、自分が作りだした空想に過ぎない。

〝きみは、きみが信じたいと望むことを信じていたんだ〟

ふいに恐怖にかられ、もはや、なにが空想でなにがそうでないかわからないことに気づいた。世界が逆さまになったかのようだ。真実は嘘で、愛は冗談だった。だれもが他人で、そのなかにはたった二日前には自分の運命の人だと、たったひとりの人だと思っていた夫も含まれる。もしかしたら、このすべてが夢で、これから目覚めるのかもしれない。いいえ、実際には、ここでの生活がそんなに簡単なものでないと、たやすく逃れられるものではないとわかっている。そう思うと胸がむかむかした。

トレヴァーはワインのグラスをもてあそびながら、長い食卓の一番向こうに座っている妻を観察していた。悲惨なまでに打ちのめされている。自分が知っている元気で意志の強い女性——真夜中の冒険に行きたがり、挑戦は必ず受けて立った女性——はいなくなり、代わりに見知らぬ女性が座っている。トレヴァーはそれが気に入らなかった。気に入らないどころか、嫌悪している。

不幸せな気分になる理由の一端はこの家だろう。たしかに目にするだけで気持ちが暗くなる。ここが優雅で美しくて、わが国の誇りだった日々を思いだせるからなおさらだ。しかし、トレヴァーは今も、子どもの時と同じようにこの家を愛していた。子ども時代に魅了されたものすべてを再発見するのに大した時間はかからなかった。図書室に隠された牧師の抜け穴、ワイン蔵の暗い隅、本を片手に数えきれない午後を過ごした巨大なクリの木。

とはいえ、自分はこの家を愛しているが、マギーがすぐその感情を共有してくれることは期待できない。もっとよい時代の思い出が多々あって、それに後押しされない限り、ここは陰気で不便な場所に過ぎないだろう。彼女が慣れ親しんでいた設備や贅沢を考えればなおさらだ。

妻が料理をつつく姿を眺める。口にはほとんど運んでいないが、それをとがめるわけにはいかないだろう。羊肉とゆでたジャガイモは、父親の家のフランス人シェフが作る繊細な料理とは比較のしようもない。だが一方で、彼女は干し肉と干しアンズを不平も言わずに食べ、今夜よりもはるかに健康的な食欲を発揮した。

トレヴァーの母とエリザベスが時折彼を会話に引きこもうとしたが、教区牧師の健康状態に関する考察には大して関心を引かれない。ふたりともマーガレットのことは完全に無視しており、それについては遠からず母に話をするとトレヴァーは暗い気持ちで心に誓った。祖母は——彼女に幸あれ——着席するとすぐに、親しげな態度でマギーに話しかけたが、スープが終わってすぐから、座ったまま居眠りしていた。

マーガレットの不幸せを説明する理由を自分が必死に見つけようとしていることに気づいたが、そんなものはないとよくわかっている。

たしかに食事の質は最高とは言えないが、妻が空を見つめ、皿にフォークで円を描いている理由にはならない。陰気で暗い家も、妻の美しい顔から光が完全に消えてしまった理由にはならない。自分の家族の不親切な態度も、この一時間に妻が言葉をふたつしか発しなかった理由ではない。

理由は自分だ。その責めをほかに押しつけることはできない。昨日からずっと、自尊心と幻想を傷つけただけだと自分に言い聞かせてきたが、彼女の気持ちをそれほど簡単に片づけることはできないとわかっただけだ。エドワードの言葉が思いだされる。

〝彼女はきみを愛している、わかっていると思うが〟

愛に関する非現実的な考えなど、どちらにしろいつか粉砕する運命なのだと自分に言い聞かせるが、今夜はなぜかそんな理屈も慰めにはならない。自分は彼女の考え方が過剰に感傷的で実際的でないと思っている。彼女はこちらを無情で皮肉ばかりだと思っている。だが、とにかくこの結婚のどこかに共通の土壌を見つけ、なんとかやっていく必要がある。離婚は論外であり、子ども部屋がいっぱいになったあとは別々の生活を楽しむという考えにも、かつて感じたような魅力は感じない。

夕食後、マギーは二階に寝にいった。あとを追いたい気持ちはやまやまだったが、夜に温めてほしいという言葉に彼女が見せた反応を思いださないわけにはいかない。妻が多少なりとも進んで受け入れてくれるとはさすがに思っていなかった。しかし同時に、結婚した夜のことは、いまだに細かいところまでまざまざと覚えている。

あの甘くて熱い記憶に妻がまったく苦しめられていないとは、とても信じられない。信じたくない。自分が無理やり推し進めた求婚ゲームのせいで、情熱的で敏感な妻を失ったとは思いたくない。そんなことは信じるものか。

食卓から立ちあがって同席者たちにひと言挨拶すると、トレヴァーはヘンリーが結婚の贈り物にくれたバーボンの瓶を持ち、自分の書斎に行った。あえて使用人を呼ばずに、暖炉の火を自分でおこし、飲み物を注いでみすぼらしい革張りの椅子のひとつに座ると、炎を見つめながら、地所の状況と今後数カ月のうちにやらねばならないことに集中しようとした。

しかし、炎を見つめれば、イタリアで囲んだたき火が思いだされ、バーボンを注げばマギーの瞳が浮かんでくる。そして、地所に関して考えても、どうすれば、そこを自分の家だと妻に感じさせることができるか思うばかりだ。

今の時点では不可能な願いに思えるが、その選択肢は受け入れがたかった。自分は情熱を持たない冷ややかな女性と結婚したわけではないし、そんな女性と暮らしたくもない。そういう女性と愛し合いたくないのもたしかだ。

彼のマギーに戻ってきてほしい。彼を挑発し、彼に挑戦する女性、彼の腕のなかで情熱の塊だった女性。自分が結婚した女性を取り戻すためには、そもそも彼女を勝ち得る原動力となったものが必要だ。

トレヴァーはグラスを掲げ、深呼吸した。「忍耐と戦略、そして不屈の精神に乾杯」

固い決心にもかかわらず、その後一カ月のあいだ、妻を誘惑する機会はほとんど持てなかった。ほかにやらねばならないこと、妻の誘惑ほど重要ではないが、緊急性が高い案件が山積していたからだ。

最優先事項は排水設備だった。現状では、遠からず地所だけでなく周辺まで腸チフスを流行らせかねない。トレヴァーは早急に修理するようブレイクニーに指示を出した。

二番目の任務は畑だった。この地所の小作人となり、種蒔きの時期に間に合うよう畑を耕したいと希望する者全員に現金を支払うことにした。反響は早かった。瞬く間に郡の隅々まで話が広まり、一週間も経たないうちに、空き家に関する賃貸契約を見直し、新規契約書の作成に着手した。排水設備が完全に修理されると、今度はブレイクニーを投入して借家の修理と壁塗りを監督させた。

ロンドンに出かけて一週間滞在し、廐舎に入れる馬と牧草地に放す牛を充分な数だけ購入した。マギーにもいくつかの品を買った。ハロッズの化粧品売り場という完全に女性だけの世界に乗りこむ冒険では、ひとりに留まらず女性店員のくすくす笑いを引きおこした。ハロッズほど上品とは言えないソーホーの店を何店か襲撃した時は、そこまでの騒ぎにならなかったことは言うまでもない。帰り道は、亜麻布の紡績工場の建設を検討するためにヘンリーが雇った複数の技術者が一緒だった。さっそく図面が引かれ、早々に建設が開始した。

しかし、そこまで忙しいなかで、トレヴァーはなにをしていてもマギーのことを思わずにはいられなかった。食事の時に会うだけだったが、その一瞬だけで、昼も夜も彼女のことを考え続けるには充分にこと足りた。

マギーの日常生活については彼の母から逐一聞かされていたが、それはきわめて限られたものだった。手紙を書き、敷地内を散歩することもあったが、基本的にはだれともかかわりを持たずに過ごしていた。トレヴァーが心配したのは、そうした態度がまったくマギーらしくないからだった。とはいえ、時々、とくに食卓の向こうに座る妻を観察している時など、自分が思っているほど妻のことをよく知らないのではないかと思わずにはいられなかった。常に静かで謎めいた表情を浮かべ、もはや、表情からなにを考えているか推し量るのは不可能に近かった。わかるのは、妻が幸せでないということだけだった。

家事全般を取り仕切るという役割を担うようにうながしてみたが、マーガレットはなんの関心も示さなかった。すべてを彼の母親キャロラインの手にゆだねたから、母にとってはしごく満足な状況だった。母に直接、家事の管理にマーガレットを加わらせて、どのようにやるか教えるように言ったが、マギーがやる気を見せるか、あるいは自分がそばにいて、その希望が実行されるように見張っていない限り、母がその指示に従うはずがない。

使用人に関してはチャイバーズと話し合い、充分な人員が確保できていないことを知らされた。執事の話では、庭師が半ダース、女中が四人、従僕ふたり、厩舎の馬丁が六人、そして台所女中の追加がひとり、それだけはすぐに補充する必要があるとのことだった。トレヴァーはその提案に同意すると、執事にさがるように伝え、ほかの用件に関心を戻した。しかし、チャイバーズは去らなかった。

「台所女中の件ですが、旦那さま」執事が言う。「アニーのことで問題がありまして」

「その問題がなんであれ、チャイバーズ、きみが対処できると思うが」

執事が控えめに咳払いをする。「それが、この件はおそらく、奥さまにお願いする問題かと思いまして」

トレヴァーは調べていた帳簿から目をあげた。「どういう意味だ?」

「アニーが、休みをいただいた午後に外国人と出かけておりまして」

「それがどうしたんだ?」

チャイバーズが不快な臭いを嗅いだかのように鼻にしわを寄せた。「イタリア人の船員なんです。ドーヴァーに泊まっているのに、毎日曜日、アニーに会いに来ています。わたしが見たところ、感じのよい若者ではありません。アニーには、そういうことを注意する家族がおりませんので、だれかが言わねばなりません。それで、奥さまにお願いできればと思ったのです。レディ・キャロラインがすでに話されましたが、アニーは聞きません。年も近いですし、奥さまがおっしゃることならばアニーも耳を傾けるかと」

トレヴァーは笑いを押し殺した。「アニーが日曜日の午後にだれと過ごしていようが、それは彼女の自由だと思うが。心配する必要はないんじゃないか」

執事は明らかに納得していなかったが、トレヴァーの意見を尊重して一礼した。そして部屋を出ていき、トレヴァーはその件を頭から消し去った。

夜明けから真夜中まで働き続け、毎晩疲れきってベッドに倒れこむ日が続いた。しかし、眠りが訪れないこともしばしばだった。マーガレットがこれほどそばにいながら、あまりにも遠くにいるという事実は拷問にも等しかった。一〇歩か二〇歩歩くだけの距離が何千キロにも感じられる。幾度となく、夫としての権利に思い及んだが、それを要求することはしなかった。〝忍耐、戦略、不屈の精神〟という文句がトレヴァーの教理問答になった。

ケントに来て一カ月が経った。作物の種を蒔き終わって、大きな修理も終了し、亜麻布の紡績工場建設が着工した。購入した馬がロンドンから届いた段階でようやく、トレヴァーはすべてのうちの最重要課題、すなわち妻を誘惑する計画に全神経を向ける時期が来たと判断したのだった。

マーガレットはアシュトンパークの庭をさまよい歩いていた。四月の朝はとても心地よかった。めずらしく雨が降っていないことがマーガレットは嬉しかった。花壇にそって歩きながら、フランスギクとヒエンソウを植えたほうが、ここに植わっているユウゼンギクよりもずっと素敵なのにとぼんやり考えた。六月の同じ時期に一斉に花開いて、とても美しいだろう。でも、ここはキャロラインの庭であり、自分のアドバイスを義理の母が喜ぶとはとても思えない。それに、そんなことをしてどんな違いがあるというのか。花が咲くまでここに留まるつもりもないのに。

木陰になった休憩場所までやってきた。マーガレットはこの場所を気に入っていて、天気がいい時はここで手紙を読むことにしていた。からみ合ったつるバラの下に置かれた石のベンチに腰をおろし、ロンドンの事務弁護士から届いたばかりの手紙を取りだした。結婚の解消について尋ねた質問に対し、二週間前に受け取った手紙よりは多少なりとも明確な返答が記されていることを期待している。前の手紙は慎重で如才ないもので、無謀なことはしないように、よく考えるようにと説得する文言ばかりが書き連ねてあった。

それに対してもう一度手紙を書き、よくよく考えたうえでの結論であり、手続きを進めてほしいと明言した。だからこそ、期待を持ってタイプされた文面に目を通したが、自分が望んでいた答えは見つからなかった。ミスター・ペラムは一カ月前にトレヴァーがマーガレットに言った通りのことを、ぶしつけかつ簡潔にはっきり書いていた。婚姻無効の訴えが通る可能性はゼロ、離婚を勝ち取る可能性はよくいってわずか。

マーガレットは手紙をたたんでポケットに入れると、前方にあるツゲの生け垣の迷路を眺めた。枝が伸びすぎて、刈りこむ必要がある。今はもう、愚かだったと自分を責めることはしていない。そうしても、なんの役にも立たない。自分が騙されたことに対する怒りはすでに消えていた。新たに油を注がれない限り、怒りというのは、持ち続けるのが難しい感情だ。そういう意味で、トレヴァーは怒る言い訳を与えてくれていなかった。というより、めったに会わず、会っても、彼はほとんど話しかけてこなかった。

彼を憎もうと一生懸命努力したが、憎しみも怒りと同じく、しがみついているのが難しい。彼がマーガレットの持参金を使うのに忙しいことは知っているが、それさえも、非難する気にはなれなかった。賭けごとに浪費したり、女性につぎこんだりしているわけではなく、贅沢なパーティで無駄遣いしているわけでもない。彼が地所の改革に取り組んでいることはわかっている。マーガレットの持参金を手に入れた方法はとがめられても、それを使っているやり方は非難できない。

もしかしたら、単に自分が成長しただけかもしれない。その思いつきに、悲しげなほほえみが口もとに浮かんだ。愛はすべてではないと父に言われた。マーガレットの期待通りの男性などいないとコーネリアは断言した。真の愛情という考えは女学生の空想に過ぎないとトレヴァーは指摘した。もしかしたら、みんなのほうが正しくて、自分は妥協すべきなのかもしれない。諦めて空虚な結婚生活に甘んじ、アシュトン家の跡継ぎをもうけることで義務を果たし、トレヴァーが自分を愛していなくて、これからも愛さないという事実を受け入れるべきかもしれない。

でも、自分にはそうできないことをマーガレットは知っていた。愛なしでは生きていかれない。愛がなければ、すべてが無意味だから。

物音に気づいて目をあげると、トレヴァーがそばに立っていた。

「ここに来れば、きみが見つかると思ったんだ。朝はここによく座っていると母に聞いたので」

マーガレットは目をそらした。「なにかご用？」

「ああ、きみに見せたいものがある。一緒においで」

マーガレットは彼が差しだした手を、取ろうともせずにただ見つめた。彼と一緒に行きたくないが、ここに一生座っているわけにもいかない。彼には触れないように気をつけて立ちあがった。「どこに行くつもり？」

「すぐにわかる」

彼について庭を離れ、厩舎に向かう。そこにひとりの馬丁が二頭の馬を準備して待っていた。トレヴァーが前夜の夕食の時に、ロンドンで馬を購入したと話していたから、二頭のうちの栗毛の雌馬はそれに違いない。

「この馬の名前はトリュフだ」トレヴァーが言った。「ぴったりな名前だと思ってね」手綱をマーガレットに握らせる。「乗ってごらん。きみは足が速い馬が好きなはずだが、そんなきみにとっても、この馬は速すぎるくらいだと思う」

マーガレットは一瞬雌馬を見つめ、それから首をめぐらして、囲い地の向こうに広がる緑の草地を眺めた。もう長いあいだ馬に乗っていない。マーガレットは唇を嚙み、夫を見やった。挑戦するような、あるいはからかうような表情を見ることを予期していたが、彼の顔は真剣だった。

「一緒に馬で出かけろと命じているの？」

「いや、一緒に出かけないかと頼んでいるんだ。きみも楽しめると思うのでね」

なぜ、そんなことを気にするのか、マーガレットは尋ねたかった。手綱を持つ手をぎゅっと握りしめたが、すぐに片足をあぶみに掛けた。「あのカシの木まで競走するわ」トレヴァーに向かって言いながら、横鞍に飛び乗る。もう一方の脚を鞍頭に掛かるように折りたたむと、彼が身動きする間も与えずに走りだした。

トリュフをうながして早駆けにし、朝のさわやかな空気を顔に感じながら草地を疾走する。乗馬服ではないので、すぐに黄色い麦わらに紫のバラを飾った小さい洒落た帽子が後ろに飛んだ。喉のところで結んであるラベンダー色のシルクのリボンで、かろうじて留まっているだけだが、マーガレットは気にしなかった。馬に乗っている爽快感がたまらなく嬉しい。

草地のはずれのカシの木までは、トレヴァーより前に到着した。雌馬の手綱を引いて馬首を返し、スカートを撫でつけたり帽子の位置を直したりしながら、馬に乗ったトレヴァーが迫ってくる姿を見守った。

「ずるいぞ」彼が愛馬アベドンの手綱を引き、マーガレットの隣に並んだ。黒毛の大きな去勢馬だ。「あれだけ先にスタートすれば、勝つに決まっている」

「そうね」マーガレットはうなずいた。「でも、あなたの言う通り、とても速い馬だわ」

「きみへの結婚の贈り物だ」トレヴァーが目をそらした。「どういうことになっても、きみが大切にしてくれればと思っている」

妻がまだ離婚を望んでいるとわかったうえでの発言だ。マーガレットは息を止めて待ったが、彼はそれについてはなにも尋ねずに、門衛小屋がある表門のほうを指した。外には田畑や牧草地が広がっている。「遠出しないか？　ブレイクニーとぼくでやったことを見せたいんだ」

彼が見せたがっているのは、お金をなにに使ったかを本人に見せて、正当性を認めさせたいからだろう。それが彼にとってなんの意味があるのかといぶかりながら、マーガレットはうなずいた。門衛小屋の前を過ぎ、道路に出て馬を進める。「聞いたわ」左右の畑が作付けされたばかりなのに気づき、マーガレットはトレヴァーに話しかけた。「あなたが亜麻を植えて、紡績工場の建設に着手したと」

「ああ、そうすることで、自給の亜麻で糸を紡ぎ、布地を織ることができる」

なんであれ、彼の手腕を評価することなどしたくなかったが、たしかにすばらしい考えだ。彼に案内されて小作人たちが住む小屋の前を通りすぎた時も、最初に見た時の荒れはてた様子が見違えるほど変わったことに気づかないわけにはいかなかった。建設中の工場にも案内されたが、予想よりもはるかに大きいものだった。トレヴァーの話では、最終的に三〇〇人の人々を雇うことになるらしい。彼は言わなかったが、それが地元の経済活性化にどれほど貢献するかはマーガレットにも見当がついた。トレヴァーがどれほど必死に働いたかをこの目で見れば、一カ月という短い期間でこのすべてを達成したことに感銘を受けずにはいられない。

「お腹はすいているかな?」彼が尋ねた。「もう昼過ぎだから、きっとすいているだろう。昼食にしよう」

そう言うと、家に戻る方向に馬を向けずに、森に向かって走りだした。

「どこへ行くの?」マーガレットは問いかけながら、あとを追った。

先ほどその質問をした時と同じ、しゃくに障る答えが返ってくる。「すぐにわかる」

カシとクリの木の森を抜けて空き地に出ると、草の上に毛布が敷かれていた。横にピクニック用のかごとワインの瓶が一本置いてある。「ピクニック日和だと思ってね」

馬をおりると、トレヴァーは二頭の手綱を木の枝に結びつけた。それからマーガレットがおりるのに手を貸し、毛布の上に座らせた。自分も座り、かごを開けて紙の包みを取りだす。

「燻製の鱒だ」言いながら毛布の上に置くと、またかごに手を伸ばし、今度は小さな麻の袋をだした。「干しアンズ」

マーガレットはイタリアを思いだしてほほえんだ。「干した牛肉もあるとか?」

「もちろんだ。きみがとても好きだと知っているからね」

笑みが消え、マーガレットはふいに泣きたいというばかげた衝動にかられた。なんてひどい人だろう。彼はどの糸を引けばいいか熟知している。慎重に塗り固めた無感覚が一瞬のうちに砕けた気がして、マーガレットは目をそらした。鱒の隣に置かれたパンを取り、ひと口ちぎる。「それで？」自分を守るために先手を打つ。「このあとは、わたしがどんなに美しいかを言うわけ？」

軽蔑を含んだ問いにも、トレヴァーはマーガレットが期待したような反応を見せず、ただ肩をすくめただけだった。「そうだな。しかし、なぜ言う必要がある？　きみはぼくがなにを言っても信じない。だろう？」

「ええ、そうね」

「では言わないでおこう。もし言えば、きみはぼくを嘘つきとそしるだろうが、きょうは喧嘩をするつもりはない」丸めたバターをマーガレットのほうに押しやり、ナイフを手渡してから、ワインの瓶を取った。「食べよう」

ふたりは無言で食事をしたが、マーガレットはすぐにその沈黙が重苦しくて耐えられなくなった。自分は口論したいくらいだが、トレヴァーは取り合わない。なにか言わせたくて、マーガレットは話しかけた。「これで、わたしの持参金をたくさん使って作物の植えつけと地所の整備を終えたら、次はなにをするの？　家かしら？」

「そうだ」彼の落ち着いた表情は変わらない。「全面的に近代化したいんだ。電灯を取りつけて、暗すぎる状態を改善する。それから、いくつか浴室を作りたいが、どう思う？」

自分の部屋の室内便器を思い浮かべれば、心から賛同せざるを得ない。ここに来る前は、室内便器はずっと昔に使われなくなったものと思っていた。あまりに非文明的すぎる。浴槽だけというのも同じくらい悪い。マーガレットは自分が風呂に入るたびに、毎回、限りなく離れた台所からお湯のバケツを運んでくる気の毒な小間使いたちのことを思い浮かべた。原始的と言ってもいいくらいだ。

「きみの家だ、マギー」彼が優しく言う。「だから、きみに居心地よくしてもらいたいと思っている」

その言葉にマーガレットの頭も心も気持ちもすべてが一斉に反発した。食事の残りを押しやり、スカートに落ちたパンのかけらを怒りに任せて払い落とす。「居心地よく？　どんなに改修されようが、居心地よく感じるはずがないわ。家に必要なのは、温かくて愛情あふれる家族ですもの」こわばった笑みを浮かべる。「そうした感傷的な感情についてあなたがどう考えているかは、わたしたち共通の認識ですものね。それに、あなたの家族も心から歓迎してくれているとはとても言えない。頭からばかにして、野蛮なアメリカから来た小娘だと思っていることを隠しもしないわ。でも」マーガレットは皮肉っぽくつけ加えた。「どちらも、アメリカから来たわたしの持参金をばかにしてはいないようだけど」

「それについては、非常に申しわけないと思っている」彼がマーガレットを見つめる。「しかし、残念なことに親族は選べない。エリザベスが頭は空っぽなくせにうぬぼればかり強く、一五歳から三五歳の美人全員に嫉妬心を燃やす大ばか者であることは変えられないし、母が鼻持ちならない俗物だという事実もなくせない。だが、自分にできることはすべてやるつもりだ。本人はまだ知らないが、エリザベスには近いうちにロンドンに移ってもらう。母に関しては、彼女が攻撃するのは、自分の地位をおびやかされると思うからだ。きちんと話をするつもりだが、ぼくにできるのはそれくらいしかない。前にも言った通り、きみに少しでも隙があれば、それをついて、きみを支配しようとする」言葉を切り、表情を読もうとするように顔を見つめる。「きみがだれかの支配を甘んじて受けるとはとても思えないが、マギー」

マーガレットは口を開き、自分は離婚しようと思っていて、彼の母親にどう思われようがどうされようが、ほんの少しも気にしないと言おうとした。自分は去る。この機会にはっきり伝えたい。

だが、トレヴァーはマーガレットにその言葉を言う間を与えずにひょいと腰をあげた。「怒っているのはよくわかるが、ぼくは前にも言った通り、きょうはきみと喧嘩をしないと決めている。きみに必要なのは精力的な運動だと思う」

立ちあがり、すぐ向こうに横たわる倒木に歩みよった。枯れ枝を二本折り、側枝を取り始める。

「なにをしているの？」彼のやっていることを見ながら尋ねる。「もしも、もう一度〝すぐにわかる〟と答えたら、なにか投げつけるから」

答える代わりに、トレヴァーは枝の一本をマーガレットの足もとに放り、残った一本をこちらに向けて身構えた。「かまえ」

マーガレットは疑わしげに彼を眺めた。「この棒で？」

「いいだろう？　子どもの時は、兄と一緒によく棒で練習したものだ」

「必ずあなたが勝ったでしょう。そして、そのせいでお兄さまはますますあなたを嫌った」

トレヴァーがにやりとした。「まあ、そうも言えるが、あまりにふがいないせいで、ぼくが兄をますます嫌ったとも言える」

マーガレットは立ち、剣の代用品を拾いあげた。「いいわ、あなたとフェンシングをやるわ。でも、この服だから、ハンディを設定してくれるべきだわ」

「きみはその言い訳を多用しすぎじゃないか？」

「スカートを穿き、コルセットと腰当てをしてフェンシングをしたらどうなるか、あなたもやってみたらいいわ」棒を振りまわす。「五点」

「それでは追いはぎだ」トレヴァーが首を横に振る。「三点ではどうだ」

「いいわ」

ふたりは戦い始めた。結局は枝に過ぎないから、どちらも負けたくないが、真剣に勝ちにいくわけでもない。ついにマーガレットがトレヴァーを木に追い詰める。「どう、降参？」笑いながら言うと、彼はマーガレットの枝の下から自分の枝を無理やり引き抜くや、思いきり振りおろしてマーガレットの枝を真っ二つに叩き折った。マーガレットは片手をコルセットで締めた肋骨に当ててあえぎながら、手に残った半分の枝を眺めた。「まさか」彼をちらりと見やる。「これで剣を奪ったからと、勝利宣言をするつもり？」

トレヴァーの瞳がからかうようにきらめく。「いや、それは危険だろう。手に持っている半分の枝だけで、きみがどれほどのことができるか、よくわかっているからね」

また笑い、マーガレットは武器を放りだして、草の上に倒れこんだ。トレヴァーはマーガレットの隣に寝そべり、どちらも頭上の青い空を見あげて、しばらく無言で眺めていた。ローマでの夜のことを考え、彼も同じことを考えているだろうかと思う。首をまわすと、彼に見つめられていることに気づいた。手で顔を触れられ、思わず身をこわばらせる。「また、誘惑を試みているの?」

彼が少しにじり寄り、指先でマーガレットの頬を撫でた。「ロマンティックにしようと試みているんだ。効果ないかな?」

「ないわ」マーガレットはささやいた。しかし、それは嘘だった。すでに効果は歴然としている。手のひらで頬から喉もとへ、そしてゆっくりと胸まで撫でおろされると、全身に魔法のうずきが湧きおこった。彼の目をのぞきこむだけで、彼の呪文に完全にとらわれる。どれほどたやすいことか。簡単すぎる。自分はなんという愚か者だろう。マーガレットは目をぎゅっとつぶった。「やめて」小さくささやく。「やめてちょうだい」

身を離そうとしたが、トレヴァーがマーガレットの腰に腕をまわし、ゆっくりと身を返して覆いかぶさった。彼の重みで草地に押しつけられる。彼の体が硬く重く感じられる。両手が腰までさがるのを感じ、マーガレットは息を止めてその次に来ることを待った。

「マギー」トレヴァーが耳もとでささやく。「ぼくを見て」

マーガレットは目を閉じて激しく首を振った。彼を見たくなかった。彼が、まるで愛しているかのように自分を見つめるのを見たくなかった。

トレヴァーがマーガレットの顎をつかんで首の動きを止める。「ぼくを見るんだ」

抗うことはできなかった。目を開けてトレヴァーの目をのぞきこむ。そこに見えたのは、恐ろしい真実だった。自分はまだ彼を愛している。彼があんなことをしたのに、自分を利用し、いいように操り、嘘をついたのに。まだ彼を愛している。一カ月も、それを否定するためにもがき苦しんだのに。まだ彼を愛している。彼は愛していないのに。それゆえにふたりの力関係は圧倒的に彼が有利で、その力を、彼はいつものように、ほしいものを得るためならなんの躊躇もなく行使する。

「なぜこんなことをするの？」マーガレットはささやいた。「あなたはわたしの持参金を手に入れて、借金を払い、地所を救ったわ。ほしいものはすべて手に入れたでしょう？」

「すべてではない」トレヴァーがつぶやき、頭をかがめてキスをした。

すすり泣きがこみあげ、顔をそらす。その瞬間、自分の質問の答えがわかった。なぜ、トレヴァーがこんなことを計画したのか理解した。この雌馬、ピクニック、そしてフェンシングの意味がわかった。「そうよね」彼の唇が頰を愛撫するのを感じながら、こわばった声で言う。「まだ、跡継ぎの問題が残っているものね。そうでしょう？」

トレヴァーがため息をついて身を離し、マーガレットの上からどいた。立ちあがる。「雨が降ってきそうだ。もう帰ったほうがいいだろう」

ふたりは黙って馬に乗り、家に戻っていった。

20

ピクニックの翌朝、トレヴァーがマーガレットの居間に入っていくと、妻は弁護士に手紙を書いていた。肩越しにのぞきこんだが、彼女は自分のしていることを隠そうともしなかった。

「なるほど」身を起こして、トレヴァーは言った。「きみはまだ、ぼくと離婚する計画を着々と進めているわけだ」

「まさか、ピクニックでわたしの考えが変わると思っていたの?」

トレヴァーがにやりとした。マーガレットの返事にまったく頓着していないらしい。

「いや。それに、たしかにぼくはきみに、弁護士に離婚したいと訴える手紙を好きなだけ書いていいと言ったからな」

甘やかすような言い方にマーガレットは苛立ちを覚えた。ペンを置いて、椅子に座ったまま振り返り、彼を見る。「でも、あなたはわたしの努力が無駄に終わると確信しているわけね」

「そうだ。しかし、もしかしたらということもある。どちらにしろ、なにをやってもきみを止めることはできないからね」トレヴァーが首を振った。「それに、ここに来たのは、ぼくたちの結婚について話し合うためではない」

「では、なんのために来たの？」

トレヴァーは戸口のほうに歩きだしながら、マーガレットについてくるよう手招きした。

「一緒に来てくれ」

マーガレットは動かなかった。「なぜ？」

「きみの意見を聞きたいことがある。重要なことだ」

マーガレットはトレヴァーについて階段をおりた。家の横の長さ分を延々と歩き、これまで見たこともない部屋にやってきた。ひと目見て音楽室だとわかった。グランドピアノとハープが置かれ、さまざまな色と形のソファのほかに、何カ所にも配置された小さいテーブルのまわりを椅子が囲んでいる。黄土色と焦げ茶色、そして白で装飾されているが、積もった埃の厚さから見て、ほとんど使用されていないらしい。

「なんて醜い部屋なのかしら！」マーガレットは思わず叫んだ。

「そうかな？」彼が素知らぬ顔で言う。「なぜだ？」

少年のような無邪気な表情で見つめられ、マーガレットはすぐに疑念を抱いた。「醜いからよ」用心して答える。

「きみなら、どこを改良したいかな？」

マーガレットは部屋をさっと見まわした。「それは無意味な質問だわ。何度も言っているように、わたしはここに長くはいないんだから」
「わかっているが、仮に留まるとしたら、どうしたい？」
「もう一度、前よりは注意深く部屋を見まわした。「そうね、仮にということなら、最初に
やるのはあの大きな見晴らし窓にかかった重たいカーテンをなくすでしょうね」黄土色のビ
ロードの布地を指さした。
「なぜだ？」
「ひとつには、とても古くて、ひどい色だということ。しかも、擦りきれていて埃を吸って
いるうえ、ああやってさがっていると、窓の半分が見えないでしょう？」部屋を横切り、カ
ーテンの一方を引いて外をのぞいた。「ほら、ここから湖と森が見えて、とてもいい眺めだ
わ。なぜこんないい景色を隠さなければいけないの？」
「ということは、カーテンはなくていいということかな？」
「いいえ」今度は数歩さがり、窓全体を眺める。「両側に垂れていたほうがいいと思うけど、
中間色でなければだめ。象牙色のダマスク織がいいわ。わたしだったら、ガラスにかからな
いようにまっすぐさげて、てっぺんにあっさりした上飾りをつけるでしょう。そうすれば、
カーテンが絵の額縁の役割を果たすから、景色が損なわれずに一層映えるはずよ」
彼が戸口の脇柱に肩をもたせて寄りかかった。「ほかには、きみだったらどうする？」
マーガレットはバロック様式の醜悪なソファテーブルを指さした。「それもどかすわ」き
っぱりと言う。「金箔は好きじゃないの。それに、天井の漆喰もやり直すわ」天井を眺めて

つけ加えた。「水漏れで傷んでいるみたいだから」

マーガレットは部屋のなかをゆっくりと歩き始めた。「暖炉の前のこのクイーンアン様式の衝立はとても素敵ね。これはこのまま使えるわ。でも、明朝時代の壺は片側が欠けているから動かさなければ。部屋の角に置けば、割れているのを隠せるでしょう？」その次に炉だなの上に置かれた重たい真鍮製の置物を指さし、ぶるっと身を震わせた。「あれはなんなの？」

「女神カーリーの像。曾祖父の弟のモンティが一八四八年にインドから持って帰ってきたものだ」

「そう。モンティ叔父さまのお気を悪くさせるつもりはないけれど、ひどすぎるわ。あれを置ける部屋があるとはとても思えない。わたしだったら捨ててしまうけど」

「では、モンティ爺さんの真鍮の女神には諦めてもらうことにしよう。ほかには？」

マーガレットはうなずいた。「部屋の色合いを変えるでしょうね。音楽室はくつろぐ場所ですもの。穏やかで落ち着いた感じが必要よ。黄色は間違った選択だわ。にぎやかだから。わたしだったら、象牙色と緑色で統一するでしょうね。癒やされる色よ。長くて疲れる一日を過ごしたあとに部屋に入った時、天国のように思える場所。くつろげて、そして――」

ふいにトレヴァーがなにをしているかを理解し、マーガレットは口をつぐんだ。彼の家の改装にマーガレットを引きずりこんで、家に愛着を感じさせようとしている。内装をやり直させたいのは、それによって、自分の家だと思い始めることを期待しているからだ。なんと賢くて狡猾な戦術だろう。まさに彼そのもの。

彼は悪魔だ。

「わたしがやるのはそのくらいかしら」マーガレットは言い、トレヴァーと目を合わせた。「もしも、ここが自分の家ならばね。でもそうじゃないわ。わたしは離婚するのだから」

しかし、その言葉にも彼はまったく動じなかった。「離婚するには時間がかかる。しばらくは、きみもなにかやることが必要だろう。ぼくたちの家の改修をやってくれないだろうか」

「やりたくないわ」

「家のまわりや庭をなんの目的もなくさまようことに時間を費やすのか？　きみらしくないと思うが。家の改装はある意味冒険だし、挑戦でもある。きみは挑戦が好きだろう？」

たしかに、心惹かれないわけではない。今はなにもやることがなくて、ほとんどの時間は彼のことを考えている。そのほうが危険だとも言える。それでも、マーガレットは断る理由を見つけようとした。「あなたのお母さまがお喜びにならないでしょう」

「母にとっては不運だろうが、慣れてもらうしかない」

マーガレットは深く息を吸った。「あなたのこのささやかな戦術はなんの役にも立たないわ。あなたの家の改装をわたしが引き受けたからといって、離婚に関して考えを変えるわけじゃないのだから」

「それでかまわない」

「警告しましたからね」

「わかった。警告は受け取った」

マーガレットは落ち着かなげに唇をなめた。「やりたくないわ」

「なぜだ？」トレヴァーは寄りかかっていた脇柱から身を起こし、ネズミを狙うネコのようにマーガレットを見据えた。「なにを恐れているんだ？」

「なにも恐れていないわ」

「恐れているとぼくには思えるな」彼が優しい口調で言い、マーガレットのほうに歩きだした。「きみはぼくの〝ささやかな戦略〟が成功するかもしれないことを、つまり、きみが立ち去るという決意を翻すかもしれないことを恐れている」

「そんなのばかげているわ」

「そうか？」マーガレットの前に立つ。「それなら、ぼくの頼みを聞いてくれてもいいだろう？」

なんと巧みに包囲されたことだろう。彼とチェスをやって勝てないのも無理はない。とはいえ、その戦略が今回はうまくいかなかったことを示し、彼が間違っていると証明できれば、それ以上にいいことはない。「いいわ」マーガレットは無謀にもうなずいた。「やりましょう」

彼の横をすり抜け、急いで部屋を出たが、それでも、彼の満足げな笑みを見ないわけにはいかなかった。「本当に嫌な人」安全な避難場所を求めて階段をのぼり、自分の寝室に向かいながらつぶやいた。「あまりに賢すぎるわ」

しかし、寝室という自分だけの場所のなかでさえ、マーガレットは彼から逃れることができなかった。ベッドの上に、チョコレートトリュフの箱と、絹の布で裏打ちしたかごにレモンの香りの石鹸とハロッズの香水を入れて上品な黄色いリボンをかけたもの、そして本が三冊――一冊を開いてとてもエロティックな小説だとわかった――が置かれていたからだ。

彼は悪魔だ。

翌朝、トレヴァーは家庭内の平和を手に入れるための手順として、次に必要なふたつのことを実行した。最初のひとつはマーガレットに伝えたように、エリザベスに荷物をまとめさせてロンドンに送りだすことだった。

予期していた通り、エリザベスは都会に住むという話に喜んだが、トレヴァーが提示した手当の額は喜ばなかった。

「冗談でしょう、トレヴァー。一カ月二〇〇ポンドで暮らすなんて、とんでもないわ！」磁器のようなブルーの瞳を狼狽して大きく見開く。「絶対にできないわ」

「ブレイクニーに聞いたところによれば、はるかに少ない額で暮らしていたそうだが。一〇ポンドだったとか」

「それはこの田舎にいるからできることだと、あなたもわかっているはずよ。一カ月二〇〇ポンドでは、家を維持していけないわ」

「そう言うと思っていたので」トレヴァーは机の一番上の引き出しから一枚の紙を取りだし、エリザベスに手渡した。

「これはなんなの？」品物とその値段が並べられたリストを見て、エリザベスが眉をひそめる。

「必要なものの予算だ。あなたが書類をまったく理解しないことは知ってるが、これからは、それに沿って生活することになる」

「こんなもの、ばかばかしい！　二〇ポンドの家賃でメイフェアに家が借りられるはずないでしょうが。それに、服代が一カ月にたった一〇ポンド？　なぜわたしが、こんなしみったれた節約をしなければならないの？　あなたはもうお金持ちなのよ。わたしの手当ももっと多くできるはずだわ」

「おそらく。しかしそうはしない。もしもそうすれば、あなたは賭けごとですべてをすってしまう」エリザベスがなにか言いかけたが、トレヴァーはきっぱり遮った。「自分がだれと話しているか忘れたんですか、リジー？」彼女が嫌っている呼び方で呼び、険しくなる顔を見守る。「あなたが結婚五周年を祝ったその日に、ホイストで一万八〇〇〇ポンド失うのをぼくは見ていた。ジョフリーにそんな額を払う余裕はなかったにもかかわらず。ジョフリーは家族の金庫を気にかけていなかったようだが、ぼくは違う」

「わたし、変わったのよ、トレヴァー。本当に。もう何年も賭けごとはやっていないわ」

「それは賭けるためのお金がなかったからでしょう。コリアーとはすでに話している。あなたの金がどこに消えたかはすべてわかっている。ジョフリーの金もだ。あなたがたふたりで、持っていた金を最後の一シリングまで使い果たし、なくなるとそれ以上に借金した。だから、こうして予算を立てた。警告しておくが、この予算を超過しても、ぼくのところに泣きつくのは無意味なことだ。ぼくは決して払わない。ぼくが兄のような愚か者でないことはあなたもわかっているはずだ。借金したら、その段階で手当も打ち切る。あなたは残りの人生をこの田舎に閉じこもって老いさらばえることになる」

エリザベスの瞳が涙できらめいた。「なぜ、こんなひどい仕打ちができるの？　この一年間、わたしたちがどれほど大変な思いをしたか、わかっていないのね？　毎晩羊肉で、真冬でさえ暖炉に火を入れるのは図書室だけ。パーティもひとつもなくて」すすりあげると、一滴の涙が完璧なタイミングで磁器のような頰を滑り落ちた。「なぜ、そんな冷酷になれるの？」

トレヴァーは笑った。「なんと、リジー、あなたは女優になるべきだった。通俗劇を演じたら、大評判になっただろう」

エリザベスが手に持っていた紙をくしゃくしゃに握りしめる。涙が出てきたのと同じくらい簡単に引っこんだ。「こんなの我慢ならないわ！」吐き捨てるように言うと、その場を行ったり来たりし始めた。「なんて傲慢で卑劣な男なの。前からずっとそうだったけど」

トレヴァーはにやりとしてみせた。「あなたがそう言うのは、ぼくが一〇年前にあなたの魅力に屈しなかったからでしょう」

エリザベスが振り返り、トレヴァーと向き合った。あざけりの笑みで口角が持ちあがる。

「なんてうぬぼれが強いのかしら！　それも昔からそうだったわね。おわかりでしょうけど、わたしは、魅力的だからという理由であなたを望んだわけじゃないわ」

「ええ、わかってますよ。でも、それはどうでもいいことだ。ぼくがあなたをほしかったわけじゃないからね」

笑みが消え、エリザベスは嫌悪に満ちた顔でトレヴァーをにらんだ。「ひどいわ、あなたをどれほど憎んでいることか」

「考えただけで心が痛む」エリザベスが部屋を飛びだしていくのを眺めながら、トレヴァーはため息をついた。どうやら、女の扱い方が本当に下手になってしまったらしい。

次の話し合いは母とだった。トレヴァーも、母に関してはエリザベスほど簡単に対処できるとは思っていなかった。

その懸念はすぐに正しかったことが証明された。母が部屋に入ってきたとたんに口を開いてまくしたてたからだ。「トレヴァー、よかったわ。あなたがけさ、わたしと打ち合わせしたいと言ってきてくれて、本当に助かりましたよ。あなたの妻をどうするべきか、話し合わねばなりませんからね」

「ええ、母上。それこそ、まさにぼくが――」

「あの娘がアメリカ人であることは承知してますよ。伯爵家の家事管理がすぐにできると期待できないこともね。それにしても、まあ！　けさやってきて、なにを言ったと思います？　八時の朝食を九時にできないかですって。あの人が朝食前に馬に乗れるように。使用人の予定表のことを説明したんですけどね。変えればいいと言うんですよ。それから、南の庭に植えてあるユウゼンギクを取って、フランスギクを植えないかですって。わたしが南の庭園をどれほど努力して手入れしているか、フランスギクをどれほど嫌っているか、あなたも知っているでしょう？　すぐに枯れてしまいますからね。それから、なんと、家全体を模様替えするつもりとか言うんですよ。模様替え！　あなた想像できます？　わたしは言いましたよ、もちろん。それは不可能だとね。でも――」母が言葉を切って息を継ぎながら、眉をひそめた。「なにを笑っているんです？」

母の頑固さが、マーガレットの家を改修しようという意欲を奮い立たせたに違いないとはもちろん言わない。それによって、自分の計画がさらによい方向に進むということも。「あなたですよ」トレヴァーは答えた。「自分の権力をおびやかす者を徹底的に毛嫌いするのがおもしろいと思いましてね。あなたとあの軽薄なエリザベスが仲良くやっていられる理由がやっとわかりました。あなたにすべて任せて平気だから、乗っ取られることはない」

「なんのことを言っているのかわかりませんよ。わたしは権力など望んだこともない。それは男のものでしょう。われわれ女性は違う役割がありますからね。その役割に、家事を円滑に管理することが含まれているんです。たしかに、かわいくて魅力的な娘ですよ。アメリカ人としてはね。だから、あなたがどうしてあの娘と結婚したかも充分理解してますよ。でも、そんな娘でも、ものごとがどうあるべきかは理解してもらわなければなりませんよ。けさまでは、家事にほとんど関心を示さなかったのでね。こう言ってはなんですが、ありがたいことでしたよ。なにも知らないんですからね！　エリザベスよりも未熟ですよ！」

「母上――」

「なぜアメリカの娘たちが、この国の名家に嫁ぎたがるのか、勝手に嫁いできておきながら、すべてをニューヨークのやり方でやろうとするのか、まったく理解できませんよ。それなら、自分の国にいればいいでしょう。そうそう、それでもうひとつ思いだした。浴室ですって、トレヴァー！　浴室を作りたがっているんですよ！　それから電灯！　お父さまが聞いたら、なんとおっしゃるか」

「母上、ぼくが妻に言って――」

「アメリカ人が伝統についてなにもわかっていないのは知ってますよ。でも、少なくとも、わたしたちの伝統を敬うべきです。もちろん、誤解してほしくありませんよ。あの娘が結婚でもたらした財政的支援は評価してますからね。それがなければ、もっと長いあいだ、やりくりに苦労したでしょう。でも……」

マーガレットの金についてのとりとめのない話はさらに続き、トレヴァーはそろそろ父の技を採用する頃合いだと判断した。「もう充分だ！」大声で怒鳴り、拳を机にばんと激しく叩きつけたのだ。

それは魔法のように効き、母は瞬時に口を閉じて黙りこんだ。そして、ぼう然とトレヴァーを見つめ、デスクの向かいに用意した椅子に崩れるように座りこんだ。

「まあ、トレヴァー、あなたは本当にお父さまのようね」威厳を傷つけられたせいで声も弱々しい。

「うちの家族のなかで、ぼくを除けば父だけが多少なりとも分別を持った人だったから、その言葉は褒め言葉と受け取っておきましょう」

「わたしを侮辱する必要はありませんよ」

「ぼくがあなたに会いたかったのは、いくつかの事柄について、あなたにはっきりさせておきたかったからです。ぼくがマーガレットに、家の模様替えを頼みました。もちろん、大きな改装についてはぼくに相談することになっていますが、模様替えについては、彼女にすべて任せてあります」母が激怒したことが見てとれたので、さらにつけ加えた。「あなたの忠告は熟考するようにと妻に忠告しておきました。伝統に固執しない賢明な忠告であるはずですからね」

その皮肉っぽい褒め言葉に母はまた眉をひそめた。「それはまあ、親切なこと、トレヴァー。それで、まさか、あの娘に浴室と電灯もつけていいと許すつもりとか？」

「ええ、その通りです」

「でも、そんなのは不可能ですよ！」母が叫んだ。「アシュトンパークがそんなふうに堕落していくのはわたしが許しませんよ！」

「あなたはぼくが伯爵であることをお忘れのようだ」トレヴァーは冷たく言い放った。「あなたはぼくに従うべき立場。認める以外に選択肢はありません」

ようやく、本当に自分の権力が奪い去られつつあることに気づいたらしく、母の顔からさっと血の気が引いた。「でも、あの娘がアシュトンパークを逆さまにひっくり返しているあいだ、わたしはなにをしていればいいんです？」

「手伝ってやってください」

「手伝う？　冗談言わないでちょうだい。アシュトンパークをニュープリマスの悪趣味な屋敷のように替えるのを手伝えと？」

「ニューポートですよ、母上。それに、住んだことがないのだから、悪趣味かどうかわからないはずだ。ミスター・ヴァン・オールデンのロンドンの邸宅だけとっても、ぼくが知る限り、この世でもっとも優雅でもっとも居心地のいい家だ」

「快適さよりも大事なことがありますよ、トレヴァー」高慢にあざけりをこめて言う。「伝統がありますからね。なにをするにも、その歴史を敬わねばなりませんよ」

「いいでしょう。では、あなたはエリザベスと一緒にロンドンへ行って、彼女が身を落ち着けるまで助けてやってください。家事の管理については、エリザベスのほうがマギーよりも、はるかに助けが必要でしょう。そのあとは、この家に戻ってきて、マーガレットに英国の家の家事をどう管理するか、教えてやってください」

「わかりました。でも、わたしがあの娘を伯爵夫人にふさわしく訓練して、彼女が助けを必要としなくなったら、わたしは時間をどう過ごせばいいんです？」

「旅行ですよ」トレヴァーは母に向かってウインクした。「イタリアを推薦しますよ。もしかしたら、大金持ちであなたを夢中にさせるような紳士に出会うかもしれない。恋に落ちるかもしれない。結婚することになるかもしれませんね」

「まあ、トレヴァー、いったい全体、あなた、どこからそんなロマンティックな考えをもらってきたの？」

マーガレットはまだ起きている。トレヴァーは従者を早めにさがらせ、彼女の部屋と自分の部屋のあいだの扉の下の隙間から光が漏れてくるのを見つめながら、服を脱いだ。妻が嫁入り道具の薄いシルクのネグリジェの一枚を着てベッドに座り、本を読んでいる姿がまざまざと想像できる。あるいは、化粧台の前に座って、髪を梳かしているかもしれない。

その姿を思い浮かべただけで、飢えきった肉体が即座に反応する。トレヴァーは口のなかで悪態をつき、官能的な妄想を押しやった。彼女の姿など想像したくない。実際に見たい。この手で触れたい。ただもう率直に、彼女がほしかった。

ネクタイをぐいと引っぱって取り去り、胴着を脱いでからシャツのボタンをはずす。あるいは、ただあそこに入っていき、これからはずっと、一緒に眠ると宣言すればいいかもしれない。くそっ、彼女のほうこそ、最初に別々の寝室はほしくないと言っていたはずだ。ベッドを共にすることができれば、誘惑して愛し合うまで持っていくのもはるかに簡単だろう。

シャツを脱いで脇に放る。今のアイデアをしばし思いめぐらし、しぶしぶ放棄した。彼女はまだ準備ができていない。しかし、彼に無関心でないこともわかっている。どれほど必死にそのふりをしていても、まったく隠せていない。ピクニックでそれが証明された。あの時にもう少し強引に振る舞えば、キスだけでなくもっと進むこともできただろう。しかし、そうすれば、今後ずっと、その強引さだけを非難されることになる。

話をすることぐらいできるだろう。トレヴァーは戸口まで歩いていき、ノックをすべきかどうか、一瞬ためらった。しかし、ここは自分の家であり、彼女は自分の妻だ。自分は好きな時に彼女の寝室に入っていく権利がある。トレヴァーは取っ手を握り、扉を開けた。

マーガレットは本を読んでいたが、ベッドの上にはいなかった。窓際に置いてあるチンツ張りの椅子に丸く座っていた。髪はほどいて流れるように垂らしている。トレヴァーが部屋に入っていくと顔をあげ、急いで本を閉じた。椅子のそばのテーブルの引き出しにそっと押しこんだ様子は、なにを読んでいたか知られたくないらしい。

「まだ起きていてよかった」トレヴァーは言った。「きみと話したいことがあったんだ」

ベッドの端に腰をおろした。マーガレットのガウンは前が閉じられておらず、淡いピンク色のネグリジェのシルク地が豊満な胸を隠せていない事実に気づかないわけにいかない。ランプの光によって、その盛りあがった膨らみと、乳輪の濃いピンク色、そして張り詰めた乳首まではっきり見ることができた。とても話がしたい状況ではない。

マーガレットは顔を赤らめ、ガウンの前を閉じた。

トレヴァーは目をそらして深く息を吸いこみ、自分がなにを言おうとしていたか思いだそうとした。自分がここにきた口実、彼女と一緒にいられる口実だ。

「エリザベスがロンドンで暮らすよう手配したことを伝えたいと思ってね。今週中に出発する。母が同行して、落ち着くまで手伝うことになった。買い物好きの祖母も一緒に行きたいと言っている」

「そう」

「それから、きみのことについて、母と直接話した。さすがに今回は、自分の役割をかなりはっきり理解したはずだ。きみの役割についても」

「わたしの役割は一時的なものだわ。今も離婚を望んでいるんですもの」

「ぼくは望んでいない」

「わたしを解放してちょうだい」

「だめだ」

「結婚の契約で受け取った財産は返さなくていいのよ。それについて、あなたと争うつもりはないわ」

「だめだ」

「なぜだめなの？」マーガレットは苛立つと同時に、心から驚いているようだった。「離婚すれば、あなたはまた結婚できるし、大切な爵位を継ぐ跡取りをもうけることができるのよ」

「それが問題ではない」

「では、なにが問題なの?」苛立ちを通り越して、絶望に打ちのめされたかのような、まるで悲鳴のような声だった。

「きみはぼくの妻だ。ぼくのものだ。だから行かせない。ぼくは自分のものは絶対に手放さない」

マーガレットが息を吸いこみ、頭を高くあげた。盾で守るかのように、ガウンの前をしっかり体に巻きつけ、すっくと立ちあがる。「わたしはあなたのものではないわ。あなたの妻としてここに留まることもない。あなたはわたしを愛していない。わたしたちの結婚はただの笑劇だったし、わたしは愛のない結婚を続ける偽善者として一生生きていくつもりはないの。父がニューヨークから帰ってきたらすぐにロンドンに行って、父と暮らすわ」

トレヴァーも唐突に立ちあがり、マーガレットの腰に腕をまわして引き寄せた。一瞬のなめらかな動きですべてを行い、マーガレットには反応する時間を与えなかった。頭をさげて唇にキスをする。所有を主張するための力強いキスだ。

マーガレットは彼の腕のなかで身をこわばらせたが、押しやることはしなかった。トレヴァーはキスを和らげた。彼女の下唇をそっとくわえて味わいながら、両手をこわばった背骨に滑らせ、撫であげては撫でおろし、力で押すのではなく、優しさで説得しようとした。キスをし、撫で続けるうちに、マーガレットは彼の口に向かって小さく降参の声を漏らすと、彼の腕のなかで力を抜きぴったりもたれかかった。その反応は、思わず爆発しそうになるほど官能的な動作だった。

その瞬間にトレヴァーの頭に浮かんだのは、妻を得るためならばなんでもするだろうと、妻と一緒に横たわり、この痛いほどのうずきを解放するためなら、彼女が望むどんな約束でもするだろうという思いだった。より強い力を示したのはどちらだろうかと考える。唐突な動きでトレヴァーはマーガレットを放し、きびすを返して歩きだした。

「離婚に同意するつもりはない」ふたりの部屋のあいだの戸口まで来ると、トレヴァーは振り返り、落ち着いた声で言った。「だから、きみがそれを望むなら、きみはその手で戦って勝ち取る必要がある。それから、この家の改装を済ませるまでは留まるときみは約束した。その約束は守ってもらいたい」

「あなたが自分の約束を守るのと同じくらい誠実にということかしら？」マーガレットが痛烈な口調で言い返した。「それとも、あなたは、愛し、敬い、いつくしむという教会でした約束を単に忘れただけかしら？」

マーガレットは戦うのをやめない。頑固で誇り高く、疑い深いくせに、ばかばかしいほど感傷的な女性。自分が知るマギーのさまざまな表情。「きみが従うならば、ぼくはいつくしむ」静かに言う。「きみが敬うならば、ぼくも敬う。そして、愛に関しては……」言葉を切り、マーガレットの体にゆっくり視線を走らせた。「きみが望むなら、喜んで夜じゅうここに留まり、きみを愛したいものだが」

マーガレットの頬が紅潮したが、それは困惑よりは怒りのせいだろうとトレヴァーは思った。「あなたはなにもわかっていないわ」その声は小さく、つぶやきに近かった。「あなたは愛のことを話していない。あなたが話しているのは、その行為のことでしょう」

「ふたつは同じものだ。それが違うものだと思うのは、ロマンティックな女と愚かな男だけだ」

「あなたは本気でそう信じているのね？」マーガレットが頭を振った。「それだけを取っても、わたしたちがどれほど不似合いであるか証明できるわ」

「不似合いであろうがなかろうが、ぼくたちは結婚している」

「一生ではないわ。わたしは自分を愛してくれない男性と一緒にいるつもりはないわ。どんなに時間がかかってもかまわない。絶対に離婚するわ」

「それを試みると決心しているのはわかったが、ぼくも公平を期してきみに警告しておこう。ぼくはどんなことをしてでも、きみの決心を変えるつもりだ。しかも、公正に戦うこともしない」

「これまでも公正に戦ったことなどないじゃないの」扉を閉める彼に向かって、マーガレットの鋭い言葉が飛んできた。

部屋に戻ると、トレヴァーはふたりの会話を思い返した。彼女が本気で言っていることは疑っていないが、それは自分も同じだ。彼女の決意を翻すためならば、できることはすべてやってみせる。

それが可能だという希望を与えてくれたのは、ふたつの事実だった。ひとつは彼のキスに対する彼女の反応が、記憶にあるあの情熱的な女性のようだったこと。もうひとつは、本を読んでいたことだ。トレヴァーがあげた小説ではなかったが、それよりもっと有望と言えるかもしれない。その題名は、『デブレット社の正しい呼称』。マーガレットが爵位と正しい敬称に関する本を読んでいる。

トレヴァーの顔に満足げな笑みがゆっくり広がった。

その後の二週間、トレヴァーは軍事行動さながらの戦術や戦略を駆使して、妻を誘惑することに専念した。いつもよく見えるところにいるべくつけまわし、朝の乗馬にも必ず後ろからついていった。食事の時は無理やり会話に引きこみ、妻の身構えた辛辣な言葉も冷静に耐え抜いた。さまざまな贈り物を――賄賂とマーガレットは呼んだが――見つけそうな特別な場所に置いておいた。毎晩、家の修復を口実に使って彼女の部屋に話しにいった。彼女の防御壁を突破し、降伏させるために、思いつくことはすべてやった。

マーガレットにとって怖いのは、彼の戦略が実際に損害を与え始めていることだった。マーガレットの抵抗力は徐々にむしばまれていた。時々気づくと彼をふたたび信頼しそうになっていたり、彼が本当に自分を愛していると想像していたりする。そして、そう気づくたびに、愚かな自分を叱りつけた。彼を避けようとしたが、それは不可能だった。彼を無視しようとしたが、彼がそうさせなかった。心を鬼にして彼を憎もうとしたが、それも無駄だった。

コーネリアとエドワードが約束していた五月の訪問でやってきた時、マーガレットはすでに万策尽き果て、崖っぷちに追い詰められた状態だった。

「本当なのよ、コーネリア。彼のせいで気が変になりそうなの」マーガレットは自分の居間で行ったり来たりしながら訴えた。「絶対にひとりにしてくれないの」

コーネリアは椅子に居心地よく収まり、旅行用の手袋と帽子をはずしているところだった。

「どういうこと？」

「馬に乗る時も必ずついてくるの。こういう小さい贈り物をあちこちに置いておくのよ――レモン・バーベナの香水とか、チョコレートトリュフとか、ロマンス小説とか――家じゅうにあって、わたしが見つけるように置いてあるの。昨晩は、わたしのスープ皿のなかにエメラルドのブレスレットが入っていたのよ。もう彼のせいで気が変になっちゃうわ！」

苦情のリストは延々と続いたが、最後に至るずっと前からコーネリアの顔には笑みが浮かんでいた。「かわいそうなマギー。なんてひどいご主人なんでしょう」

「笑いごとじゃないのよ！」マーガレットが叫ぶ。「彼がなぜこんなことをするか、わたしはわかっているし、それはわたしに対する愛情とは関係ないことなの。彼は跡継ぎがほしい、それだけよ」

「ええ、もちろんそうでしょうね。子どもは結婚の主要目的ですもの」

「それに」まるで従姉妹が口をはさまなかったかのように、マーガレットが言い続けた。「離婚の手続きをやめさせるために、わたしを誘惑しようとしているの。きっと、離婚をすることに成功したら、お金を持っていかれると恐れているんだわ」

「離婚！」コーネリアはまっすぐに座り直した。「真面目に言っているんじゃないわね」

「もちろん、真面目に言っているのよ」

「あなた、自分がなにを言っているかわかっているの？　離婚は不可能よ。そんなことをしたら、醜聞で身の破滅だわ」

「かまわないわ」

「いったいなぜ、離婚を望まなければいけないの？」今聞いたことから判断して、アシュトンはとてもいい夫になったように思えるわ」一瞬言葉を切り、また続けた。「正直に言うと、本当にほっとしたわ。それに驚いたわ。彼がロマンティックなタイプとは考えたこともなかったもの」

「彼は違うわ。ただ、自分の目的のためにわたしをまた手なずけようとしているだけ。自分の地所を救うためにはどんなことでもするわ。そして、跡継ぎが生まれて、産業も順調に利益が出るようになれば、すぐに離婚を認めるはずよ」

「言わせてもらうけれど、あなたの言っていることはなんだかよくわからないわ。贈り物もそうだし、いつも気にしてくれて――」

「すべて見せかけだけなのよ。わたしへの愛情を示すためにやっているんじゃなくて。ただ、自分がほしいものを手に入れるまで、わたしをそばに置いておきたいだけよ。わたしはこんな状態では生きていけないわ。空虚で無意味な結婚生活よ。彼はわたしを愛していないんですもの」

「それはたしかなの？」

「ええ、もちろん。彼がそう言うのを聞いたわ」

コーネリアはお茶の盆を持って入ってきた女中を見あげ、それからマーガレットをちらっと見てから、手を振ってお茶を断った。

「気を悪くしないでくれると嬉しいけれど、マギー、わたしたちに今必要なのは、マデイラワインだと思うわ」

マーガレットは女中をさがらせて、自分も椅子に座った。「飲み物なんていらないわ」ため息まじりに言う。「わたしが必要なのは離婚なの」

「まあ、マギー。自分のしていることをよく考えるべきよ。もしも離婚したら、それなりの男性と再婚することなど限りなく不可能に近いわ」

「再婚なんてわたしが望んでいると思う？」

「英国では、離婚はほとんど不可能なの」

「それは何度も言われたわ」

「そんな難しいことは考えずに、今の結婚をうまく行かせるように努力することはできないの？　たとえ愛していないとしても、彼があなたをとても気に入っていることは間違いないし、共有できることもたくさんあるでしょう？　ふたりとも冒険と興奮が好き。すばらしい結婚のすべてが愛情に基づいているわけじゃないわ。共通の関心とそれなりの好意で充分にうまくいって満足している夫婦もとても多いはずよ」

「わたしは満足できないわ」マーガレットは言い、従姉妹に諦めの表情を向けた。「わたしには耐えられない。彼を深く愛しすぎていて、気に入っているとか好意とか、そんなのでは満足できないのよ。わからない？」

コーネリアはため息をついた。「ああ、マギー。あなたが幸せじゃなくて本当に残念だし、申しわけなく思うわ。どうしても、わたしに責任があるように感じてしまうのよ」

「いいえ、あなたの責任ではないわ。あなたとエドワードは、トレヴァーの計画に協力するよう無理じいされたんだし、わたしによかれと思ってしてくれたとわかっているわ。トレヴァーは一度もわたしに愛していると言わなかったのに、わたしは彼と結婚した。だれかに強要されたわけじゃない。自分で選択したことなの。彼が愛していないのに、愛してくれていると自分で自分に納得させたのよ」

「マギー――」

「でも、今はもう全部変わったのよ」マーガレットが悲しそうな笑みを浮かべた。「みんなから、そうなってほしいと望まれていたことを達成したと言ってもいいわね。わたしは成長したの。ロマンティックな理想はもう諦めて、世の中をあるがままに見るようになったわ。自分が望んでいるようにでなくね。トレヴァーはお金のためにわたしと結婚したかった。わたしは愚かだった。そして、真実の愛などというものは存在しないと思い始めたの」

「なぜそう言えるの？　あなたはまだ彼を愛しているんでしょ」

「そうだとしても、それがなんの役に立つの？」

「あなたが喜びそうな贈り物をくれるほど彼があなたを気に入っていることは明らかよ。ほとんどの男性は、そこまで思いやり深くないわ。たぶん、そのうち彼はあなたを愛するようになって、あなたの結婚もうまくいくようになるでしょう」

マーガレットは従姉妹の意見を一瞬考えたが、それが実現することにかすかな希望を抱くことさえできなかった。たしかに、トレヴァーはマーガレットが好きなものを贈ってくれる。でも、それは、彼に弱みを知られていて、それを利用されていることを証明しているに過ぎない。どんな贈り物をくれても、どんなことをしたり言ったりしても、自分の彼に対する信頼はすでに粉々に砕け散って、二度と取り戻せない。これからの人生を彼と一緒に過ごすことも耐えられない。こんなに彼を愛していて、彼は自分を愛していないと知っている状態では。「だめなのよ、コーネリア」マーガレットは首を振った。「少なくとも、わたしにとっては、いつまでも幸せに暮らしました、というのはおとぎ話でしかないのよ」悲しい顔でほほえんだ。「おとぎ話を信じるのは、女学生だけですもの」

21

ほぼ一日かけて旅してきたこともあり、エドワードとコーネリアは早めに寝室に引きあげた。それを機にマーガレットも席を立って自室に戻り、トレヴァーがまた家のことで話しにこないように願った。どこに浴室を作るかとか、外のごみ入れにはどの塗料を塗るべきかなどを議論したくない。そもそも彼に会いたくない。だから、彼の侵入に備えて、廊下に出る扉と主寝室とのあいだの扉をしっかり戸締まりした。彼は鍵を持っているはずだが、鍵がかかっていることでこちらの意図を察してくれることを期待した。

期待はかなわなかった。トレヴァーはマーガレットの部屋にやってきたが、こちらが予期していた理由でもなく、いつもの入室方法でもなかった。

化粧台の前に座って髪を梳かしている時だった。きしむような音がしてマーガレットははっと顔をあげた。目の前の鏡に大きな衣装だんすが映っている。その扉がゆっくりと開くのを見て、マーガレットは恐怖に襲われた。不気味な光景に身をすくませ、アシュトンパークには幽霊がいると確信する。

「きゃあ！」ふいにマーガレットの服を押しのけてトレヴァーが衣装だんすの扉から顔を出

し、マーガレットは悲鳴をあげて立ちあがった。急いで彼のほうに向き直る。ブラシが床に落ちて大きな音を立てた。「ああ、本当に怖かったわ！　いったいそこに隠れてなにをしているの？　わたしのことを見張っていたの？」

「そうだとしても、きみが鍵をかけてぼくを閉めだしたんだから当然の報いだな」答えながらも、彼はせっせと服についた埃やクモの巣を払い落としている。「古めかしいやり方で勇ましく扉を蹴り破ることも考えたが、この扉はみんな、オークの硬い一枚板を使っているからね。脚を折るよりはこちらのほうがましだと思ったわけだ」

マーガレットは納得しなかった。「鍵を使ったほうがずっと簡単ではないかしら？」

「たしかに」彼がにやりとする。「しかし、それでは冒険心のかけらもない」

「どうやってそこに入ったの？」

「この衣装だんすの後ろに鉄のはしごがあって、昔は洗濯物を落としていた古いシュートを抜けて地下の通路におりられる」

マーガレットはがぜん興味を引かれた。気分を害している場合ではない。「秘密の通路？まあ、わくわくするわ！　でも、そんなものがなんのために？」

「家に伝わる話では、第一〇代アシュトン伯爵の夫人が取りつけたそうだ。夫がイベリア半島でフランス軍と戦っているあいだ、夫人や愛人が召使いや客人に見られずに出入りするために。通路の先は猟場番人の小屋に続いている。非常に便利だ。そう思うだろう？」

「猟場番人と関係を持っていたということ？」

「衝撃的だな、たしかに。しかし、話によれば、ふたりは真剣に愛し合っていたそうだ」マーガレットの疑わしげな顔を見て言い足した。「ほら、またその顔だ。眉間に寄った小さいしわで、きみがぼくを信じていないとわかる」

マーガレットは胸の前で腕を組んだ。「どうせ作り話でしょう。猟場番人小屋まで一キロ以上あるわ。そんなところを通り抜けて、だれが使うというの？」

「愛し合う者たちの密通には、慎重さがすべてだからね」

「わたしにも見せて」マーガレットは衣装だんすまで歩いていった。自分のドレスを押しわけて奥をのぞきこみ、トレヴァーが真実を言っていることを自分の目で確かめる。裏板が取りはずされ、その向こうの木の床に置かれたランプの光で下におりられる穴が見える。「信じられないわ！」マーガレットは彼のほうを向いた。「全部見せて」

「感じよく頼めば、もしかしたら、見せてやるかもしれないが」

「あなたが見せてくれないなら、自分で行くからかまわないわ」

「あれほどクモが嫌いなのに？」彼がゆっくり首を振る。瞳が笑いであふれそうだ。「それは無理だろう」

「クモ？」ごくりと唾を呑みこみ、不安な思いで秘密の通路を見やる。しかし、クモがいる可能性でさえも、マーガレットに冒険を思いとどまらせるには足りなかった。「わたしに全部見せるつもりがないなら、そもそもここから出てこないはずだわ」

「まず、きみは着替えたほうがいい」トレヴァーがシルクのネグリジェとなにも履いていない足を示した。

「そうね、もちろんだわ」マーガレットは衣装だんすから縞模様のモスリンのスカートとシャツブラウスを取り、上靴を一足出した。「後ろを向いてて」

「冗談だろう？　ぼくはきみの夫だぞ、覚えているかな？」

「思いださせないで」マーガレットは言い返した。「とにかく、後ろを向いてちょうだい。そして、のぞかないで」

「前にもこの会話を交わしたような気がするな」彼はぶつぶつ言いながらも、マーガレットの言う通りにした。「こうしなくて済むというのが、結婚した理由のひとつなんだが」

マーガレットはその言葉を無視し、すばやく服を着た。「できたわ」そう言い、髪を後ろにまとめてリボンで結んだ。「行きましょう」

トレヴァーがマーガレットの先に立って衣装だんすに入り、裏側の小さい隙間に抜けた。床に置いてあったランプを取り、はしごをおりる。そのあとから、マーガレットも暗い縦穴をおりていった。ついに壁の煉瓦と木が土に変わり、地下に着いたことがわかった。そこから続いているトンネルを彼について歩きだす。マーガレットはまわりを眺め、トンネルの土が崩れないように、オーク材のしっかりした梁が頭上の厚板を支えていることに気づいた。

「炭鉱の坑道に見かけが少し似ていない？」

「ここを作った男が鉱夫だったと聞いている。だが、どうして炭鉱の坑道のことを知っているんだ？」

マーガレットは彼に向かってにっこりした。「子どもだった時、八月はずっと、キャッツキルにあるヨハン伯父の夏の別荘で過ごしていたの。そうそう、その伯父がコーネリアのお父さまだけど、それはともかく、そこに廃坑が何本もあって、コーネリアの兄のアンドリューと一緒に探検したことがあるの」

「きみもコーネリアのお兄さんも、正気を逸していたに違いない。廃坑は非常に危険だ」

「わかっているわ。でも、子どもだったから、なにも考えなかったのね、きっと。それに、アブラハムに会いたかったの」

「だれに?」

「アブラハムというのは、そのあたりではよく知られた伝説の幽霊よ。その炭坑のなかで死んで、よく出没すると言われていたの。だから会いたかったのね」

「それで会えたかい?」

マーガレットは笑った。「いいえ、残念ながら。しかも迷ってしまって、そこで夜を明かしたのよ。一〇組もの捜索隊がその郡全域をくまなく捜索して、その一組がついに見つけてくれたわ。ヨハン伯父がそれを父に話し、永遠に終わらないんじゃないかというほどの大騒ぎになったけど」

「想像できる。気の毒なのはきみの父上だ」

「あなたも子どもの時にたくさんの苦境に陥っているみたいだから、こういう話をしても気が楽だわ。エドワードが、学生時代にあなたと一緒に陥った苦境をいくつか話してくれたわ。

自分たちで花火を作ろうとして化学実験室を吹き飛ばした話とか？」

「ああ、あれか。昔から冒険心に満ちた少年だったわけだ。だが、それがないと、生活も退屈になってしまうだろう。だから、きみにここを見せたいと思ったわけだ。ここしばらく、刺激的なことがなかったからね。これまでのところ、今回の冒険は及第点かな？」

「とてもおもしろいわ。地方のこういうお屋敷には秘密の通路があるという話はよく聞くけど、実際に見たのは初めてだわ」クスリと笑う。「アメリカではかえって流行らないのかも。マディソンアベニューの屋敷にないことはたしかですもの」

「そうだろうな。残念なことだ、ぼくに言わせれば」

「わたしもそう思うわ」彼を見やる。「認めるわ、トレヴァー。あなたは本当におもしろい冒険を考えつくのね」

マギーの口から出たことを考えれば、これは絶賛に等しい。トレヴァーは満足を覚えた。

「この家には、隠された通路や部屋がいくつもある」

「本当？　どこに？」

今、それを言うつもりはなかった。今後の探検のために取っておくべき秘密だ。トレヴァーは答えずに、前方を指さした。「もうすぐ着くぞ」

マーガレットは目をこらしたが、ランプの光の輪の外は暗闇しか見えない。「どうしてわかるの？」

「何度も通っているからだ。子どもの頃は、もっとも好きな場所のひとつだった」あることを思いだして、トレヴァーは笑いだした。「エドワードの父親のケタリング卿と晩にこの通路で出会ったこともある。一一歳の時だ。母の部屋からはしごをおりてきた」

「なんですって？」マーガレットは息を呑んだ。「エドワードのお父さまとあなたのお母さまがそういう関係だったということ？」

「何年もだ」マーガレットが仰天した顔をしているのに気づき、さらに言う。「マギー、この国の社交界では、不倫はめずらしいことじゃない」

「わかっているわ。でも、どうしても、聞くたびに衝撃を受けてしまうのよ」頭を振った。「それに、あなたのお母さまはとても厳格な方だと思っていたから、そんな秘密の情事にふけっていたなんて想像もできないわ」

「だが、そうしていた。愛人はひとりだけじゃない。ぼくが知っているだけでも、六人は思いだせる」少し言いよどみ、それからつけ加えた。「女性は、跡継ぎとその予備にもうひとりの息子を産めば、普通は好きなようにできる。慎重にさえすれば、なんでも自由だ」

「そうなの。では、お父さまも気にされなかったということ？」

「気づいていなかったと思う。だが、たとえ気づいても、父になにが言える？　自分も一年の半分はカンバーランドでアーバスノット公爵夫人と過ごしていたんだ。とても非難できる立場ではないだろう」

「公爵夫人？　またわたしをかついでいるのね？」

「とんでもない。八年近く恋人同士だった」

「あなたはつらくないの？」マーガレットが尋ねた。「ご両親が互いに不貞を働いていたと知って」

「子どもの頃はつらかったが、もう乗り越えた。貴族階級のあいだでは普通のことだと知ったこともある。普通どころか、期待されている」

「それなら、不思議じゃないわ」マーガレットがひとり言のようにつぶやいた。

「なに？」

「あなたが愛情を軽んじているのも不思議じゃないわ。そんな身近に実例を見せつけられたんですもの」ふいに立ちどまる。「わたしたちもそうなるということ？　あなたが言ったように、跡継ぎとその予備のための弟が生まれたら、あなたは自分の好きなように愛人を作り、なんとも思わないということ？」

トレヴァーは足を止め、マーガレットのほうを振り返った。胸が重く締めつけられる。

「きみは？」

マーガレットがトンネルの泥の床を見おろした。「それは正しいことじゃないわ。わたしはそうはしないでしょうね。というより、できないでしょう」

締めつけられた胸がふいに軽くなった。「それでは、ぼくもやらない」静かな声で言ったが、もちろん、妻がその言葉を信じるはずがない。

ようやくトンネルの行き止まりまでやってきた。見あげて、頭上の厚板の真ん中に設置された跳ねあげ戸があがっていることを確認する。

トレヴァーは手を伸ばしてその戸の縁にランプを置くと、マーガレットの腰を支えて押しあげた。彼女が戸枠をつかんで体を引きあげる。開口部に姿を消す直前、なにも履いていない魅力的な脚がちらっと見えた。トレヴァーもあとに続いて小屋に入った。

マーガレットは石造りの小さい小屋のなかをぐるりと見まわした。暖炉に火が焚かれ、チーズと果物、そしてワインがテーブルに置かれている。ベッドも用意されていた。

「ここに来た次の日の朝、散歩に出て、ここを見つけたわ」マーガレットは言った。「窓からのぞいて、だれも住んでいないと思ったの。でも、本当はこんなに居心地のよいところだったのね」

トレヴァーはなにも答えずに、テーブルにランプを置いた。暖炉に歩みよって火を掻きたてる。振り返ると、マーガレットが眉をひそめてトレヴァーを見つめていた。「暖炉の火、ワイン、ベッド」小さくつぶやく。「誘惑に必要なものを揃えたのね」

「そうだ」率直に認める。

マーガレットの顔がこわばり、即座に守りの態勢に変わった。「やりすぎじゃないかしら」

「妻とのロマンティックな逢い引きを計画するのがやりすぎなのか?」トレヴァーは言い返し、テーブルに近寄った。マーガレットのために椅子を引く。「あるいは、妻と愛し合いたいと望むのが?」

マーガレットはトレヴァーの引いた椅子に目をやったが、動こうとしなかった。「あなたの妻で居続けるつもりはないというわたしの意図に照らせば、これはやりすぎよ」

テーブルをまわり、彼女に引いた椅子の向かい側に腰をおろす。「ぼくはむしろ、希望にすがっていると言いたいが。座らないか？　食べながらでも話せる」

マーガレットが身をこわばらせたまま椅子に座った。「あなたはわたしを好きなように扱って当然だと思っている。それが我慢ならないわ」

トレヴァーはふたりのグラスにワインを注いだ。「マギー、きみを当然と思ってはいけないことをすでに学んでいる」グラスを差しだした。「当然と思うたびに間違いを正される。こちらがまったく予期しないことを、きみは突然やろうと決心するからね」

マーガレットがグラスを受け取り、ひと口すすった。「そんなことをわたしに言っていいのかしら。あなたにも弱みがあると示したことになるわ。わたしがまたそうすることを恐れていないの？」

「ああ、それはない。ぼくたちは戦争をしているわけじゃないからね、マギー。少なくとも、ぼくはしたくない」

「では、わたしが望んでいることはどうなのかしら？　この結婚に対するわたしの気持ちも意図も、あなたは知っている。それなのに、それを無視し続けているわ」手を振って周囲を示した。「これ、この誘惑だって、すべては自分の跡継ぎを得るためで、わたしのことは関係ない。わたしを愛していないんだから」立ちあがる。「そして、わたしもあなたを愛していないんだから」

トレヴァーは待つつもりだった。マーガレットの抵抗が和らぐのを。しかし、彼女がくれたあまりの好機は見逃せなかった。立ってテーブルをまわり、後ずさりをするマーガレットを見つめる。「ぼくを愛していない？」そっと問いかける。「きみは、ぼくがきみに嘘をつくと非難するが、嘘をついているのは明らかにきみだろう。ぼくは結婚式の夜のことをはっきり覚えている。ぼくを愛していると、きみはずっと言っていた」

「それは前のことだわ！」マーガレットが叫び、トレヴァーが前に出るとさらに後ろにさがった。「あなたが人をあざむく悪党だとわかる前のこと。そのあとは、愛していないわ」

「いない？」トレヴァーはさらに前進し、マーガレットが知らず知らず自らを部屋の隅に追いこむのを見守った。「悪いが、ぼくとしては、きみの気持ちが本当はどうなのか知る必要がある」

もう一歩前に出る。マーガレットの背中が壁にぶつかり、身動きができなくなる。トレヴァーはゆっくりと頭をかがめ、キスをした。

「卑劣だわ」顔をそむけ、彼の動きを避けようとする。「自分の思い通りにするために手段を選ばない」

「たしかに」唇の隅から頬に向けて小さくキスを這わせる。「しかし、公明正大にはやらないとすでに警告したはずだ」つぶやきながら、片手を髪の下に差し入れて顔を自分のほうに向かせた。唇をそっと唇に押しあてる。「ぼくはきみと愛し合いたい。きみは戦いたい。愛と戦争は手段を選ばずというだろう」

マーガレットが彼の口に向かって取り乱した声を漏らした。「やめて、こんなことしないで」

「キスを返してくれ」

「いやよ」マーガレットが反発する。

それでも、阻止はされていない。トレヴァーはキスを続け、なだめすかして反応を引き出そうとした。マーガレットは両手をあげてふたりのあいだに防御壁を作り、頑固に屈しない。

「キスを返して」もう一度うながした。下唇のふっくらした丸みをそっと舌でなめながら、片腕を腰のまわりに滑りこませた。腰のくびれをそっと愛撫し、唇をそっとかじるうち、ゆっくりと、非常にゆっくりと彼女のなかの強硬ななにかが消え、彼の説得に屈するかのように唇が開いた。

「頼む、マギー」彼女の唇に説きつける。「キスを返してくれ。ぼくにキスして」

うめき声を漏らし、マーガレットが両腕を彼の首に滑らせ、それまで必死に遠ざけていた体を押しつけてきた。降伏すると同時に、本能的に体が動いて彼の体に合わさった、そんな感じだった。トレヴァーの飢えた肉体がその動きに瞬時に反応した。キスを深め、唇を斜めに当てて舌を歯のあいだに差し入れじっくりと味わう。

彼女の舌が途中で出迎える。舌先にそれを感じた瞬間、トレヴァーの体を欲望が野火のように駆けめぐった。指が彼女のブラウスのボタンをはずし始める。

マーガレットが唇を離し、トレヴァーの手首をつかんだ。「やめて。こんなことしたくない」

つかまれても抑止力にはならず、トレヴァーはボタンをはずし続けた。はずすたびに手の甲が乳房をかすめる。頭をさげて、あらわになった首すじにキスを這わせ、レモンの香りがする甘い肌を味わった。「本当にやめてほしいのか?」

「ええ!」必死な様子で声を押しだし、彼の胸を押す。「触れてほしくないわ。あなたなんて大嫌い」

抱きしめる腕を強め、鎖骨に沿ってキスをしながら、鼻をこすりつけてブラウスを押しあげた。「いや、嫌いじゃない。きみはぼくを愛している」

「違う」また彼の胸を押したが、今回は力が弱かった。トレヴァーはそれも無視した。

「違わない。きみを戦わせているのは、自尊心だけだ」ブラウスの布地をつかみ、スカートのウエストから引っぱりだす。

抱きしめているマーガレットの体が震えだすのを感じ、抵抗する意志が消えたのがわかった。服を脱がせる。一枚脱がせるたびに手を止めてキスを這わせ、愛撫する。それでも、マーガレットはまだ言葉で抗っていた。「こんなことはだめ」ささやき声で言い、目をぎゅっとつぶる。「あなたは本気じゃないはず」

「ぼくは本気だ、マギー」服を脱がせると、両手で脇腹を撫であげ、乳房を愛撫した。「きみはぼくを愛している」小さくつぶやく。

「あなたなんて、愛したことないわ!」

「嘘つきだ」彼女の耳たぶをかじり、乳首のとがった先端を指で撫でると、マーガレットは喉の奥でため息を漏らし、降参するように頭を後ろにそらした。その機を利用して頭を乳房までさげ、そっとなめる。舌を丸く這わせて乳首をもてあそぶと乳輪の柔らかい肌がまるでビロードのように感じられた。

マーガレットが目を閉じたまま、両腕で彼の頭を包みこみ、そっと引き寄せた。そんな彼女がどれほど官能的に感じられるか、どれほど美しく思えるかをトレヴァーは身をもって示したかった。喜ばせ、うっとりさせ、いつくしみたかった。なによりも、自分を愛していると彼女が言うのを聞きたかった。何度も、何度でも聞きたかった。

ゆっくりと、両手を滑らせて腰の見事な丸みを包みこみ、同時にキスをあげていき、唇をとらえた。

「ぼくを愛しているんだろう？」唇に向かってつぶやく。「言ってくれ」この女性がどれほど自尊心が強いかわかっている。彼が聞きたがっている言葉を言うのが、彼女にとってどれほど自尊心を虐げることになるかもわかっている。それでもかまわなかった。どうしても聞きたい。ここまでひとつのことをひたすら望んだことはない。ただただ、彼女が自分を愛していると言うのを聞きたかった。何度も何度も聞きたかった。「認めるんだ」

彼女がまた唇を離す。「認めない」あえぎ、首を振った。「認めないわ」

頑固なマギー。頑固な頑固なマギー。「これにも抗えるのか？」つぶやきながら、片手を太腿のあいだに滑りこませる。指を前後させて柔らかい巻き毛をかすめ、なだめてはそそのかす。彼女が身もだえして彼の手に体を押しつけると、さらに愛撫を深めて、快感のあえぎを引き出した。真実を認める言葉を聞く必要がある。生まれてからこのかた望んだなによりも、その言葉を聞きたかった。「ぼくを愛しているんだろう？　そうだと知っているんだ。言えよ、言ってくれ」

指が一本しか触れないように手を浮かせ、欲望の中心にあるつぼみだけをそっと撫でる。繰り返し愛撫し続け、ついにどうしても聞きたかった言葉を彼女から引き出した。絶頂を迎えて小さくあげた悲鳴のあいだに、その言葉は転がりだした。「ええ、ええ！」むせび泣くような声で叫ぶ。両腕が彼の首にまわされ、強くしがみつく。「愛しているわ、トレヴァー。あなたを愛してる。愛してる！」

喜びと勝利の叫びをあげ、トレヴァーは両手を彼女の腰の下に入れて体を持ちあげて、いっきに挿入した。マーガレットが両脚を彼の腰にからませ、肩に顔をうずめる。何度も何度も貫き、柔らかい部分にぴったり包みこまれる感覚に我を忘れた。激しくのぼりつめ、耐えがたいほどの快感にすべての感覚が爆発すると、真っ白な輝きに目がくらんだ。初めて経験した感覚だった。

マーガレットは泣いていた。肩が涙で濡れるのを感じ、抱いている体が無言のすすり泣きで震えているのがわかる。ベッドに移動し、片腕にマーガレットを抱きながら、上掛けをはがした。ベッドに寝かせてもマーガレットは目を開けなかった。トレヴァーが横に滑りこんでも、彼を見るのが耐えられないというようにぎゅっと目をつぶったままだった。閉じたまぶたの端からつーっと涙がこぼれ落ちるのに気づき、トレヴァーはようやく、自分がどれほどひどく妻を傷つけていたかを真に理解した。自分が彼女にもたらした心の痛みが、そのまま返し刀となって彼の心を貫いたかのように、胸が苦しいほどに締めつけられた。守りたいという優しさがふいに湧きおこる。そのあふれるような気持ちに突き動かされ、トレヴァーは彼女の涙をキスでふきとりながら、二度とこの女性を泣かせないと心に誓った。そっと抱いて撫でているうちに突然、驚くべき事実に思い至る。これまでずっと、自分がマーガレットを誘惑していると思っていたが、そうではなかったということに。愛に関するあのロマンティックな考えとその力を信じる頑固なまでの信念によって、彼女はいつしかトレヴァーにもその力を信じさせていた。誘惑者が知らないうちに誘惑されていたわけだ。生まれて初めてトレヴァーは、人を愛することがどういうことかを理解した。

眠りから覚めると、明るい朝の陽光が差しこんでいた。顔に日差しを浴び、トレヴァーはまぶしさにまた目をつぶった。まだ夢うつつの状態で寝返りを打ち、マギーに手を伸ばす。しかし、手に触れたのはからまって山のようになった上掛けだけだった。

一瞬のうちにはっきり目覚め、トレヴァーは身を起こし、隣の空いた場所を凝視した。彼女が行ってしまった。上掛けを払いのけてベッドから立つと、昨夜、彼女がこぼした涙の記憶がよみがえり、ふいに不安に襲われた。急いで服を着て、猟場番人の小屋を出る。妻が朝食を食べたくなったか、風呂に入りたくなって、彼を起こしたくなかっただけだと、なんとか自分に納得させようとした。

階段を駆けあがり、彼女の部屋に入っていくと、そこにはだれもいなかった。向き直って駆けのぼってきた道を駆けおり、食堂に急行する。しかし、いたのはエドワードだけだった。友人が皿に盛った腎臓とベーコンから顔をあげる。「おはよう」

「マギーはどこだ？」

「コーネリアと一緒に、少し前に馬車で出かけた」手を振って炉だなの上を示す。「きみに手紙を残していったぞ」

トレヴァーはつかつかと部屋を横切り、たたんだ紙を、はさんであった時計の下から力まかせに抜きとった。ようやく八時になったばかりだ。馬車でどこかに出かけるには早すぎる。もしも朝の遠乗りに出かけたければ、いつものように、トリュフに乗っていっただろう。手紙を開き、そこに書かれたわずか数行の文字に目を走らせる。それは彼の恐れを裏づけるものだった。

「なんと書いてある？」エドワードが尋ねる。

トレヴァーは目をあげ、まるで視界がぼやけてしまったかのように友人の背後を凝視した。「ぼくのもとを去った」ぼう然と言う。

エドワードは驚いたふうもなかった。「まあ、当然だな。ほかにどうなることを期待していたんだ？」

友人の満足げな口調が茫然自失の態を怒りに変えた。「知っていたんだな」歯を食いしばる。「そうなのか？」

エドワードは否定しようともしなかった。「ああ、もちろん。彼女はけさ、きわめて早い時間にぼくたちの部屋にやってきて、きみの元を去ると妻に言ったんだ。そして、コーネリアに一緒に行ってほしいと頼みこんだ。ふたりで荷物を作り、三〇分前に出発した」

「そして、きみは止めようともしなかったのか？」

エドワードが動じた様子もなく目を合わせる。「ああ」

トレヴァーは食卓に近づき、友人の真向かいに立つ。「なんということだ、エドワード！妻はどこに行ったんだ？　ケタリング家の地所か？　ロンドンか？」

「知りたければ言うが、ロンドンに行ったよ。ヘンリーがニューヨークから戻ってきたから、一緒に住むつもりだ。九時の列車に乗ることになっている」

「くそっ！　絶対に行かせるわけにはいかないんだ、エドワード」

友人はしばらく黙りこみ、観察するようにトレヴァーを眺めた。「別にきみはかまわないだろう？」

「かまうさ」硬い声で吐き捨てる。

そんな言葉ではエドワードは満足しなかった。おもむろに立ちあがり、食卓越しにトレヴァーをじっと見つめる。「なにを言っているんだ？　つまり、きみはマーガレットを愛しているということか？」

「もちろん、ぼくはマーガレットを愛しているさ！」トレヴァーは怒鳴り、たたんだ手紙を食卓に叩きつけた。激しい勢いにエドワードのカップがかたかた鳴る。「ぼくの妻なんだぞ、このやろう！」

「おやおや」エドワードがつぶやき、にやりと笑った。「〝英雄も堕ちる〟というわけか」

「どういう意味だ？」トレヴァーは言い返し、食卓に置かれた銀のポットをつかみ、今の自分がひどく必要としているコーヒーをカップに注いだ。「それで、なにがいったいそんなにおかしいんだ？」友が笑いだしたので、さらに言い募る。

「きみさ」エドワードが頭を振り、憐れむような目でトレヴァーを見やる。「きみがなんと惨めな状態に追いこまれたかと思ってね」そう言い、三カ月前のトレヴァー自身の言葉を引用した。「本気で自分の妻を愛しているかのようだ」

トレヴァーは険しい顔で友人をにらみつけた。「おかしくないぞ、エドワード」

「あり得ないことじゃなかったか？」エドワードは楽しげに言い、また座ると朝食を再開した。

「マギー、本当にこれでいいの？」コーネリアがまた尋ねた。ふたりの乗った無蓋馬車は、アシュトンパークと村のちょうど中間あたりの森に囲まれた道を走っていた。「もう一度考えたほうがいいわ」

「これ以上なにも考えることはないわ」マーガレットは答え、脇を向いて、道に沿って続く鬱蒼とした森を眺めた。「彼と一緒にいることはできないのよ、コーネリア。ただ、できないの」声がかすれる。「それについては、もう話すのはやめましょう」

「わかったわ。でも、わたしが望んでいるのは——」

コーネリアがなにを望んでいたにしろ、その言葉は急な馬のいななきと、馬車のがたんという動きで遮られた。御者が手綱を強く引いて、馬車を停止させたせいだ。

「どうしたの、ハウエル？」マーガレットは御者に問いかけた。

答えが返ってこないので、立ちあがる。そこでようやく御者席の向こうで、四人の男たちが馬に乗り、道の真ん中に立ちはだかって行く手をふさいでいることに気づき、ぼう然と凝視した。顔にハンカチを巻き、どの男もピストルを馬車に向けてかまえている。

「動くな！」一番前の男が怒鳴り、馬をこづいて前進させた。あとの三人もその男に続く。三人のうちのひとりが、馬車の先頭の馬の手綱をつかみ、ほかのふたりが馬車の両脇に散ってピストルを不穏な角度に持ちあげた。そのあいだに、リーダーがマーガレットの真横に馬をつけた。

「あんたを誘拐する、レディ・アシュトン」ががら声の言葉はなまりがあって、どうやらイタリア人のようだ。「嘘でしょう？」マーガレットはあきれた顔でその男を眺め、それから笑いだした。「信じられないわ！」

男が眉が一本になるほど眉根を寄せ、困惑したように顔をしかめた。明らかに、マーガレットが大声で笑いだすのではなく、恐怖におののくと思っていたらしい。「本気だぞ、セニョーラ」

ハウエルが座ったまま振り返り、同じく、正気を逸した人間を見るようにマーガレットを凝視した。「こいつらは追いはぎですよ、奥さま」怯えた声で言う。「笑わないほうがいいです」

「追いはぎですって、まさか！」マーガレットは座席に座ると、あまりのおかしさに全身を震わせて笑いだした。「トレヴァーったら、本当に信じられない人だわ」笑いすぎてあえぎながらコーネリアに言うと、またこらえきれずにどっと吹きだした。「わたしの夫は本当にあり得ない人だわ！　またイタリア人の盗賊に頼んでわたしを誘拐させるなんて！　わたしがそこまで愚かだとは思っていないでしょうから、きっと悪ふざけなのね」

目から涙を拭いながら、リーダーの男を見あげる。「教えてくださいな、セニョール。トレヴァーはどうやってこれができたのかしら？　わたしたちがアシュトンパークを出てから、まだ三〇分も経っていないわ。彼はこうなることを予測して、その時のために、いちおうあなたがたをここに待機させておいたの？　そうに違いないわよね」

全員が黙ったままマーガレットを凝視している。まるでものも言えないほど驚いたかのようだ。

「ほら、ほら」マーガレットはなだめるように言った。「わたしには、そんな振りをしなくていいのよ。本当のことを言って大丈夫だから」

追いはぎのリーダーがピストルをあげて、マーガレットに狙いをつけた。「あんたは一緒に来るんだ」

マーガレットは降参というように両手をあげ、立ちあがった。「もちろんよ」くすくす笑いながら答える。「せっかくの冗談を台無しにしたくはないもの」

「冗談？」男が突然声を荒らげ、マーガレットを怒鳴りつけた。「これが冗談だと思うのか、セニョーラ？　断言するが、これは違う！　これは復讐だ！」馬にまたがったまま体をまわし、ピストルの台じりでハウエルの後頭部を殴りつけた。御者が前のめりに倒れこむのを見て、マーガレットの愉快な気分が一瞬にして消滅した。ハウエルの後頭部から垂れる血を見つめ、これは冗談ではないと理解して恐怖に震えあがった。今回は、本当に誘拐されたのだった。

22

エドワードと話した一〇分後、トレヴァーは家令を呼びにやり、そのあいだに髭を剃って服を着替えた。自分の従者であるデイヴィスに荷物をまとめるように命じると、階下に戻ってブレイクニーに会い、自分が不在のあいだになにをすべきか家令に指示を与えた。長く留守にするつもりはなかった――マギーをつかまえてここに引きずってくるだけだ――が、ロンドンに彼女と一緒に行かなくてはならなくなった場合に備えて、亜麻布の工場の工事が順調に進められるよう確認しておきたかった。

エドワードが、自分の旅行カバンを脇に置いてトレヴァーを待ち受けていた。「ぼくも同行する」

「そもそもなぜ、マーガレットたちに同行しなかったんだ？」

エドワードが肩をすくめた。「救いようのないロマンティックな人間だと笑ってくれてもいいが、マーガレットの出発を知った時のきみの反応をこの目で見たかったんだ。マギーは、きみが気にしないと言っていたが、ぼくとしては、きみが不機嫌になるだろうと踏んでいたんでね」

不機嫌どころではない。激怒している。それと同時に、おぼろげながら、どうやっても消せない恐怖をいなそうと必死になっている。それは、自分がなにをやろうが、なにを言おうが、もはや充分ではないかもしれないという恐怖だ。ちょっと少なすぎたか、ちょっと遅すぎたかで、マギーが二度と戻ってこないかもしれないという恐怖。

落ち着いて待っていられずにまた懐中時計を確認する。八時二〇分過ぎだ。列車に間に合うように駅に着くことを考えても、まだ充分に時間はある。それでもじっとしていられず、トレヴァーはゆったりと立っているエドワードの隣で、檻に入れられたトラさながら玄関広間を行ったり来たりしながら、ジェンキンズが馬車をまわしてくるのを待った。

道のほうで砂利の音が聞こえ、トレヴァーはチャイバーズが開けるのを待たずに勢いよく玄関の扉を開け放った。しかし、車寄せに入ってきた馬車を御していたのはジェンキンズではなかった。御者席に座っているコーネリアを見て、即座になにかまずいことが起きたとわかった。

トレヴァーは表の石段を駆けおりた。エドワードも続く。走ってきた馬車が急停止し、コーネリアが飛びおりて夫が広げた腕に飛びこんだ。「マギーが連れていかれたの」コーネリアが涙に喉を詰まらせ、しゃくりあげながら言った。「わ、わたしたち、え、駅にい、行く途中で、お、襲われたのよ。ああ、エドワード、とても、お、恐ろしかったわ！」

トレヴァーは、馬車の床にうつぶせに倒れ、意識を失っているハウエルを見やった。「何者だ、コーネリア？」鋭い口調で尋ねる。「だれに襲われたんだ？」

コーネリアは首を振り、夫の胸に顔を埋めた。「わ、わからないわ」夫のシャツで声がくぐもる。「四人だった。イタリア人よ」

「ああ、そんな」トレヴァーはみぞおちを蹴られたような気がした。エミリオの警告が頭に浮かび、マギーを連れ去った者の正体を確信する。

〝ルッチがあんたを探している。あいつがどれほど残酷になれるかわかっているはずだ〟

「マーガレットがその男たちのことを笑ったの」コーネリアの震える声がトレヴァーの思いに割りこんできた。「大笑いしたの。あなたの仕業だと思ったのよ。あなたがまた、イタリア人に頼んで誘拐させたと思ったの。冗談だと思ったのよ、ああ、ひどいわ！」

「ダーリン」エドワードがコーネリアを支えてまっすぐ立たせ、顔をのぞきこんだ。「落ち着くんだ。その男たちはどこに行くと言っていたかわかるかい？」

「わからないわ。ハウエルの頭を殴ったあと、マギーを馬に乗せたわ。わ、わたしに、か、帰って、あとで指示を送ると伝えろと言ったの」トレヴァーのほうを向く。「それから……」言いよどみ、体を震わせてからまた言い続けた。「これがあなたに対する復讐だと言ったわ。もしも警察か、ほかのだれかに知らせたら、マギーを殺すと」

トレヴァーは石段のところで、青ざめた顔で、心配そうに立っている使用人たちを振り返った。「チャイバーズ」執事に言う。「従者にドクター・トラヴァースを呼びに行かせてくれ。ハウエルが怪我をしている」

「かしこまりました、旦那さま。治安判事にも知らせますか？」

「いや、それはまだだ。アリス？」客間女中のほうに向く。「レディ・ケタリングのために、ブランデーを客間に運んでくれ。エドワード、コーネリアをなかに連れていこう」

エドワードがうなずき、すすり泣く妻の肩を抱えるように歩きだした。客間に入ると、ブランデーの甲斐もあってコーネリアは少し落ち着きを取り戻した。

「なぜなの？」力なく尋ねる。「なぜ、あの人たちはこんなことをしたの？」

「金のためじゃないか？」エドワードが推測する。「身代金を要求する手紙が届くかもしれない」

トレヴァーは首を振った。「いや、金じゃないだろう」少し考える。「ネックレスか？」小さくつぶやき、片手で髪をかきあげた。「なぜ、ネックレスのためにマギーを誘拐するんだ？いや、理屈が合わない」

「なんのネックレス？」コーネリアが尋ねる。「あの男たちが何者かわかっているの？」

「ああ、実は見当がついている」

コーネリアはハンカチを鼻に当ててすすりあげ、夫のほうにさらに身をすり寄せた。「ネックレスのことはなにも言っていなかったわ」

トレヴァーは微動だにせず数秒間座っていた。頭のなかで、過去一〇年間にルッチとかかわった件をすべて洗い直す。発見した古美術品をルッチに奪われるたび、必ずそれを取り戻すか、あるいは、お返しに同等の価値がある品を盗み取った。それはふたりのあいだのいわばゲームだったはずで、ルッチが今回のようなことをしたためしはない。

ふいに、もうひとつの可能性に思いあたった。そのほうがはるかにつじつまが合う。イザベラだ。

この誘拐はすべてイザベラのためだ。カイロの最後の晩に彼女と関係を持ったため、ルッチの妻を寝取ったためだ。だから、ルッチはお返しにぼくの――。

「くそ、ちくしょう！　あいつを殺してやる！」トレヴァーははじかれたように立ちあがり、戸口に駆け寄った。エドワードとコーネリアがあっけにとられて彼を眺めているのも気に留めなかった。彼の頭が変になったのではないかと思っているに違いない。実際にそうかもしれない。さまざまな思いと記憶と会話のいくつかが頭のなかでめまぐるしく動きまわる。まるで色とりどりの万華鏡をのぞいているかのようだ。「チャイバーズ！」トレヴァーは戸口から怒鳴った。「チャイバーズ、来てくれ！」

一瞬のちに執事が現れた。その冷静で落ち着きはらった態度は、このような状況下で英国の執事だけに可能なものだ。「ご用でしょうか、旦那さま？」

「チャイバーズ、一カ月前に台所女中について話していたことだが、イタリア人と出かけているという話じゃなかったかな？」

「ええ、そうです。イタリア人の船員で、ドーヴァーの下宿屋に滞在しています」執事の長い鼻がかすかに震えて遺憾の意を表明する。「旦那さまは、アニーが休みの午後にだれと出かけようと、それは本人のことで問題はないとおっしゃったかと」

「ところが、今は問題なんだ」トレヴァーはにこりともせずに言った。「アニーをここによこしてくれないか？」

「かしこまりました、旦那さま」執事が頭をさげ、立ち去った。

「なにを考えているんだ？」エドワードが問いかけた。「なにか関係があるのか？」

「わからないが、ルッチはこの家のことをさぐって、マギーを誘拐する機会を待っていたに違いない。それにしても、なぜ英国のこんな静かな村にイタリア人が四人もいて、気づかれなかったんだ？」

「この村にいたわけじゃない。ドーヴァーにいたんだ。休暇中の船員のふりをしていれば、みんな信じる。この家の日課について情報を得ていれば可能だろう」

「その情報を与えるのに、台所女中ほどの適任がいるか？」

エドワードは首を振った。「しかし、話は戻るが、なぜだ？　ルッチといえども、腹いせでこんなことをするか？　これまでなかったことだろう？　金じゃないときみは言ったが、ほかにどんな理由があるかな？」

「きわめて有力な理由がある。山賊のリーダーは復讐と言った」コーネリアを見やる。「これ以上打ち明けるには、コーネリアに席をはずしてもらったほうがいい。「少し休んできたらどうかな？　まだ気持ちが落ち着かないだろう」

コーネリアが眉をひそめてトレヴァーを見つめた。「わたしはどこにも行かないわ。なぜ、あの男たちがマギーに復讐しようとするの？」

「マギーじゃない、ぼくだ」トレヴァーは簡潔にルッチとのかかわりを説明し、ヘネットの首飾りをめぐる事情とイザベラとのささやかな逢い引きで話を終えた。コーネリアの反応は、まさにトレヴァーが予期していたものだった。

「その男の奥さまと関係したというの？　なぜそんなことができるの？」そう言いながら立ちあがった。怒りの表情が苦悩の表情に取って代わる。両手が、トレヴァーの首をねじりたいかのようにハンカチをねじっている。「その人があなたを追っていたのも当然だわ。あなたのせいで、もしもマギーになにかあったら――」

「非の打ち所がない人生を送ってきたとは、一度も言ったことはない」コーネリアにというより自分に対する怒りにかられ、トレヴァーは言い放った。この瞬間にも、自分のあさはかな行動がもたらした最悪の事態にマーガレットが苦しんでいるかもしれない。「マギーに会う前のことだ。しかし、それで気が済むなら、この件が解決したら、馬車用の鞭でぼくを打ってくれ。ぼくもやれることなら、自分で自分を叩きたい」

「本当にそうしたいくらいだわ」コーネリアが言い返す。

「やめよう、ふたりとも」エドワードが割って入った。「非難のやり合いも罪悪感も、今の時点ではなんの役にも立たない。問題は、ぼくたちが次になにをすべきか、ということだ」

その時、アニーがやってきた。赤毛の女中はひょいと身をかがめてお辞儀をすると、緑の瞳を見開いてトレヴァーを見あげた。「お呼びですか、旦那さま？」

「ああ、呼んだ。アニー、座りなさい」

アニーが戸口を入ったところの椅子に腰かけた。それ以上この部屋の奥に足を踏み入れたくないらしい。

トレヴァーは炉だなにもたれ、前で腕を組んだ。「チャイバーズから聞いたが、おまえはドーヴァーに滞在しているイタリア人の船員と出かけていたそうだが」

「はい、そうです。ミスター・チャイバーズにはやめるように言われました。ふさわしいことではないと。外国人で船員だからです」言葉を切り、ごくんと唾を呑みこむ。「あたし、困ったことになったんですか?」

「そうではないよ、アニー。しかし、奥さまが困ったことになるかもしれない」

アニーが驚いた顔をした。「アリスが台所に駆けこんできて、奥さまが山賊にさらわれたって言ったんですけど、アリスはいつもお話作るんです。だから、コックもあたしも、かついでいるんだろうって思って」

「なにがあったか、まだわかっていないんだ、アリス。しかし、おまえが一緒に出かけていたイタリア人の男が、妻の失踪に関与していると考えている」

アニーの顔がさっとゆがみ、涙ながらの弁明が始まった。「ああ、旦那さま、そんなつもりじゃなかったんです。ほんとなんです。でも、彼はとてもハンサムだったし、あたしの知り合いなんかよりずっと立派な人でした。ミスター・チャイバーズには、外国人と出かけるべきではないって言われましたけど、なぜいけないかわからなかったんです。いつもはデイヴィと——魚屋の息子です——出かけるんですが、最近、あたしのこと、いて当然みたいな顔をするのが頭にきちゃって」アニーが顎をぐっとあげる。「それで——」

「そうだな、なるほど」トレヴァーは娘の話をそっけなく遮った。台所女中の恋愛事情には関心がない。「アニー、そのイタリア人の男について話してほしいんだが」

アニーが袖で鼻水を拭った。「名前はアントニオです、旦那さま。トニーって呼んでましたけど」

その名前を聞いて、トレヴァーの疑念が確信に変わった。アントニオはルッチの弟だ。

「それで」アニーが続ける。「一カ月くらい前にパン屋で会ったんです。日曜日のちょうど礼拝のあとでした。レーズンパンとお茶に三ペンス払ってくれて、わたし、言ったんですよ、追いはぎみたいに高いって――」言葉を切り、自分の不適切な言葉の選択に顔を真っ赤にした。「とにかく、それで会ったんです」

「なるほど。そこから、一緒に出かけるようになったわけだ。この家について、いろいろ質問されたかな？」

「ええ、旦那さま。とても興味を持ってました。ここの家の日課を知りたがって、奥さまがいつ乗馬に出られるかとか、あとは、社交界シーズンのためにロンドンに行かれるかとか、そんなことです」

「アニー、もしもそのトニーが妻の失踪に関与しているとしたら、彼と友人たちは妻をどこに連れていくだろうか？」

アニーがまた頰を赤らめ、深くうつむいた。「あの、実は時々、パーヴィスロッジの横の森で会ってました」もごもごと言う。「あの家は去年の夏にパーヴィスさんが亡くなってから締め切ったままなんです。オーストラリアかどこかに行ってしまった息子さんを捜しているとかで、だれも住んでません。でも、トニーが奥さまを誘拐したなんて思えませんけど。とてもちゃんとした人でしたから」

トレヴァーはエドワードのほうを振り返った。「パーヴィスロッジ、それだ」

アニーが立ちあがった。「もういいですか、旦那さま？」

トレヴァーがうなずくと、アニーは怯えたネズミのように小走りで戸口に向かった。アニーが出ていくのを眺めながら、コーネリアが頭を振る。「愚かな子。よく知りもしない男性と出かけるなんて」それから、トレヴァーを見やった。「そのパーヴィスロッジにいるなんて、あり得るかしら？」

「なぜあり得ない？」トレヴァーは質問を質問で返した。「ぴったりの場所だ。人里離れているし、森に囲まれているし、窓には板が打ちつけられている。ここから、一キロ半ほどしか離れていない。マギーを連れていくには最適の場所だ」

エドワードが椅子を立った。「どうするつもりだ？」

「ルッチはぼくに会いたいはずだ。招待される前に訪問してこよう」

「ひとりでは行かないほうがいい」エドワードが断固とした口調で言う。「ぼくが一緒に行く」

「いや」トレヴァーは首を振った。「きみは治安判事のところへ行ってほしい」

マーガレットは椅子の後ろで両手首を縛っている縄を必死にほどこうとしていた。だが、むなしい努力だった。どんなに引っぱっても縄はわずかもゆるまず、手首が擦れて痛くなっただけだ。足首を縛った縄をほどくのはさらに不可能だった。猿ぐつわは嚙まされなかったが、それが助けになるとも思えない。森の奥深くにいるとすれば、どんなに泣き叫ぼうが、だれにも聞こえないだろう。

埃だらけの客間の向こうでふたりの男がカードをしている。窓は外から板が打ちつけられているらしく、部屋の明かりは、男たちが座っているテーブルに置かれたランプひとつだけだ。ほかのふたりが外にいることはわかっているが、知っていることはそれだけだった。男たちが終始イタリア語で話していたからだ。

しかも、この男たちは正真正銘の悪党だ。前回誘拐された時のことを思いだした。あの時、自分はエミリオのことを邪悪な恐ろしい男だと思っていた。でも、このごろつきたちに比べれば、はるかに親切でいい人だった。自分を縛った獣《けだもの》に体をまさぐられたことを思いだし、マーガレットは身震いした。今、部屋の向こうでカードに興じ、それしか関心がないかのように振る舞っている男だ。ルッチ、ほかの男たちからそう呼ばれていた。

自分をどうするつもりなのだろうか。復讐とルッチは言っていた。マーガレットはまた身を震わせた。恐怖が魂の奥まで染みこみつつある。豊かな想像力は、すべてがうまくいっている時でも働きすぎるきらいがあるが、今はますます活発に稼働し、ありそうな運命を次々と描きだしている。そのどれも愉快なものとはとても言えない。マーガレットは目をつぶり、トレヴァーが助けに来てくれますようにと祈った。

トレヴァーは、アシュトンパークの周辺をくまなく熟知している。パーヴィスロッジも例外ではない。クリとカエデの木の鬱蒼《うっそう》とした森に囲まれ、からまったツタのつるや伸び放題のつるバラに覆われている。板が打ちつけられた窓にバラのとげが加われば、侵入は不可能に近い。

生い茂った植えこみの陰にしゃがんで身を隠し、音を立てないように家のまわりを移動する。正面が見えるところまで来ると、石段に男がふたり立って、ピストルを片手に煙草を吸いながらイタリア語でしゃべっていた。声をひそめているので、なにを言っているかはわからない。どちらもルッチではなかった。

伸びきった下草のなかにうずくまり、見張りに立っているふたりの様子を観察しながら、選択肢を吟味する。エドワードが治安判事と部下たちを連れて到着するのを待つこともできるが、マギーを救う重大な局面を田舎の判事に任せるのは不安だった。ミスター・シェルトンがなんの策もなくただ突入すれば、マギーが負傷しないとも限らない。援軍がルッチをとらえて刑務所に入れてくれるのはありがたいが、下手なことはされたくない。

トレヴァーは地面を手でさぐり、拳くらいの石をふたつつかんだ。それを自分の右手の森に投げこみ、ふたりの男がその音に気づいて顔をあげる様子を見守った。顔を見合わせて互いにうなずくと、そのうちのひとりが煙草を消し、ピストルをかまえて家の脇にまわってきた。トレヴァーからわずか五メートルほどのところを歩いて、家の周囲を見てまわる。トレヴァーは、もう一個の狙いを定めた石で男を裏手の森に誘導し、その後を音もなくついていった。森のなかほどで、男が立ちどまって不安な面持ちできょろきょろし始めた。その隙を狙って飛びかかり、頭を一発殴りつけて気絶させた。

ひとり減った。多少気が楽になる。あと三人。男の手から落ちたピストルを拾いあげ、弾を取りだしてから草のなかに放り投げた。身を低くしてまた正面に戻り、見張りながら待つ。さほど待たないうちに、ふたり目の見張りがいらいらし始めた。表の入り口の前でせわしなく行ったり来たりしてから、今度は首を伸ばして家の左右をうかがう。多少なりとも分別が働く男ならば、ここでルッチに警告しにいくところだが、トレヴァーは過去にルッチの部下たちと対決した経験に賭けた。雇い主の激怒と対峙するよりは、自分で状況を確かめようとするだろう。期待通り、男がもうひとりの男がやったのとまったく同じように家の脇を歩いて、裏にまわりこんできたところを、トレヴァーはまた飛びかかった。一瞬のうちに、意識を失ったイタリア人がもうひとり、地面に横たわった。その男の武器も取り除き、家の正面に戻ると、トレヴァーは音を立てないように家のなかに滑りこんだ。あとふたり。

右手の部屋からマーガレットらしき声が聞こえた。昔の記憶が正しければ、その部屋は客間だ。また彼女の声が今度ははっきり聞こえてきて、トレヴァーは安堵のあまりあやうくへたりこみそうになった。声から判断して、今のところは元気そうだ。

「わたしをどうするつもりなの?」尋ねている。

「セニョーラ」ルッチが答える。「口を閉じないと、猿ぐつわをはめるぞ。わかったか?」

「ええ」マーガレットがつぶやき、沈黙した。

ルッチが話しだしたが、今度はイタリア語だった。「カードにはもう飽きたぞ、アントニオ。セントジェームズが、もう今頃は妻の誘拐を知って冷や汗を流していると思わんか?そろそろ呼び寄せて、不安を解消してやるべきかな?」

「あんたがそう思うならばいいんじゃないか、ルッチ」もうひとりが答える。「おれに行ってこいと?」

「いや、ステファノを行かせよう。おまえが万が一セントジェームズにつかまって、妻との交換条件にされるのは避けたい」

ルッチが言い終わるよりも前にトレヴァーは外に出た。ルッチの三番目の部下をやっつけるにはうってつけの状況だ。戸口の脇で壁にぴったり背をつけ、アントニオの足音が近づいてくるのを待ち受ける。彼が外に足を踏みだした瞬間をとらえて片手で口をしっかりふさぎ、もう一方の手でピストルを額に突きつけた。「声を出すなよ、アントニオ」耳もとでつぶやく。「ひと声でも発したら、おまえの頭を吹き飛ばす。少しばかり散歩をするか?」

アントニオを押して階段をおりさせ、森のなかに連れていく。そこでまた、稲妻のように速い動きで銃の台じりを彼の首に叩きつけた。アントニオの体が地面にくずおれる。これで三人。

「いいぞ、ルッチ」口のなかでつぶやき、家に向かって歩きだした。「これで、あんたとふたりだけだ」

家にもう一度入ると、今度はなにも聞こえてこなかった。音を立てずに、客間の戸口の脇ににじり寄る。しかし、見られる危険があるのでなかはのぞかない。ただ、じっと待った。幸運に恵まれれば、マーガレットとルッチがまた話し始めて、部屋のどこにふたりがいるのか、位置を把握できるだろう。さらについていれば、ルッチがアントニオが戻ってこないことを気にして、様子を見に出てくるかもしれない。

しかし、張り詰めた静寂が長く続いたあとに聞こえてきたルッチの言葉で、トレヴァーはきょうが幸運な日でないことを思い知らされた。「どうやら弟はなにかの災難に見舞われたようだ」大声でルッチが言う。「おい、セントジェームズ、ここに加わったらどうかね？」

くそっ。トレヴァーは動かなかった。ルッチがはったりで言っていることを期待したからだが、ルッチの次の言葉でその希望も打ち砕かれた。

「ガラス戸に映ってよく見えているんだよ、友よ」

トレヴァーは左に目をやり、図書室に入る両開きのガラス戸に自分の姿が映っているのを見て、家に入った時にそれに気づかなかった自分をののしった。

食いしばった歯のあいだから、ゆっくりと長い息を吐くと、両手をあげ、銃口を天井に向けた状態で客間に入っていった。部屋の向こうのほうでマーガレットが椅子に座らされて、両手と両足をその椅子に縛りつけられ、その後ろにルッチが立っていた。手に持った銃の銃口がマーガレットの顎に押しあてられているのも見えた。

ルッチがほほえむ。「扉に気づくべきだったな、セントジェームズ。きわめてずさんだ」

「うまく隠れられなくなったのは、年を取ったせいらしい」

「銃を床に落として、こっちに蹴り飛ばせ」

トレヴァーは言われた通りにした。ルッチを見据えたまま、問いかける。「きみは大丈夫か、マーガレット？」

「ええ」

ルッチが一歩さがった。銃がトレヴァーの手を離れて、多少なりとも自分の側に来たことで、緊張が解けたらしい。「見ての通り、彼女は元気だ。今はな」トレヴァーの表情をしばらく観察し、また言う。「予想していたより、来るのが早かったな」

「それは見くびりすぎというものだ」トレヴァーもほほえみ返した。「だが、あんたはいつもそうだ」

ルッチの顔がこわばった。「どうでもいいことだ。だが、正直に言って、関心はある。おれがここにいるとどうやって知った？」

「あんたは、厳格なアラビア人の召使いに慣れているんだろう。英国の台所女中はあんたが思っているよりはるかにおしゃべりなんだ。ハンサムな求愛者のことをほかの使用人に自慢せずにはいられない」

「そのハンサムというのは、弟のことか？」

「ああ、今は森で気絶して転がっている。目が覚めたら、ひどい頭痛に悩まされるだろう。

ほかのふたりは、家の裏にいる。やはり、今はあんたを助けに来ることはできないな。もう少し知能が高い男を雇わねばならないことを、いつになったら学ぶんだ？」

ルッチが首を振った。「そんなことをして許されると思うな。だが、今はどうでもいいことだ。おまえがここにいる。それこそ、おれが望んでいたことだ」

「ぼくがここにいるんだから、もう彼女は放していいだろう？　用は済んだはずだ」

「いや、それが用があるんだよ」ルッチが答え、空いているほうの手をマーガレットの左肩に置いた。「これから、おれのために役立ってもらう。そうだ、おまえが死んだら、おれのものにしよう。非常に気に入った」片手を滑らせて、指でマーガレットの頰を撫でた。マーガレットが怒りの声を発し、トレヴァーも思わず一歩前に出る。

ルッチがピストルを握る手に力をこめた。「動くな」

トレヴァーははっと動きを止め、ルッチがマーガレットの髪をつかみ、頭をぐいと引くのを凝視した。ピストルの銃口をマーガレットの喉に突きつけたまま、湿った唇を彼女の頰に押しあてる。そして、期待に目を光らせながら、トレヴァーの顔をうかがった。

トレヴァーの反応がほしいのだ。これがルッチの復讐だ――トレヴァーが止めることができず、なすすべもなく見ている前でマーガレットを奪うということか。トレヴァーはその挑発に乗ることを断固拒んだ。胸の前でゆったりと腕組みし、顔に無理やり、うんざりすると同時に半ばおもしろがっているような表情を浮かべる。「彼女のためにこんなことを？　ほしいなら、ぼくにひと言、そう言ってくれればよかったのに」

マーガレットはありがたいことに、トレヴァーの無関心な態度に反応しなかった。座ったまま微動だにせず、沈黙している。トレヴァーは、自分がやっていることが理解されるよう祈った。ルッチの反応はそこまで慎重ではなかった。顔をあげ、片手をマーガレットの胸に移動させて、乳房を包みこんだのだ。「非常に魅力的な女だ」

マーガレットが顔をそむけた。嫌悪と恐怖に満ちた表情を目の当たりにして、トレヴァーははらわたをえぐりだされるような思いだったが、それでもまったく表情を変えずにただ肩をすくめてみせた。「まあ、そうだろうな」

「おまえの妻だろうが。なぜ、そんな平然としていられるんだ?」

トレヴァーはふいに気づいたようなふりをした。「ああ、そうか、なぜこんなことをしたか、ようやくわかったぞ。結婚したことを知って、ぼくのものを奪うことで、復讐しようと思ったわけか」あきれたように頭を振る。「ルッチ、どうした。こんなに長いつき合いだというのに、ぼくのことをまったくわかっていないな」

ルッチが身を起こし、マーガレットから手を放した。「どういう意味だ?」

この時点でトレヴァーは、マーガレットとふたりでここを生きて出ることができたら、死ぬほどたくさん説明しなければならないと覚悟を固めた。

「ぼくが女性をどう思っているかは、あんたもわかっているはずだ。楽しいし心地よい、だが、そんなに必死になるようなものじゃない」

「しかし、この女はおまえの妻だろう!」ルッチが怒鳴った。このゲームへの参加を拒絶されたことで苛立ちが募っているのは明らかだ。

「だから？　たしかに大金持ちだ。その全財産を管理できるようになったのはありがたいが」

「金のために結婚したのか？　男がほかの理由で結婚することなどあるのか？」

「もちろんそうだ！」

ルッチが威嚇するように一歩前に踏みだした。激怒のあまり、思わず足が出てしまったという感じだった。「おれは愛のために結婚した！」悲鳴にも近い声だった。

トレヴァーは憐れみの目でルッチを眺めた。「まさか、ぼくがただ一度イザベラと寝たことを嫉妬して、こんな面倒なことをやったというわけか？」

「ただ寝たわけじゃないだろう！」ルッチがトレヴァーをにらみつけた。顔が苦悩と嫌悪に醜くゆがんでいる。「妻を傷つけた。暴行しただろうが、このげす野郎！　妻は必死に抵抗したんだ、だが――」

「なんだと？」トレヴァーは一瞬ルッチを見つめ、それから大声で笑いだした。「あんた、どうかしてしまったのか？」

「おまえが否定することはわかっていた」

「もちろん否定する」最大限の軽蔑をこめる。「そもそも、そんなことをしてまで手に入れる価値がある女などいない。ほかに彼女はあんたにどんな嘘をついたんだ？」

「嘘をついているのはおまえのほうだ、セントジェームズ。イザベラがおれに嘘をついたことなど一度もない！」

「ルッチ、イザベラは、それで逃れられると思えば神に対してでも嘘をつく女だ。あんたが聞きたくないことはわかっているが、イザベラのほうがぼくをベッドに誘ったんだ。暴行などもちろんしていない」話しながらも、カイロの夜のことを思い浮かべ、なにか現状打開の助けになる事実がないか必死に探す。「証明できる。ぼくが彼女のところにいた時、あんたは仕事でアレキサンドリアにいた。帰宅したのは、ぼくがカイロを去って三日後だ。帰宅した時、彼女はどうしていた？　怪我をしていたか？　もしも彼女が言う通り、ぼくに必死で抵抗したとすれば、あざや傷があったはずだろう？」

「そんな話は聞かんぞ！」ルッチが叫び、首を激しく横に振って否定した。「半狂乱でおまえがなにをしたか打ち明けた。泣いていた。服も破れていた。それも全部見せた」

トレヴァーは小さく一歩前に出た。「自分の服を引き裂くなどたやすいことだ。嘘泣きも、半狂乱を演じるのも簡単にできる。あざはあったのか？」

「おれが帰った時は治っていたんだろう」

「三日間で？」相手の顔にかすかな疑念がよぎるのを確認し、トレヴァーはそれをすかさず利用した。「あざは薄れる。しかし三日で消滅することはない。つまり、とくに必死に抵抗したわけではない」

「もちろんそうだ。女なんだからな。恐怖におののいていて、そんな抵抗などできるか？」

「いい加減にしろ、ルッチ！　そろそろ目を覚ませ。あんたの妻には何十人も愛人がいるんだぞ。力ずくで彼女を押し倒さねばならなかった男など、ひとりもいないはずだ。あんたはなにを証明しようとしているんだ――ぼくたちを殺してまで？」

「黙れ！」ルッチのピストルを持った手が激しく震えた。その銃口がさがり、トレヴァーの股間を狙う。「おれの妻は貞淑な妻だ。おまえの嘘など信じるものか。おまえは妻の体を傷つけた。だが、彼女の名まで傷つけることは許さんぞ」

トレヴァーは、ルッチを限界以上に追い詰めたことを悟った。いつなんどき、あの銃が火を噴いて自分たちを撃ち抜いてもおかしくない状態だが、このまま進める以外に選択肢はなかった。「貞淑？　あんたの仕事仲間の半分と寝ている女性を、どうすれば貞淑と呼べるんだ？　彼女の偉業は伝説だぞ。ぼくが会うずっと前から、彼女の噂はいろいろ広まっていたからな」

「嘘だ！」ルッチが叫ぶ。「全部嘘だ！」

「ただひとり嘘をついているのがイザベラなんだ。彼女が言ったことをあんたがすべて信じると、ぼくにも言っていたよ。自慢していた」もう一歩前に出る。「ぼくが去ったあとに、ネックレスがなくなったことに気づいたんだろう。そうだ、あれはぼくが盗んだ。それは白状する――盗もうとしていたことはあんたも知っていたはずだ。気づいた時に彼女がどう感じたか、想像できるか？　人造宝石を使った複製を残しておいたが、当然、彼女は騙されなかったし、あんたも騙されないはずだとわかっていた。ほかにどうすれば、ネックレスがなくなったことを説明できる？　ほかにどうすれば、自分を笑い物にしたぼくに復讐できる？

おそらく、涙ながらに作り話をして、ぼくがやったことを復讐してくれとあんたに頼んだんだろうな？」

ルッチの顔から完全に血の気が引いたのを見て、トレヴァーは正しい道に向かっていると確信した。「ルッチ、イザベラはあんたの妻だ。あんたは彼女を愛し、彼女が頼むことならなんでもやる。しかし、彼女はそれに値しない。意地悪くて、嘘つきで、しかも知り合いの半分と寝ているんだ」

イタリア人がまた首を振る。「違う。そんなことはない。おれは聞く耳をもたんぞ」

「彼女がどんな女か、みんな知っているんだよ、ルッチ」トレヴァーは静かな声で言った。「あんた以外は」

「おまえの嘘など聞かないぞ！　おまえを殺してやる！」

ルッチが銃を持ちあげてトレヴァーの喉を狙った。「だめ！」マーガレットが叫び、椅子に縛られたまま激しく動いた。椅子が傾いてルッチにぶつかり、ふたり一緒に床に転がる。ルッチの上にマーガレットが叩きつけられた瞬間、銃が暴発し、それと同時に治安判事の部下たちが部屋に飛びこんできた。

トレヴァーが自分の銃に突進して拾いあげ、立ちあがった時には、すでにシェルトンの部下たちが床に横たわったふたりを取り囲んでいた。ルッチは自分の上にかぶさった女性を脇に押してどかし、逃げようとしたが、立ちあがる前にシェルトンの部下たちに捕らえられた。

トレヴァーはルッチを立たせようとしている男たちを押しのけて前進した。マギーのことしか考えていなかった。そしてやっとそばまで来て初めて気がついた。彼女の体の下に濃いしたたりが染みでて埃だらけの床を汚していることを。

「そんな、だめだ！」トレヴァーは叫び、マーガレットの脇に膝をついた。「エドワード、手伝ってくれ！」

マーガレットはまだ椅子に縛られたまま、脇を下にして横たわっていた。まったく動かず、声も出さない。トレヴァーはブーツに隠しておいたナイフを出し、手首を縛った縄を切った。そのままナイフはエドワードに渡し、指をマーガレットの首すじに当てて脈を探す。そのあいだにエドワードが残りの縄を切った。

脈は打っていたが、非常に弱かった。「マギー！」トレヴァーは叫び、マーガレットを仰向けにした。「だめだ、マギー！　頼む、なんとか言ってくれ――」肋骨のあたりににじむ血を見て言葉を切る。右胸、そして肩まで広がっていく。旅行用ドレスの分厚いウール地を通して血が染みだしている。目は閉じられ、顔は土気色になっていた。だめだ、その言葉しか思いつかない。だめだ、だめだ、だめだ。

「これは大変だ」エドワードがつぶやく。「撃たれている」

トレヴァーはシャツを脱ぎ、引き裂いた。「ぼくの馬を使ってドクター・トラヴァースを呼んできてくれ」引き裂いたシャツをマーガレットの胸の下の傷に押しあてながら、エドワードに言う。「アシュトンパークは、診療所とここのちょうど中間だ。あそこへマギーを運ぶ。アシュトンパークで落ち合おう」

「わかった」エドワードが部屋から走りでていった。

トレヴァーは両腕を妻の下に差し入れて優しく持ちあげた。治安判事のシェルトンが進みでた。「わたしの馬車で奥さんを運ぼう」彼のあとについて、トレヴァーは部屋を出た。男たちがふたつに分かれて道を作る。つい六週間前に、アメリカ人の伯爵夫人の到着を笑顔と歌と喝采で歓迎した者たちだ。どの顔も今は暗く沈み、声も沈黙していた。

妻を抱いたまま家を出て森に向かう。森のなかの空き地にシェルトンの馬車が隠されていた。座席に妻をそっと寝かしてから、自分も車体にのぼり、妻の傍らにひざまずく。馬車ががたんと動きだし、道路に向かって走りだした。妻の体にずっとシャツを押しつけているが、その当てている指まで染みだす血でどんどん濡れていくのがわかる。空いているほうの手で妻に、そのふっくらした丸い顔に触れながらも、考えられるのはひとつのことだけ。その言葉が頭をひたすらめぐり、いつしか心のなかに響いていた。死ぬな、愛する妻よ、死なないでくれ。

マーガレットは、暴走する馬に踏みつけられたような気がしていた。体じゅうが痛い。目を開けようとしても、まぶたが重くてあがらない。胸が焼けるように痛み、息をするのもつらかった。体の下が柔らかいことに気づき、人里離れた空き家の床に横たわっているのではないとわかった。ベッドに寝ている。

周囲の音は全部聞こえていた。コーネリアがお湯やぼろきれのことをなにか指示している。

女中たちがすすり泣いたり、しゃくりあげたり、動きまわったりしている。開いたり閉まったりする扉の音と行ったり来たりする足音が響く。それから、突然しんと静かになった。

トレヴァーがどこにいるのだろうかと思う。自分の動きが遅くて、あのイタリア人が彼を銃で撃ったかもしれないという恐ろしい思いがふいに頭に浮かぶ。しかし、その時彼の話し声が聞こえた。とても優しい声が、とても近くで聞こえる。マーガレットはその声に集中しようとした。一心に耳を澄ました。

「マギー、マギー、絶対によくなるから。コーネリアとぼくで止血した。それに、医者がもうあと数分で着く。よくなるよ。すぐによくなる」

彼の声はとても低かった。必死に耳を澄ましたのは、自分が傷を負ったことを知ってびっくりしたからだ。銃声はなんとなく覚えているが、そのあとなにもわからなくなった。きっと撃たれたに違いない。

「ああ、頼む」彼がうめいた。「目を開けてくれないか。きみのバーボンウイスキー色の瞳で、ぼくを見てくれ。ルッチに言ったことは、全部本気じゃない。きみもわかっていただろう？ すべて、時間稼ぎのために言ったことだ」

彼の指が顔に触れるのを感じた。優しく頰を撫でる。顎を。そして唇を。ルッチに対してなにをしていたか、全部わかっているとトレヴァーに伝えたかったが、なぜか口を開く力がなかった。とても弱っているように感じる。力が出なくて動くこともできない。

「きみに話したいことがたくさんある」彼の声がかすれる。「最初は金だった。きみに最初に会った時からきみがほしかったが、結婚を決意させたのは金だ。愛など大事ではないと思っていたからね。だれかを愛したことがなかった。生まれてから一度もだ。愛というものが存在するとも思っていなかった。きみにもそう言ったのを覚えているだろう？」

覚えている。チェスをした晩のことだ。

「だが、違ったんだ。きみがぼくの言うことを信じないのはわかっている。ぼくはきみの信頼を粉々に打ち壊した。だが、誓うよ、必ず埋め合わせをする。絶対だ」

彼に手をとられているのはわかっていた。その手に急に力がこもり、強く握られるのを感じた。これが夢でないようにと祈り、彼がもう一度話しだすのを待った。

「マギー、ぼくを置いていかないでくれ。きみはぼくの妻だ。きみを死なせるわけにいかないんだ」突然声を荒らげ、怒ったように叫ぶ。「聞こえているのか？」

イエスと答えたかった。自分は聞こえていると、家じゅうにも聞こえているはずと。

「聞こえていないのはわかっている」あわてたように彼が言う。「だが、もしも聞こえていたら、言いたいいんだ。きみを愛していると。きみがそれを聞きたいだろうと思って言っているんじゃない。それが本当だから言ってるんだ。きみを愛している」

額にかかった髪を、彼の手が優しく払ってくれるのを感じた。頬にキスをされたのもわかった。

「きみに会うまで、愛がどういうものか知らなかった」彼が耳もとでささやく。「ほかの女性には感じたことがない。だから、実際にあるとも思わなかったし、たとえあっても続くものと思わなかった。きみは真の愛について言い続けていたね。それをぼくは信じなかった。きみがただ純真なだけだと思っていた。だが、ぼくが間違っていたよ。人生で初めて、ぼくは怖がっている。手遅れかもしれないと思って怖がっているんだ。きみが死んでしまって、きみなしの人生を送ることになるのが怖いんだ。万が一そうなったら、ぼくの人生は生気を失ってしまう。空虚で退屈なものになってしまう。古典的な伝統に則って、きみと一緒にいるために自らの命を絶つことさえできない。なぜなら、きみは天国に行くが、ぼくが死んだ時に行くところはそこではないとわかっているからだ」

彼の声がまた大きくなった。顔を起こし、いても立ってもいられないかのように声をあげる。「くそっ、頼むよ、マギー！　もしきみが死んでしまったら、だれがぼくと一緒に冒険に出かけてくれるんだ？」声を詰まらせる。「だれがぼくとフェンシングを戦い、笑わせ、挑戦してくれるんだ？　だれがぼくをヒーローと呼んでくれるんだ？」

マーガレットは目を開けようと必死にがんばった。やっと開いた時、目に入ったのは、ベッドの脇にひざまずいた彼の姿だった。こちらを見ずに深くうなだれている。

「もしもきみが死んだら」その苦悶に満ちた声にマーガレットは心を打たれた。「きみにエジプトを見せられない。熱気球に乗せることもできないぞ。娘たちに、縫い物なんて習わなくていいと言えないじゃないか。息子たちに、好きなだけ泥のなかで遊んでいいと言えないじゃないか。ギリシャの島にきみを連れていき、月明かりの下できみの絵を描くこともできないだろう？　秋には、ハネムーンでカプリ島にきみを連れていきたいんだ。マギー――」

声が途切れ、握っていた手が離れた。がっしりした肩を力なく落とし、額をベッドに押しあてる。「きみを愛している。もしもきみが死んだら、それをきみに証明する機会も持てない」激しい喜びが湧きおこる。その喜びがあまりに強く圧倒的すぎて、天高く叫びたいほどだった。あらん限りの力を振り絞り、片手をあげて彼の髪に触れる。「わたしは死なな……」彼がはっと身を起こしてマーガレットを振り返った。滑り落ちたマーガレットの手を受けとめ、両手で包みこむ。「マギー？」顔を近づけて、彼女が話したという事実が信じられないかのようにじっと顔を眺める。

「わたし……死なない……」マーガレットはささやいた。「ヒロインが……最後に……死んじゃう話は……嫌いなの」

「ぼくもだ」彼が優しく答え、さらに顔を寄せてマーガレットにキスをした。

唾を呑みこみ、一瞬目を閉じる。「頼みたいことがあるの……」もう一度目を開け、彼を見つめて言った。

「どんなことでも」

「わたしを愛していると、もう一度言って」そっとささやく。「ラヴシーン、大好き」

トレヴァーが頭をそらして笑いだした。喜びと安堵に満ちた笑いだった。そのあと、彼は何度もささやいてくれた。マーガレットのロマンティックな心がすっかり満足するまで。

アシュトンパークに、その日二度目の訪問をしたドクター・トラヴァースは、到着するとすぐさまマーガレットの寝室に案内された。傷を洗って手当てを済ませると、廊下に出て、待ち受けていた家族と話をした。「かなり大量に失血して、非常に弱っていますね。しかし、傷は深くありません。実際よりもひどい傷に見えるんです。もちろん、感染症の危険は常にありますが、大丈夫、よくなりますよ。どうすればいいか指示を与えておきますが、レディ・ケタリング、一番大事なのは、横になってよく休むことです。あした、また様子を見に寄りましょう」

数時間後にヘンリーが到着した。両手でトレヴァーを絞め殺したいような顔をしていたが、それも、娘に会ったあとに一階におりてきた時には、ずっと温和な表情に変わっていた。彼の短い訪問のあいだにマギーがなにを言ったかはわからないが、それによって安心したことは間違いない。マーガレットの父親の激怒を一心に受けるべきは自分だとトレヴァーも覚悟はしていたが、そうならずに済んで安堵したことは否めない。ヘンリーの激怒はできれば避けたいものの筆頭だ。

翌日の晩までに、マーガレットはかなり体力を取り戻し、家族みんなが夕食のあと、食後の飲み物を楽しむためとマーガレットの顔を見るために集まった時には、ベッドの上で寄りかかって座れるほどになっていた。トレヴァーの手を握り、お茶をすすりながら、みんなが話す最新の情報に耳を傾けた。

「ルッチと弟とあとふたりは鉄格子の後ろに無事収容された」エドワードが嬉しそうに言う。

「誘拐と殺人未遂の罪で告訴された。シェルトンの話では、二週間先に審理が行われるそうだ」

「全員縛り首になるべきだ」ヘンリーがぶつぶつ言う。「そのイザベラという女も同様だ。わしが思い通りにできるならばだが。だが、残念なことに、おまえの夫と関係を持っても罪には問われない」

「彼女はそれなりの報いを受けますよ」エドワードがヘンリーに請け合った。「けさ、問い合わせた件で英国大使館から返ってきた電報によると、エジプト政府がルッチの古美術品売買について大々的に調査を始めたそうです。違法な取り引きが数多く出てきそうだし、ぼくが連絡を取った大使館員の話では、どうやら、資産没収の手続きも進めているらしい。イザベラはすべてを失うわけだ」

トレヴァーがマーガレットのほうを向き、彼女だけに聞こえるように低い声でつぶやいた。「イザベラとの関係をきみが聞かされることになって本当に申しわけなく思っている。つかの間の、むしろひどい経験だった。きみには知ってほしくなかったことだ」

マーガレットはささやき返した。「気にしないで。わたしに会う前のことでしょう？　わたし、あなたの過去のことは責めないと決めたの」

「それは大変ありがたいな」

ふたりのまわりでは会話が続いていたが、マーガレットとトレヴァーは無言だった。互いの存在に満ち足りてそれ以上なにも言うことがなかった。コーネリアはそんなふたりを見やり、おもむろに立ちあがった。「みなさん、乾杯しましょうよ」マデイラワインのグラスを掲げて言う。「真の愛に乾杯」

「そうだ！」エドワードとヘンリーが同時に叫び、グラスをあげる。トレヴァーもグラスをあげると、妻のお茶のカップと触れ合わせ、妻にほほえみかけた。「賛成！　真の愛がなかったら、どう生きればいいんだ？」

マーガレットも輝くような笑みを返した。心から、夫の意見に同意して。

エピローグ

カプリは美しかった。夜になって月の光が海をきらめかせ、古代ローマの遺跡を浮かびあがらせる時間はなおさらだった。マーガレットは硬い大理石の柱に寄りかかってポーズを取りながら、そわそわ動いては夫に叱られていた。

「動かないでくれ」トレヴァーが画架のてっぺん越しにマーガレットを眺める。「もうすぐ描き終わる」

「まあ、よかった」マーガレットはいそいそと答えた。「首がつりそうだわ」

「月明かりのなかで描いてほしいと言ったのはきみだよ」彼が指摘する。「長い時間がかかっても文句言うなよ。暗いんだから」

「文句を言っているわけじゃないわ」マーガレットは答えた。「このハネムーンが、あなたが思いついたなかでも最高の冒険だと思っているくらいですもの」

トレヴァーがうなった。「危険な前例を作ってしまったようだ。冒険、冒険、また冒険」カンバスにもうひと筆つけ加える。「さあ、できた」

マーガレットはすぐさま台座から飛びおりた。金色のシルクのガウンを拾いあげ、砂を払う。身につけている、みだらと言ってもいいほど布地が少ないネグリジェと対になったガウンだ。上に羽織ると、彼のそばまで歩いてきて、カンバスをのぞきこんだ。

疑わしい表情でじっと眺め、もう一度よくよく眺めるが、なんと批評していいかわからない。

「どうかな」なにも言わないマーガレットをトレヴァーがうながした。「どう思う?」

マーガレットは大きく息を吸った。「ひどいわ」

彼が青い絵の具をマーガレットの鼻に塗りつけた。「その言葉のほうがひどいぞ。そこまでいつも正直でいる必要があるのか? すばらしいという言葉を期待されていると思わないのか? ぼくはきみの夫なんだから、絵のできがどうであろうが、きみはぼくをおだてるべきなんだ」

「そうなの?」マーガレットは顔をしかめた。「ちょっと待ってね。おだてる。ふうむ。思いだせないわ。誓いの言葉にあったかしら? 愛し、敬い、おだてる?」

「そう、その通り」パレットと筆を放りだし、トレヴァーがマーガレットをつかんだ。ふたり一緒に笑いながら砂の上に倒れこむ。

トレヴァーが身を返してマーガレットの上になり、マーガレットのガウンの前を押し開いた。彼があの表情を浮かべているのに気づいて、マーガレットも彼の首に両腕をまわす。

「ひどい醜聞になるんじゃないかしら。この別荘の使用人たちは、わたしたちのことを退廃的な冒険家だと思うに違いないわ」

「だが、その通りだ」

「そうね」幸せな気持ちで彼を見あげ、ほほえみかける。「すばらしいことじゃない?」

「ああ」彼が真面目な顔で言う。「きみを愛している」

マーガレットは彼の頬にそっと指を触れた。「愛してくれたのは、わたしを誘惑したあとのくせに」

彼が首を振る。「それは逆だと思う。きみがぼくを誘惑したんだ」

「それって困ること?」

トレヴァーが喉の奥で低く笑った。邪悪めいた笑い方はマーガレットのお気に入りだ。

「いや、困らない。いつでも好きな時に誘惑してくれてかまわないよ、奥さま」

「ええ、そうするわね、あなた」断言する。「毎日必ず」

彼が頭をかがめた。「それはそれは。やっぱり結婚してよかったよ」そうつぶやくと妻にキスをした。

訳者あとがき

嬉しいご報告です。リタ賞受賞のベストセラー作家、ローラ・リー・ガークによる幻の未訳作品を、ついに皆さまにお届けできることになりました。

アメリカ人大富豪のひとり娘マーガレット。お金があっても身分の壁は越えられないと身をもって知る父の意向により、英国社交界で貴族の夫を探し始めて早一年。しかし、当の本人にはその気がなく、申しこんでくる独身貴族の求婚を次々に断っています。マーガレットに言わせれば、そのだれもが父親の財産目当て。愛情がない限り、絶対に結婚しないと固く決意しています。そのあまりの頑固さに万策尽きた父親が最後の望みを託したのが、エジプトで長年骨董品の売買に携わったのち、兄の死により伯爵位を継いでつい最近帰郷したばかりのトレヴァー・セントジェームズでした。

結婚という言葉に拒絶反応を示す一途なマーガレットの心をとらえるために、経験豊かなトレヴァーが選んだ手段は〝誘惑〟。そして、それが失敗に終わった時に用いた究極の策略とは？

それぞれ過去に受けた心の傷のせいで、愛しか眼中にないヒロインと、愛が存在することを認めないヒーロー。どちらも一歩も譲らない誘惑と求愛の駆け引きが前半の見どころです。

舞台はイタリアの田舎の別荘からカーニバルに沸くローマへ。華やかな舞踏会でヒロインをいっさい無視してみたり、カーニバルの賑やかな夜にさりげなく誘惑してみたり、そうしながらも、ヒロインの素直すぎる言動に盤石のはずの平静さを乱されるヒーロー。これまでの退屈な求婚者とはまったく違うヒーローの不躾な振る舞いに、強気のうわべと裏腹に心のときめきを抑えきれないヒロイン。しかし、少しずつ近づく心も、結婚という一語でまた振り出しに戻るという急展開に継ぐ急展開で、読者に息をつかせません。

真っ当な人生を歩んできたとはとても言えないヒーローですが、その分経験豊かで頭脳明晰、どんな苦境も巧みに切り抜ける能力を持つ魅力的な男性です。しかし、ついに目的がかなったと思った直後、ふたりの心がまた離れる事態が起こり、ヒーローは弄しすぎた策の高いつけを払うことになります。ようやく信じた愛にふたたび裏切られたヒロインの凍りついた心を、今度はどうやって溶かすのでしょうか？

後半の見どころは、愛を知ったヒーローの苦悩と、その愛を取り戻そうとする必死の努力、そして、彼を愛するがゆえにその努力を受け入れられないヒロインの葛藤です。そのあげく、ヒーローの過去にまつわる事件が起こり、ヒロインの身に危険が……。

作者のローラ・リー・ガークは、さまざまなキャリアを模索したあげくに三〇歳でヒストリカルロマンスの執筆開始、またたく間にリタ賞始めさまざまな賞を受賞して、ベストセラー作家に躍りでました。

『ギルティシリーズ』、『ガール・バチェラーシリーズ』など、ヒストリカルロマンスとしてはめずらしい自立した女性たちをヒロインに、ひと味もふた味も違うスパイスの利いた作品を発表し続けているガークが、かつてリタ賞のベストロングヒストリカル部門を受賞した“Conor's Way”（邦訳『楽園に落ちた天使』）の次作として、長く温めていたアイデアを書きおろしたのが本作品です。著者自身もとくに思い入れが強いと述べているだけあって、のちの作品にも通じるひねりの効いた筋運びとテンポのよい筆致、そして情感あふれる描写で一気に読ませる魅力的な作品に仕上がっています。すでにガークの作品を多数読破しておられる方も、初めて手に取られる方も、ガークの世界を心ゆくまでお楽しみくださることを祈りつつ。

二〇一三年七月

ライムブックス

めくるめく夢《ゆめ》の夜《よ》を乙女《おとめ》に

著　者　ローラ・リー・ガーク
訳　者　旦《だん》 紀子《のりこ》

2013年8月20日　初版第一刷発行

発行人　成瀬雅人
発行所　株式会社原書房
〒160-0022東京都新宿区新宿1-25-13
電話・代表03-3354-0685　http://www.harashobo.co.jp
振替・00150-6-151594
ブックデザイン　川島進（スタジオ・ギブ）
印刷所　中央精版印刷株式会社

落丁・乱丁本はお取り替えいたします。
定価は、カバーに表示してあります。
 ISBN978-4-562-04448-1　Printed in Japan